KB260291

그대에게 ①
스트라이크!

# 그대에게 스트라이크!

초판 1쇄 찍은 날 § 2010년 8월 24일
초판 1쇄 펴낸 날 § 2010년 8월 30일

지은이 § 이수림
펴낸이 § 서경석

편집책임 § 유경화
편집 § 이수민

펴낸곳 § 도서출판 청어람
등록번호 § 제1081-1-89호
등록일자 § 1999. 5. 31
어람번호 § 제5-0267호

주소 § 경기도 부천시 원미구 심곡 2동 163-2 서경B/D 3F (우) 420-822
전화 § 032-656-4452  팩스 § 032-656-4453
http://www.chungeoram.com
E-mail § chungeoram@chungeoram.com

ⓒ 이수림, 2010

ISBN 978-89-251-2266-3 03810

hungeoram romance novel

# 그대에게 스트라이크!

이수림 장편 소설

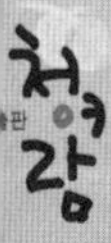
청어람

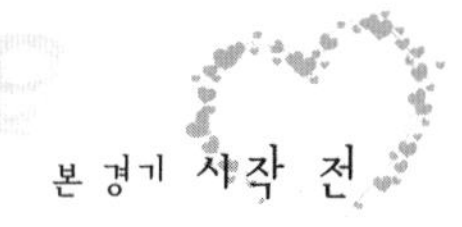

본 경기 시작 전

[아웃 카운트 하나 남았습니다!]

월드시리즈* 4차전을 중계 중인 ESPN 아나운서의 목소리가 흥분으로 떨리고 있었다. 그리고 5초 뒤, 아나운서는 두 주먹을 불끈 쥐며 고함질렀다.

[쓰리아웃! 경기 끝났습니다! 밀워키 브루어스 팀, 월드시리즈 우승을 손에 쥡니다!]

밀워키 브루어스 팀의 홈구장, 밀러 파크에 모여 있는 4만 3천여 명의 사람들 모두 하늘을 찌를 듯한 환호성을 내지르며 자리에서 일어나 발을 굴렸다. We are the champions 노래가 웅장하

---

* 월드시리즈(World Series):메이저리그에서 아메리칸리그와 내셔널리그의 챔피언이 벌이는 7전 4선승제의 결정전

게 울리는 가운데 선수들은 서로 샴페인과 맥주를 뿌려댔고, 구단 스태프들과 선수들의 가족들은 그라운드로 올라가 포옹하고 키스하며 솟구치는 기쁨을 나누었다. 세계 각지에서 모인 사진기자들은 태양보다 밝은 플래시를 연신 뿌려대며 셔터를 눌렀고 카메라 기자들은 환희의 순간을 영상으로 담기에 바빴다.

[뉴욕 양키스 팀은 아쉽게 됐군요.]

승리의 흥분이 조금 가라앉자 ESPN의 아나운서와 해설자는 차분한 어조로 밀워키 브루어스 팀의 우승 요소를 짚어나갔다. 그리고 준우승에 그친 뉴욕 양키스 팀의 패인 또한 언급했다.

[아무래도 투수력이죠. 시즌 내내 잘 버텨왔지만 에이스* 의 부재가 큽니다.]

마침 카메라는 뉴욕 양키스 팀의 에이스를 비춰주고 있었다. 패배의 그림자로 가득한 3루측 더그아웃* 에 앉아 있는 박승연의 얼굴은 무표정했다.

[올 시즌 개막전에 부상당해서 단 한 경기도 제대로 뛰지 못했지요.]

방송 화면에 당시의 경기 장면이 나갔다. 보스턴 레드삭스 팀의 4번 타자는 승연이 던진 공을 받아쳤다. 공은 쏜살같이 날아가 승연의 왼쪽 발목을 정통으로 맞혀 쓰러뜨렸고, 모든 사람들이 기겁해서 지켜보는 가운데 승연은 앰뷸런스에 실려 나갔다.

---

* 에이스(Ace):팀 내에서 가장 뛰어난 투수. 에이스는 다른 투수들보다 더 존중받는다
* 더그아웃(Dug out):경기에 출전하는 선수들이 대기하는 장소. 벤치가 놓여 있고 보통 홈팀은 1루 측, 원정팀은 3루 측을 사용한다. 반지하에 위치한다

[양키스 입장에선 재앙이죠. 내년에는 회복할까요?]

[부상은 치유됐다지만 아직 투구 밸런스를 찾지 못한 모양입니다. 양키스가 아무리 부자 구단이라도 쓸 수 있는 돈은 한계가 있으니 에이스 급의 뛰어난 투수를 한 명 더 영입하긴 어려울 겁니다. 연봉 1,900만 달러(한화 약 200억)의 에이스가 예전 모습을 되찾아야 내년엔 월드시리즈 우승을 노려볼 수 있을 텐데요.]

화면은 승연의 인터뷰로 바뀌었다. 기자들은 잔인한 질문을 퍼부었다.

[팀이 올해 우승하지 못한 가장 큰 원인으로 박 선수의 부재가 꼽히고 있는데, 어떻게 생각하십니까?]

[한 경기도 제대로 뛰지 못했는데 엄청난 돈을 벌었습니다. 기분이 어떻습니까?]

승연의 표정은 침착했다.

[변명은 하지 않습니다. 제 잘못입니다.]

능숙한 영어로 인터뷰를 하는 그의 목소리 또한 마찬가지였다. 담담하고, 차분했다.

[내년부턴 팬들을 실망시켜 드리지 않겠습니다. 제가 할 수 있는 말은 이것뿐입니다.]

기자들은 마이크를 더 들이밀었다. 하지만 승연은 입을 굳게 다문 채 등을 돌렸다. 카메라는 승연이 쓸쓸히 걸어가는 모습을 화면 중앙에 잡았다.

그리고 텔레비전에서 승연이 사라지자, 정희는 한숨을 쉬며 리모컨을 눌러 껐다.

생각만 해도 머리가 아팠다. 하지만⋯⋯.

정희는 소파에서 일어나 2층으로 올라갔다. ‘미니의 방’이라고 쓰여 있는 팻말 아래에는 또 다른 팻말이 붙어 있었다.

―모든 사람 출입 금지

정희는 지끈거리는 이마를 문지른 뒤 노크했다.

“미니야.”

답은 없었다. 정희는 더 크게 말했다.

“미니야, 내 말 좀 들어봐.”

“듣기 싫다고 했잖아요!”

앙칼진 소리가 들려왔다. 정희는 욱하고 치미는 화를 내리눌렀다.

“이 이야기는 듣고 싶을 거야. 연락할게.”

몇 초 뒤, 문이 열렸다. 빼꼼히 고개를 내미는 미니는 눈이 통통 부어 있었고 이틀째 굶어서 그런지 뺨이 홀쭉했다. 정희는 화도 났지만, 마음이 아픈 게 우선이었다.

“정말이죠?”

“그럼, 정말이지. 만나서 말할게. 대신 알아둬.”

정희는 미심쩍어하는 미니의 두 어깨에 손을 얹고 시선을 마주한 뒤 분명하게 말해주었다.

“거부당할지도 몰라. 그렇더라도 울면 안 돼. 알았지?”

“약속할게요.”

미니는 손을 내밀었고, 정희는 약지를 걸어 약속했다. 태양보다 환하게 변한 미니의 얼굴과는 달리 정희는 그저 마음이 복잡할 뿐이었다.

대체 어떻게 말해야 할까?


"BO 베어스 구단에서 날 보자고 한다고?"

승연은 빽빽한 계획표를 읽던 것을 중단하고 휴대폰을 귀 가까이에 댔다. 저도 모르게 얼굴이 찌푸려졌다.

"거기서 왜?"

[정확하게 말하자면 이젠 BO 베어스 구단이 아니야.]

에이전트인 훈은 설명해 주었다.

[이번에 자회사가 바뀌어. 소식 들었어?]

"아, 창수가 말하더라."

창수는 중고등학교 동창으로, 고3이 되자마자 미국으로 떠난 승연과는 달리 한국에 남아 한국 프로야구 팀인 BO 베어스에 입단해서 현재 활약 중이었다.

"자회사가 사정이 안 좋아져서 베어스 팀을 다른 회사에 매각한다고 들었어. 더 큰 회사라서 대우가 좋아질 것 같다고 창수가 기대하던데."

[맞아. 내일 공식적으로 발표가 날 거야. 암튼, 그래서 네 지명권에 대한 이야기가 나왔어.]

훈은 신중하게 말하고 있었다. 지명권 이야기가 나오자 승연 또한 같은 마음이 되었다.

해외 리그에 진출한 선수들이 한국으로 돌아올 경우 어느 구단으로 가느냐는 확실히 큰 문제였다. 국내 복귀 2년간 금지 규약*

같은 것도 있고, 구단끼리의 이익이 상충하는 등 여러 가지 경우가 복합적으로 작용하기 때문이었다. 승연의 경우 규약에서 풀려나 BO 베어스가 지명권을 갖기로 되어 있었다.

"BO 베어스가 내 지명권을 가지고 있지? 자회사가 바뀌어도 그대로 가져가는 걸로 되어 있다고 들은 것 같은데."

[맞아.]

"근데 날 왜 지금 보자고 한대? 설마, 이만 한국으로 돌아오라고 말하려는 건 아니겠지?"

승연은 자신의 목소리에 날이 서 있다는 걸 모르지 않았다. 하지만 자제할 수가 없었다. 상어 떼처럼 달려드는 인간들 때문이었다.

올 한 해 푹 쉰 건 사실이다. 에이스인 자신의 부재로 팀이 월드 시리즈에서 1승도 못 챙기고 내리 4연패를 당해서 준우승에 그쳤다. 물론 여러 가지로 운도 나빴고, 다른 팀원들에게 전혀 문제가 없었던 것도 아니었다. 하지만 승연은 근본적으로 자신의 공백이 다른 투수들의 피로를 가중시킨 탓이라는 것을 모르지 않았다.

복수하고 말리라. 반드시 복수할 것이다!

물론 폭력 등의 복수를 말하는 게 아니라, 투수로서의 실력 행사를 의미했다.

열아홉 살에 미국으로 온 뒤, 약 3년 동안 마이너리그* 에서 엄청난 고난을 겪었다. 모든 것을 다 이겨내고 잘 성장해서 스물한

---

* 국내 복귀 2년간 금지 규약:유망주들이 대거 해외로 진출하자 KBO(한국야구위원회)에서 만든 규약. 1999년 1월 이후 한국 프로구단에 등록한 적 없는 선수가 한국으로 돌아올 시, 2년간 입단 계약을 체결할 수 없다는 내용

살 후반기, 메이저리그로 콜업되어 패전 처리용으로 몇몇 경기를 뛰었다. 그리고 다음해인 스물두 살 때, 최고의 명문 구단 뉴욕 양키스의 제5선발로 낙점되어 활약을 펼쳤고, 아메리칸리그* 신인왕을 수상했다. 그리고 스물세 살 때부터 6년 동안 손꼽히는 경기력을 보여주며 최고의 투수로 군림했다. 올해 초반에 다치기 전까지.

빌어먹을 부상.

가장 중요한 왼쪽 어깨를 다치지 않은 건 다행이지만 개막전 때 보스턴 타자가 친 공은 발목을 으스러뜨렸다. 7개월이 흐른 현재, 발목은 깨끗하게 나았으나 문제는 투구 밸런스였다. 몇 개월간 걷지도 못했더니 밸런스가 흐트러져 컨트롤이 제대로 되질 않았다. 결국 그는 올 시즌은 개막전을 제외하고 단 한 경기도 뛰지 못했고, 투수력의 약화로 팀원들이 패배를 맛보는 것을 지켜볼 수밖에 없었다.

다 내 탓이다. 모든 건 다 내 탓.

암흑 속을 헤매던 팀을 훌륭하게 재정비해서 왕년의 강팀으로 탈바꿈시킨 에이프릴 리 단장이나 팀의 기둥이자 캡틴인 잭 기데온은 그의 탓이 아니라고 했다. 그런 부상은 어쩔 수 없는 것이고 내년엔 더 잘하면 된다고. 다른 팀원들이나 승연을 아끼는 양키스

---

* 마이너리그(Minor League):메이저리그 팀과 계약 관계를 맺고 있는 일종의 2군. 트리플에이(AAA)가 가장 높고 그 밑으로 더블에이(AA), 밑으로 하이(high)와 로우(low)로 나뉘는 싱글에이(A) 등이 있다
* 아메리칸리그(American League):메이저리그는 아메리칸리그와 내셔널리그로 나뉜다. 뉴욕 양키스 팀은 아메리칸리그 동부지구에 속함

의 팬들 또한 같은 말을 했다. 하지만 승연은 자책감을 지울 수 없었다.

나만 다치지 않았더라도 우승을 차지했을 것이다. 팀원들을 실망시키지 않았을 것이다. 팬들을 슬픔 속에 빠뜨리지 않았을 것이다.

모든 건 내 잘못.

그래서 승연은 더 참을 수 없었다. 실패를 도저히 받아들일 수 없었다. 그가 힘없으며 약한 존재라는 의미니까.

반드시 재기할 것이다. 다시 팀을 이끌어 최고의 자리를 되찾을 것이다. 성공할 것이다!

물론 올 시즌 전체를 날려 버리긴 했으나 여전히 그는 세계에서 손꼽히는 운동선수였다. 또한 대한민국에서 그의 인기는 차원이 달랐다. 최고의 유명인이자 제1의 스포츠 스타.

하지만, 부족하다.

승리를 얻을 때마다, 상을 탈 때마다 승연은 언제나 마음 한구석에 숨어 있는 무언가가 외치는 것 같았다. 이것만으로는 부족하다, 라는 말을.

문제는 결핍된 것이 무엇인지 알지 못한다는 사실이었다. 월드 시리즈 우승, 사이영상* 과 골드글러브* 수상, 각종 MVP 수상, 퍼펙트게임* 등 온갖 영광을 다 맛보았음에도 승연은 여전히 알

---

* 사이영상(Cy Young Award):메이저리그에서 22년 동안 활약한 투수 사이 영을 기념하여 이름을 붙인 상으로, 그해의 최우수 투수에게 준다
* 골드글러브(Gold Glove Award):메이저리그에서 각 포지션별로 그해의 가장 뛰어난 수비수에게 주는 상

지 못했다. 그래서 더 노력하는 건지도 몰랐다. 알 수 없는 그것의 답을 알아내기 위해서라도 스스로에게 더욱 박차를 가할 수 있으니까.

[……산 베이스가 되는 거야. 음, 승연아? 듣고 있니?]

"아, 미안. 못 들었어. 뭐라고?"

승연은 훈이 크게 부르는 소리에 정신을 차리고 얼굴을 찌푸렸다.

[그쪽에서 한국으로 돌아오라는 말을 하려고 널 보자고 한 게 아니야. 의사를 확인하려는 거래. 너, 은퇴는 한국에서 하고 싶다고 했잖아.]

훈의 말대로 승연은 훗날의 일이지만 은퇴는 한국에서 하고 싶다고 공개적으로 말해왔다. 후배들에게 메이저리그에서 알게 된 노하우 등을 일러줘서 도움도 주고, 관중도 많이 끌어 모아 한국 프로야구의 발전에 기여하고 싶기 때문이었다.

[어제 새 구단주를 잠깐 만났거든. 네가 나중에 자기네 팀으로 올 거라는 걸 홍보하고 싶나 봐. 내일 오전에 공식 기자회견과 파티가 있는데 그때 얼굴만 비춰주면 될 거야.]

"기자들이 득실거리겠네."

[맞아.]

승연은 이를 으득 악물었다. 거머리 떼처럼 달려드는 게 바로 기자들이니까. 일부는 괜찮은 사람들이었으나 대부분은 그가 고

---

* 퍼펙트게임(Perfect game):투수가 단 한 선수도 출루시키지 않고 승리한 경기. 2010년 6월까지를 기준으로 메이저리그 역사상 겨우 스무 번밖에 없을 정도로 하기 힘든, 거의 불가능한 것

생할 때는 본 척도 않다가 성공하니 편승해 보고자 온갖 수작을
다 부렸다. 그가 거리를 두니까 별 쓰레기 같은 소문을 퍼뜨리더
니 올 시즌을 말아먹자 재기 불능이라는 등 최악의 기사만 갈겨댔
다.

[내 생각엔 잠깐이라도 가는 게 좋을 것 같아.]

승연이 침묵을 지키자, 훈은 조심스럽게 제안했다.

[새로 베어스 팀을 인수하는 그룹이 꽤 힘있거든. 네가 처음부
터 협조적으로 나간다면 언론플레이 쪽도 도와줄 거라고 생각해.
나중에 이래저래 도움이 될 수도 있고. 네가 내년에 부활하면 광
고 쪽도 밀어줄 거라고 귀띔하더라.]

훈은 재미교포로 변호사 자격증을 소유하고 있으며 승연이 마
이너리그 트리플에이로 승급됐을 때부터 물심양면으로 돌봐준 나
이 많은 형이었다. 세심한 배려와 정직성, 추진력 등에서도 뛰어
났지만, 그중에서도 상황을 판단하는 능력이 가장 탁월했다. 승연
은 결국 고개를 끄덕일 수밖에 없었다.

“알았어. 갈게.”

[내일 차 보낼게.]

“아니야. 내가 운전할게.”

승연은 평소 운전기사를 따로 두곤 했다. 몸 관리를 위해 실생
활에서는 투구를 하는 왼손을 되도록이면 쓰지 않는 게 철칙이기
때문이었다.

“본가에서 거기까진 이십 분 거리인걸.”

[그래, 그럼 내일 보자.]

승연은 인사한 뒤 끊었다. 그는 그제야 베어스 팀을 인수하는 새로운 회사의 이름을 듣지 못했음을 떠올렸다.

내일 가면 알게 되겠지.


겨울치고 햇살이 아주 강했다. 승연은 선글라스를 쓴 뒤 시간에 맞춰 출발했다. 멀리서 보기에도 기자회견과 파티가 열리는 장소인 더 로열 호텔 앞에는 상당히 많은 사람들이 모여 있었다. 근래 야구계가 조용했던 터라 이번 일이 기삿거리로 안성맞춤인 모양인지 여러 방송국의 차량이 보였고 기자들도 꽤 보였다. 또한 팬들도 구경을 왔는지 제각기 손에 디지털카메라를 든 채 정문 밖에서 웅성거리고 있었다. 승연은 그들이 누구를 가장 기다리는지 잘 알고 있었다.

승연은 시간을 확인했다. 팬들에겐 항상 친절하게 웃어주며 사인해 주는 것을 철칙으로 삼고 있었지만, 생각보다 늦게 도착했기에 오늘은 그럴 시간이 없었다.

[빙 돌아서 후문으로 와. 조용하게 들어올 수 있을 거야. 지하주차장으로 내가 내려갈게.]

훈에게 전화를 하니 그런 답을 들었다. 승연은 고맙다고 인사한 뒤 차를 그리로 몰았다. 주차한 뒤 선글라스를 벗는 그의 눈에 들어오는 게 있었다. 엘리베이터 옆에 막 고급차가 섰고, 한 여자가 내렸다.

아주 아름다운 여자였다.

승연은 저도 모르게 걸음을 우뚝 멈춘 채 관찰하게 되었다. 리

모컨으로 차를 잠그는 여자는 끝내주는 몸을 갖고 있었다. 모양 좋은 가슴은 풍만했고 허리는 그야말로 한 줌에 쥘 수 있을 정도로 잘록했다. 쫙 빠진 라인에 따라 만들어진 엉덩이는 보기 좋게 탄탄했고, 늘씬한 긴 다리도 사내들의 욕망을 여지없이 자극했다.

얼굴 또한 유혹적이었다. 오버사이즈 스타일의 아주 커다란 선글라스가 눈을 비롯해 얼굴의 3분의 1을 가리고 있었으나, 승연은 다른 부분은 아주 잘 볼 수 있었다. 여자의 새하얀 얼굴은 도자기처럼 흠 하나 없이 매끈했다. 오뚝한 코는 욕망의 불을 당겼으며 장미처럼 붉고도 도톰한 입술은 지켜보는 남자로 하여금 입 맞추고픈 격렬한 충동을 자아냈다.

하지만, 접근이 쉽지 않으리라.

여성적인 곡선으로 그득한 섹시한 몸을 가진 사람답지 않게 여자의 옷차림은 딱딱했다. 무릎 위까지 오는 원피스는 황홀한 몸매를 드러냈지만 짙은 회색 빛깔은 두터운 방어막 같았다. 꽁꽁 묶어 동그랗게 만들어 올린 머리칼은 한 올의 흐트러짐도 없었고, 안타깝게도 눈과 얼굴의 상당량을 가리는 선글라스는 철벽처럼 단단해 보였다.

보고 싶군.

승연은 여자의 눈이 궁금했다. 아니, 얼굴 전체를 보고 싶었다.

"아."

선글라스를 벗기 위해 막 손을 올렸던 여자는 몇 걸음 앞에 서 있는 승연을 발견했다. 꽹장히 놀랐는지 여자는 몸을 흠칫거렸다.

날 알아보는 건가?

대한민국에서 박승연을 모르는 사람은 거의 없다고 봐도 무방했다. 승연은 여자가 멍하니 서 있는 것을 보고 확신을 가졌다. 그는 앞으로 걸어갔다.

"안녕하세요."

승연은 팬들을 대할 때 으레 그래 왔던 것처럼 여유있는 미소를 지었다. 그리고 저도 모르게 오른손을 내밀었다.

문제가 생길 수도 있기에 승연은 모르는 여자와 단둘이 있는 건 언제나 피했다. 그가 자신이 무슨 행동을 하는지 깨달았을 때, 여자는 그의 손을 흘긋 내려다보더니 천천히 손을 올렸다.

이번에도 생각보다 행동이 우선이었다. 승연은 여자의 손을 덥석 잡았다. 길고 우아했으며 무엇보다 부드러웠다. 생각보다 더 큰 짜릿함이 승연의 몸을 관통했다.

이 여자…….

"전 박승연이라고 합니다."

뭔가 모를 것이 머리를 스치고 지나갈 때, 승연은 소개를 한 뒤 물었다.

"그쪽 분은요?"

"난…….."

여자는 입을 열었다가 그냥 닫았다. 승연이 조바심을 느낄 때였다. 막 지하 2층에 도착한 엘리베이터가 소리를 냈다. 여자는 흠칫 몸을 떨고는 승연의 손을 뿌리쳤고, 승연은 여자의 손을 도로 붙잡고픈 충동을 느꼈다.

"왜 안 들어오고 있어?"

엘리베이터 안에는 에이전트인 훈이 타고 있었다. 훈은 승연을 타박하는 표정을 짓다가 여자를 발견하고는 얼굴을 수습했다.

"어……."

"안녕하세요, 김훈 씨."

여자는 방금까지 승연의 손을 잡고 있던 손을 뻗어 악수를 청했다. 여전히 선글라스를 끼고 있었으나 여자는 차분하고 단정한 얼굴이었다.

"네, 안녕하세요."

인사하는 훈의 얼굴에는 누군지 모르겠다고 쓰여 있었다. 그러자 여자는 값비싸 보이는 핸드백에서 명함을 꺼냈다. 승연은 그녀가 자신에게 줄 거라고 예상했으나 아니었다. 여자는 그의 존재를 무시하는 듯 몸을 돌린 채로 훈에게만 명함을 건넸다.

"아, 구단주님!"

구단주?

승연은 잘못 들은 줄 알았으나 명함을 본 훈은 멋쩍은 듯 머리를 긁적였다.

"엊그저께 뵈었는데 기억을 못하다니, 나도 참. 승연아, 인사해. 베어스 팀의 새 구단주님이셔."

"구단주?"

"네. 이번에 베어스 팀을 인수했어요."

여자는 입술을 축였고, 승연은 키스하기에 딱 적당하게 도톰하다는 사실을 알아차렸다.

"타세요."

훈이 말하자 승연은 여자와 함께 엘리베이터에 탔다. 여자는 엘리베이터가 올라가는 내내 승연에게 등만 보여주었다. 그러다가 문이 열리기 직전, 몸을 살짝 틀었다.

"공식 파티 뒤에 잠깐 뵀으면 좋겠어요. 개인적으로 할 말이 있어요."

여자는 속삭이듯 말했다. 훈의 눈이 커졌고, 승연이 채 답하기 전에 여자는 먼저 내렸다.

"이 인기 많은 놈."

승연이 여자의 뒷모습에 시선을 고정하고 있을 때, 훈은 고개를 절레절레 흔들었다.

"부럽다, 부러워. 저렇게 잘빠지고 돈 많은 여자한테도 러브콜을 받다니. 나도 저런 말 한번 들으면 소원이 없겠어."

"형수한테 그대로 말해줄까?"

"아이구! 절대 안 돼! 나 죽어!"

훈은 공처가로 소문난 사람이었다. 승연은 말하지 않겠다는 약속을 두 번이나 더 한 뒤에야 훈에게서 풀려났다. 승연은 쿡쿡 웃으며 파티가 열리는 홀로 갔다. 문을 열자마자 모여 있던 이백여 명의 야구 관계자들의 시선이 그에게로 자석처럼 집중되었다.

익숙한 일이었다. 모든 이의 눈길을 받는 건 공을 던지는 것만큼이나 일상적인 일. 하지만 오늘따라 승연은 긴장되는 느낌이었다. 저 많은 시선 속에 그 여자의 것도 있기 때문이었다.

낯익어.

마주치는 사람들에게 예의 바르게 웃어주면서도 승연은 머릿속으로는 다른 생각을 하고 있었다.

그 여자, 분명 아는 사람이야.

달콤하면서도 섹시한 목소리는 물론이거니와 턱 선을 비롯한 이목구비가 아주 낯익었다.

하지만 기억이 나질 않았다. 원래 그가 사람을 잘 못 알아보긴 했으나, 이번 경우는 달랐다. 그 여자는 마치 굳게 닫아놓은 문 저 건너편에 있는 사람 같았다.

선글라스를 벗겼어야 하는데. 눈을 봤어야 하는데.

승연은 저도 모르게 얼굴을 찌푸리며 후회했으나 이제 와 어쩔 수 없었다. 그런데다가 기회가 없는 건 아니었다. 곧 볼 수 있으리라.

"어서 와."

베어스 팀의 주전 유격수로 활약 중인 중고등학교 동창 창수가 그를 맞았다. 승연은 창수와 인사하느라 여자에 대한 생각은 잠시 접게 되었다. 다른 선수들, 코칭스태프들과도 마주하자 기자들은 연신 플래시를 터뜨려 가며 대한민국 최고의 스포츠 스타를 카메라에 담았다. 승연은 자신감 어린 태도로, 그러나 오만하게 보이지 않도록 공손하게 대한 뒤 진행 요원의 안내 아래 배정된 자리로 갔다. 의외로 사장 등 높은 자리를 차지하고 있는 사람들이 아니라 일반 선수들과 같은 테이블이었다.

"야, 와줘서 고맙다."

의자에 일단 앉자 창수가 옆에 바싹 붙어서 속닥거렸다. 승연은 장난스럽게 창수를 툭 쳤다.

"징그럽게 왜 붙고 난리야. 저리 가, 인마."

"싫어. 너랑 이렇게 붙어 있어야 이 잘생긴 얼굴이 많이 찍히잖아. 우리 유니가 말이야, 내가 세상에서 가장 잘생겼대. 우리 딸 진짜 눈 높지 않냐?"

창수는 일찍 결혼해서 현재 일곱 살짜리 딸을 두고 있었는데, 완전 팔불출이었다. 승연은 혀를 찼다.

"그렇게 니 딸이 좋냐?"

"당연하지. 너도 딸 낳아봐. 아니, 먼저 결혼부터 해."

"여자도 없는데 무슨 결혼이고 무슨 딸이야?"

"여자 정말 없어? 그 가슴 엄청 큰 금발 모델이랑 기사 났던데."

승연은 기자들을 향해 속으로 욕을 퍼부었다.

"결혼할 때 됐잖아. 이제 정착 좀 해."

"재활해야 되는데 결혼은 무슨. 시간없어."

"결혼하면 생활이 안정돼서 야구하기 더 좋아. 나 봐. 결혼 전에는 후보로 빌빌대다가 우리 마누라 덕분에 최고가 됐잖아."

승연은 못 들은 척했지만 사실 어느 정도는 공감했다. 운동선수의 경우 특히 더 내조가 중요하기에, 창수처럼 제대로 결혼한다면 아주 큰 도움이 되었다. 그리고 승연이 부상을 입은 뒤 야구 관계자들은 결혼해서 안정을 찾으면 재활에 큰 힘이 될 거라고 한목소리로 외쳤다.

"잔소리 좀 그만 해."

승연은 친구의 어깨를 장난삼아 툭 치고는 고개를 돌렸다. 호텔의 인테리어가 눈에 들어왔다. 국내 최고라는 명성답게 더 로열 호텔은 아주 화려했다. 천장에는 눈부시도록 광채를 발하는 크리스털 샹들리에가 달려 있었고, 곳곳에 장식되어 화사하고 경쾌한 분위기를 자아내는 색색의 꽃은 모두 생화로 보였다. 뷔페 음식 또한 최상급이었다.

정말 돈이 많은가 보군.

"어느 회사야?"

승연은 음식을 담은 접시를 테이블에 올리며 창수에게 물었다.

"응?"

"BO 베어스가 무슨 베어스가 되는 거냐고."

"오는 길에 화환 못 봤냐? 바닥에 깔릴 정도로 많던데."

"기자들에 가려서 못 봤어."

그러자 창수는 턱짓으로 홀 가장 안쪽 벽을 가리켰다. 크고 긴 현수막이 벽 가장 안쪽에 있었는데, 아까 승연이 둘러봤을 때는 '베어스' 글자 앞에 카메라 장비 같은 것이 있었다. 지금은 치워져서 앞의 이름이 보였다.

일산 베어스.

승연은 손에 쥔 젓가락을 테이블로 떨어뜨리고야 말았다.

"일산그룹이야. 손꼽히는 대기업이라 그런지 초반부터 지원 팍팍 해주더라. 성적이 좋으면 그만큼 보너스도 많이 주겠대. 사실 여자가 구단주라 다들 걱정을 좀 했는데, 기우였어."

"구단주라면……."

승연의 목소리는 억눌려 있었지만 창수는 먹느라 바빠 알아차리지 못했다.

"일산그룹 전(前) 회장의 딸이래. 지금 사장의 동생이고. 재벌가라 좀 그럴 줄 알았는데 며칠 전에 선수단 전체랑 잠깐 미팅했거든. 얼굴도 예쁘고 몸매도 끝내주더라. 거만하지도 않고 친절했어. 그렇다고 나대는 스타일도 아닌 것 같아. 야구를 잘 아는 것 같진 않지만, 암튼 말로만 그치지 않고 실제로 해주니까 맘에 들어. 어디 보자, 저기쯤에 앉아 있던데."

고개를 이리저리 돌리던 창수는 포크로 가장 멀리 있는 테이블을 가리켰다. 시야를 가렸던 덩치가 커다란 베어스 팀의 4번 타자가 자리를 비우자, 그제야 여자가 보였다. 선글라스를 벗은 상태였다.

"이름이……."

"임정희야. 미인이지?"

승연은 대답하지 않았다. 그는 한순간 흐릿해진 눈을 가늘게 뜨는 것으로 시야를 선명하게 하려고 했다.

임정희라고? 임정희?

기억 속의 여자는 스물한 살이었다. 웃는 모습이 세상에서 가장 사랑스럽고 아름다운, 마음 따듯한 여자. 언뜻 보기엔 강하지만 실제로는 마음 약하고 가슴 깊숙한 곳에 있는 무언가가 부러진 듯 위태로운 모습도 보여주던 여자. 하지만 사실 여자가 아니라 소녀였다. 당시 그보다 두 살 더 많았음에도 자라지 않았던 소녀.

그 임정희라고?

달랐다. 10년이 지난 현재의 임정희는 그때와는 다른 존재였다. 물론 자세한 이목구비를 뜯어보면 같은 느낌이지만 전체적으로 풍겨 나오는 이미지는 완전히 달랐다. 성장을 끝낸, 스스로에 대한 확신을 가지고 있는 한 사람의 성인이었다. 성인 여자. 10년 전의 소녀와는 완전히 다른 존재.

10년이라는 시간이 그렇게 길었던 건가?

물론 그도 많이 변해서 내적으로나 외적으로나 달라졌다. 하지만 10년 전에 그를 알던 사람은 지금의 모습을 충분히 알아볼 수 있을 것이다. 정희와는 다르게.

어째서 저렇게나 변한 거지? 아니, 이제 와 왜 따로 만나자고 하는 거지?

그는 천천히 식사를 하며 기다렸다. 어서 파티가 끝나서 따로 만날 수 있기를. 그리고 약 두 시간 뒤, 그때가 왔다.

"야."

에이전트인 훈이 다가와 팔을 잡아끌었다. 승연은 훈의 복잡한 표정을 보고는 창수를 비롯해 다른 선수들에게 인사하고 비상구로 갔다. 훈은 승연의 슈트 주머니에 뭔가를 넣어주었다.

"카드키야."

비상구라 다른 사람은 아무도 없었지만 훈은 바싹 다가와 귓가에 소곤거렸다.

"구단주가 몰래 전해달래. 그리고 남들의 시선을 피해서 와달라나? 이 비상구를 통해서 올라오면 된대. 야, 너 만나러 갈 거야?"

승연은 아무 말도 하지 않았고, 훈은 혀를 내둘렀다.

"진짜 대담한 여자네. 처음 보자마자 호텔 방으로 오라니."

"처음…… 아니야."

"응?"

승연은 올라가면서 내뱉었다.

"처음 만나는 거 아니라고."

"뭐야? 언제 만난 적 있어?"

훈이 질문했지만 승연은 더 말하지 않았다. 그는 고개를 저어 보이고는 걸음을 재촉했다. 12층은 스위트룸만 있는 곳으로 객실은 몇 개 없어 보였다. 화려한 카펫이 깔린 복도에 다른 사람은 없었지만 승연은 빠르게 카드키를 사용해 안으로 들어갔다.

어째서 날 부른 거지? 더군다나 호텔 방으로?

정희는 드넓은 거실 소파에 앉아 있었다.


바닥만 바라보고 있던 정희는 인기척에 고개를 들었다. 어느새 승연은 한 걸음 거리까지 다가와 있었다. 그녀는 심장이 바닥으로 쿵 하니 떨어지는 것을 느꼈다.

"안녕하세요."

몇 시간 전에 인사했음에도 정희는 저도 모르게 다시 말하고 말았다. 스물아홉 살의 승연은 낯선 타인이니까.

성인 남자. 그리고 크게 성공한 사람.

부상 때문에 거의 출장하지 못한 올해를 제외하고 승연이 세계 최고의 투수라는 건 누구도 부인할 수 없는 분명한 사실이었다. 스물두 살에 메이저리그에 올라온 뒤부터 연봉은 가파르게 상승해서 올 시즌만 해도 200억이었다. 내년부턴 추가로 10억씩 더 받기로 되어 있을뿐더러, CF 등의 계약으로 버는 돈도 최소 100억 이었다.

더 이상 1달러도 아끼고 절약했던 그 가난한 청년이 아니었다. 그리고 그녀를 사랑했던 남자도 아니었다.

"음."

정희는 기침을 해서 목을 가다듬은 뒤 입을 열었다.

"아무래도 못 알아보는 것 같아서 말하는데—"

"누나."

승연이 내뱉은 말은 정희의 숨을 앗아갔다. 그녀는 흔들리는 눈을 들어 승연과 시선을 마주했다. 그의 눈동자는 일렁이고 있었다. 이름을 알 수 없는 여러 가지 감정의 파도가 되어 그를 뒤흔들고 있었다. 그리고 그 사실은 정희 또한 진동시켰다.

"누나."

지금, 그녀를 부르는 승연은 스물아홉 살의 성인이 아니었다. 그녀가 끝없이 사랑했던, 열아홉 살의 바로 그 청년이었다.

"승연아……."

스물한 살의 정희가 흐느끼듯 부른 말은 열아홉 살의 그를 끌어냈다. 진심으로 그녀만을 사랑했던 남자.

승연은 한 걸음 크게 걸어 정희의 눈앞에 도착했다. 그리고 고개를 숙여 정희의 입술을 한 번에 빨아들였다. 그의 입술이 주는 감촉을 느끼기 전, 번개 같은 욕망이 그녀를 꿰뚫었다. 정희는 신음을 내뱉고 말았고, 승연은 한 번에 그녀의 입술을 가르고 들어왔다. 뜨겁고 축축한 혀가 황급히 그녀의 혀를 찾아냈다.

이번엔 신음조차 나오지 않았다. 정희는 응당 그래야 하는 것처럼 두 손으로 그의 목을 감고 끌어당겼고, 승연은 그녀를 압착하듯 끌어안았다. 둘은 한 몸인 것처럼 소파 위로 쓰러졌다. 푹신한 가죽에 퉁기자 정희는 약간 의식을 차렸지만 승연이 더 깊게 들어와 혀를 빨아들이자 다시금 쾌감이 그녀의 이성을 앗아갔다.

"하아……."

누구의 것인지 알 수 없는 가쁜 신음이 오가는 가운데 입술과 입술은 절대 떨어지지 않았다. 정희는 척추를 관통하는 격한 흥분에 모든 것이 다 흐릿했다. 그저 승연뿐이었다. 세상에 존재하는 건 소파에 그녀를 내리누르며 입술을 섞고 있는 남자뿐.

아니, 아니다.

정희는 눈을 번쩍 떴다. 세상에 살아 있는 건 승연만이 아니었다. 바로…….

"그, 그만."

정희는 승연의 어깨를 잡아 밀었다. 손이 너무 떨려서 힘이 들어가질 않았다.

"그만 해."

"싫어?"

승연의 얼굴은 순진무구한 소년 같았다. 10년 전처럼. 그래서 정희는 솔직하게 내뱉고 말았다.

"아냐. 좋아."

말이 끝나기도 전에 승연의 입술이 다시 내려왔다. 잠시 입술을 빼앗겼던 정희는 주먹을 쥐고 그의 어깨를 콩콩 때렸다.

“이, 이러지 마. 이럴 때가 아니라고.”

“그럼 왜 불렀어?”

승연의 얼굴엔 짜증이 떠올라 있었고, 정희는 깨달았다. 그가 왜 왔는지. 그녀는 서둘러 소파에서 일어나 바닥에 섰다. 그리고는 승연에게서 몇 걸음 떨어진 뒤 쏘아붙였다.

“섹스나 하러 오라고 한 줄 알았나 보지?”

승연은 정희의 표현에 한쪽 눈썹을 치켜 올렸다.

“그런 말도 할 줄 알아? 예전엔 아주 얌전한 표현만 썼잖아.”

“나 원래 말 험했어. 네 앞에서 조심했던 거지.”

정희는 단단하게 팔짱을 낀 뒤 이어 말했다.

“나에 대해 기억하고 있나 보네.”

“당연하지.”

화가 치밀어 오르자 정희는 버럭 소리 지르고 말았다.

“주차장에서 마주쳤을 때는 못 알아봤으면서 말은 잘하네. 더군다나, 10년 전에 날 걷어찬 건 너잖아?”

“당시엔…….”

승연은 말을 하다 말고 얼굴을 일그러뜨렸다. 그는 눈을 감고 잠시 오른손으로 미간을 문지르더니 다시 눈을 떴다.

“왜 만나자고 한 거야? 이제 와 그때 이야기를 다시 하자고?”

“아니. 과거는 과거일 뿐이야.”

정희는 그렇게 생각했다. 하지만 방금 자신이 분노했다는 것을 잘 알고 있었다.

난 왜 화가 났지? 잘 극복했다고 생각했는데…… 아닌 건가?

"내가 오늘 널 이리로 부른 건, 현재와 미래 때문이야."

"지명권 문제야?"

"아니. 야구와는 상관없어. 이건……."

직설적으로 말이 튀어나갈 것 같아 정희는 잠시 손등으로 입을 막았다. 미세한 통증이 느껴지자 입술이 부었음을 깨달았다. 짜증이 치밀어 올랐다. 중요한 용건을 놔두고 뒹굴기나 하다니.

"기다려 봐."

정희는 테이블 위에 올려둔 서류 가방을 열어 갈색의 서류 봉투를 꺼냈다. 그녀는 숨을 훅 내쉰 뒤, 손을 미세하게 떨면서 승연에게 건네주었다. 뭔가 모를 긴장감이 척추를 타고 흐르자 승연은 얼굴을 찌푸리며 봉투를 열어보았다. 안에는 사진과 몇 가지 서류가 들어 있었다.

사진 속에선 어딘가 모르게 낯익은 느낌이 드는 십대 초반의 소녀가 환하게 웃고 있었다. 사진을 살펴볼 때는 그저 의아할 뿐이었다. 하지만 서류 가운데 하나인 출생신고서를 발견한 승연은 저도 모르게 눈을 깜빡거렸다. 서류는 두 장이었는데, 한 장은 프랑스어인지 이탈리아어인지 알 수 없는 언어로 쓰여 있었고 다른 한 장은 한국어로 되어 있었다.

출생신고서.

"이탈리아에서 작성한 걸 한국어로 옮겼어."

"이걸 대체 왜 보여주는 거야?"

정희는 승연의 질문에 손을 뻗어 사진을 가리켰다. 소녀가 해맑게 웃고 있는 사진.

“네 딸이야.”

승연은 귀를 의심했다. 그는 고개를 삐딱하게 갸웃거리다가 마른침을 삼킨 뒤 다시 물었다.

“뭐라고?”

“네 딸이야. 내가 낳은, 네 딸.”

승연은 아무 말도 할 수 없었다. 아무 말도.

“충격받은 거 알아.”

정희는 아주 천천히 말을 이었다.

“나라도 그럴 테니까. 황당하고 믿기지 않을 거야. 하지만 이건 사실이야. 10년 전에 나, 임신했어. 낳았고. 너와…….”

정희는 반듯한 미간을 살짝 찌푸렸다.

“내 딸이야. 우리…… 딸인 거지.”

정적이 흘렀고, 폐가 비명을 질렀다. 그러자 승연은 자신이 호흡도 잊었다는 것을 깨닫고 다시 숨을 들이마셨다. 아주, 힘들었다.

딸?

“딸?”

“그래. 딸. 아들이 아니라 딸이야. 키가 꽤 커. 열 살인데도 145cm나 되거든. 얼굴은 날 하나도 안 닮았어. 너도 안 닮은 것 같고. 대체 누굴 닮았는지 모르겠는데, 귀여워. 고집 부릴 땐 빼고 말이야. 한번 고집 부리면 도저히 어떻게 할 수가 없다니까. 그리고 하는 짓이 완전히 백 년 묵은 여우야. 머리 돌아가는 소리가 휙휙 들리거든.”

정희는 자신이 주절거린다는 것을 알았다. 하지만 도저히 말을 멈출 수 없었다. 승연이 동상이 된 것처럼 아무 말도 않고 있었으므로.

"……야."

승연의 입이 드디어 열렸다.

"뭐라고?"

듣지 못한 정희가 되묻자 승연은 으득 소리가 나게 이를 갈았다. 그러고는 백지장만큼이나 새하얗게 변한 얼굴로 한 글자 한 글자 분명하게 발음했다.

"유전자 검사, 할 거야."

"그래."

정희는 뻣뻣하게 움직였다. 다시 서류 가방으로 손을 뻗어 작은 비닐 봉투를 꺼냈다. 안에는 모근이 붙어 있는 머리카락 몇 가닥이 들어 있었다.

"혹시 몰라서 가져왔어."

승연은 낚아채듯 비닐 봉투를 가져갔다. 그의 입은 한 일 자로 굳게 닫혀 있었다.

"검사 결과 나오면 여기로 연락해."

정희는 개인 명함을 주었다. 승연은 그것 또한 잡아챘고, 무시무시한 눈빛으로 노려보았다. 25cm는 더 크고 두꺼운 몸의 남자가 저런 표정으로 쏘아본다는 사실이 무서워야 했지만, 아니었다. 정희는 지금 그런 감정을 느낄 수가 없었다.

그저 두려울 따름이었다. 사진과 서류를 갈기갈기 찢어버리는 것으로 딸의 존재를 완전히 부정하지 않을지 공포스러울 따름.

"이만 가볼게."

"기다려."

정희가 서류 가방을 들고 무겁게 문으로 다가갔을 때, 승연의 날카로운 말이 그녀를 내려쳤다. 정희는 삐걱거리는 몸으로 뒤돌아 승연을 보았다. 그의 눈은 10미터 거리에서도 볼 수 있을 만큼 거대한 불길로 이글거리고 있었다.

"거짓말을 한 거라면, 가만두지 않겠어."

"거짓말이 아니야."

정희는 더 말을 하고 싶었지만 나오지 않았다. 그녀는 후들거리는 몸을 추슬러 그대로 떠났다. 남은 건 승연뿐이었다. 그는 그 자리에 주저앉은 채 이탈리아어로 쓰여 있는 서류를 뚫어져라 노려보았다. 하지만 한국어로 된 출생신고서와 아이의 사진은 보지 않았다.

"형."

알 수 없는 시간이 흐른 뒤, 승연은 뻣뻣한 손을 움직여 휴대폰을 꺼내 훈의 단축번호를 눌렀다.

"해줄 일이 있어."

하루 뒤, 승연은 자신이 임민이라는 여자 아이의 생물학적 부친임을 알게 되었다.

## 연습 경기

10년 전.

재미없어.

정희는 긴 다리를 꼬며 짧게 한숨을 내뱉었다.

정말이지, 흥미로운 게 하나도 없었다. 쉴 새 없이 바뀌는 클럽 내의 강렬한 조명은 눈이 아플 뿐이고 귀를 찢을 것처럼 커다란 음악은 소음으로 들릴 뿐이었다. 술 또한 마찬가지였다. 원래 알코올을 좋아하진 않지만 적당히 마시면 기분이 좋아지므로 클럽에 오면 즐기는 편이었으나 오늘따라 쓰게 느껴졌다. 춤도 마찬가지였다.

정희는 채 밤이 되지 않았음에도 토요일이라 그런지 발 디딜 틈도 없이 클럽 안을 꽉 메우고 있는 여러 인종의 사람들을 무심한 눈으로 훑었다. 클럽 문 앞에 서 있는 거대한 덩치의 흑인 경비원들이 고객들의 수질을 철저하게 관리하는 만큼 DJ가 만들어내는 리듬에 따라 미칠 듯이 몸을 흔들어대는 남자들은 외모가 꽤 훌륭했다. 개중에 평소 그녀의 취향에 딱 맞는 남자도 보였지만 정희는 오늘따라 그들을 유혹하고픈 마음은 조금도 들지 않았다.

심심해. 뭐 재미있는 일 없을까?

정희는 등을 소파에 깊숙하게 묻은 뒤 인상을 찌푸렸다. 옆에서 다른 남자와 끈적하게 몸을 비비고 있던 제니퍼가 그제야 정희의 기분을 읽어냈다.

〈재미없어?〉

대답하는 것도 귀찮았다. 정희는 아무 말도 하지 않았으나 제니퍼는 알아들었다. 깔깔거리다가 주머니에서 무언가를 꺼낸 뒤 알코올로 흐려진 발음으로 권했다.

〈한번 빨아봐. 기분 죽여.〉

〈나 약 안 해. 말했잖아.〉

정희는 차갑게 거절했다. 절대 안 하는 것 중에 하나가 바로 약이었다. 정신을 병들게 만들어 주변 사람들마저 불행의 늪으로 빠뜨리는 최악의 것.

〈딱 한 번만 해봐. 심심할 땐 약이 최고야. 〉

정희는 자리에서 일어나는 것으로 대답을 대신했다. 제니퍼가 뒤에서 불렀지만 돌아보지 않은 채 엉켜 있는 사람들을 헤치고 클럽에서 나갔다. 주변 여기저기를 걸어다니며 살펴보았으나 흥미로운 건 여전히 전멸 그 자체였다.

정희는 눈살을 찌푸리다가 결국 택시를 탔다.

〈어디로 가드릴까요?〉

〈아무 데나 재밌는 곳이요.〉

〈네?〉

〈들었잖아요. 뭐 재밌는 거 없을까요? 너무 심심하네요.〉

택시 기사는 사십대 후반의 동양인 남자였다. 어지간히 고생하면서 살아왔는지 이마에 깊은 주름살이 파여 있었지만 인상 자체는 좋았다.

"혹시 한국인?"

택시 기사의 입에서 오랜만에 듣는 한국어가 흘러나왔다.

아, 괜히 한국인들이랑 얽히는 거 짜증나는데.

정희가 택시에서 내리려고 할 때였다. 택시 기사는 싱긋 웃더니 경상도 사투리가 희미하게 남아 있는 한국어로 이어 말했다.

"재밌는 곳으로 데려다 줄게요. 아주 유쾌한 장소예요."

택시 기사의 목소리는 즐거움으로 가득해서 호기심이 일어날 정도였다.

"어딘데요?"

"야구장."

정희는 눈만 깜빡였다.

"야구 안 좋아해요?"

뭔지도 모르는데 어떻게 좋아해?

"룰을 몰라도 그냥 가서 앉아 있어요. 작은 공 하나 가지고 덩치 큰 남자들이 왔다 갔다 하는 걸 보는 것도 재밌어요. 홈런 같은 큰 타구가 나오면 막힌 가슴이 뻥 뚫리는 것 같기도 하고."

의심스러웠지만 택시 기사는 진정 즐거운 목소리였다. 정희는 속는 셈치고 가보기로 했다. 어차피 재밌는 걸 찾지 못했으니까.

"트랜턴 썬더* 팀에 우리나라 선수가 한 명 있어요. 오늘 선발 투수인데 굉장히 잘해서 장래가 촉망돼요. 유심히 봐둬요. 아주 유명해질 거니까. 잘생기기도 했고요."

"이름이 뭔데요?"

선발투수가 뭔지 몰랐지만 외모 이야기는 귀에 들어왔다. 정희가 묻자 택시 기사는 껄껄 웃더니 알려주었다.

"박승연이요."

여자 이름 같네.

"자, 다 왔네요. 저기서 표 사서 들어가면 돼요."

택시가 멈춘 곳은 머서 카운티 워터프론트 파크* 라는 글씨가 굵직한 대문자로 쓰여 있는 입구 근처였다. 정희는 값을 치르고 내린 뒤 천천히 글씨 밑에 있는 매표소로 갔다. 야구에 대해 전혀 모르지만 기왕이면 가까이에서 보는 게 좋을 것 같아 12달러를 주고 가장 가까운 자리의 표를 샀다.

긴 계단을 올라가자 맨 처음에 들어온 건 녹색의 광활한 그라운드였다. 다이아몬드 모양으로 고르게 정돈되어 있는 모습이 신기

---

* 트랜턴 썬더(Trenton Thunder):뉴욕 양키스 팀의 더블에이 마이너리그 팀. 이스턴리그 노스에 속해 있다

* 머서 카운티 워터프론트 파크(Mercer County Waterfront Park):트랜턴 썬더 팀의 홈구장. 뉴저지 주의 트랜턴 시에 위치한다

했다.

　나쁘지 않네.

　그라운드를 중앙에 두고 위쪽에는 광고판, 그 외의 공간에는 좌석이 펼쳐져 있었는데, 처음 야구장에 와서 그런지 내부를 살펴보는 것만으로도 흥미로웠다. 더군다나 경기장 안의 공기는 뭔가가 달랐다. 상쾌한 시원함을 담고 있었지만 동시에 뜨겁기도 했다. 제각기 응원에 열중한 사람들의 외침과 그라운드 위에 있는 선수들에게서 뿜어져 나오는 열기 때문이었다.

　정희는 방금까지 자신을 덮고 있던 지루함의 막이 천천히 사라지는 것을 느끼며 중앙 부분의 가장 앞좌석에 앉았다. 오른쪽에는 이십대 초반으로 보이는 두 백인 남자가 흥분한 표정으로 말을 주고받고 있었다.

　〈방금 아웃 카운트 잡는 공 봤지? 진짜 구위 죽인다! 스피드도 그렇고 공 끝도 끝내주네.〉

　〈컨트롤이 너무 아니잖아. 메이저리그로 올라가긴 무리일 것 같아. 컨트롤만 잡히면 대박인데.〉

　〈그래도 트리플에이까진 충분할 것 같지 않아?〉

　〈올해까진 더블에이에 둘 거라고 하더라. 몸을 더 만들어야 된대. 감독이 그렇게 말하는 걸 기사에서 읽었어.〉

　정희에겐 별나라 이야기로 들릴 뿐이었다. 하지만 야구 자체가 지루하진 않았다. 선수들이 던지는 공이 글러브에 들어올 때마다 퍽 하고 깜짝 놀랄 만큼 큰 소리가 나기 때문이다. 그리고 공은 속도가 아주 빨랐는데, 몇 미터 안 되는 거리에서 보니 현장감이 있어 신기했다. 거기다가 선수들도 흥미로웠다.

　백인, 흑인, 남미 계열 등 다양한 인종의 선수들 가운데 많은 숫자가 키도 크고 체격이 좋았다. 유니폼은 몸에 달라붙어 근육을 드러냈는데, 운동선수를 가까이에서 보는 게 처음인지라 매끈한 외모를 자랑하는 클럽의 죽돌이들에게 익숙한 정희에겐 흥미롭게 다가왔다. 물론 개중에 뚱뚱한 선수도 있었고 얼굴이 잘생긴 선수는 거의 없어서 눈요기까진 안 됐지만.

　〈이번에도 나온다.〉

　1루 측 벤치에 앉아 있던 선수들이 다이아몬드 모양의 그라운드로 우르르 올라갔다. 그리고 마지막에 모습을 드러낸 한 선수가 느릿하게 그라운드 중앙으로 걸어갔다. 다소 거만한 태도였는데 선수가 힘차게 공을 뿌리기 시작하자 대화를 주고받던 두 백인은 눈을 반짝이며 열변을 토했다.

　〈우와! 6회인데도 98마일(약 157km)! 좌완(左腕)이 저 정도라니!〉

　〈역시 컨트롤이 문제지 다른 건 정말 끝내준다니까.〉

　정확한 의미는 알 수 없었지만 정희는 지금 던지는 선수가 뛰어나다는 걸 알 수 있었다. 대화 내용이 아니라 소리 때문이었다. 던진 공이 글러브에 들어갔을 때 나는 소리가 다른 선수들보다 훨씬 더 크고 박력이 있었다. 또한 얼마나 빠른지 작대기 같은 궤적의 잔상이 눈에 남을 정도였다.

　저 선수가 박승연인가?

　선수들 가운데 유일한 동양인이었다. 그렇다면 아까 택시 기사가 칭찬한 그 한국인 선수가 맞는 듯싶었다.

확실히 잘생겼네.

정희는 몸을 좀 더 앞으로 하며 선수의 얼굴을 관찰했다. 사실 다들 똑같은 유니폼을 입은 터라 인종이 다르다고 해도 얼굴을 구분하는 게 쉽진 않았다. 하지만 박승연에겐 뭔가 차별화되는 게 있었다. 엄청나게 큰 키와 드넓은 어깨, 통나무처럼 두꺼운 허벅지 또한 매력적이었으나 짙고 뚜렷한 이목구비는 뭇 여자들의 심장을 뛰게 할 만큼 거칠고 남성적이었다. 또한 주변 공기를 이글이글 타오르게 만드는 투기를 온몸으로 뿜어내고 있었다. 아주, 강한 남자.

흥미가 동했다. 아주 큰 흥미가.

정희는 경기가 끝날 때까지 승연만 관찰했다. 그는 6회까지 던진 뒤 사라졌다가 왼쪽 어깨에 두꺼운 붕대 같은 것을 칭칭 감고 벤치에 등장했다. 그러고는 경기를 보면서 진지한 눈빛으로 두꺼운 공책에 메모를 계속해 나갔다.

……건드려 보고 싶은걸.

경기가 끝날 때까지 박승연은 계속 무표정한 얼굴이었는데, 왠지 모르게 차가워 보였다. 정희는 진심으로 궁금했다.

저 표정 없는 얼굴에 미소가 떠오르면 얼마나 귀여울까?

정희는 생각했고, 곧 결론을 내렸다.

건드려 봐야지.

두 시간 뒤 정희는 주차장 구석진 곳에 서서 승연을 기다리고 있었다. 옆자리에서 수다를 떨던 두 팬에게 물어보니 승연은 가장 일찍 경기장에 와서 가장 늦게 나가는 선수라고 했다.

얼마나 더 기다려야 되는 거지?

경기가 끝난 뒤 사람들은 집으로 가기 위해 경기장을 나서는 선수들에게 몰려가 사인을 받았다. 하지만 그것도 30분 전까지로, 그 뒤로 지금까지 다른 사람은 아무도 나오지 않고 있었다.

나오는 걸 내가 놓쳤나? 나중에 다시 와야 하나? 아니, 내가 대체 왜 이러고 있는 거야?

생각해 보니 어이가 없었다. 간만에 흥미로운 것을 발견하긴 했으나 그 이상은 아니었다. 이렇게 몇 시간씩 기다릴 이유가 없었다.

나, 대체 왜 이러지? 그 정도 남자는 널리고 널렸는데 이게 대체 뭐야?

짜증을 이기지 못한 정희가 막 몸을 돌릴 때였다. 드디어 저 한켠에서 승연이 모습을 드러냈다. 낡은 캐주얼을 입고 있었는데 몸이 워낙 좋아서 그런지 최고급 명품을 걸친 일류 모델 같았다.

정희는 저도 모르게 입을 살짝 벌린 채 승연의 단단한 몸을 훑어보기만 했다. 그사이 승연은 빠르고 힘있게 걸었다. 그가 멈춘 곳은 과연 시동이 걸릴지 의심스러울 만큼 낡고 작은 차 앞이었다. 정희는 그제야 정신을 차리고 30미터 거리를 한달음에 뛰어갔다.

"박승연!"

막 문을 열던 승연이 뒤를 돌아보았다. 그녀를 바라보는 승연의 눈동자는 크리스털처럼 투명했다. 그리고 지극히 순수한 빛으로 반짝이고 있었다. 세상에 존재할 거라고 생각 못했던 것.

정희는 심장이 바닥으로 쿵 하고 떨어지는 기분이었다. 그녀는 잠시 아무 말도 못한 채 바라보고 있기만 했다.

"네, 무슨 일이시죠?"

승연의 말투는 공손했고 저음의 목소리는 부드러웠다. 그라운드에서 그렇게나 격렬하게 투기를 발했던 사람 같지 않았다.

"아, 저기……."

정희는 어느새 바싹 마른 입술을 축였다.

거침없는 내 언변은 대체 어디로 간 거지?

"오늘 경기 잘 봤어요."

"감사합니다."

승연은 입술을 움직여 엷게 웃었다. 미소는 작지만 얼굴 전체를 부드럽게 만들어 빛을 내뿜었다.

"사실, 제가 야구를 모르거든요. 오늘 처음 봤어요. 그런데도 아주 잘 던지는 걸 알겠더라고요."

"그러시군요."

승연은 싱긋 웃으며 말을 받아주었다. 정희가 반사적으로 미소를 짓자 승연의 눈이 살짝 커졌다. 정희는 자신의 외모에 대한 반응임을 알아보았다. 사실 그녀는 아주 예뻤다.

172cm로 여자치고 키가 컸으며 아주 늘씬했다. 가슴은 풍만했고 허리는 잘록했으며 다리는 끝없이 길었다. 깊은 눈망울과 도톰한 입술이 특히 매력적으로 도자기같이 흠없는 피부를 자랑하는 얼굴은 남자라면 시선을 떼지 못할 만큼 아주 고왔다. 보통 섹시

하게 보이기 위해 짙은 스모키 화장을 하고 다녔지만 오늘은 기초 화장만 하고 옷도 단정하게 입었는데, 깔끔하고 청순하게 보이리라.

"이제 집으로 가는 건가요?"

정희는 솟구치는 자신감에 더 깊은 미소를 지으며 물었다. 그녀는 승연이 침을 삼키는 듯 결후가 꿈틀거리는 것을 보았다.

"네."

"전 식사하러 갈까 싶은데 같이 가실래요?"

승연은 잠시 망설이는 기색이었지만 고개를 끄덕였다. 10분 뒤 그들은 구장 근처에 있는 소박하지만 경쾌한 분위기의 이탈리아 레스토랑으로 들어가게 되었다. 웨이트리스가 다가오자 승연이 말했다.

"대신 주문해 주시겠어요? 아직 영어에 익숙하지 않은 터라."

부탁대로 하면서 정희는 깨달았다. 승연이 되던 안 되던 자존심만 내세우는 다른 남자들과 다르다는 것을.

"미국에 온 지 얼마 안 됐나 봐요."

"네. 올 1월에 왔으니 이제 4개월쯤 됐네요. 팀에서 영어 교사를 붙여줘서 계속 배우고 있는데 쉽지 않아요."

승연은 솔직했고, 바로 그런 점이 사람을 편안하게 만들어주었다. 정희는 승연이 오랫동안 알아온 사람처럼 느껴지자 깜짝 놀랐다.

"참, 이름이 어떻게 되세요?"

"임정희예요."

"예쁜 이름이네요."

스스럼없는 칭찬에 정희는 뺨을 붉히고 말았다.

원래 이렇게 솔직한 걸까, 아니면 바람둥이인가? 나이도 많지 않아 보이는데⋯⋯.

투수 박승연과 지금 맞은편에 앉아 있는 남자는 분위기가 많이 달랐다. 그라운드 위에서는 격렬한 투기를 내뿜는 전사 같았으나 지금은 부드러운 존재감이 흘러나오는 모범생 같았다. 이목구비는 여전히 남성적이지만 더 이상 거칠어 보이지 않았고, 특히 눈동자는 아직 어린 소년처럼 맑았다.

몇 살이지? 나보다는 많아 보이는데, 스물셋 정도인 걸까?

"전 뉴욕대 다녀요. 3학년이에요."

"그럼 스물하나?"

정희가 고개를 끄덕이자 승연의 눈빛이 미세하게 흔들렸다.

"박승연 씨는 몇 살이죠?"

"전 열아홉이에요."

정희는 눈만 깜빡거렸다.

열아홉? 스무 살도 안 됐다고? 미성년자라는 말이야?

"그럼 고등학교도 졸업 안 하고 온 거예요?"

"네. 올해 1월 1일에 뉴욕 양키스 팀에서 스카우트가 왔거든요. 한 살이라도 더 어렸을 때 가는 게 좋을 것 같아서 학교를 그만두고 바로 왔어요."

승연은 빙긋 웃더니 이어 물었다.

"누나라고 불러도 되죠? 누나는 언제 미국으로 왔어요?"

“어, 난 열일곱 살에 왔어요.”

“중학교 졸업하고 바로 오셨나 봐요.”

고등학교 때 사고 쳐서 잘리고 나서 미국으로 쫓겨났죠.

정희는 사실대로 말하는 대신 그냥 웃는 것으로 답했다.

“말 놓으세요. 저보다 나이도 위신데.”

승연의 계속되는 말을 듣자니 정희는 망치로 툭툭 얻어맞는 기분이었다. 간만에 흥미로운 남자를 만났나 싶었는데, 미성년자였다니? 물론 미국 나이로는 성인이지만.

“제가 누나보다 어려서 놀랐나 봐요.”

“네. 약간이요.”

사실 약간이 아니었다. 최소 스물둘이나 셋은 된 줄 알았는데.

“말 놓으시라니까요.”

“그, 그래.”

승연은 빙긋 웃었다. 소년같이 해맑은 미소였다.

“다들 제 나이를 잘 모르더라고요. 그래서.”

승연은 잠시 말을 멈췄다가 이어 내뱉었다.

“접근하는 여자도 좀 있고요.”

얼굴이 살짝 달아오르는 느낌이 들자, 정희는 승연의 시선을 피했다.

“아직 제가 어리지만 나이와 상관없이 메이저리그에 올라갈 때까지 여자는 안 사귈 거예요. 가장 중요한 건 야구라고 생각하거든요. 성공이 우선이죠.”

승연의 눈이 그라운드에 있을 때처럼 거칠게 빛났다.

“전 꼭 성공하고 말 거예요. 꼭.”

“뭘 위해서 성공하고 싶은 건데?”

정희는 말한 뒤에야 자신이 생각을 내뱉었다는 것을 깨달았다. 그냥 입을 다물까 싶었으나 승연의 눈빛은 그녀로서는 알지 못하는 감정으로 번쩍이고 있었다. 그래서 호기심이 일었다.

“돈을 많이 벌고 싶은 거야?”

“네. 저희 집은 아주 가난하거든요. 아주.”

승연은 거의 이를 악물 듯이 말하고 있었다.

“꼭 성공해서 돈 많이 벌 거예요.”

“돈은 없어도 문제지. 하지만 아주 많아도 문제야.”

“누나네 집이 그런가요?”

정희는 불쾌감을 느껴야 한다고 생각했지만 대신 찾아온 건 담담함뿐이었다. 그리고 솔직한 마음이 터져 나왔다. 누구에게도 내뱉지 않았던, 깊디깊은 상처.

“응. 우리 집은 돈이 아주 많아. 그래서 유산 다툼을 하다가 친척들은 다들 원수보다 못한 사이가 됐어. 가장 지독하게 굴었던 건…… 내 아버지였고. 돈, 돈……. 대체 그게 뭐라고. 돈의 혜택을 받고 있으면서 이런 말을 하는 나 자신이 더 짜증나지만.”

“난 그러지 않을 거예요.”

승연은 마치 맹세하는 듯한 경건한 어조로 말했다.

“난 가족들을 위해 돈을 벌고자 하는 거지, 돈이 우선이 아니에요. 성공하더라도 돈을 우선시하지 않을 거고요.”

“그렇게 해. 그렇게 하지 않으면…….”

정희는 힘겹게 토해냈다.

"결국엔 가장 중요한 걸 잃게 되거든."

침묵이 내려앉았다. 정희는 승연의 눈빛이 일렁이는 것을 보았지만 묵묵히 식사에 열중했다. 식사 후, 정희가 비용을 지불하자 승연은 자존심을 세우는 대신 예의 바르게 잘 먹었다는 말을 했다. 그리고 레스토랑 밖으로 나온 뒤 감사를 표했다.

"고마워요."

"아냐. 나 혼자 먹기 싫었는데 같이 먹어줘서 나야말로 고마운 걸."

"식사도 고맙지만 아까 말해준 것도 그래요. 가장 중요한 게 뭔지 다시 생각하게 됐어요. 사실 요즘 좀 힘들어서 급급했거든요."

승연은 오른손 주먹으로 자신의 심장을 툭툭 쳤다.

"이 마음, 잊지 않을게요."

아직 어린 소년인데도 승연의 눈빛은 그 어떤 어른들보다 진지했다.

"도움이 됐다니 기뻐."

"다시 만날 수 있을까요?"

정희의 예의 바른 말이 끝나자마자 승연은 질문을 해왔다. 정희의 입에선 이런 반응이 튀어나왔다.

"왜?"

"예쁘니까."

승연은 빙긋 웃으며 답했고, 정희는 깨달았다. 나이가 어리긴 해도 바람둥이가 될 자질을 확실히 갖추고 있었다.

“누나처럼 예쁜 여자 처음 봐요. 얼굴도, 마음도.”

“메, 메이저인가에 올라갈 때까지 여자 안 사귄다면서?”

정희는 저도 모르게 말을 더듬고 말았다. 승연은 눈을 작게 만드는 웃음을 지으며 다시 솔직하게 말했다.

“누나는 예외예요. 특별하니까.”

정말이지, 정희는 더 이상 말을 할 수가 없었다.

“지금 답하기 어려우면 다음에 말해줘요. 5일 뒤에 선발 뛰어요. 오후 7시 5분에 시작해요. 나랑 사귈 마음 있으면 그날 경기에 와줘요. 알았죠?”

승연은 통보하듯 말한 뒤 등을 돌렸다. 물론 그전에 데려다 주겠다고 공손하게 제안하는 것을 잊지 않은 채. 정희가 고개를 젓자 승연은 인사한 뒤 사라졌다. 남겨진 정희는 멍청하게 서 있기만 했다.

어린애야. 아직, 어려.

이날 이후로 정희는 스스로에게 말하고 또 말했다.

즐기기 위해 가볍게 만나왔던 이제까지의 남자들과는 달라. 능글맞아 보이지만 근본적으로 순수하고 착한 애야. 나중에 상처 줄 게 분명해. 아예 접근을 하지 말아야 해. 하지만, 하지만…….

승연이 말한 날, 정희는 경기장으로 자석처럼 빨려 들어가고 말았다. 그리고 경기 중에 승연과 눈을 마주했고, 경기가 끝난 뒤 주차장에서 승연을 기다렸다.

“누나!”

승연은 오늘 빼어난 투구를 보여줬을 때만큼이나 강렬한 눈빛을 한 채 성큼 달려나왔다. 그리고 멍하니 서 있는 정희를 한번에 들어 껴안았다. 맞부딪치는 승연은 단단하고 뜨거웠다. 남자의 몸이었다.

"키스해도 돼요?"

반쯤은 수줍은 듯, 반쯤은 당당하게 물은 승연은 답을 기다리지 않았다. 그의 입술은 곧바로 정희에게 내려앉았다. 단순히 입술과 입술의 마주침이었음에도 정희는 정신을 빼앗기고 말았다. 그 무엇보다 좋았으니까.

"와줘서 기뻐요. 정말로."

붉어진 얼굴로 승연은 정희를 내려주었다. 그리고 정희의 손을 꼭 잡았다.

"사실, 누나가 웃는 거 보고 홀딱 반했어요. 누나처럼 예쁜 여잔 처음 봤거든요. 누나가 세상에서 제일 예뻐요."

승연의 손은 크고 단단했으며 온기가 있었다. 정희로서는 알지 못했던 온기. 그래서 정희는 저도 모르게 꼭 붙들었다.

놓치고 싶지 않았다. 이 귀중한 마음을 그냥 흘려보내고 싶지 않았다.

그래서 정희는 그렇게 했다. 이날 이후로, 트랜턴 썬더 팀의 홈 경기가 있을 때마다 와서 유니폼을 입은 승연의 얼굴을 실컷 보았다. 그리고 경기가 끝나기를 기다렸다가 손을 꼭 잡고 함께 시간을 보냈다.

"누나가 정말 좋아요."

만난 지 한 달이 되는 날, 승연은 언제나처럼 자연스럽고 당당하게 말했다. 그래서 정희도 말할 수밖에 없었다.

"나도 네가 좋아."

승연은 세상을 다 얻은 것처럼 환하게 웃었다.

"처음이에요. 누나가 똑같이 말해준 거."

그는 고개를 숙여 정희의 입술을 훔쳤다. 처음에는 언제나처럼 가벼운 키스였으나 곧 승연의 혀가 서툴게 정희의 입술을 갈랐다. 정희는 깜짝 놀랐지만 그를 환영했고, 초보 티가 물씬 나지만 열정적으로 임하는 그와 함께 신음했다.

"누나한테 예전에 남자친구가 있었다는 거 알아요."

입술이 부풀어 오를 때까지 키스를 거듭한 한참 뒤, 승연은 거친 숨을 몰아쉬며 정희와 눈을 마주했다. 간신히 버티고 있었지만 정희는 그가 들끓고 있는 욕망을 잘 자제하고 있다는 것을 알았다. 그래서 점수를 더 줄 수밖에 없었다.

"하지만 내가 누나의 마지막이 됐으면 좋겠어요."

나도 그러길 바라. 하지만…….

정희가 말하기 전, 다시 승연이 그녀의 입술을 집어삼켰다. 그 사이 진일보한 기술을 보여주는 승연의 입술에 홀렸지만 혼자가 된 뒤에는 아니었다. 현실이 찾아왔다.

승연은 그녀의 마지막이 될 수 없었다. 그들의 세상은 달랐으니까. 승연의 미래는 찬란했으나 그녀는 아니었다. 그녀에겐…….

그럼에도 마음속 깊은 곳에서 꿈틀대는 찬란한 소망을 가라앉힐 수 없었다. 승연의 곁에 계속 있고픈 욕망.

정희는 온몸을 작게, 아주 작게 웅크렸다. 현실의 촘촘한 그물

속에서 빠져나가기 위해. 하지만 소용없었다.

[누나, 사실 나 내일 생일이에요.]

미국 전역으로 원정 경기를 갔을 때도 승연은 하루에 한 번씩은 꼬박꼬박 전화를 해왔다.

어째서 승연의 목소리를 들으면 고민거리가 다 날아가는 걸까? 사귄 지 얼마 안 되서 그런 걸까?

아무리 눈을 가리고 있는 콩깍지가 크더라도 시간이 지나면 단점도 보인다는데, 두 달 좀 넘게 만나왔음에도 정희는 승연의 모든 것이 그저 좋았다. 야구에 대한 열정, 남자답고 큰 몸과 순진하고 순수한 마음, 따듯한 눈빛…….

모든 게 좋았다. 모든 게.

"왜 이제 얘기해?"

[까먹고 있었어요.]

"생일을 까먹었다고?"

[생활이 좀 그러니까, 잊게 되네요.]

승연에게 있어서 좀 그렇다는 말은 아주 힘들다는 말과 동격이었다. 아무리 못하는 선수라도 최소 연봉 40만 달러(한화 약 4억 5천)에다가 10만 원에 가까운 하루 식사 비용을 보장받고 최고급 호텔 방을 제공받는 메이저리그가 천국이라면, 마이너리그는 그야말로 지옥 중의 지옥이었다.

승연이 뛰고 있는 더블에이 팀의 월봉은 천 달러(한화 약 110만 원)로 잘 모르는 사람이 보기엔 적은 액수가 아니라고 생각할 수도 있지만 1년에 다섯 달 동안만 계약하므로 연봉은 5천 달러(한화 약 550만 원)에 불과했다. 또한 그 돈 내에서 방값, 세탁비, 식사비 등의 모든 생활비를 해결해야 했고 최소 몇십만 원씩 하는 값비싼 야구 장비를 각자 사야 했다. 즉, 집에서 따로 원조를 받지 않거나 투잡을 뛰지 않는 이상 굶어 죽을 수밖에 없었다.

승연은 스카우트되면서 10억이 넘는 돈을 계약금으로 받았지만 에이전트 비용과 세금을 빼면 육십 프로 정도만 남았다고 했다. 메이저리그에 올라갈 때까지 그 돈으로 미국에서 몇 년간 버텨야 했으나 승연은 집이 워낙 가난해서 가족들에게 거의 다 주고 왔다. 그래서 월봉에다가 성적이 좋을 경우 받는 약간의 보너스와 장학금으로 살고 있는데 지난 석 달간 가까이에서 지켜보니 살아 가는 게 용할 정도였다. 물론 그럼에도 승연은 데이트 비용을 조금이라도 내려고 노력했다. 남자라면 응당 그래야 한다면서.

"선물 뭐 받고 싶어?"

정희는 사실 고급차를 장만해 주고 싶었다. 승연이 현재 모는 건 언제 폐차될지 모르는 녀석이니까. 하지만 부유하다는 사실을 들먹거려서 승연의 자존심을 다치게 할 순 없었다.

"음, 글러브 어때?"

저번에 언뜻 보니 다 뜯어져서 여러 번 기운 흔적이 있던데, 차는 안 되지만 글러브 정도는 사줘도 괜찮을 것이다. 승연은 야구 장비가 비싸다고 했지만 정희에겐 글러브 열 개라도 푼돈에 불과했다.

[아니에요. 글러브는 한국 선배들이 보내준다고 했어요. 야구

장비 일체를 다 물려준대요. 장학금도 조금 더 주고요.]

승연의 목소리는 기쁨으로 일렁이고 있었다. 정희는 마음이 아팠다.

"그럼 뭐 갖고 싶어?"

[번거롭겠지만 누나가 해준 한국 음식이 먹고 싶어요. 만들어줄 수 있어요?]

"그럼. 근데 나 요리 거의 못하는데. 밥이랑 김치찌개 정도밖에 못해."

원래 미국으로 오기 전까지는 하나도 할 줄 몰랐다. 그러다 1년 전쯤, 엄마가 살아 있을 적에 만들어주셨던 김치찌개가 갑자기 먹고 싶어졌다. 그 뒤로 여러 차례 실수를 하긴 했으나 김치찌개와 밥만큼은 아주 맛있게 할 수 있게 되었다.

[그걸로도 충분해요. 혹시 내일 시간 있으면 먼저 집에 가서 해줄래요? 난 밤에 좀 늦게 도착하거든요.]

"그렇게 할게. 집이 어디야?"

승연은 주소를 말했고, 열쇠는 대문 밑에 숨겨져 있다는 것을 알려주었다.

[부엌을 같이 쓰는데 거기 애들이 된장이랑 청국장만 아니면 냄새 괜찮다고 했으니 신경 안 쓰셔도 돼요.]

애들이라면 여러 명과 같이 산다는 뜻인가?

정희는 다음날 시간에 맞춰 승연의 집으로 찾아갔고, 정확히 몇 명과 함께 쓰는지 알게 되었다. 무려 일곱 명이었다. 그리고 집은 가난한 사람들만 모여 사는 동네의 반지하에 있기도 했다.

그녀는 부유층 동네에서 살았다. 백이십 평짜리 펜트하우스에 혼자.

요리하는 손이 떨릴 정도로 마음이 아팠지만 정희는 집중했다. 그래야 승연에게 맛있는 걸 먹일 수 있으니까.

"우와, 냄새 끝내준다!"

승연은 10시쯤 눈을 번쩍거리며 들어왔다. 그는 정희의 입술에 살짝 키스하는 것으로 인사한 뒤 다른 동거인들이 호기심 어린 눈으로 쳐다보자 테이블을 들고 방으로 갔다.

승연의 방은 전체적으로 깔끔했다. 낡은 침대와 전화기, 야구 서적, 공책이 쌓여 있는 오래된 책상밖에 없었는데 딱 잠만 자는 곳처럼 보였다. 좁았지만 다행히 2인용 작은 테이블은 펼칠 수 있었다.

정희는 승연과 함께 식사했다. 그런데 왠지 승연의 등 뒤에 있는 침대가 자꾸 눈 한편에 밟혔다.

"정말 맛있어요."

아주 많이 만든 덕분에 승연이 수저를 내려놨을 때는 절반 정도 남아 있었다. 정희는 나머지를 잘 포장해서 공용으로 쓰는 냉장고에 넣어주었다.

승연은 커피를 끓여 방으로 가져와 주었다. 정희는 찻잔에 이가 빠진 것을 보았으나 웃으며 고맙다고 말하고는 한 모금 마셨다. 설탕이 너무 들어가 있었지만 세상에서 가장 맛있었다.

"고마워요. 최고의 생일 선물이에요. 미국으로 온 뒤로 이렇게 맛있는 김치찌개는 처음 먹어봐요."

"생일 선물, 하나 더 있어. 기다려 봐."

정희는 차에 넣어두었던 상자를 가지고 돌아왔다. 승연은 약간 멈칫하다가 경직된 표정으로 상자를 열었다. 메이저리그에 진출한 선배가 물려줘서 보물처럼 아꼈지만 너무 오래되어 찢어지기 직전인 윌슨 A2K 1915—DB 일본 생산 제품*과 똑같은 것이 들어 있었다.

"누나."

승연의 눈은 반쯤은 기쁨으로 빛났지만, 나머지 반쯤은 부담감이 흘러나오고 있었다.

"이거 너무 비싸요. 그리고 내가 말했잖아요. 선배들한테 야구 용품 받을 거라고."

"이게 더 좋은 거야. 새거라서 그런 게 아니라 내가 자수를 놨거든."

"자수요?"

경직된 승연의 얼굴이 그제야 펴졌다. 정희는 글러브를 들어 손바닥 안쪽에 서툰 바느질 솜씨로 SY PARK이라고 쓴 글씨를 가리켰다.

"힘들게 했어. 안 받으면 나 서운해할 거야."

생전 처음으로 한 바느질이었다. 사실 너무 이상하게 해서 혹시나 싶어 미리 사둔 글러브 두 개는 버릴 수밖에 없었다. 마음 같아서는 그것까지 다 주고 싶었지만 하나만으로도 부담스러워할 게

* 윌슨 A2K 1915-DB 일본 생산 제품:2008년 올림픽에서 금메달을 딸 때, 현재 국내 최고의 좌완인 한화 이글스 팀의 외로운 에이스 류현진 선수가 사용했던 글러브를 모델로 삼았음. 2010년 6월 기준 44만 9천원

뻔했다.

"음, 잘 받을게요."

승연은 잠시 고민하는 표정이었으나 곧 고개를 끄덕였다. 그는 삐뚤빼뚤한 글러브의 글씨가 한석봉의 것이라도 되는 것처럼 감탄하는 시선으로 보았고, 손끝으로 소중하게 쓰다듬었다. 정희는 왠지 소름이 오소소 돋는 기분이었다. 글씨가 아니라 그녀의 몸을 애무하는 것 같았으니까.

"누나 생일은 언제예요?"

승연은 눈을 떼지 않은 채 물었다.

"난…… 한 달 뒤야."

"음, 이스턴리그 챔피언십시리즈* 1차전이 있는 날이네. 정말 요?"

"응."

사실 거짓말이었다. 그녀의 생일은 승연을 만난 바로 그날이었 다. 지루하고 지루했던, 그래서 승연을 발견한 게 무척이나 기뻤 던 날.

그날은 어머니의 기일이기도 했다. 그래서 생일 축하나 선물 같 은 건 받고 싶지 않았지만 그녀는 이미 받았다.

승연아, 내 인생 최고의 생일 선물은 바로 너야.

"그러니까, 그날 승리 따내줄래? 날 위해. 생일 선물로 네가 승 리하는 걸 보고 싶어."

---

* 이스턴리그 챔피언십시리즈(Eastern League Championship Series :ELCS):트랜턴 썬더 팀이 속한 이스턴리그의 챔피언 자리를 두고 다투는 경기

“승리, 줄게요. 약속이에요.”

승연은 오른손을 내밀었다. 정희 또한 손을 내밀어 약지를 걸었다. 굳게 걸었던 손이 풀어지자 승연은 정희의 손을 잡아 손바닥 중앙에 뜨겁게 키스를 퍼부었다.

“사랑해요, 누나.”

“나도.”

정희는 승연의 표정을 본 뒤에야 자신이 무슨 말을 했는지 깨달았다. 승연은 이 세상 모든 것을 가진 사람 같았다. 그래서 정희는 다시 고백할 수밖에 없었다.

“사랑해.”

“정말이죠?”

“그래. 정말이야.”

깊게 생각해선 안 되었다. 현실의 벽이 너무도 높으니까. 하지만 진심이었다. 힘들게 살아가고 있음에도 야구와 가족에 대한 열망으로 가득한 이 어린 남자를 사랑했다.

그래선 안 되는데도, 박승연과 사랑에 빠졌다.

“나도 사랑해요, 누나. 그리고…….”

승연의 결후가 거칠게 꿈틀거렸다. 그의 눈동자 또한 격렬한 욕망으로 끓었다. 공기를 지글지글 태워 버릴 것처럼.

“나 누나랑 자고 싶어요.”

승연은 그녀에게 남자친구가 있었다는 걸 안다고 했지만 사실 그건 틀린 말이었다. 그녀에겐 남자친구가 아니라 남자친구들이 있었으니까. 그것도 꽤 많이.

물론 승연을 만난 뒤론 아니었다. 밤마다 흥청망청 남자들과 놀아나는 클럽 같은 장소엔 출입조차 하지 않았다. 대신 승연에게만 충실했고 예전과는 달리 학교 공부도 했다. 하지만, 그렇다고 승연을 만나기 전에 스스로의 몸을 소중히 여기지 않았다는 사실이 달라지는 건 아니었다.

진심으로 후회되었다.

경험이 있다는 사실 자체가 마음 아픈 건 아니었다. 그건 부끄러운 일이 아니니까. 하지만 스스로를 학대했다는 사실이 창피했다.

승연을 만날 줄 알았다면 그러지 않았을 텐데. 그러면 그와 첫 경험을 진정으로 공유할 수 있을 텐데.

"누나는 싫어요?"

정희가 멍한 눈으로 아무 말도 않자 승연은 걱정으로 상기된 얼굴이었다.

"아냐. 나도 좋아."

"음, 근데 나 경험이 없거든요."

승연은 반색하는 표정이었으나 곧 더한 염려를 담아 말했다. 정희는 왠지 웃음이 나올 것 같았지만 내리눌렀다.

"괜찮아."

"아프게 할지도 모르는데…… 앗, 잠깐만요."

승연은 벌떡 일어나더니 부리나케 방 밖으로 나갔다. 그러더니 몇 분 뒤 콘돔을 들고 돌아왔다. 그는 수줍은 기색이었다.

"남자가 피, 피임하는 게 좋, 좋다고 들었거, 거든요."

"이리 와."

정희는 자리에 선 채로 승연에게 손을 내밀었다. 그의 더듬는 말과 부끄러워하는 태도는 웃음을 자아내게 했지만 그것보다 더 큰 감정이 그녀를 압도했다.

소유욕.

순수하고 투명한 이 남자를, 그녀만의 것으로 만들고 싶다.

승연이 다소 뻣뻣한 걸음으로 다가오자 정희는 천천히 옷을 벗기 시작했다. 수십 번 해온 일이었음에도 손끝이 떨렸다. 그리고 심장이, 영혼이 진동했다.

"너도 벗어."

"네? 네."

입을 헤벌린 채 정희가 옷 벗는 광경을 지켜보던 승연은 손을 빠르게 움직이기 시작했다. 하지만 그러면서도 그의 시선은 정희에게서 비켜 나가지 않았다. 눈동자의 온도는 가파르게 상승했고, 정희의 마지막 속옷인 팬티가 바닥에 떨어지는 순간 불같이 타올랐다.

"자제 못할 거 같아요."

쳐다보고만 있는데도 승연의 단단한 대흉근에서 땀이 송골송골 솟아나고 있었다. 그리고 목소리 또한 평소보다 훨씬 거칠었다.

"안 해도 돼."

정희는 승연의 손을 잡았다. 델 것처럼 아주 뜨거웠다. 그녀는 승연을 침대로 이끌었다. 나란히 앉자마자 승연은 정희를 침대에 눕혔고, 달려들었다.

말한 대로, 그는 자제하지 못했다. 거칠기 그지없어서 아팠다. 하지만 그럼에도 정희는 기뻤다.

이제 승연이 그녀의 것이 되었다. 그를 가졌다.

"미안해요."

짧은 첫 경험이 끝난 뒤 승연은 사과에 사과를 거듭했다.

"정말 미안해요. 많이 아프죠?"

정희는 고개를 저은 뒤 승연을 꼭 껴안아주었다. 그의 몸은 열정으로 가득했고 정희는 이 감촉을 평생 잊을 수 없으리라는 것을 깨달았다. 한 뼘도 안 될 것 같은 이 좁고 낡은 방 안 또한 마찬가지였다.

"누나, 제가 아직 공을 제대로 컨트롤 못하잖아요."

승연은 뜨거운 손으로 정희의 몸 여기저기를 쓰다듬고 주무르며 속삭였다.

"그래도 한국에서 고등학교를 다닐 때보다는 많이 좋아졌거든요. 열심히 연습해서 그런 건데, 이것도 마찬가지겠죠?"

"딱 야구선수다운 말이네."

정희는 이번엔 웃음을 참지 않았다. 그녀는 다른 모든 것을 잊은 채 맑은 웃음소리를 내며 승연과 키스를 나누었다. 승연의 입술 밖으로 막 신음이 흘러나왔을 때였다. 책상 위에 있는 전화기가 따르릉 울렸다.

"잠깐만요."

승연은 벌떡 일어서더니 수화기로 손을 가져갔다.

"이 번호는 누나랑 저희 가족들밖에 모르거든요. 무슨 일 있나?

한국은 아침일 텐데. 여보세요.”

클럽하우스* 에서는 거의 알몸으로 지낸다더니 승연은 알몸이었음에도 자연스러웠다. 덕분에 정희는 그의 멋진 뒷모습을 코앞에서 즐길 수 있었다.

“응, 나야. 무슨 일 있어? 뭐? 아니야. 아무 일 없어. 진짜야. 내가 왜 거짓말을 해? 전화비 많이 나오니까 이만 끊는다. 학교나가.”

승연은 퉁명스럽게 말하더니 툭 끊고 침대로 돌아왔다.

“누구야?”

정희는 옆에 누운 승연의 뺨을 쓰다듬었다. 매일 햇빛에 나가서 그런지 거칠었지만 정희는 이 감촉조차 그저 황홀했다.

“언이요.”

“아, 유도한다던 쌍둥이 형?”

승연은 종종 칠 남매나 되는 가족들에 대해 말해왔다. 가장 많이 언급하는 사람은 동생들을 위해 큰 희생을 치르고 있다는 큰형이었고, 그다음은 승연보다 5분 먼저 태어났다는 일란성 쌍둥이 형 승언이었다. 중고등학교 때 둘은 이름 때문에 ‘언년이 형제’ 라고 불렸다고 하던데, 승언은 유도선수였다.

“형은 무슨. 겨우 5분 먼저 태어났으면서 젠체하는 자식인걸요.”

퉁명스러웠으나 애정이 듬뿍 담겨 있는 목소리였다. 그렇게 말

* 클럽하우스(Cluehouse):라커룸으로, 사랑방 같은 야구 선수들의 공간. 장소를 의미하기도 하지만 선수들의 관계를 호칭하는 말이기도 한다(ex 클럽하우스 분위기가 좋다=선수들끼리 사이가 좋다)

하면서도 승연은 입술을 삐죽거렸고, 정희는 건장한 체격의 남자가 이렇게 귀여울 수 있다는 사실을 처음 알게 되었다.

"방금 전화는 왜 했대? 무슨 일이 생긴 거야?"

"아무 일도 없대요. 그냥, 갑자기 너무 기쁜 게 이상해서 걸었대요."

"응?"

정희가 고개를 갸웃거리자 승연은 설명해 주었다.

"못 믿을지 모르지만, 쌍둥이라 그런지 저흰 서로에게 큰일이 생기면 상대방의 감정을 조금 느껴요. 미국으로 온 뒤로는 멀어서 그런 느낌이 없었는데 언이가 갑자기 무지 기뻤대요. 그래서 저한테 뭔가 좋은 일이 생겼나 싶어서 건 거래요."

승연은 빙그레 웃은 뒤 정희를 끌어안았다. 완전하게 보호받는 기분이 그녀를 감쌌다.

"신기하네."

"나도 가끔 그렇게 생각해요. 누나는 형제 있어요?"

승연의 포옹과 존재감은 정희의 방어막을 부드럽게 녹였다. 그녀는 누구에게도 하지 않은 말을 꺼냈다.

"오빠가 한 명이 있어. 그리고…… 이탈리아에서 공부 중인 언니도 한 명 있어."

어째서 승연에겐 마음을 내보이는 게 이렇게 쉬울까?

"음, 별로 안 친한가 봐요?"

"오빠랑은 그럭저럭 괜찮아. 하지만 언니는…… 딱 한 번 만나 봤을 뿐이야. 언니는 엄마가 다르거든."

정희는 승연이 질문하길 기다렸다. 하지만 그는 그녀를 꼭 껴안아 위로를 전해줄 뿐이었다.

"안 물어봐?"

"어떤 거요?"

"자세한 사항 말이야. 안 궁금해?"

"궁금해요. 하지만."

승연은 얼굴을 뒤로 움직여 정희와 눈을 마주 보았다. 승연의 눈동자는 봄날의 햇살처럼 따뜻했다.

"말하기 싫어하잖아요. 누나가 원치 않는 건 안 할 거예요. 준비가 되면 이야기해 줘요. 기다릴 수 있어요."

정희는 슬픈 미소를 지은 뒤 승연의 입술에 입을 맞추었다.

"사랑해."

"나도요."

승연은 다시 정희를 꼭 껴안아주었다. 그는 뺨을 비비다가 정희의 귓가에 숨을 훅 불어넣었다. 정희는 깜짝 놀라는 동시에 열기가 치솟는 것을 느꼈다.

"여기가 예민한가 보네."

승연은 귓가에 다시금 숨을 넣은 뒤 씩 웃었다.

"이번엔 좀 더 잘해볼게요."

승연은 장담했고, 그대로 실천해 보였다.


갈수록 컨트롤이 좋아지는 승연의 활약에 힘입어 트랜턴 썬더 팀은 손쉽게 리그 우승을 차지했고, 9월 3일에 열리는 첫 번째 플레이오프* 인 노던 디비전* 을 앞두고 있었다. 경기를 앞둔 전날 점심, 정희는 김치찌개와 밑반찬을 만들어 승연의 집으로 찾아갔다.

"고마워요."

승연은 활짝 웃더니 허겁지겁 음식을 먹기 시작했다. 워낙 돈이 없어서 그런지 배부르게 식사할 기회가 거의 없다고 하던데, 오늘 따라 더 배고파하는 것 같았다. 마음이 아파오자 정희는 가슴 위에 손을 얹었다.

그러고 보니 요 며칠 특히 더 굶주린 것 같은데. 그리고 자꾸 다리를 만지는 걸 보니 다친 것 같기도 했다. 무슨 일이 있나?

정희는 어떻게 물어봐야 할지 고민했다. 금세 다 해치운 승연은 멋쩍게 웃더니 곧 그녀에게 커피를 타주었다. 여전히 잔은 금이 가 있었고 커피는 지나치게 달았지만 세상에서 가장 맛있었다.

"매번 고마워요, 누나."

"아냐. 잘 먹어줘서 나야말로 기쁜걸."

"누나."

승연은 잠시 말없이 정희의 손을 꼭 잡고 있었으나 쑥스러운 표정으로 입을 열었다.

"내일 모레가 우리 백 일인 거 알죠?"

정희는 천천히 고개를 끄덕였다. 사실 커플링을 하고 싶었지만 승연이 부담스러워 할까 봐 그녀는 아무 말도 하지 않고 있었다.

* 플레이오프(Playoff):정규 리그가 끝난 뒤 승자를 가리기 위해 치르는 경기
* 노던 디비전(Northern Division):더블에이의 리그 챔피언십시리즈(ELCS)에 나가기 전에 치르는 플레이오프의 단계

"그날 플레이오프라서 못 만나잖아요. 내가 아주 작은 거 하나 준비했거든요. 미리 줄게요."

그는 자리에서 일어나더니 책상 서랍을 뒤지기 시작했다. 가장 깊은 곳에 손을 집어넣고는 조그마한 천 뭉치를 꺼냈다. 낡았지만 깨끗한 천의 한쪽이 벗겨지자 정희는 안에 무엇이 들어 있는지 알 수 있었다.

반지였다. 아주 얇은 실금반지.

"커플링을 하고 싶었지만…… 그건 좀 무리였어요. 나중에 성공하면 내가 대빵 큰 다이아몬드 사줄게요. 약속해요. 꼭 그렇게 해줄게요. 그러니까 이거 껴줄래요? 보잘것없지만—"

"돈이 어디서 났니?"

승연은 그녀가 차가운 표정으로 따지듯 말하자 어깨를 축 늘어뜨렸다.

"음. 그동안 돈을 좀 아꼈어요."

순간 정희의 머릿속을 스치고 지나가는 생각이 있었다. 평소에 승연이 돈을 쓰는 용도는 딱 두 가지였다. 식비와 기름값.

"설마 이거 때문에 굶고…… 경기장까지 걸어다닌 거니?"

승연은 화들짝 놀란 기색이었다. 그는 눈을 굴리다가 아니라고 말했지만, 정희는 무엇이 진실인지 알 수 있었다.

정희의 눈에서 눈물이 또르르 떨어졌다. 승연은 화들짝 놀라 어찌할 바를 몰랐다.

"누, 누나?"

정희는 손을 뻗어 승연을 꼭 끌어안았다. 단단하고 뜨거운 몸이 주는 감촉은 세상 그 무엇보다도 감동적이었다.

"고마워. 사랑해."

정희는 승연의 이마와 코끝, 뺨에 경건하게 입술을 맞추었다.

"사랑해, 승연아."

"나도 사랑해요."

따듯한 고백이 이어졌다. 정희가 그의 입술로 다가가자 잠시 망설이는 기색이었으나 승연은 고개를 숙여 그녀의 입술을 뜨겁게 삼켰다. 정희는 헐떡이면서도 속삭였다.

"내일 선발이잖아. 전날에 힘을 다른 곳에 쓰면 안 된다면서."

선발투수로 뛰는 경기 전날에는 사랑을 나누지 않는 게 나름의 규칙이었다. 하지만 며칠간 승연이 원정에 나가 있었기 때문에 키스밖에 하지 못했기에 정희는 굶주린 상태였다. 그건 승연도 마찬가지인 듯, 그의 눈동자는 이글이글 불타오르고 있었다.

"한 번만 해요. 딱 한 번만."

정희는 거부하지 못했다. 한 시간 뒤, 그녀는 승연에게 인사하고 일어났다. 그의 말대로 딱 한 번뿐이었지만 전희에 들인 시간은 길었고, 한 몸이 된 순간은 이제까지 나눈 사랑 가운데 가장 격했다. 덕분에 온몸이 뻐근했고 특히 허리 아래는 욱신거렸다. 하지만 기분 좋은 통증이었다.

정희는 손을 내려다보았다. 왼손 약지에는 세상에서 가장 얇지만 가장 고귀한 반지가 환한 빛을 내뿜고 있었다. 심장이 뭉클거렸고, 입가에 미소가 저절로 떠올랐다.

노던 디비전 뒤에 열리는 이스턴리그 챔피언십시리즈까지 친다

면 승연의 올해 일정은 끝나기까지 13일이 남아 있었다. 그전까진
만나지 못하지만, 그 뒤엔 서로의 품속에서 평화롭게 잠들 수 있
으리라.

조금만 기다리자.

정희는 그렇게 마음을 다스리며 그녀의 집으로 돌아갔다. 누군
가가 자신을 지켜보고 있다가 휴대폰을 드는 것을 알지 못한 채.


컨디션이 나쁜 걸까?

노던 디비전 1차전이 열린 다음날, 구장에 등장했을 때부터 승
연은 컨디션이 나빠 보였다. 뭔가 충격적인 일이라도 당한 사람처
럼 얼굴은 백지장만큼 하얗고 몸이 무거워 보였다. 승연을 만난
뒤로 야구에 대해 알아보긴 했지만 아직 잘 볼 줄 모르는데, 오늘
승연의 공은 문외한인 정희가 봐도 평소보다 느리고 힘도 없었다.

결국 승연은 이날 아웃 카운트를 하나밖에 못 잡은 채 볼* 만
남발하다가 만루 홈런을 맞고 교체당했다.

어떻게 위로를 해줘야 할까?

컨트롤이 안 되는 날은 제대로 못하지만 오늘처럼 경기를 완전
히 망치는 건 본 적이 없었다. 플레이오프 때부터는 경기에 집중
하기 위해서, 그리고 바쁜 일정상 만나지 않기로 했는데 정희는
그가 전화할 거라고 생각하며 어떤 말로 위로해 줄지 고민했다.
하지만 승연은 연락하지 않았다.

---

* 볼(ball):정해진 스트라이크 존(Strike zone) 안에 넣지 못한 공. 볼이 네 개가
되면 타자는 1루로 걸어나간다

경기를 망친 게 부끄러워서 그런 걸까?

승연이 최악의 경기를 보여줬음에도 트랜턴 썬더 팀은 간신히 포틀랜드 베이삭스 팀을 물리치고 이스턴리그 챔피언십시리즈에 진출했다. 승연은 1차전에 다시 모습을 드러냈으나 이번에도 제대로 던지질 못했다. 결국 팀은 리딩 필리스 팀에 패했고, 그날까지 승연은 전화 한 통 하지 않았다.

어째서?

승연이 내내 휴대폰을 꺼두고 있었기에 도저히 연락이 닿질 않았다. 열흘이 넘게 목소리조차 듣지 못하자, 정희는 피가 바짝 마르는 느낌이었다. 그리고 화도 났다.

아무리 그래도 어떻게 전화도 안 하는 거지?

성질이 난 나머지 정희는 휴대폰을 벽에다 집어 던지고 말았다. 귀에 거슬리는 소리와 함께 휴대폰은 그야말로 산산조각이 나고 말았다.

승연이 알면, 싫어할 것이다.

부서진 휴대폰을 보며 정희는 그런 생각을 떠올렸다. 그녀는 휴대폰을 백 대도 살 수 있지만 승연에겐 한 대의 가격도 큰돈이었다.

이렇게 낭비를 해선 안 되었다. 화가 난다고 이전처럼 성질대로 행동해서도 안 되었고, 막살아서는 안 되었다. 힘든 삶 속에서도 최선을 다하는 승연처럼 그녀도 그렇게 해야 했다.

정희는 후회하는 마음으로 새 휴대폰을 구매한 뒤 승연의 집으로 달려갔다. 항상 열쇠를 두는 위치를 찾아보았으나 아무것도 잡히는 게 없었다. 주먹을 꾹 쥐고는 내려치듯 벨을 눌렀다. 몇 번 얼굴을 봤던 룸메이트가 열어준 덕분에 들어갈 수 있었다.

승연은 그의 방에 있었다. 불도 켜지 않고 책상에 우두커니 앉아서 머리를 감싸 쥔 채로.

"승연아."

"……누나."

등만 보여주던 승연은 천천히 상체만 틀어 그녀를 바라보았다. 온통 어두운 가운데 작은 창을 통해 달빛이 들어왔다. 아름다운 금가루가 뿌려져 있는 승연의 얼굴은 그녀로서는 알지 못하는 고통 때문에 일그러져 있었다.

"괜찮아. 다음에 잘하면 되잖아."

어쩐지, 승연의 몸 주위에 장막이 드리워져 있는 것 같았다. 다가오지 말라고 강력하게 경고하는 두꺼운 벽.

"응? 내년에 더 잘하면 되잖아."

용기를 내어 정희는 승연의 어깨에 손을 올렸고, 따듯하게 안아주려고 했다. 하지만 그는 몸을 뻣뻣하게 굳히고 그녀의 시선은 물론 몸짓도 피했다.

뭔가, 이상하다.

불길한 무언가가 정희의 척추를 타고 흐르기 시작했다. 그녀는 미세하게 떨리기 시작한 손을 움직여 승연의 손등 위에 얹었다. 그의 온기를 느끼기 전, 승연은 뭔가 결심하는 것처럼 주먹을 한 번 불끈 쥐었다 폈다.

"누나."

승연은 머나먼 곳을 응시했던 고개를 들어 정희의 두 눈을 똑바로 쳐다보았다. 소름 끼칠 만큼 선명한 달빛을 통해 보이는 승연은 그 어느 때보다 결연한 자세였다.

"나, 누나 정말 사랑해요."

심장이 따듯해졌고, 어이없게도 그동안 쌓인 얼음이 한번에 녹아버렸다. 하지만 물이 남았다. 차갑고 차가운 물.

"나도 사랑해."

그럼에도 정희는 마음을 고백했다. 그녀에겐 승연뿐이니까.

"그래서 고민 정말 많이 했어요."

정희의 손 아래 승연은 다시 주먹을 불끈 쥐었다. 부들부들 떨리기 시작했다.

"우리 그만 만나요."

정희는 승연이 무슨 말을 하는지 알지 못했다. 그녀는 고개를 갸웃거리다가 미간을 찌푸렸다.

"뭐라고?"

"헤어져요."

정희는 천천히 손을 뺐다. 승연과의 접촉은 끝이 났고, 온기가 멀어졌다.

"오늘 경기 끝나고…… 감독님이 부르셨어요. 성공하기 전에는 여자를 만나면 안 된다고 충고하셨고요. 그렇게 흐트러진 건 다…… 누나 때문이니 정리하라고."

"그래서."

정희는 듣고 있으면서도 믿을 수 없었다.

"그래서 헤어지자고?"

언제나 세상은 흑백이었지만 승연은 유일하게 생동감있는 컬러로 보였었다. 하지만 지금 이 순간, 승연 또한 짙은 회색으로 물들기 시작했다.

"그게 말이 돼?"

"미안해요. 하지만 내 가족이 제일 중요해요. 고생하는 큰형을 저버릴 순 없어요."

달려들고 싶었다. 어떻게 이럴 수 있냐고, 악을 쓰며 뺨을 치고 목을 조르고 싶었다. 그리고 동시에 바짓가랑이를 붙들고 싶었다. 제발 버리지 말아달라고, 방해 안 되게 노력할 테니 헤어지자는 말은 하지 말라고 애원하고 싶었다.

하지만 승연이 울고 있었다.

정희는 분명히 보았다. 무릎 위로 뚝뚝 떨어지는 건 분명 승연의 눈물이었다. 투명했지만, 짙은 절망으로 가득했다.

"미안해요. 정말 미안해요."

그의 목소리에서는 알 수 없는 슬픔이 묻어 나오고 있었다. 하지만 정희는 깨닫고야 말았다. 승연이 이미 결심을 했다는 걸. 그녀가 어떤 말을 하든, 어떤 행동을 하든 소용없으리라.

"……그래."

정희는 눈을 질끈 감았다. 한 치 앞을 내다볼 수 없는 어둠만으로 가득한 곳.

"그러자. 그렇게 하자."

흐느낌과 함께 대답이 흘러나왔다. 마음과는 달리, 그렇게 할 수밖에 없었다. 마지막 모습이라도 좋게 보여야 하니까.

"헤어지자……."

"약속해 줘요."

승연은 붉은 눈시울로 흐느끼면서도 말했다.

"나같이 약하고 가난한 놈 잊고 행복하게 잘살겠다고."

정희는 답하지 못했다. 그녀는 그냥, 등을 돌렸다.

"누나, 누나!"

등 뒤에서 승연이 부르고 있었다. 하지만 그는 쫓아오지 않았다. 정희는 집 밖으로 뛰쳐나온 뒤 돌아보았다. 문은 여전히 굳건하게 닫혀 있었다.

"나쁜 새끼."

정희는 그 자리에 쓰러지듯 주저앉았다. 그리고 울기 시작했다. 슬픔이 사라지기를, 절망이 소멸하기를, 영혼에 가득한 사랑이 조금이라도 스러지기를 필사적으로 바라면서.

"미안해요."

세상이 꺼진 듯 정희가 우는 모습을 창문을 통해서 지켜보며 승연은 사죄하고 또 사죄했다. 그럴 수밖에 없으니까. 그에겐 가족이 더 소중했다.

승연은 잠을 잔 건지 아니면 다른 무엇을 한 건지 전혀 기억할 수 없었다. 정신을 차리고 보니 다음날 아침이 되어 있었다. 그리고 그때까지도 몸과 마음을 꽉 메우고 있는 건 단 한 사람이었다.

누나를 이렇게 보낼 수 없다. 이렇게 헤어질 순 없어!

승연은 벌떡 일어나 밖으로 달려나갔다. 폐차 직전의 차를 몰아 맨해튼에 있는 정희의 집으로 향했다. 정희가 알려주면서 내키지 않아 했기에 한 번도 가본 적이 없었지만 쉽게 찾아냈다. 하지만 들어갈 수 없었다. 건물 앞에 바로 그 남자가 서 있었으니까.

"개새끼!"

내내 수렁 속에 잠긴 듯한 정신이 번쩍 깨어나자 승연은 달려들고 말았다. 부상 방지를 위해 투구를 하는 왼손은 이럴 때 사용하면 안 된다는 사실조차 잊은 채 남자의 턱에 주먹을 날렸다. 하지만 그것뿐이었다. 검은색 슈트를 입은 다른 남자들에게 붙들려 더 이상 격분을 토해낼 수 없게 되었다. 그들은 승연을 구석진 곳으로 끌고 갔다.

"헤어졌더군."

세 명의 남자는 저번에 봤을 때처럼 로봇 같았다. 차갑고 기계적이며 감정이 없어 보이는, 냉혹한 인간들.

"여기."

한 남자가 품속에서 두툼한 봉투를 꺼내 승연의 발치에 내던졌다.

"위로금이다."

"필요없어!"

"그럼, 아가씨를 만날 건가? 네 가족이 위험해질 텐데?"

승연은 숨을 쉴 수가 없었다. 그의 얼굴이 백지장보다 더 하얗게 질렸을 때 남자는 벨이 울리는 휴대폰을 받았다.

"아가씨가 다시 저 자식의 집으로 가고 있다고? 그래, 알았어."

남자는 짜증이 가득한 얼굴로 통화를 끝냈다. 그러더니 승연에게 명령했다.

"티켓 구해놨으니 당장 한국으로 돌아가. 네가 여기에 있으면

아가씨가 네 주변에 계속 어른거릴 것 같군."

승연은 호흡하기 위해 노력했다. 간신히 성공한 뒤, 벌건 눈으로 이를 악물었다가 소리 질렀다.

"큰형을 놔둘 거지? 안 건드릴 거지?"

"그래. 네가 약속을 지켰으니까. 네가 내년 2월에 돌아올 때쯤엔 아가씨는 다른 나라에 가 있을 거다. 그전까지만 자리 피해. 그러면 네 가족은 무사할 거야. 물론, 네가 아가씨를 다시 만나면—"

"다신 안 만나! 그러니까 손대지 마! 내 가족들한테 절대 손대지 마!"

승연은 절규하듯 소리쳤다. 그리고 마음속으로 외쳤다.

미안해요, 누나. 정말 미안해요. 하지만 난 큰형을, 가족들을 버릴 수 없어요. 사실은…… 사실은 도망가고 싶었어요. 우리 둘이서만 행복하게 잘살고 싶었어요. 하지만 귀하게 자란 누나를 고생시킬 게 뻔한데, 그리고 누나의 아버지가 내 가족들을 괴롭힐 게 뻔한데 우리 둘만 즐겁게 살 순 없잖아요.

행복해야 돼요. 사랑하는 여자 하나 지켜주지 못하는 나같이 힘없고 가난한 남자 따윈 잊고, 꼭 그래야 해요.

제발, 행복해야 해요.

세 남자가 돌아간 뒤 승연은 그 자리에 주저앉아 울음을 터뜨렸다. 시간이 빠르게 흘러 이 고통이 어서 사라지기만을 바라며, 세상이 끝난 것마냥 울고 또 울었다.

현재.

칠 남매 가운데 넷째인 승연이 나머지 형제들을 마음껏 볼 수 있는 시간은 비(非)야구 시즌인 11월 중순부터 2월 초까지 한국에 머무를 때뿐이었다. 여러 행사에 불려가거나 각종 CF를 찍느라 한국에서도 눈코 뜰 새 없이 바쁘지만 승연은 되도록이면 가족들과 시간을 많이 보내려고 애썼다. 그건 올해도 마찬가지였다.

투구 밸런스를 찾기 위해 외부 행사를 최소한으로 줄이고 개인적으로 빌린 피트니스 센터에 처박히기로 했으나 승연은 올해도 큰형과 큰형수가 살고 있는 본가를 집으로 삼았다. 형제들이 일요일 정오마다 본가에서 아주 가까운 큰형의 한식당 ‘정’에 모여서 아점을 같이하기에 더 많은 시간을 함께 보낼 수 있기 때문이었다. 사실, 미국에서 외로움을 느낄 때 가장 많이 생각나는 것도 바로 이 시간이었다. 하지만 승연은 이번엔 가지 않았다. 그럴 수가 없었다.

[오빠, 왜 안 와?]

"미안. 갑자기 에이전시 쪽에 급한 일이 생겨서."

[치. 나중에라도 올 거야?]

"아니, 오늘은 안 될 것 같아."

수화기 저편에서 막냇동생이 투덜거리는 소리가 연이어 들려왔다. 승연은 몇 번이나 더 사과한 뒤에나 동생을 달랠 수 있었다.

[그럼 시간 있을 때 와.]

"그래. ……승리야?"

[응?]

승연은 무슨 말을 해야 할지 몰랐다. 그는 길게 한숨을 내쉬며 아무것도 아니라고 말한 뒤 끊었다. 머릿속에 승리의 얼굴이 떠올랐다. 귀염성있는 이미지에 큰 눈과 오밀조밀한 코.

바로 승리의 얼굴이 그의 딸과 흡사했다.

딸.

그의 딸.

승연은 휴대폰을 던지듯 내려놓은 뒤, 바로 옆에 놔둔 갈색 봉투를 열었다. 미세하게 떨리는 손끝을 사진 속 여자아이의 얼굴 가까이에 가져갔지만 대지는 않았다. 아직은 그럴 수가 없었다.

임민. 6월 7일 출생. 그날, 그는 마이너리그 트리플에이에서 땀을 흘리고 있었다. 9개월 전에 타의로 헤어진 여자를 미칠 듯이 그리워하며, 여자의 아버지를 끝없이 증오하며 부자가 되기 위해, 성공하기 위해 이를 악물었었다. 그리고 그의 딸은 바로 그날 태어났다. 새벽 2시 2분에, 출산 예정일보다 한 달 일찍 태어나 인큐베이터에 들어갔다.

딸이라니.

"딸이라니!"

승연은 비명을 지르듯 고함을 토해냈다. 백여 평에 달하는 피트니스 센터는 그의 목소리로 뒤흔들렸지만, 곧 무겁디무거운 정적이 내려앉았다. 그리고 질문이 뒤따랐다.

어떻게 해야 하는 거지? 난, 대체 뭘 해야 하는 거지?

사실 답은 알고 있었다. 어렸을 때부터 큰형님에게 배워온 올바른 사고방식은 5일 전에 유전자 검사 결과를 받은 즉시 그에게 다음 행동을 지시했다.

아이를 책임질 것.

그의 자식이었다. 아빠로서 딸을 책임지고 양육해야 옳았다. 마땅히 그렇게 해야 했다.

하지만, 아직까지도 도저히 믿을 수가 없었다.

나한테 딸이 있다니?

믿을 수가 없어서 한 번 더 확인한 유전자 검사의 결과는 같았다. 그리고 임민이라는 아이는 그의 막냇동생인 승리와 꼭 닮았다. 그러니까, 그의 딸은 고모를 닮은 것이다.

갑자기 소름이 돋았다.

딸, 딸이라니.

승연은 몸을 부르르 떨었다. 한 달가량이 더 지나 새해가 되면 서른이 되긴 했다. 하지만 그는 아직 앞날이 창창한 청년이었다. 그런데 자식이 있다니. 그것도 열 살이나 되는 큰 아이가.

딸이라니!

승연은 저도 모르게 두 손을 머리카락 깊숙이 찔러 넣었다. 머리가 터질 것 같았으니까. 하지만, 그 이상의 행동은 할 수가 없었다.


나쁜 새끼.

정희는 물 컵을 큰 소리가 나게 내려놓았다. 다행히 컵은 깨지지 않았는데, 사실 성질 같아서는 산산조각이 나든 말든 다 내던지고 싶었다.

침착해야지. 침착하자.

욱하는 성격 때문에 손해 본 적이 많았다. 그래서 고치려고 노력했고, 많이 좋아졌다. 특히 아이 엄마라는 사실을 자각한 뒤부터는 훨씬 성숙해졌다.

아니, 그렇다고 해도 이번 일은 욕을 안 하고 지나갈 수 없었다. 아이 엄마니까.

유전자 검사 결과는 하루 이틀이면 알 수 있을 터. 넉넉하게 이틀이라고 치면 사실을 안 지 5일이나 지났다는 결론이 나온다. 그런데 어째서 아직까지도 연락을 안 하는 거지? 결국 거부하겠다 이건가?

승연에게 연락하기로 결심했을 때, 그의 반응에 대해 끝없이 상상했었다. 최악의 것은 돈을 노리고 이러는 거냐고 몰아붙이거나 당시 그녀가 다른 남자를 동시에 만난 게 아니냐고 쏘아대는 것이었다. 하지만 승연은 충격을 받은 모습이었지만 그런 태도는 취하지 않았다. 그래서 희망이 있다고 생각했는데……. 검사 결과를 받았는데도 딸을 인정하지 못하겠다는 건가?

"엄마."

정희는 화들짝 놀라 뒤돌아보았다. 미니가 결연한 표정으로 서 있었다.

"왜 내려왔어? 간식 줄까?"

"아직도 연락 없죠?"

다른 이야기를 꺼낸 정희의 노력은 헛수고로 돌아갔다.

"일주일이나 지났는데 전화 한 통 안 하는 건……."

"시간을 좀 줘야지."

딸의 눈가에 물기가 내비치자, 정희는 기겁하고 말았다. 그녀는 서둘러 다가가 어깨에 손을 얹었다.

"생각해 봐. 갑자기 열 살이나 된 딸이 있다는데 얼마나 놀랐겠어. 마음 추스를 시간이 필요할 거야."

"그래도 너무한 거 아녜요?"

미니는 눈물을 흘리지 않았다. 대신 버럭 소리를 내질렀다. 딸다운 모습에 정희는 약간이나마 안심이 되었다.

"내가 이렇게 기다리는데. 엄마, 혹시 아빠는 내가 연락하길 기다리는 게 아닐까요?"

아빠에 대해 알게 된 지 2주 정도밖에 안 됐고 아직 한 번도 만난 적이 없는데도 미니는 자연스럽게 호칭을 사용했다. 정희는 그게 신기했으며 동시에 약간 화가 나기도 했다. 사실, 질투가 났다.

"그런 건 아닐 거야. 조금만 더 기다려 보자."

"조금만이면 얼마나?"

"음, 3일?"

"안 돼요. 하루."

"그럼, 이틀."

정희의 말이 떨어지자마자 미니의 얼굴에 살포시 미소가 올라왔다. 정희는 딸이 원래 이틀을 목표로 삼았음을 그제야 알아차렸다.

한두 번도 아니고, 대체 누굴 닮아서 이렇게 여우 짓을 잘하는 거야?

"이틀만 더 기다릴 거예요. 그 뒤엔 내가 직접 전화할 거예요."

"그래, 그래."

정희는 딸을 2층으로 올려 보냈다. 그리고 다음날, 승연이 개인적으로 빌렸다는 피트니스 센터로 향했다.

내일까지 연락이 되지 않으면 미니가 직접 나설 터였다. 그때 승연이 거부한다면 얼마나 상처받을까?

정희는 딸이 우는 것을 두고 볼 수 없었다. 설사 결과적으로 거절당한다고 해도 상처를 최소한으로 줄여야 옳았다. 그러니 먼저 대화를 나눠보는 게 최선이었다.

"여기 있는 게 맞나요?"

에이전트인 훈과 만난 곳이 바로 피트니스 센터 앞이었다. 훈은 그녀가 연락하자 조심스러운 말투로 이곳에서 보자고 했었다. 아이의 엄마라는 것을 안다는 뜻.

"네. 여기에서 훈련하고 있어요. 검사 결과를 알려준 뒤로 연락이 없는데…… 아무래도 여기 있을 것 같아요. 어떤 일이 있든 훈련을 빼먹을 녀석이 아니라서요."

"검사 결과를 언제 알려주셨나요?"

"음, 일주일 됐어요."

하루 만에 결과를 알았는데도 아직까지 연락을 안 하고 있다니!

정희의 눈이 매섭게 빛나자 훈은 걱정하는 기색이었다. 그는 입을 열었다.

"저기……."

"네?"

"아니에요."

뭔가 할 말이 많아 보였으나, 훈은 고개를 젓고는 열쇠를 사용해 문을 열어주었다. 안으로 들어가자 여러 가지 헬스 기구가 놓여 있는 넓은 공간이 보였다. 한켠에는 투구를 할 수 있게 마운드*와 비슷하게 꾸며진 장소도 있었는데, 투구하는 모습을 촬영할 수 있는 카메라 장비 등도 여럿 보였다.

"저기 있네요."

카메라 장비가 있는 곳 안쪽으로 커다란 텔레비전이 벽에 붙어 있는 비디오실이 있었다. 승연은 정희와 훈에게 등을 보여준 자세로 의자에 앉아 화면 속의 투구 영상을 보고 있었다.

---

* 마운드(Mound):그라운드에서 투수가 공을 던지는 장소

"멀쩡해 보이니까 전 갈게요. 연락이 안 되서 걱정했었거든요."

훈은 정희의 얼굴이 굳는 것을 보고는 눈치를 살피더니 내빼듯 그대로 사라졌다. 정희는 숨을 훅 들이쉰 뒤 천천히 비디오실로 걸어갔다. 1미터 거리에 멈춘 뒤, 승연의 등을 보면서 입을 열었다. 대화 소리를 들었는지 그의 질문이 먼저 시작되었다.

"왜 이제 와서 알려주는 거야?"

등을 돌리고 있는 상태로 승연이 내뱉은 목소리는 낮고 탁했다. 하지만 여전히 근사하게 다가왔다.

"10년이나 지났어."

정희는 저도 모르게 방어막을 치듯 팔짱을 꼈다.

"미니가 2주 전에야 아빠가 누군지 알았거든."

승연은 그제야 돌아보았다. 면도를 제대로 하지 않은 듯 턱에는 수염이 듬성듬성 나 있었다. 지저분하게 보여야 마땅했지만, 어이 없게도 거친 매력이 돋보였다.

"그전에는 몰랐단 말이야?"

"그래. 그냥…… 아빠가 죽은 줄 알았어."

"뭐라고?"

승연의 내지른 고함은 귀가 아플 지경이었다.

"누가 죽어?"

"그럼 내가 뭐라고 해? 야구하는 데 방해된다고 아빠가 엄마를 차버렸다고 말해? 그 뒤로 숱하게 연락하고 매달렸는데도 거부당했다고?"

"말은 바로 하시지? 숱하게 그런 건 아니지. 딱 한 번 찾아왔었잖아?"

9월에 헤어진 뒤, 승연은 바로 한국의 가족들에게 돌아갔다. 그 사실을 알아낸 정희는 그대로 한국까지 쫓아가 승연을 찾아냈다. 하지만 그는 매정하게 돌아섰었다. 잔인한 말도 퍼부었었다.

"누나를 사랑해. 하지만 야구를 훨씬 더 사랑해. 내 가족들을 더 많이 사랑해."

"누나를 선택할 순 없어. 그만 가. 이젠 지겨워. 누나에 대해 좋은 추억만 기억하고 싶어."

"그만 해. 사랑을 구걸하는 거야? 누나가 이렇게 지긋지긋한 여자였어? 그만 사라져 버려!"

10년 전의 일이었음에도 심장을 갈랐던 몇몇 말이 떠올랐다.

내 기억력이 이렇게 좋았던 걸까?

정희는 기억을 떨쳐 버리며 아랫입술을 깨물었다.

"어쨌든 날 거부한 건 너야! 솔직히 말해봐. 임신했다고 사실대로 말했으면 과연 미니를 반겼을까? 당장 없애 버리라고 했을걸."

"아니야!"

승연은 의자에서 벌떡 일어나 정희에게 달려갔다. 그는 새하얗게 질린 얼굴로 코앞에서 고함질렀다.

"아이를 없애라니? 절대 그런 말 따위 안 해!"

정희는 눈을 가늘게 뜬 채 승연의 얼굴을 살폈다. 스물아홉 살의 박승연에 대해서는 잘 알지 못하지만 거짓말을 하는 것 같지

않았다. 그래서 마음속에서 질컥거리는 얼음 한 조각이 녹아내릴
수 있었다.

"그래, 안 그랬겠지. 믿어줄게. 하지만, 당시의 나는 믿지 못했
어. 널 믿어야 될 이유가 없었어."

승연은 이를 악물었다.

"미니를 낳고 1년 정도는 정신이 하나도 없었어. 그때쯤에야 미
니가 건강해졌거든. 한숨을 좀 놓으니 알려줘야 한다는 생각이 들
어서 네가 어떻게 살고 있나 알아봤어. 상황이 안 좋더라. 트리플
에이에 적응하느라 힘들어하는 기색이 역력했어. 야구를 그렇게
나 중요하게 생각하는데 그때 미니에 대해 알게 되면 거부할 게
뻔했지."

정희는 잠시 말을 멈추었다.

"고민하다가, 네가 메이저리그에 올라가서 상황이 좀 괜찮아지
면 알려주기로 결정했어. 안정을 찾은 뒤에 연락하려고 했는데 그
때 네가 사귀고 있는 여자와 결혼한다는 말을 들었어."

"뭐? 누구 말이야?"

정희는 쏘아붙였다.

"많아서 기억도 안 나나 보지?"

"많긴 뭐가 많아? 다 그거 기자들 소설이야. 자기네 소속사 연
예인 띄우려고 기자들한테 돈 찔러줘서 기사 쓰게 한 인간들도 많
아."

정희는 뭐라 말을 해야 할지 알지 못했다.

"그래서? 내가 결혼한다는 기사를 읽고 말을 안 했다 이거야?"

"그래. 그러는 게 더 나아 보였으니까. 너 같으면 곧 결혼할 남자에게 애가 있다고 말할 수 있어?"

승연은 할 수 있는 말이 없었다. 그러자 정희는 콧방귀를 뀌었으나 곧 조용하게 이어 말했다.

"그리고 그 뒤로는…… 시간이 흘러갈수록 더 말을 할 수가 없게 됐어. 나도 육아에 정신이 없었기도 하고, 미니도 딱히 아빠를 찾지 않았거든. 형부가 아빠 역할을 잘해줬으니까. 그러다가……."

여러 감정이 솟구치자 정희는 잠시 말을 멈추었다.

"2주 전에 미니가 내 옛날 일기장을 봤어. 몇 줄 언급이 안 되어 있었지만 그걸 보고 네가 아빠인 걸 알아낸 거야. 너와 꼭 만나고 싶다고 고집을 부렸어."

"그러니까, 걔가 몰랐다면 나한테 절대 얘길 안 했겠군."

"지금 네 반응을 보니 미니가 계속 모르는 게 나았을 거라는 생각이 드네. 그렇게 겁나나 보지?"

"누가 겁을 내?"

승연은 치밀어 오르는 화를 이기지 못하고 정희의 팔을 잡아 확 끌어당겼다. 정희는 그의 단단한 가슴에 얼굴을 부딪칠 뻔했다. 성(性)적인 느낌은 조금도 깃들어 있지 않았으나, 정희는 심장이 펄럭였다. 그래서 더 짜증이 난 나머지 힘껏 비꼬았다.

"그게 아니면 겁쟁이 같은 지금의 모습은 뭐야? 미니가 네 딸인 걸 알면서도 왜 계속 연락을 안 하고 있는 거야?"

"연락해서 뭘 어쩌라고? 대체 뭘 어쩌라는 건데!"

정희는 손을 들어 그의 가슴을 내려쳤다. 하지만 조금도 아프지 않은지 승연은 눈썹 하나 까딱하지 않았다. 정희는 더 화가 났다.

"뭘 어쩌긴 뭘 어째? 미니를 실망시키지 말란 말이야! 네 딸한테 상처 주지 말란 말이야!"

"딸만 신경 쓰이나 보군?"

"당연하지!"

승연은 비웃음 같은 웃음을 흘리고는 정희의 허리를 잡아 가슴과 가슴을 맞댔다. 그의 몸은 생각보다 더 뜨거웠다.

그만큼 화가 난 걸까? 아니면…….

"난 신경 안 쓰여?"

승연은 느릿하게 말을 이었다.

"신경 쓰여서, 연락한 거 아니야?"

"뭐라고?"

"다시 나랑 잘해보고 싶어서 걜 핑계로 연락한 거 아니야?"

어이가 없었다. 그리고 잠시 가라앉았던 화가 다시 솟구쳤다.

정희는 그를 떠밀려고 했지만 어림도 없었다. 오히려 뒤로 밀려났고, 벽에 등을 대게 되었다. 두 손은 승연에게 붙잡혀 머리 위의 벽에 눌린 채.

"이거 놔!"

정희는 소리 질렀다고 생각했지만 목소리가 가늘게 떨리고 있다는 것을 깨달았다. 스스로 듣기에도 무언가에 정신을 빼앗긴 듯한 목소리였다.

"싫은걸."

얄밉게도 승연의 목소리는 느긋했다. 하지만 그의 눈동자는 아니었다. 분노와 흥분으로 가득한 눈은 이글거리고 있었다.

"지금은, 놔주기 싫어."

"지금은?"

"그래. 지금은. 그리고……."

10년 전에도 그러고 싶지 않았다.

정희와 이별한 뒤, 승연은 그녀의 기억을 오랫동안 저 먼 곳에 묻어두었다. 생각하지 않으려고 애쓰면서 야구에만 열중했다. 그러지 않았다면 너무 고통스러워서 죽어버렸을 테니까.

결코 헤어지고 싶지 않았었다.

열아홉이라는 나이는 어렸다. 하지만 그렇다고 진심이 아니었던 건 아니다. 어렸기에 더 순수한 마음으로 진심을 다해 사랑할 수 있었다.

하지만 놓을 수밖에 없었고, 현재까지도 승연은 자신이 옳은 결정을 내렸다고 생각했다. 가족들이 더 중요하니까. 피로 이어진 사람들이 더 소중하니까.

가족? 핏줄?

순간 시야가 흐릿해지며 눈앞에 정희가 아니라 다른 사람의 얼굴이 떠올랐다. 승연은 눈을 껌뻑였고, 깨달았다.

그 아이도 가족이다. 그의 피를 이어받은 가족.

"이거 놔."

정희는 승연의 눈동자가 저 멀리 어딘가를 보는 것처럼 뿌옇게 되자, 몸을 틀어 옆으로 빠져나왔다. 그의 열기가 멀어졌다.

"시간을 좀 더 줄게. 미니가 오늘까지만 기다렸다가 연락이 없으면 직접 전화할 거라고 말하긴 했어. 하지만, 어떻게든 좀 막아 볼게. 그러니까 좀 시간을 두고 생각해 봐.”

“걔는—”

“걔라고 하지 마! 이름을 불러! 미니는 네 딸이야!”

정희는 비명을 질러 버렸다. 그러더니 곧 눈을 질끈 감고 격해 진 숨을 골랐다.

“못 받아들일 수 있다는 거 알아. 아빠 노릇 못해줄 수 있다는 것도 알고. 하지만 적어도 말이야—”

정희의 말은 그녀의 휴대폰이 요란하게 울리자 중단되었다. 그 녀는 액정을 확인한 뒤 얼굴을 더욱 찌푸렸다.

“여보세요. ……뭐라고요? 네, 바로 갈게요.”

“무슨 일이야?”

정희가 인사도 없이 등을 돌리고 나가자 당황한 승연은 쫓아가 그녀의 팔을 잡아 돌려세웠다. 정희는 반사적으로 팔을 뿌리쳤다. 직접적으로 살결에 그의 손이 닿은 건 아니지만 왠지 뜨거웠다.

“미니가 경호원들을 따돌리고 빠져나갔대.”

“경호원?”

“혹시 몰라서 경호원을 두고 있어. 아무래도 좀 그러니까.”

밀려드는 팬들 때문에 종종 길거리도 제대로 걷지 못하는지라 승연은 이해했다. 더군다나 일산그룹이라면 국내에서 손꼽히는 재벌가이니.

“그럼 지금 혼자 나갔단 말이야?”

“아냐. 가끔 경호원들을 따돌려서 비밀리에 더 붙여놨어. 가지 말라는 곳에 가면 나한테 연락하게 되어 있고. 지금 미니가 간 곳이 좀⋯⋯."

정희는 마른 입술을 축였고, 승연은 자동적으로 그녀의 입술을 뚫어져라 바라보게 되었다.

"네 입장이 난처해질 것 같아."

"어디로 갔는데?"

승연은 뭔가 모를 불길한 예감을 느끼고 시선을 올려 정희와 눈을 마주했다. 정희는 미안해하고 있었다.

"정."

"설마⋯,⋯."

정희는 무겁게 고개를 끄덕였다.

"맞아. 네 큰형님 한식당 말이야."


승연에겐 현재 부모님이 없었다. 승연이 열네 살 때 아버지와 어머니가 뺑소니 사고로 갑자기 돌아가셨기 때문이었다. 남겨진 칠 남매는 하루아침에 고아가 되었는데, 그때 고아원으로 뿔뿔이 흩어질 뻔한 형제들을 보살핀 건 바로 첫째인 승안이었다.

당시 형제들 가운데 유일하게 성인이었던 승안은 새벽부터 자정까지 몸이 부서져라 일하며 동생들을 먹여 살렸다. 그럼에도 가족들은 끼니조차 제대로 때우기 힘들었으나, 승연의 메이저리그 계약금을 바탕으로 연 식당은 요리에 대한 승안의 타고난 재능과 피나는 노력 덕분에 대성공을 거두었다. 그 뒤로 승안은 승승장구했고, 현재 서울에서 땅값이 비싸기로 유명한 지역에 아주 큰 한

식당을 소유하고 있었다.

정(情).

정을 담은 음식을 만들겠다는 뜻도 담겨 있지만, 돌아가신 어머니와 아버지 두 분 모두의 성함에 '정'이라는 글자가 들어갔기에 그렇게 지은 것이었다. 부모님이 자랑스러워할 만큼 맛있고 정직한 음식을 만들겠다는 의지가 담겨 있기도 했다.

승안은 이날도 새벽 일찍 일어나 날카로운 눈으로 주방을 살피며 직원들이 식당의 이름에 걸맞은 태도로 일하는지 살펴보았다.

"여기."

한참 감독을 하다가 목이 마르다는 생각이 떠올랐을 때였다. 아내 소희가 다가와 얼음이 찰랑이는 컵을 건네주었다. 시원하게 목을 축인 뒤 승안은 고맙다고 인사했다.

"말로는 부족한데?"

주변에 다른 사람이 없는 것을 확인한 소희는 손끝으로 자신의 입술을 톡톡 만졌고, 승안은 괜히 헛기침을 했다. 소희는 남편에게 눈을 흘기더니 이번엔 뺨을 가리켰다.

"아니면 여기라도."

"근무시간이잖아."

"흥."

소희는 토라진 척 고개를 옆으로 휙 돌리고는 가버렸다. 승안이 쫓아가서 아내를 붙들까 고민할 때였다. 뒤에서 숨죽여 웃는 소리가 났다. 승안은 민망했지만 익숙하게 마음을 감추고 뒤돌았다. 칠 남매 중 막내이자 유일한 여자인 승리가 킬킬거리고 있었다.

"출근 안 하니?"

스물다섯 살의 승리는 현재 수의사로 일하고 있었다.

"오늘은 오후 출근인 거 큰오빠도 알잖아요."

승리는 이젠 히죽거리기까지 했다.

"큰오빠, 나 녹두빈대떡 한 장만 주세요. 오빠의 사랑이 듬뿍 담긴 녹두빈대떡이 먹고 싶어서 왔어요."

승안은 다시 헛기침을 한 뒤 주방으로 향했다. 승리는 졸졸 따라왔고, 승안은 주방 아주머니에게 말해서 갓 구워낸 음식을 싸주었다.

"잘 먹을게요."

"그래. 들어가렴."

승리는 씩 웃더니 발끝을 들어 큰오빠의 뺨에 쪽 소리가 나게 뽀뽀했다.

"근무시간이라도 이 정도는 뭐가 어때서요? 헤헤."

승안이 고개를 절레절레 젓자 승리는 손을 흔들어주고 밖으로 나갔다. 정 한식당은 3층으로 된 멋스러운 한옥으로 구름 같은 손님들을 위해 주차장도 넓어서 대문까진 거리가 좀 있었다. 승리는 대문까지 총총 걷다가 대문 바로 앞에 서 있는 아이를 발견했다.

아이를 본 순간, 승리는 저도 모르게 눈을 크게 뜨고 입을 헤벌렸다. 십대 초반으로 보이는 여자아이는 키가 꽤 컸고 얼굴은 아주 귀여운 인상이었다. 그리고 당황스러운 이목구비의 소유자였다.

애, 나랑 무지 닮았네?

"어?"

아이 또한 같은 생각을 했는지 승리의 얼굴을 쳐다보더니 입을 딱 벌렸다.

"저기, 이름이 뭐예요?"

"응?"

"언니 이름요."

"어, 난 박승리야."

왜 스스럼없이 행동하는지 몰랐지만, 승리는 그냥 대답했다.

"아, 고모구나!"

아이는 그 자리에서 폴짝 뛰더니 손뼉을 쳤다.

"내가 고모를 닮은 거였구나. 엄마랑 아빠를 안 닮아서 누굴 닮았나 했거든요. 이탈리아에 사는 이모도 하나도 안 닮았고요."

"고, 고모?"

"네. 전 임민이라고 해요. 미니라고 불러주세요."

아이는 허리를 숙여 공손하게 인사했지만, 승리에겐 잘 보이지 않았다. 대체 뭘 보는 건지도 몰랐다. 승리는 큰 눈을 데굴데굴 굴렸다.

"음, 내가 네 고모라고?"

"네. 제 아빠가 고모 오빠거든요."

"나는…… 오빠가 많거든. 여섯, 여섯 명이나 돼."

승리는 중얼거리듯 말했다. 머릿속이 텅 비어 있었다.

"넷째 오빠요. 박승연. 박, 승 자, 연 자. 우리 아빠예요."

"어…… 어…….."

승리는 입만 뻐끔대다가 몸을 돌려 다시 한식당으로 쏜살같이 뛰어갔다. 비명 같은 소리를 내지르며.

"오빠! 큰오빠! 나와보세요! 큰오빠아아아아!"

혼비백산해서 발을 놀리느라 승리는 미니가 살금살금 따라온다는 것을 알지 못했다. 열 살 소녀의 얼굴에 회심에 찬 미소가 떠올라 있다는 것도.


정 한식당에 가까워질수록 승연은 머릿속에 있는지도 몰랐던 풍선이 점점 커지는 기분이었다. 이게 뻥 하고 터지면, 난 어떻게 될까?

"미안해."

도착하기 얼마 전, 정희의 입이 열렸다. 그녀는 핸들을 지나치게 꽉 쥐고 있었다. 승연은 되물었다.

"뭐라고?"

"미안하다고. 미니가 내일까진 기다릴 줄 알았거든. 갑자기 이렇게 행동할 줄 몰랐어."

"왜 미니라고 불러?"

궁금한 건 아니었다. 하지만 생각하기도 전에 질문이 퉁 튀어나왔다.

"열 살인데 145cm나 된다면서."

사실 승연은 열 살짜리 소녀의 평균 키가 몇인지 알지 못했다. 하지만 이상하게도 정희가 딸의 키가 크다면서 말한 숫자는 기억이 났다.

"출생신고서에 덧붙인 기록 봤지? 한 달이나 일찍 태어나서 굉장히 작았어. 2.1kg이었어."

아이에 대해 아는 건 거의 없지만 승연은 보통 신생아가 3kg 이상이라는 건 들었다. 그리고 출산 예정일보다 일찍 태어나는 게 나쁘다는 것도.

"인큐베이터에 잠시 들어가 있었는데 그때 너무 작아서 다들 미니라고 불렀거든. 이름을 못 짓고 있었던 터라 자연스럽게 그렇게 됐어. 비슷한 발음이 나서 한국 이름은 민이라고 지은 거고. 사실 민희라고 짓고 싶었는데 그러기엔 내 이름하고 약간 겹치잖아."

"너무……."

승연은 저도 모르게 불평하고 말았다.

"너무 유치한 애칭이야. 미니가 대체 뭐야? 미니마우스 같잖아?"

정희는 그를 쏘아보았다. 뭐라고 하고 싶었지만 정 한식당의 간판이 보이자 일단 참았다. 주차장으로 들어가기 위해 핸들을 돌리자 조수석에 앉아 있는 승연은 오른쪽으로 기우뚱했다.

그러고 보니, 운전이 거칠군.

그의 차를 정희가 운전하는 건 그녀가 우긴 탓이었다. 승연은 실생활에서 왼손을 되도록 안 쓰는 게 철칙이긴 해도 여자에게 운전을 맡길 생각은 없었다. 하지만 지금은 입씨름할 정신이 없어서 정희가 뭘 하든 놔둔 것이었다.

그 아이가…… 큰형님에게 말했을까?

주차장에서 1층으로 걸어가는 동안 승연은 세상이 흐느적거리는 느낌을 받았다. 그는 평소 몸 관리를 위해 음식을 가려 먹었으며 담배는 물론 술도 하지 않았다. 하지만 알코올에 흠뻑 취했을 때 바로 이런 기분이 들지 않을까 싶었다.

"넷째 도련님."

안으로 들어서니 큰형수가 기다리고 있었다. 정신이 없었으나 승연은 큰형수의 표정이 아주 어지럽다는 것 하나는 알 수 있었다.

"큰형님과 그…… 아이는 3층에 있어요."

큰형수의 시선이 승연을 뒤따라 들어오는 정희에게 향했다. 정희는 이십대 초반으로 보이는 승연의 어린 큰형수에게 뭐라 말할지 알지 못했다. 그냥 고개를 숙이는 것으로 인사를 대신하고는 승연과 함께 3층으로 올라갔다. 큰형수 소희는 망설였으나 일단 데스크에 그대로 남았다. 지금부터는 남편이 책임질 부분이었다. 그녀는 자리를 비운 남편 대신 일을 맡아야 할 터.

1층과 2층은 일반 손님들을 위한 장소였지만 3층은 식당의 주인인 승안의 가족들, 식당 직원들, VIP만 이용할 수 있는 공간이었다. 매주 일요일 정오에 아침 겸 점심을 먹으러 승연의 가족들이 모이는 장소도 바로 3층으로, 가장 넓은 곳인 중앙에 있는 방을 사용했다. 그리고 지금, 바로 그 방에 불이 켜져 있었다.

느릿하게 다가간 뒤 새하얀 창호지 문에 손을 댄 채 승연은 잠시 숨을 골랐다. 그의 호흡 소리가 거칠어졌고, 정희는 기다렸다. 하지만 승연은 움직이지 않았다. 결국 정희가 그를 대신해서 문을 옆으로 열었다.

"엄마."

문이 열리자 낭랑한 목소리가 곧바로 흘러나왔다. 승연은 날카

로운 것에 찔린 사람처럼 움찔거리며 안을 둘러보았다. 식사 중인
듯 중앙에 있는 오동나무로 만들어진 넓은 상에는 온갖 음식이 화
려하게 차려져 있었다. 양옆으로 사람들이 앉아 있었는데, 왼쪽에
는 큰형과 막냇동생 승리, 그리고 오른쪽에는 십대 초반의 여자아
이가 있었다.

승리와 정말 닮았구나.

승연은 확실히 깨달았다. 사진상으로도 그랬지만, 실물이 더 빼
닮아 있었다. 현재 스물다섯 살이지만 160cm도 안 되는 승리와는
달리 열 살임에도 아이는 145cm나 됐지만, 얼굴 자체는 확실히
고모를 닮아 있었다.

고모. 그러니까, 내 동생의 조카. 바로 나의…….

"아빠?"

정희를 보고 반색한 아이는 승연이 정희의 뒤에 등장하자 자리
에서 벌떡 일어났다. 하늘 한중간에 걸려 있는 태양보다 더 환한
웃음을 짓고는 달려와 승연을 확 껴안았다.

"아빠!"

미니가 내뱉은 호칭이 메아리가 되어 머릿속 여기저기 쿵쿵 치
고 다니는 가운데 승연은 몇 초간 숨도 쉬지 못했다. 그는 그 자리
에 석상이 되어버렸다.

"미니야."

정희는 승연이 뻣뻣하게 몸을 굳힌 것을 보았고, 조심스럽게 딸
의 팔을 잡아당겨 승연을 껴안고 있는 손을 풀게 했다.

"미니야, 이리 와."

"싫어! 아빠, 나 아빠 딸이에요."

미니는 엄마의 팔을 뿌리치고는 고개를 위로 올려 멍하니 앞만 바라보고 있는 승연의 시선을 받으려고 노력했다.

"아빠! 나 좀 봐요!"

미니는 발끝을 한껏 들었다. 미니의 손이 올라와 그의 턱에 닿았다. 아이의 손은 따듯했다. 승연이 저도 모르게 고개를 내려 아이와 눈을 마주하려 할 때였다.

"연아."

묵직한 목소리였다. 큰형의 목소리.

승연은 아이에게 향하던 눈으로 큰형을 쳐다보았다. 집안의 어른이자 여섯 동생을 위해 모든 것을 다 바쳐 온 칠 남매 중 첫째의 표정은 예사롭지 않았다. 언제나 감정을 잘 다스리는 사람답지 않게 얼굴 전체가 일그러져 있었고 검은색의 눈동자는 형형하게 빛나고 있었다.

"네, 딸이니?"

큰형의 목소리는 아주 어두웠고, 승연은 생전 처음으로 근원적인 공포를 느꼈다. 가장 믿고 따랐던 사람에게 버림받을지도 모른다는 두려움.

"네. 아빠 딸이에요. 전 아빠―"

미니가 대신 대답했고, 승연은 더 들어줄 수가 없었다. 그는 칼보다 더 날카로운 큰형의 시선을 피하기 위해 몸을 뒤틀었다. 앞에 딱 붙어 있었던 미니는 그 바람에 말도 끝마치지 못했고, 떠밀려 버렸다.

쿵.

그렇게 큰 소리는 아니었다. 하지만 미니가 옆으로 넘어지면서 엉덩방아를 찧는 소리가 방 전체에 울렸다. 정희는 경악한 채 몸을 숙여 딸을 붙잡았다.

"뭐 하는 짓이야?"

"오빠, 지금 애를 민 거야?"

정희의 외침에 이어 승리의 황망해하는 목소리가 승연을 호되게 때렸다. 승연은 그제야 자신이 무슨 짓을 했는지 깨달았다. 그는 아이가 눈물을 글썽이는 것을 보는 순간 온몸에서 피가 다 빠져나가는 느낌이었다.

"내가."

큰형의 목소리가 채찍처럼 날아왔다.

"널 그렇게 키웠니?"

큰형은 성큼 다가왔다. 곧 승연의 오른쪽 뺨에 작은 통증이 일었다.

"큰오빠!"

승리의 비명 같은 말이 울린 뒤에야 승연은 자신이 어떤 일을 당했는지 알게 되었다. 중고등학교 때, 야구부 활동을 하면서 선배들과 코치들에게 수없이 얻어터졌다. 손과 발, 심지어 묵직한 배트로도 실컷 맞았지만 워낙 익숙했기에 그런 폭력은 아무 일도 아니었다. 하지만 지금 이 순간, 가볍게 얻어맞은 것임에도 승연은 세상에서 가장 고통스러운 통증이라고 생각할 수밖에 없었다.

큰형에게 맞았다. 절대 손을 올리지 않는 사람에게, 세상에서 가장 존경하고 믿는 사람에게 뺨을 맞았다!

"무책임한 녀석!"

연이어 날아온 호된 질책은 승연을 그야말로 갈기갈기 찢어버렸다. 그래서 더 버틸 수가 없었다. 승연은 몸을 돌려 그 자리를 박차고 나가고야 말았다.

"박승연!"

승안은 소리 질렀으나 동생을 잡을 수는 없었다. 남겨진 정희는 그야말로 혼이 나가는 것 같았다.

도망치다니?

"나 때문인 거예요?"

미니의 목소리는 눈물로 가득 차 있었다.

"아빠가 나…… 싫어서 가버린 거예요?"

"그게 아니란다."

정희가 대답하기 전 승안이 먼저 말했다. 동생에게 한 것과는 달리, 조카를 대하는 승안은 아주 상냥했다.

"네 잘못이 아니야. 네…… 아빠는 지금 혼란스러운 거란다. 이제까지 내가 한번도 손을 올린 적이 없거든. 어떤 상황에서도 폭력은 나쁜 건데…… 내 잘못이란다."

승안은 후회의 한숨을 내쉬었다. 손이 저릿저릿했고, 심장은 더욱 아팠다. 그러나 그대로 넋을 놓고 있는 대신 그는 빠르게 마음을 다스렸다. 할 일이 있으니까.

"미니야, 승리 고모와 함께 잠깐 나가 있겠니? 어른들끼리 할 말이 있단다."

승안의 낮은 목소리에서는 아주 강력한 권위가 묻어 나오고 있었다. 정희는 옹고집쟁이 딸이 순종적인 표정으로 승리와 함께 방 밖으로 나가자 놀라고 말았다.

"이리 앉으세요."

승안은 자리로 돌아가 방석에 앉았고, 정희 또한 목소리에 굴복해 방금까지 딸이 사용했던 방석 위로 갔다.

"미니에게 대충 이야기 들었습니다."

승안은 바로 입을 열지 않았다. 목이 탄지 물 컵을 한 잔 죽 비운 뒤에야 말을 시작했다. 정희는 승안의 눈빛이 범상치 않은 사람의 것임을 알아보았다. 승연의 큰형에겐 몸을 숙이게 하고 말을 경청하게 만드는 무언가가 있었다.

"연이가 열아홉 살 때 사귀었다가 헤어졌다고요. 언니 내외분이 계신 이탈리아로 가서 미니를 낳았고, 죽 그곳에서 살다가 작년에 아버님이 돌아가신 뒤 한국으로 돌아오셨다고요."

"네."

"일산 베어스 팀의 구단주가 되셨다고 들었습니다. 앞으로 한국에 머무르실 건가요?"

승안에게서 뿜어져 나오는 기운은 정희로 하여금 순순히 모든 것을 말하게 했다. 정희는 미니가 왜 순종적인 태도를 보였는지 체감하게 되었다.

"네. 이탈리아도 괜찮지만 한국인이니 한국에서 키우려고요."

"결혼, 안 하셨다고 들었습니다. 한국에서 미혼모의 아이는 매우 힘들게 자랍니다."

승안의 눈빛이 정희로서는 알 수 없는 방식으로 일렁거렸다.

"작년에 한국으로 돌아온 뒤 미니가 많이 힘들었다고 합니다. 엄마가 미혼모라는 것 때문에, 아버지가 없다는 것 때문에 학교와 학원에서 놀림도 많이 당했고요."

"미니는…… 그런 말은 하지 않았어요."

정희는 무릎 위에 올려둔 주먹을 꾹 쥐었다. 혼란스러운 긴장으로 가득한 몸에 새삼 분노가 일었다. 일산그룹이라는 큰 배경이 있지만 미혼모라는 사실 때문에 정, 재계의 사교계에서 그녀를 천시하는 건 사실이었다. 그렇기에 정희는 사교계 모임에 일절 발을 끊었고, 마음이 통하는 단 한 명의 친구를 제외한 다른 사람은 만나지 않았다. 그리고 미니가 학교생활을 제대로 하지 못할까 봐 미혼모라는 사실을 감추었는데, 엄마와 같은 성(姓) 때문에 알려진 모양이었다.

놀림을 당하고 있다고?

미혼모가 적지 않은 이탈리아에서는 그녀가 미혼모라는 사실은 문제가 되지 않았다. 이럴 줄 알았으면 언니와 형부의 말대로 이탈리아에 그대로 머무를 걸 그랬나?

새삼 분노가 불같이 치솟았다. 그리고 당장 이탈리아로 돌아가고픈 충동 또한 일어났다.

"대신 사과드리겠습니다."

정희가 솟구치는 화를 삭이려고 노력할 때 잠시 그녀를 지켜보던 승안은 무겁게 입을 열었다.

"제 동생의 무책임함, 사과드리겠습니다. 잠시만 더 시간을 주셨으면 합니다. 충격을 많이 받은 모양입니다. 사실…… 저 또한 그렇습니다. 열 살짜리 아이라니……."

승안은 솔직한 심경을 내뱉는 동시에 짙은 한숨을 쉬었다. 곧 방 안은 무거운 침묵으로 짓눌렸다.

"연이는 곧 돌아올 겁니다."

다시 입을 연 승안의 목소리는 확신으로 가득했다. 정희는 불신으로 터질 것 같은 눈빛을 하고 말았다.

의도는 아니라지만 아이를 떠밀고 도망친 사람이 곧 돌아올 거라고?

"책임감이 강한 아이입니다. 방금 실수를 했지만, 전 제 동생을 믿습니다. 그리고 저나 다른 형제들도 미니를 책임질 겁니다."

"네?"

"전 미니의 큰아버지입니다. 마땅히 아이를 사랑하고 책임질 의무와 권리가 있습니다."

정희는 뭐라 할 말이 없었다. 승연과는 달리 굳건한 결의로 가득한 승안의 눈빛을 차마 견디지 못하고 고개를 돌려 버렸다.

"오늘은 이만 가볼게요."

목이 바싹 말라 말하기도 힘들었다. 그녀의 얼굴이 얼마나 창백한지 알고 있기에 아직 할 이야기가 많았으나 승안은 막지 않았다. 고개만 끄덕이고는 먼저 일어나 정희가 나갈 수 있게 문을 열어주었다.

정희는 비틀거리지 않기 위해 노력하며 승안과 함께 내려갔다. 칠 남매 중 막내이자 미니의 고모인 승리가 1층의 문 앞에 혼자 서 있었다.

"미니는?"

승안이 질문을 던졌고, 승리는 정희를 슬쩍 바라보고는 만족스러운 얼굴로 답했다.

"연이 오빠가 데려갔어요."


이래선 안 된다.

3층에서 내려와 1층 문을 박차고 나가는 순간, 희미하게 남아 있는 이성의 한자락이 승연을 붙들었다.

이건 아니다. 아무리 큰형의 말이 고통스럽더라도 이렇게 도망쳐선 안 된다. 비록…… 배신감이 느껴진다고 해도.

아니, 애초에 큰형에게 배반감을 느껴서는 안 되었다.

10년 전, 가족들을 위해, 큰형의 안전을 위해 정희를 버렸었다. 그런데 큰형이 이제 와서 그에게 무책임하다고 질책을 가하자 승연은 뒤통수를 얻어맞은 기분이었다. 하지만 큰형은 동생이 왜 이별을 택했는지 몰랐다. 더군다나 근본적으로 그건 자신의 선택이었다. 아무것도 지키지 못할 만큼 약하고 힘없던 스스로 내린 결론.

큰형에게 이런 마음을 먹어서는 안 되었다. 그리고 올바른 행동을 해야만 했다.

헤어진 건, 스스로가 택한 일이었다. 임신시킨 것도 자신. 10년이라는 긴 세월 동안 미니의 존재를 숨긴 정희에게 분노가 일지 않는 건 아니나, 어찌 됐든 혼자 힘으로 아이를 기른 건 상상조차 할 수 없을 만큼 힘든 일일 터. 아이를 위해 아주 많은 것을 희생하며 살아왔을 것이다. 그가 홀로 자유를 만끽한 것과는 달리.

그리고 아이의 아빠인 난, 도망치고 있다.

승연은 자동차 문 앞에서 우뚝 행동을 멈추었다. 아니, 호흡조차 중단할 수밖에 없었다.

이래선 안 된다. 이래선 안 된다!

그가 1층 밖으로 나온 승리와 미니를 발견한 게 바로 그때였다. 나이 차이가 많이 나는 자매라고 해도 믿을 만큼 흡사한 두 사람을 보며 승연은 자석에 이끌리듯 다가가기 시작했다. 가까이 갈수록 빈 통 안에서 흔들리는 돌멩이처럼 심장이 쿵쾅쿵쾅거렸다.

어린아이답지 않게 우울한 얼굴의 미니는 승연을 발견하자 놀란 표정을 지었다. 호흡 곤란을 느낄 만큼 숨 쉬는 게 힘들었으나, 승연은 똑똑히 보였다. 잔뜩 흐린 먹구름 같았던 미니의 얼굴이 여름날의 태양처럼 환하게 바뀌는 것을.

"아빠!"

아까 그렇게 거부당했는데도 미니는 이번에도 뛰어서 그에게 달려왔다. 승연의 몸을 꼭 끌어안았다.

"아빠, 아빠!"

울컥하고 아주 뜨거운 감정이 목으로 치달아왔다. 동시에 승연의 손이 제멋대로 움직였다. 가늘고 얇은 아이의 몸을 마주 안았다.

무조건적인 사랑을 퍼부어주는 존재. 바로, 그의 딸이었다. 그의 딸.

"……미니야."

미니가 숨이 막힌다고 중얼거린 뒤에야 승연은 딸을 놔주었다. 그는 몸을 숙여 한쪽 무릎을 꿇고 앉았다. 왠지 모르게 눈물이 나올 것 같았다. 승연은 목기침을 몇 번이나 한 뒤에야 말을 할 수 있었다.

"아까는 미안해."

무슨 말을 어떻게 해야 할지 알 수 없었다. 그래서 승연은 떠오르는 대로 내뱉었다.

"많이 놀랐거든."

"뭐, 좀 화났지만 이해해 줄게요. 나도 사실 아빠가 있다는 걸 알고 굉장히 놀랐었거든요."

미니는 주먹으로 봉긋 올라온 가슴을 탕탕 치고는 너그럽게 봐주겠다는 어조로 말했다. 승연은 저도 모르게 눈을 굴리다가 옆에서 있는 막냇동생을 쳐다보았다. 승리는 감동한 듯 큰 눈에 그렁그렁한 눈물을 달고 있었다.

"음, 오빠, 자리 피해줄까? 둘이 있게."

"잠깐만. 미니야, 나한테 시간 내줄래?"

"좋아요."

미니가 싱긋 웃자 승연은 승리에게 말했다.

"우리가 나갈게."

승연은 딸과 조용히 이야기를 나누기에 큰형의 식당이 적당한 장소가 아니라는 걸 알고 있었다. 더군다나 정희가 곁에 있으면 정신이 산란했다.

"미니는 나중에 집으로 데려다 줄 테니 먼저 가 있으라고 정희…… 미니 엄마에게 말해줘."

"알았어."

승리는 빙긋 웃고는 손을 흔들어주었고, 승연은 미니를 차 조수석에 태운 뒤 안전벨트를 채워주었다. 문득 이런 질문이 떠올랐다.

애들은 앞자리에 태우면 안 되는 거 아닌가?

"뒷자리로 갈래?"

"왜요?"

"어린애들은 뒷자리에 앉아야 안전하잖아. 카시트를 사야 되나?"

미니는 눈을 가자미처럼 만들며 그를 흘겨보았다.

"그건 말 그대로 어린애들이죠. 난 열 살이나 됐다고요. 흥."

승연은 머쓱하게 생각하며 시동을 켰다. 왠지 마음이 놓이지 않았다.

안전 점검 좀 해봐야겠군. 에어백을 더 달아야 되나? 아니야. 그냥 차를 더 안전한 기종으로 바꿀까?

승연이 이런저런 생각을 할 때 미니가 밖을 보더니 물었다.

"근데 우리 어디 가요?"

"맛있는 거 먹으러. 내가 맛있는 거 사줄게. 뭐 먹고 싶은 거 있니?"

일단 둘이서 시간을 보내고 싶었지만 어떻게 시작해야 할지 승연은 알지 못했다. 그래서 가족들이 미국에서 생활하는 그를 방문했을 때 그러하듯 맛있는 걸 사주겠다고 말할 수밖에 없었다.

"배불러요. 방금 큰아빠 식당에서 밥 먹은걸요."

큰아빠라.

아빠라는 말을 넙죽넙죽 잘하는 것에서 볼 수 있듯이, 미니의 적응력은 상상을 초월했다.

거북스러웠지만 그래도 싫은 건 아니었다. 불편하긴 했지만.

"그래? 음, 그럼 뭐라도 사줄까? 많이 늦었지만 작년 생일 선물 말이야."

재력으로 아이의 애정을 사려고 해서는 안 될 터. 하지만 이 순간, 승연은 진심으로 뭐라도 해주고 싶었다.

"바비 인형은 어때? 여자애들은 그런 거 좋아하지?"

"바비요? 그런 건 애기들이나 갖고 노는 거예요. 내가 애기로 보여요?"

미니는 이번에는 그렇게 따졌다. 승연은 눈을 굴리다가 이렇게 말했다.

"일단 백화점으로 가자. 거기서 갖고 싶은 거 골라."

"네."

곧 침묵이 둘 사이로 뚝 떨어졌다. 승연은 갑자기 목이 타는 것을 느끼며 무슨 말을 해야 할지 궁리하다 한마디 했다.

"음, 이탈리아에서 잘 지냈니?"

"네, 좋았어요. 젤라토도 굉장히 맛있고요."

"젤라토?"

"이탈리아 아이스크림요."

잘 지냈냐고 물었는데 어째서 아이스크림 이야기를 하는 거지? 맛있는 아이스크림 때문에 이탈리아가 그립다는 걸까?

승연은 이런저런 생각을 하면서 조용히 운전했다. 그러면서도 그는 미니를 흘긋 보았는데, 미니도 침묵이 어색한지 뭔가 말을 하려고 입을 벙싯거리고 있었다. 하지만 말을 하진 못했다.

적응력이 남다르다고 생각했지만, 사실은 미니도 당황스러운 건가?

승연이 그런 생각을 떠올렸을 때 백화점에 도착했다. 주차하고 내린 뒤 승연은 걷기 시작했다. 곧 등 뒤에서 아얏 하고 짧은 비명 소리가 났다. 승연은 깜짝 놀라 뒤돌아보았고, 미니가 인상을 쓰 며 쭈그리고 앉아 있는 것을 발견했다.

"미니야?"

"그렇게 빨리 걸어가면 어떻게 해요?"

미니는 투덜거리더니 일어났다. 승연은 어쩔 줄 몰라 하며 다가 갔다.

"다쳤니?"

"다칠 뻔했지만 괜찮아요."

삐쳤는지 미니는 아랫입술을 쭉 내밀었다. 화가 나 보이기보다 귀 여워 보일 뿐이었다. 승연은 씩 웃고 말았고, 미니는 더 화를 냈다.

"왜 웃어요?"

"귀여워서."

승연이 솔직하게 말하자 위로 치켜 올라간 미니의 눈썹이 조금 내려왔다. 하지만 아직도 삐쳤는지 툴툴거리며 앞으로 휙 걸어갔 다. 뒤로 한데 묶은 머리카락이 그의 손을 툭 치고 지나갔다. 손이 간지러웠다.

승연은 잠시 주먹을 쥐었다가 폈다. 생각하기도 전, 몸이 먼저 움직였다. 그는 미니의 옆으로 빠르게 걸어간 뒤 손을 잡았다.

아이의 손은 작았고, 낯설었다. 하지만 승연은 뿌리치는 대신 꼭 붙들었다. 아주 따듯했다.

처음엔 깜짝 놀란 듯했으나 몇 초 뒤 미니는 하얀 이를 드러내며 씩 웃었다. 승연 또한 반사적으로 웃어주었고, 미니의 속도에 맞춰 천천히 걷기 시작했다. 손과 손을 꼭 붙든 채.

"발레 학원에 다니는데요."

차 안에서 입을 닫고 있었던 것과는 달리 미니는 환한 얼굴로 에스컬레이터를 타고 올라가며 조잘거렸다.

"어떤 애가 나더러 아빠 없다고 놀리거든요. 되게 못된 애인데, 저번 주에는 자기 아빠랑 이렇게 손잡고 다녔다고 자랑하더라고요. 무지 부러웠어요."

어색한 침묵 대신 어떤 감정 하나가 승연의 가슴을 아프게 할퀴고 지나갔다.

"미니야, 내가 잘해줄게."

승연은 몸을 숙인 뒤, 미니의 눈을 똑바로 바라보며 맹세하듯 말했다.

"이제까지 못한 것까지, 다 잘해줄게."

"정말이에요?"

"그럼, 정말이지."

승연은 고개까지 힘껏 끄덕여 주었다. 열 살이나 된 딸을 뒀다는 게 여전히 믿기지 않았다. 불편하고 거북스럽기까지 했다. 하지만 사실이었다. 현실이자 진실.

최선을 다할 것이다. 그의 핏줄이자, 그의 새로운 가족에게 모든 것을 다할 것이다. 그게 바로 그의 책임이자 의무. 그리고……
그러고 싶었다.

승연은 더 로열 백화점의 맨 위층으로 올라갔다. VVIP를 위한
공간으로, 최고급 룸이 있는 곳이었다. 편안한 소파에 앉아서 말
만 하면 모든 것을 다 가져다주는 서비스를 이용할 수 있는 장소
기도 했다.

"어서 오십시오."

직원들은 처음에는 승연의 얼굴을 알아보고, 그리고 승연이 소
녀의 손을 꼭 잡고 있는 것을 보고 놀란 표정을 지었으나 곧 수습
하고는 공손하게 허리를 숙였다. 승연은 미니를 소파에 앉힌 뒤
옆에 바싹 앉았다.

"갖고 싶은 거 있으면 뭐든 말해. 다 사줄게."

미니의 눈이 커졌다.

"정말요?"

"정말이야."

"그럼, 나 옷이요."

승연은 고개를 끄덕인 뒤 직원에게 고개를 돌렸다.

"어울릴 만한 옷, 다 갖다주세요. 모두 최고급으로."

호흡을 가다듬을 겨를도 없이 그는 호기심으로 가득한 눈빛을
하고 있는 직원들에게 이어 지시했다.

"내 딸에겐 최고만 해줄 거니까."

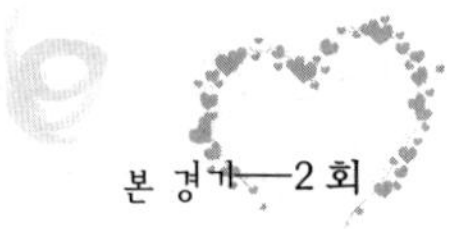



정희는 기가 막혔다. 미니와 시간을 보내겠다면서 집으로 먼저 돌아가 있으라는 승연의 전갈에 반쯤은 안도하고 반쯤은 불안해하며 그렇게 했다. 초조한 마음으로 집에서 딸이 돌아오길 기다리고 있을 때, 현관문 벨소리가 울려서 나가보니 백화점 택배 기사가 서 있었고 옆에는 커다란 상자가 세 개나 있었다. 박승연 씨가 방금 구매해서 보낸 거라는 말을 들었는데, 집 안으로 들여와 열어보니 온갖 게 다 들어 있었다.

비싸기로 유명한 브랜드의 옷이 스무 벌가량, 여러 종류의 신발 열 켤레, 큐빅이 아니라 진짜 크리스털이 박힌 머리핀 여러 개, 깜찍한 느낌의 팔찌와 반지 몇 개, 거기다가 최신형 노트북과 MP3, 디지털 카메라, PMP까지 십대 청소년이 갖고 싶어할 만한 모든 게 다 보였다.

기가 막힌 정희가 멍청하게 상자 안을 바라보고 있을 때, 현관문이 열리는 소리가 났다. 정희는 쿵쿵거리며 문으로 뛰어갔고, 막 안으로 들어오는 승연과 딸을 발견했다. 미니의 얼굴에는 양쪽 귀까지 걸려 있는 큰 웃음이, 그리고 손에는 최신형 스마트폰이 들려 있었다.

"엄마! 상자 왔어요? 아빠가 바로 배달해 달라고 했거든요. 왔어요? 왔죠?"

"왔지."

엄마의 대답과 표정이 얼마나 차가운지 깨달은 미니는 그 자리에서 우뚝 행동을 멈추었다. 승연의 얼굴이 굳었고, 정희는 부글거리는 속을 다잡고 팔짱을 꼈다.

"임민, 들어가서 상자에 손도 대지 말고 일단 씻어. 난 네……아빠와 이야기 좀 해야겠어."

미니는 주눅이 든 얼굴이었으나 승연에게 이렇게 말했다.

"아빠, 이야기 끝나면 나한테 인사하고 가. 바로 가버리면 안 돼."

미니의 애처로운 말은 잠시 정희를 뒤흔들었으나, 지적을 잊지 않았다.

"어른에겐 존댓말."

미니는 고개를 끄덕이고는 승연을 쳐다보았다.

"그냥 가면 안 돼요, 아빠?"

"그래. 약속할게."

승연은 손을 흔들어주었고, 정희는 문을 휙 열고 밖으로 나갔다. 승연이 따라 나오자 현관문을 닫은 뒤 바로 시작했다.

"미쳤어? 대체 얼마나 쓴 거야?"

"선물 준 거야."

정희가 송곳니를 드러내며 앙칼지게 소리 지르자, 승연은 깜짝 놀라고 말았다.

예전에는 화나는 일이 있어도 한마디도 못하더니 정말 많이 변했네.

"선물? 무슨 선물?"

"생일 선물 말이야. 지난 10년간 한 번도 못 챙겨줬잖아. 한꺼번에 준 거라고 생각해."

위로 치켜 올라간 정희의 눈초리는 여전했다. 승연은 서둘러 덧붙였다.

"과소비했다는 건 나도 알아. 이번만 그냥 넘어가 줘."

"그렇게는 못해. 내가 돈이 없어서 저렇게 안 사줬다고 생각해? 돈 귀한 줄 모르게, 사치스럽게 키우면 안 돼! 정상적인 사람이 안 된다고! 난 내 딸을 평범하게 키우고 싶어!"

"내…… 딸이기도 해."

목에 무언가가 걸린 듯 아직은 많이 어색했다. 하지만 진실은 진실이었다. 승연은 마른침을 꿀꺽 삼킨 뒤 이어 말했다.

"우리 딸이기도 하잖아."

정희는 욱하고 치민 감정을 참지 않았다.

"인정 안 하고 도망친 게 누구지?"

"10년 동안 사실을 안 알려준 게 누구지?"

승연은 약점을 공격하는 정희에게 똑같이 맞받았다. 아니, 더 세게 반격했다.

"우리 딸을 10년 동안 아빠 없는 아이로, 사생아로 만든 게 누구지?"

이번 공격은 치명타였다. 정희는 비틀거리지 않기 위해 노력하면서 소리쳤다.

"그게 다 내 탓이라는 거야? 난 네가 미니를 거부할 거라고 생각했어! 널 믿을 수가 없었다고! 그건 다 네 잘못이야! 날 버리고 떠난 네 탓이야!"

그녀의 말은 앙칼지긴 했으나 날카롭지는 않았다. 하지만 승연을 후려치기엔 충분했다. 그는 입을 벌렸다. 그러나 내뱉지 않았다.

승연은 몸을 돌렸다. 주먹을 쥐었다 펴면서 분노를 삭이고 삭였다. 하지만 10년 전에 마음, 아니, 영혼 깊은 곳에 난 상처는 여전히 욱신거렸다.

"약속했어."

그의 말은 한참 뒤에나 흘러나왔다. 화를 가라앉힌 뒤, 승연은 천천히 뒤돌았다. 정희는 여전히 표정이 딱딱했으나 아까보다는 침착해 보였다.

"미니 말이야. 이번에 이렇게 사주는 대신, 내년 생일 전까지 뭘 사달라는 말은 안 하기로 약속했어."

"내년 생일까진 겨우 7개월 남짓이야. 다른 건 몰라도 옷은 앞으로 3년은 더 안 사줘도 될걸. 옷 크기가 좀 걸리지만.”

그렇게 대답했으나 정희의 목소리에는 더 이상 빈정거림이 들어 있지 않았다. 그녀는 이제 겨우 아빠 노릇을 하는 사람에게 손톱을 세워봤자 미니에게 좋을 게 없다는 것을 알고 있었다. 여전히 화는 났지만.

“3년? 그 정도나 돼? 잘 몰랐어. 여자애들은 원래 그렇게 옷을 많이 사는 건 줄 알았지.”

승연은 머리를 긁적이고 말았다. 그는 정희가 한숨을 쉬는 것을 보고 이어 말했다.

“약속할게. 앞으로 누나 동의없이 이러지 않을게.”

“앞으로…… 라고?”

“그래. 앞으로 죽. 미니는…….”

승연은 눈을 감았다가 뜨며 심호흡했다. 정희는 그의 눈빛이 재회한 뒤 그 어느 때보다 선명해진 것을 보았다.

“내 딸이니까. 내가 책임질 거야.”

순간, 정희는 눈앞이 캄캄해졌다. 그녀는 부들부들 떨리는 손으로 주먹을 꾹 쥐었다.

“양육권을 주장하겠다는 거야?”

“음, 그 일종이지.”

“일종이라니 대체 무슨 말이야?”

정희의 되물음에 승연은 아주 담담하게 말했다. 저녁 식사를 제안하듯.

“결혼하자.”

"뭐?"

멍청하게 보인다는 건 알았으나 정희는 다시 그렇게 묻고 말았다.

"뭐라고?"

"결혼하자고. 내 딸에게 내 성(姓)을 물려줄 거야. 내 형제들의 성을 물려줄 거야."

"성을 바꾸는 건 법원에 신청하면 돼. 그룹 고문변호사에게 맡기면 알아서 해줄 테니 신경 안 써도—"

"나, 유명인이야. 누나가 생각하는 것 이상으로."

승연은 해가 동쪽에서 떠오른다는 사실처럼 아주 당연한 것을 말하듯 내뱉었다.

"미국은 사생활을 존중하는 편인데다가 사회적인 잣대가 다른 지라 큰 화젯거리가 안 되겠지만 우리나라는 달라. 내 딸의 존재가 알려지면 그야말로 난리가 날 거야. 이미 백화점에 함께 다녀온 이상 소문이 빠르게 퍼지고 있을 거고. 못 믿겠으면 인터넷 켜봐."

승연은 전 재산을 걸 수도 있었다. 최고 신랑감으로 일컬어지는 총각이 갑자기 열 살짜리 여자애를 딸이라면서 데리고 나타났으니, 아무리 직원들의 입이 무겁다고 해도 그가 사라지자마자 소문을 퍼뜨렸을 것이다. 지금쯤 인터넷에선 난리가 났을 터. 현재 일부러 휴대폰도 꺼둔 상태였다.

"앞으로 세간의 입방아에 끝도 없이 시달리겠지. 되도록이면 덜 다치게 하고 싶어. 미니와 누나 모두."

“나?”

정희는 이번에도 멍하니 되물었다.

“그래. 누나에게 일산그룹이라는 배경이 있다 해도 이건 보통 일이 아니야. 누나가 일산 베어스 팀의 구단주라는 사실을 아무리 쉬쉬해도 결국에는 다 퍼지게 되어 있어. 인격 모독적인 발언을 가하는 사람들을 법적으로 처리하겠다고 경고해도 인터넷 상으로 많이 공격당할 거야.”

“인터넷을 안 하면 돼.”

“그렇게 해결될 문제가 아니야. 누나의 사진이나 동영상이 퍼져 나가겠지. 얼굴을 알아본 사람들 때문에 일상생활에 지장을 받을지도 몰라.”

승연의 말은 충격적이었다. 정희는 도무지 소화시킬 수가 없었다.

“적당히 꾸며낸 이야기를 공표한 뒤에 결혼하는 게 가장 올바른 해결 방법이야. 그래야 미니가, 누나가 덜 다쳐.”

정희는 아무 말도 할 수 없었다. 그저 우두커니 선 채 들을 뿐. 그리고 승연의 목소리는 잠시 거칠어졌다.

“내가 잠시 책임을 도외시한 건 사실이야. 그렇지만, 이젠 그러지 않을 거야. 미니는 내 딸이니까. 그리고 누나는…… 내 딸을 낳았어. 10년이나 아무 말도 하지 않은 게 화가 나. 하지만…….”

생각만 하면 승연은 아직도 격분이 치솟았다.

“난 내 책임을 다할 거야. 그리고 누나도 그래야 해.”

“뭐, 뭐라고? 내 책임?”

"미니를 10년 동안이나 미혼모의 자식으로 만든 책임을 져야 해. 사생아로 남겨둔 대가를 치러야 해."

정희는 저도 모르게 몸을 떨었다.

"결혼해서, 누나 자신을 보호해. 미니를 보호해. 우리 딸을 위해, 제대로 된 가정을 만들도록 노력해. 그게 누나가 할 일이야. 나 또한 그럴 테니까."

이제 정희는 기절할 것 같았다. 핵폭탄을 연속으로 맞은 느낌. 그녀는 그대로 정신을 잃고 쓰러지기 전에 집 안으로 들어가야 한다는 것을 본능적으로 알아차렸다.

"일주일 줄게. 그동안 생각해. 내가 들을 대답은 하나뿐이지만."

승연은 차갑게 마지막 말을 내뱉은 뒤 현관문을 열고 들어갔다. 그러더니 미니에게 인사를 하고 몇 분 뒤 다시 나왔다. 정희는 멍청하게 서서 그가 가는 모습을 지켜볼 수밖에 없었다.

승연의 예상은 적중했다. 승연에게 프러포즈 아닌 프러포즈를 들은 날 밤, 정희는 제대로 잠을 이루지 못 했다. 그녀는 거의 뜬 눈을 지새우다가 아침 일찍 망설이는 기색으로 컴퓨터를 켰고, 포털 사이트의 검색창에 '박승연'을 넣어보았다. 가장 최신으로 나온 글의 제목은 바로 이것이었다.

[박승연한테 딸이 있대요!]

야구 사이트로 보이는 어느 대형 커뮤니티의 글이었는데, 믿을 수 없다는 댓글이 줄줄 달려 있었다. 그런 바람둥이에게 자식이 한둘쯤 있을 수도 있지 않겠냐는 시니컬한 비아냥거림도 있었다. 정희는 얼굴을 찌푸리다가 이번엔 검색창에 '박승연 딸'을 넣어 보았다.

[박승연 딸 폰카 사진 입수!]

친구가 더 로열 백화점에 갔을 때 에스컬레이터를 타고 있는 승연을 발견하고 찍은 사진이었다. 승연과 미니가 손을 꼭 잡고 있는 옆모습과 뒷모습이 찍혀 있었는데 화질은 그렇게 좋지 못했다. 그래서 그런지 댓글의 절반은 승연이 아니라는 의견이었고, 나머지 절반은 손을 잡고 있다고 딸이라는 뜻은 아니라고 목소리를 높이고 있었다.

[내 친구의 사촌이 더 로열 백화점에서 일하는데, 박승연이 직접 자기 딸이라고 밝혔대.]

[설마 딸이 있을까? 더군다나 저렇게 큰 애라니 말도 안 됨. 열두 세 살은 되어 보이는데 그럼 박승연이 열여덟에 여자를 임신시켰다는 건가?]

[온갖 여자 섭렵하고 다닌다니 어렸을 때도 가능할 듯?]

[더블에이에 있을 때 무지 예쁜 여친 있었다고 들었음. 혹시 그 여친이 애 낳은 건가?]

여러 댓글을 훑던 정희는 순간 움찔거리고야 말았다. 승연과 그녀가 사귄 기간은 길지 않았고, 10년이나 지난 일이다. 그런데 그때의 사실을 알고 있는 사람이 있다니, 정말 승연의 팬들은 대단했다.

[진짜라면 로또 당첨이네! 혹시 의도적으로 애 낳은 거 아닌가?]

[박승연 주변에 돈 노리는 여자가 한둘이야? 덫에 걸린 건가? 진짜 애라면 안됐네. 큰형이 디게 엄하다는데 박승연도 이제 인생 종쳤다.]

정희가 눈을 질끈 감고 미간을 손가락으로 누를 때였다. 갑자기 휴대폰이 울렸다. 일산 베어스 팀의 직원으로 그녀의 비서였다.

[구단주님, 아침 일찍 죄송한데요.]

난처한 기색으로 가득한 목소리였다.

[몇몇 사람들한테 이상한 문의 전화가 와서요. 기자도 한 명 있었어요.]

"기자요?"

[어젯밤에 박승연 투수가 딸이 있다는 소문이 퍼졌거든요. 사진도 올라왔는데 그 사진 속의 아이가 미니라는 얘기가 있어요. 어느 기자 한 명이 미니가 다니는 학원의 학부모인가 봐요. 미니라고 생각했는지, 구단주님 연락처를 알려달라면서 저한테 전화를 걸었어요. 소문이 사실인지 확인해 달라고 해서 전 모르겠다고 말하고 끊었고요. 구단주님 연락처도 안 알려줬어요.]

정희는 무슨 말을 해야 할지 알 수가 없었다. 물을 마신 지 오래된 사람처럼 목이 바싹 말랐다.

[앞으로 어떻게 해야 하죠?]

"일단…… 노코멘트하세요. 나중에 내가 연락할 때까지 나한테 전화하지 말아줘요."

정희가 그대로 휴대폰을 내려놓을 때였다. 인기척이 들리더니 미니가 눈을 비비며 거실로 나왔다.

"엄마?"

미니의 시선이 정희의 뒤로 향했다. 모니터에는 승연과 어젯밤에 찍힌 사진이 올라와 있는 게시물이 펼쳐져 있었다.

"어? 사진이네."

미니는 쪼르르 다가와서 모니터 앞으로 고개를 들이밀었다. 정희는 딸이 사진과 함께 있는 온갖 악의적인 댓글을 읽을까 봐 얼른 창을 껐다.

"엄마, 왜 그래요? 나 사진 보고 싶어요. 인쇄해야지."

"인쇄?"

"아빠랑 찍은 사진이 하나도 없잖아요."

정희의 심장이 다시금 아프게 울렸다. 그녀는 저도 모르게 소리 없이 신음하고는 딸의 손목을 잡아 소파로 갔다. 옆에 앉힌 뒤 두 어깨에 손을 올리고 눈을 마주했다.

"미니야, 엄마가 밉지?"

미니는 갑작스러운 질문에 눈을 크게 떴다.

"아뇨. 왜 그런 걸 물어요?"

"엄마가 미니한테 거짓말했잖아. 아빠가 돌아가셨다고."

미니는 눈을 깜빡거리다가 왼손을 올려 머리를 긁적였다. 문득, 정희는 승연이 왼손잡이라는 것을 기억해 냈다. 미니 또한 그랬다.

"음. 사실 화났어요. 근데 이모가 예전에 그랬어요."

미니는 이탈리아 밀라노에 살고 있는 수정 이모의 이야기를 꺼냈다.

"이모랑 이모부도 날 사랑하지만 세상에서 날 가장 사랑하는 건 엄마라고 했어요. 음, 그리고 또 뭐라고 했지? 맞아. 어떤 행동을 하든 다 날 사랑하기 때문이라고 했어요. 그러니까 엄마를 무조건 믿어줘야 한다고."

미니는 기억이 잘 나지 않는지 계속 머리를 긁적였지만 끝까지 말을 다 했다.

"그리고 인터넷 검색 무지 해봤거든요. 아빠, 엄청 바람둥이더라고요. 엄마가 왜 거짓말했는지 알 거 같았어요. 팬들이 아빠더러 바람둥이라고 놀리던데, 진짜 싫어요. 내 아빠니까 좋지. 바람둥이는 최악이잖아요? 저번에 학교에서 내 앞에 앉은 아이도 다른 반에 여친이 있으면서 딴 애랑 사귀었다니까요. 양다리였어요."

미니가 이어 한 말은 정희의 눈가에 맺힌 눈물을 쏙 들어가게 하기에 충분했다. 정희는 열 살짜리 애가 바람둥이, 양다리 운운하는 것을 어떻게 받아들여야 할지 알 수 없었다.

요즘 애들은 유치원 때부터 사귄다더니.

정희는 속으로 혀를 내두르고는 헛기침을 했다. 지금은 그 이야기를 할 때가 아니었다.

"그동안 놀림받았다면서? 엄마가 미니한테 많이 미안해."

말로 다 할 수 없을 만큼 미안했다. 정희는 딸을 품으로 끌어와 꼭 껴안았다. 미니는 답삭 안겼고, 정희는 잠시 아무 말도 하지 않은 채 그러고 있었다. 한참 뒤 그녀는 딸과 아침 식사를 한 뒤 학원을 보냈다. 그리고 몇 시간 동안 멍하니 집 안을 서성였다.

"엄마!"

학원이 끝난 뒤 현관문을 열고 들어오는 미니는 딱 보기에도 아주 놀란 얼굴이었다. 정희는 깜짝 놀라고 말았다.

"무슨 일 있었니?"

"이상한 사람이 따라왔어요."

"뭐라고?"

정희가 얼굴을 싸늘하게 굳혔을 때 경호원 한 명이 안으로 들어와 보고했다.

"스포츠 신문의 기자였습니다. 집까지 미니를 따라오기에 돌려보냈습니다."

"왜 나한테 이제야 말하나요?"

"휴대폰을 꺼놓으셨더군요. 집 전화기도 내려놓으셨고요."

정희는 할 말이 없었다. 그녀는 사과했고, 경호원에게 휴대폰을 켜놓으라는 말을 들은 뒤 딸을 데리고 집 안으로 들어왔다.

"그 기자가 무슨 말을 했니?"

"내가 아빠 딸이 맞느냐고 물었어요. 그렇다고 하니까 사진도 막 찍어갔어요."

정희는 눈을 감고 이마를 문질렀다. 그녀는 미니에게 점심을 차려준 뒤 방으로 들어가 휴대폰을 켰다. 휴대폰이 부르르 몸을 떨면서 잠에서 깨어나자 곧 수많은 문자와 녹음된 메시지의 존재를 알리는 알림이 쇄도하기 시작했다. 정희는 다 무시하고 승연에게 걸었다.

"어느 기자가 학원까지 와서 미니의 사진을 찍어갔어."

그녀는 승연이 받자마자 누구인지 밝히지도 않고 쏜살같이 말했다. 승연은 대답으로 신음을 흘렸다. 그는 몇 초 뒤에 말했다.

[안 그래도 생각보다 빨리 퍼지고 있어서 걱정하던 차였어. 시기가 안 좋아. 훈이 형, 내 에이전트가 그랬는데 안 그래도 요즘 흥미로운 기삿거리가 하나도 없어서 기자들이 벼르던 차였대.]

내 사생활이, 내 딸의 사생활이 이렇게 파헤쳐지는 게 그 사람들에겐 그저 흥미로운 기삿거리라는 건가?

분노가 치밀자 정희는 쏘아붙이고 말았다.

"아무리 시기가 나쁘다고 해도 이렇게 될 거라고 예상 못했어? 집 앞까지 기자가 쫓아와서 사진을 찍어갔다는데, 미니가 얼마나 놀랐겠어?"

[미안.]

승연은 선선히 사과했다.

[내가 어제 딸이라고 소개 안 했으면 그런 일은 없었을 텐데. 하지만…….]

"하지만?"

[하지만 그렇게 말을 안 할 수가 없었어. 내 딸인 건 사실이잖아.]

정희는 할 말이 없었다.

[일단 기자들한테 공문을 돌릴 생각이야. 미니가 내 딸인 건 사실이고, 사생활을 존중해 달라고. 인적 사항이나 사진을 공개할 경우 엄중하게 대처하겠다고 말할 거야. 일산그룹에서도 도와줬으면 좋겠어.]

"안 그래도…… 오빠에게 말할 생각이야."

[오빠? 일산그룹 대표이사 말이야?]

“맞아.”

임정진은 그녀보다 일곱 살 위로, 어렸을 때부터 철저한 기업인으로 키워졌다. 하지만 사생활적인 면에서 보면 가족을 아끼는 좋은 남자였다. 그리고 동생이 미혼모로 사는 것을 아주 안타깝게 여기면서 미니를 사랑해 주는 마음 좋은 외삼촌이기도 했다.

“그래야 그룹 차원에서 대응이 될 테니까. 오빠는 미니의 아빠가 누구인지 아직 몰라. 좀 화를 내겠지만…… 더 이상은 숨길 일이 아니야.”

그냥 화만 내지 않을 터였다. 정희는 보수적이고 원칙주의자인 오빠가 무슨 말을 할지 잘 알고 있었다.

아이의 아빠와 결혼하라고 강요할 것이다.

[결정했어?]

정희는 승연이 무엇을 묻는지 잘 알고 있었다. 그녀는 떨리는 입술로 입을 열었다.

“결혼은…….”

“엄마.”

정희는 흠칫 몸을 떨며 돌아보았다. 어느새 문을 열고 들어온 미니가 눈을 반짝이며 서 있었다.

“아빠랑 결혼하는 거예요?”

당황한 정희가 대답을 하지 못하고 있을 때, 미니는 그 자리에서 폴짝 뛰면서 손뼉을 쳤다.

“우와! 엄마랑 아빠가 결혼한다!”

“미니야.”

정희는 손짓을 해서 방방 뛰는 딸을 진정시켰다.

"그게 아니야."

"아니라고요?"

미니는 우뚝 행동을 멈추었다. 형광등보다 더 환하게 빛났던 얼굴에 실망의 그림자가 어둡게 드리워졌다. 결국 정희는 애써 꺼내지 않으려고 했던 질문을 할 수밖에 없었다.

"결혼했으면 좋겠어? 엄마와 아빠가 결혼하면 좋겠니?"

미니는 질문이 끝나자마자 고개를 위아래로 아주 세게 끄덕였다. 정희는 자신이 벼랑 끝에 위태롭게 서 있다는 것을 잘 알고 있었다. 그녀는 하늘에서 동아줄이 내려오길 바라는 심정으로 다시 물었다.

"왜?"

"한국에선 다들 그러니까. 이탈리아에선 잘 몰랐는데 여기는 엄마와 아빠가 결혼 안 한 게 이상한가 봐요. 엄마, 사실 말이에요, 오늘 야구 좋아하는 어떤 애가 나한테 물었거든요. 아빠 딸이 맞느냐고. 맞다고 하니까 왜 엄마랑 아빠가 결혼 안 했냐고 나더러……."

미니는 잠시 말을 멈추고 울먹거렸다. 언제나 씩씩하고 여우 같은 딸답지 않은 행동에 정희는 숨을 멈추었다. 그리고 미니는 이 한마디를 했다.

"나더러 사생아래요."

정희는 아무 말도 하지 못했다. 그녀는 저도 모르게 휴대폰을 떨어뜨린 채 온몸을 다해 딸을 꼭 껴안았다. 미니는 말없이 안겨 있었고, 정희는 한참 뒤에 속삭였다.

"다시, 그런 말 안 듣게 해줄게."

그녀는 악문 이 사이로 내뱉었다.

"엄마가 약속할게."

"정말?"

"정말."

정희는 딸의 이마에 입을 맞추었다. 맹세를 담고 있는 키스였다. 딸의 양 뺨에도 입을 맞춘 뒤 잠깐 나가 있으라고 말했다. 미니가 그렇게 하자 정희는 떨어뜨린 휴대폰을 주워 들었다. 통화는 아직 연결되어 있었다.

"듣고 있어?"

정희는 심호흡을 하며 말했다.

[그래.]

승연의 답은 바로 들려왔다. 정희는 그가 대화를 얼마만큼 들었는지 궁금했다. 하지만 상관없는 일이었다. 결과는 변하지 않을 테니.

"하자."

정희는 다시금 깊고 깊은 심호흡을 한 뒤, 이어 말했다.

"결혼, 하자."

[지금, 갈게.]

휴대폰을 통해 승연 또한 떨리는 숨을 내쉬는 것을 들을 수 있었다. 안도감인지 아니면 다른 감정 때문인지 정희는 알지 못했다.

[세부 사항 의논하자.]

결혼식은 최대한 빨리 준비해서 올리기로 했고, 날짜는 약 한 달 뒤인 1월 4일로 결정되었다. 그날로 정해진 건 가장 빠르게 예약할 수 있는 날짜를 알아보다가 누군가의 결혼식이 취소되어 자리가 났기 때문이었다. 식장 예약을 하면서 정희는 되도록이면 비밀을 유지하고 싶어했으나 승연이 반대했다. 어차피 새어나갈 테니 공식적으로 발표하는 게 더 당당해 보일 거라고. 일산그룹의 언론 컨설턴트 팀 또한 같은 의견을 제시했고, 결국 승연은 기자 회견을 가졌다.

승연이 회견장에 모습을 드러내자마자 쉴 새 없이 플래시가 터졌다. 모든 기자들이 모인 듯 상당히 넓은 홀은 꽉 차 있었다. 그들의 손에는 여러 종류의 카메라가 들려 있었는데, 모든 방송국에서 다 모인 것 같았다. 또한 케이블의 스포츠 채널과 연예 채널에서는 무려 생방송으로 중계 중이었다.

어떻게 저렇게 여유로울 수 있지?

정희는 도저히 이해할 수 없었다. 그녀라면 저렇게 많은 사람들의 시선을 받는데다가 생방송으로 중계되고 있다면 그 자리에서 기절해 버릴 터였다. 그러나 승연은 마치 플래시 세례를 즐기는 듯한 동작으로 자세까지 취해주고 있었다. 또한 얼굴은 즐거운 기색으로 넘쳐 나고 있었다.

"엄마?"

정희가 소파에서 벌떡 일어나자 미니가 불렀다. 하지만 정희는 고개를 젓고 아무 말도 하지 않은 채 서서 팔짱을 꼈다. 미니는 엄마를 이상하게 생각하는 듯했으나 다시 화면 속의 아빠에게 시선을 집중했다.

[안녕하세요.]

승연은 준비된 의자에 앉은 뒤 씩 웃었다. 질문은 나중에 하게되어 있기에 기자들은 일단 기다렸고, 승연은 마이크에 몸을 가까이했다.

[오늘, 이 소식을 전해 드릴 수 있어서 정말 기쁩니다. 제가 드디어 결혼을 합니다.]

작은 환호성과 탄성이 울리는 동시에 기자들이 셔터를 누르는소리는 더욱 커지고 빨라졌다.

[한 달 뒤인 1월 4일에 합니다. 많이들 축하해 주셨으면 합니다.]

승연은 활짝 웃어 보였고 정희에게조차 그가 진심으로 기뻐하는 것처럼 보였다. 그녀가 승연의 연기력에 감탄을 표할 때 기자들의 질문이 시작되었다. 승연은 느긋한 자세로 미리 계획한 대로가장 친한 기자에게 발언권을 주었다.

[딸이 있다는 소문이 있는데, 사실입니까?]

[네, 사실입니다. 제 친딸은 올해 열 살입니다.]

기자들이 술렁이는 소리가 아주 크게 들렸다. 승연은 눈도 깜빡하지 않고 씩 웃은 뒤 이어 말했다.

[더블에이에서 뛸 때 제 피앙세와 사귀었습니다. 그러다가 오해가 있어서 헤어졌습니다. 그 뒤로 제 피앙세는 언니 부부가 있는

이탈리아로 갔고, 그곳에서 우리 딸을 낳았습니다. 그러다가 작년에 피앙세와 딸이 한국으로 돌아왔을 때 우연히 재회하게 되었습니다. 그때부터 다시 만남을 가져왔고 올해 초에 제가 부상을 입어서 힘들어할 때 곁에서 큰 힘이 되어줬습니다. 시즌이 끝난 뒤에 결혼하기로 약속했는데 그게 바로 다음 달입니다.]

승연은 입에 침도 바르지 않았는데 거짓말을 잘도 했다.

[그럼 피앙세 되는 분이 몰래 아이를 낳았다는 말입니까? 계속 그 사실을 숨겨와서 박 선수는 얼마 전에야 알았다는 건가요?]

다른 기자의 입에서 터져 나온 질문은 그 속에 담겨 있는 비아냥거림만큼이나 소리가 아주 컸다. 정희는 저도 모르게 몸을 움찔거렸다.

[제 피앙세에 대한 그런 표현은 적절하지 않습니다.]

마냥 나긋했던 승연의 표정이 달라진 게 바로 그때였다.

[10년 전에 헤어진 건, 오해 때문이지만 전적으로 제 탓입니다. 제게 크게 화가 났고 깊이 실망했음에도 저를 계속 사랑해 왔기에 그 어린 나이에 아이를 포기하지 않고 낳았습니다. 여자 혼자서 아이를 기르는 게 얼마나 힘든 일인지 모르시겠습니까?]

승연의 목소리가 격앙되었다. 동시에 여자 기자들은 물론 다른 기자들의 비난 서린 시선이 질문을 한 기자에게 화살처럼 꽂혔다.

[이어질 인연이라면 지금 헤어진다고 해도 언젠가 만난다는 말이 있습니다. 저와 제 피앙세가 그런 인연이라고 생각합니다. 여러 가지 오해를 겪었고, 오랜 공백도 있었습니다. 하지만 결국 이렇게 다시 만났고, 아직 서로를 아주 많이 사랑한다는 걸 알게 됐

습니다. 앞으로 오래오래 행복하고 싶습니다. 축복해 주시기 바랍니다.]

언론 컨설턴트 팀원 중에 하나가 써준 원고였다. 미리 읽었음에도, 화면을 똑바로 쳐다보면서 고백하듯 말하는 승연의 촉촉해진 눈동자를 본 순간 정희는 몸 깊은 곳이 떨렸다.

[일산 베어스 팀의 구단주지만 제 피앙세는 일반인입니다. 인적 사항과 사진 공개는 자제해 주셨으면 합니다. 혼자 아이를 기르느라 많은 걸 희생해 온 사람입니다. 반드시, 배려해 주시기 바랍니다.]

간곡하게 말하던 승연의 말투는 곧 바뀌었다.

[우리 딸 또한 마찬가지입니다. 아직 어린아이입니다. 인적 사항이나 사진을 공개할 시, 법적 대응도 불사하겠습니다. 인터넷에 무단으로 올린 사진은 지금 당장 내려주시기 바랍니다.]

그의 눈빛이 강하게 빛났다. 협박조의 거친 목소리였는데, 기자들이 압도당해 움찔거리는 것 같았다. 그러자 그는 이번에는 목소리를 부드럽게 바꾸었다.

[제 가족의 사생활을 존중해 주셨으면 합니다. 부탁드립니다. 그리고 앞으로는 제 재활에 대해 질문을 해주셨으면 합니다. 저는 야구선수가 직업인 평범한 남자일 뿐입니다. 곧 새신랑이 될 예정이고요. 드디어 품절남이 되는 건데, 아주 기쁘군요.]

승연은 씩 웃어 보였다. 그제야 기자회견장의 얼어붙은 분위기가 풀렸는데, 기자들은 다소 웅성거렸으나 곧 여러 질문을 던졌다. 그 뒤로 승연은 사생활적인 부분은 교묘하게 피한 뒤 야구 이야기로 답했다. 기자들은 포기하지 않고 계속 질문했지만 승연은 피앙세와 딸에 대한 사랑을 드러내는 동시에 사생활 보호를 바란다는 말을 끊임없이 내뱉었다.

"아빠 말 잘하네."

마침내 한 시간 예정이었던 기자회견이 끝났고, 처음에는 눈을 반짝였으나 야구 이야기가 나오자 멍한 표정을 지었던 미니는 그런 평가를 내렸다. 정희 또한 마찬가지였다. 그녀는 한 가지 생각을 더 하고 있었다.

배우를 해도 되겠군.

피앙세에 대한 사랑을 드러내는 그의 말은 진짜 같았다. 그와 결혼할 여자는 바로 자신이었으나, 정희는 감동받지 않았다. 대신 공허할 뿐이었다.

승연은 그녀를 사랑하지 않았다. 그리고 그녀 또한 승연을 사랑하지 않았다. 그저 딸을 위해 벌이는 쇼일 뿐.

"아빠 저녁에 온대. 인터뷰해야 된다고 바쁘대."

기자회견이 끝난 얼마 뒤 잠깐 통화를 한 미니가 쫄래쫄래 다가와 말했다. 정희는 고개를 끄덕였고 곧 벨이 울렸다. 세 명의 웨딩 플래너가 들어왔다. 그들은 인사하자마자 결혼에 대한 온갖 것을 속사포처럼 쏟아냈다. 두어 시간 동안 계속 시달리자, 정희는 머릿속이 뒤죽박죽이 되어 승연에 대해 더 고민할 수 없게 되었다.

"엄마, 자게?"

"응. 너무 피곤하네. 엄마 잠깐 잘게. 아빠 오면 문 열어줘."

정희는 마치 온몸을 두들겨 맞은 것 같았다. 그녀는 비척거리며

침실로 걸어갔다. 곧바로 잠들었는데, 일어나 보니 다음날 아침이
었다.

"아빠 왔다 갔니?"

"응. 오늘이랑 내일 부산으로 내려가야 한대. 유소년 야구 행사
있대. 집에는 못 오지만 꼭 전화한다고 했어."

미니는 실망한 기색으로 답했다. 그리고 정희는 또다시 웨딩플
래너들에게 들볶였는데, 결혼 전까지 바로 그게 일상이 됐다. 저
녁때나 웨딩 촬영 등을 할 때 승연을 만났지만 그건 아주 잠깐이
었고 며칠에 한 번이었다. 그렇게 승연과 제대로 대화할 기회를
갖지 못한 채 시간은 흘러갔다.


벌써 이렇게 됐나?

그나마 정신이 좀 든 날, 정희는 달력을 보다가 눈을 감고 긴 한
숨을 흘렸다. 약 한 달 전에 승연에게 프러포즈답지 않은 프러포
즈를 받았던 상황이 아직도 눈앞에 선했다. 뭐랄까, 악몽같이 느
껴지기도 했고 실제로 일어난 적이 없는 아득한 순간 같기도 했
다. 하지만 그건 분명 있었던 일이다. 이틀 뒤에 결혼한다는 사실
만큼이나 분명한 현실.

결혼이라니!

사실 정희는 예전에 승연을 그렇게나 많이 사랑했을 때조차 결
혼을 상상하지 않았다. 그땐 어렸고, 현실적으로 아버지 때문에
불가능하다는 것을 알았기 때문이다. 그리고 무엇보다 결혼이라
는 건 가치가 없다고 봤다. 바로 눈앞에서 목격한 엄마와 아빠의

결혼이 그랬으니까.

그리고 미니를 낳은 뒤에는 머릿속에서 아예 결혼이라는 단어를 지워 버렸다. 미니를 그녀만큼 사랑해 줄 수 있는 남자는 세상에 존재하기 힘들 거라고 생각하기 때문이다. 물론 미혼모인 엄마 때문에 미니가 입을 피해가 걱정되긴 했다. 한국만큼 심한 건 아니지만 이탈리아는 가톨릭 국가라 가족을 아주 중요시 여기기 때문이다. 하지만 사회적으로 혼외 출산율이 낮지 않은데다가 유럽의 또 하나의 왕이라고 불릴 만큼 막강한 재력(財力)의 소유자인 형부라는 든든한 방패 덕분에 모멸을 당한 적이 없었다.

어렸을 때는 아버지가 돈에 그렇게나 집착하는 걸 이해할 수 없었지만, 정희는 나이가 들수록 약간이나마 아버지의 욕망을 이해하게 되었다.

일산그룹이라는 배경과 세계 십대 거부(巨富)인 형부라는 아주 큰 힘이 없었다면 미니를 키우는 게 천 배는 더 힘들었으리라. 바로 그게 돈의 힘이었다. 그래서 정희는 남자를 만날 때도 꿍장히 조심하게 되었고, 결혼이라는 단어는 인생의 사전에서 아예 삭제해 버렸다. 이상한 남자와 결혼한다면 미니의 미래를 망칠 수도 있으니까.

그런데, 이제 결혼을 한다. 바로 이틀 뒤에.

사실 승연과 결혼하기로 결정한 뒤에도 이탈리아로 돌아가 버리는 건 어떨까 진지하게 고민했었다. 그곳이라면 칼리토 비스콘티의 가족에게 감히 사생아라고 손가락질할 수 있는 사람은 아무도 없으니까.

하지만 미니가 원했다.

형부가 아빠 역할을 잘해줬기에 정희는 딸이 친아빠를 그리워하고 있다는 걸 알지 못했다. 그래서 서로 사랑했지만 결혼하기 전에 아빠가 죽었다고 말했는데, 미니는 엄마의 옛날 일기장을 뒤져서 승연이 아빠라는 것을 알아낸 뒤 줄기차게 요구했다. 아빠를 만나고 싶다고. 딸로 인정받게 해달라고.

덜컥 겁을 집어먹은 정희가 거절하자, 미니가 택한 방법은 단식 투쟁이었다. 옹고집쟁이 딸에게 이번만큼은 지지 않으려고 했지만 미니가 이틀이나 굶자 결국 정희는 승연에게 연락을 취할 수밖에 없었다. 그리고 결혼도 마찬가지였다. 결국 결혼을 결심한 건 미니를 위해서니까.

정희는 자리에서 일어나 2층으로 올라갔다. 살짝 미니의 방으로 들어가 쿨쿨 잘도 자고 있는 딸을 확인했다. 고집을 피울 때는 정말 얄미웠지만 확실히 귀엽긴 귀여웠다. 세상에서 가장 사랑하는 존재.

바로 이 딸을 위해, 결혼한다.

결혼하기로 결정한 뒤 지난 한 달간 정희는 자신이 무슨 일을 했는지 제대로 기억할 수가 없었다. 고용한 웨딩플래너들에게 끌려 다니기만 했는데 머릿속에 남아 있는 일은 하나도 없었다. 두루마리 화장지마냥 결혼에 관한 엄청나게 긴 사항 가운데 그녀가 아는 건 단 한 가지였다.

승연의 아내가 된다는 사실. 바로, 승연의.

바로 그 사실 때문에 정희는 최근 잠을 이루지 못하고 있었다.

어떻게 편안하게 잘 수 있단 말인가? 이틀 뒤에 공식적으로 승연의 아내가 되는데.

승연에게 미니의 존재에 대해 알려주기로 결정한 뒤 정희는 반응에 대해서 온갖 상상을 다 했다. 잘되어야 승연이 미니를 딸로 인정하고 아빠 노릇을 하는 게 아닐까 싶었다. 그리고 자신과 승연은 서로를 존중하는 관계가 될 거라고 생각했고.

그런데 결혼이라니?

정희는 저도 모르게 신음을 흘렸다. 그녀는 멍하니 딸이 자는 모습을 바라보다가 1층으로 내려왔다. 우유라도 한 잔 마시면 잠을 자는 데 도움이 될까 싶어 데울 때였다. 현관문 벨이 울렸다. 정희는 인터폰의 화면을 확인했고, 승연을 발견했다. 심장이 쿵 하고 바닥으로 떨어졌다.

[열어줘.]

정희는 버튼을 꾹 눌렀다. 철컹 하고 쇠로 된 현관문이 열리는 소리가 났다. 정희와 미니가 살고 있는 집은 2층짜리 주택이었다. 평수는 꽤 넓지만 오밀조밀한 인테리어가 편안하게 다가오는 곳으로 손꼽히는 부촌 동네에 자리했는데, 어머니는 살아생전 정신이 멀쩡했을 때 정원을 비롯해서 집 안을 손수 꾸몄다. 어머니의 흔적이 고스란히 남아 있는 곳. 그래서 정희는 넓은 본가로 들어오라는 오빠의 요청을 거절하고 이곳을 집으로 택했다.

"안 자고 있었네."

일주일 만에 보는 승연은 다소 초췌했다. 왠지 마음 한구석이 아리는 것 같았으나 정희는 통증을 무시했다.

"무슨 일이야?"

결혼하기로 한 뒤, 승연을 만난 횟수는 손에 꼽았다. 구단주로서 일산 베이스 팀의 행정적인 부분을 최종적으로 결정할 일이 있는데다가, 웨딩플래너들한테 질질 끌려 다니는데 바빴기 때문이다. 승연 또한 마찬가지였다. 워낙 시일이 촉박한지라 신랑 담당 웨딩플래너들이 따로 움직였는데 그는 투구 밸런스를 되찾기 위한 재활도 병행하면서 끊임없이 그들에게 들볶였다. 그리고 기자들에게도.

정희에겐 일산그룹이라는 막강한 배경이 있었고 야구팀의 구단주지만 얼굴이 알려진 공인은 아니었다. 따라서 언론에 모습을 드러낼 의무가 없었고, 욕하는 사람들이 없는 건 아니지만 대부분은 혼자서 아이를 키워왔다는 점을 불쌍하게 생각했기에 그녀의 사생활은 침해하지 않고 있었다.

그러나 승연은 정희와 달랐다. 전 세계의 야구팬들이 그의 이름과 얼굴을 알고 있는 최고의 유명인. 이제까지 그는 대한민국 최고의 신랑감으로 손꼽혔었다. 그런 사람이 열 살짜리 딸이 있는 상황에서 아이의 엄마와 결혼한다고 하니, 아무리 기자회견을 했어도 더 자세한 사항을 캐내려고 기자들이 눈에 불을 켜고 있는 건 당연했다.

저번 주의 웨딩 촬영 날, 승연은 격렬한 피로에 찌든 얼굴로 나타났다. 정희도 굉장히 피곤했던지라 사진사의 요구대로 포즈만 취한 채 서로 거의 말을 하지 않았었다. 침묵을 지키다가 승연은 나중에 한마디를 던졌는데 그건 바로 '이렇게까지 기자들에게 시달리는 건 처음이다' 였다. 그리고 그 뒤에 '다 한강물에 빠뜨리고 말겠어' 라는 말도 내뱉었던 것 같은데 확실치는 않았다.

"미니는?"

무슨 일이냐는 정희의 질문에 답하는 대신 승연은 그렇게 물었다. 피로감 때문인지 얼굴처럼 목소리도 거칠었다.

"자. 늦었잖아."

"아, 자정이 다 됐구나."

승연은 손목시계를 확인하더니 한숨을 내쉬었다. 정희는 궁금했다. 미니의 얼굴을 못 보는 게 아쉽다는 뜻일까, 아니면 단순히 피곤해서 내뱉은 한숨일까?

큰형의 식당을 방문했던 날, 승연은 미니를 거부했었다. 일부러 그런 건 아니었으나 매달리는 미니를 밀었던 게 바로 그 증거. 하지만 곧 모습을 바꾸었다. 갑자기 딸 사랑이 넘쳐 나는 아버지인 것처럼 행동하는 건 아니지만, 확실히 달라졌다.

미니가 아빠라고 불러도 처음 만났을 때처럼 공포에 질린 표정을 짓지 않았다. 아빠라는 사실이 잘 소화는 안 되지만 노력은 하겠다는 얼굴을 했다. 또한 최소한 삼사 일에 한 번은 찾아와 미니의 끝없는 수다도 잘 들어주었고, 매일 밤마다 딸에게 전화를 걸어왔다. 대화를 하기보다 미니의 말을 들어주는 것에 불과했지만 어쨌든 노력하고 있는 게 분명했다. 정희를 대하는 것과는 달리.

사실, 정희는 이 부분은 어떻게 생각해야 할지 알 수 없었다. 파파라치처럼 쫓아다니는 수많은 기자들의 목을 조르지 않는 게 이상할 정도로 주변의 압박이 엄청났기에 승연으로서는 정희에게 신경을 쓸 시간이 없을 터이다. 정신없이 바쁜 건 정희도 마찬가지였고. 하지만 적어도 그녀는 그를 생각했다. 10년 전을 떠올리며 마음 아파했고, 현재를 생각하며 혼란스러워했다.

승연은 어떨까? 물론, 좋게 생각하지는 않을 것이다.

승연이 그녀와 결혼하는 건 전적으로 미니 때문이었다. 그 외에 다른 이유는 없었다. 최소한 그녀처럼 미련이 남아 있는 것도 아닐 터.

10년 전, 그녀를 차버린 건 바로 승연이었다. 메이저리그에 올라가기 전까진 성공에 방해가 되는 연애 따윈 하지 않겠다며 그녀를 차갑게 버렸다. 한국까지 쫓아갔는데도 굴욕적으로 버림받았으나 정희는 한가닥의 희망을 가졌다. 메이저리그로 승격되면, 성공하면 그녀를 찾아오지 않을까 하는 희망을.

하지만 그는 오지 않았다. 전화조차 하지 않았다. 일부러 휴대폰 번호를 그대로 유지했는데도, 단 한 통화도 걸지 않았다. 그리고 다른 여자를 사귀었다. 숱하게 많은 여자들과.

물론 승연이 얼마 전에 격분한 채 말한 대로 기자들이 소설을 써 댄 건지도 몰랐다. 결혼을 약속했다는 기사는 몇 차례나 났으나 상대는 모두 여자 연예인들이었다. 무명의 여배우, 여가수들은 승연과 스캔들에 얽힘으로써 이름과 얼굴을 세간에 알렸고, 승연은 언제나 스캔들 기사에 아무 언급도 하지 않는 것으로 대응했다. 그 과정에서 유명하고 부자인 승연이라면 여자가 많은 게 당연할 거라고 생각한 팬들이 입방아를 찧어대느라 소문이 더 커진 것도 있었다.

소문과는 달리 그녀와 헤어진 이후로 여자들과 사귄 횟수는 손에 꼽을지도 몰랐다. 하지만 그게 사실이라고 해도 그녀에게 더 이상 미련은 없을 것이다. 그녀를 버린 뒤 문자조차 안 한 게 바로 극명한 증거.

10년이나 지났다. 아니, 이틀 전에 새해가 밝았으니 횟수로만 따지면 이제 11년째가 되었다. 그런데 왜 난 아직도 승연이 이렇게 멋있어 보이는 걸까?

너무 오래 굶어서 그런 건가?

"왜 안 자고 있었어?"

승연의 질문에 정희는 퍼뜩 정신을 차리고 미세하게 쿵쿵거리는 심장 위에 손을 올렸다. 아직도 승연에게 반응하는 게 정말 짜증났다.

"잠이 잘 안 와서. 아, 잠깐만. 우유 올려놨거든."

주전자가 삑 하고 울리는 소리가 나자 정희는 몸을 돌려 부엌으로 빠르게 걸어갔다. 주전자 입구 위로 새하얀 증기가 솔솔 올라왔다.

"웬 우유야?"

"마시면 잠이 오거든. 마실래?"

"아니야. 됐어."

정희는 우유를 컵에 담아 승연이 앉아 있는 식탁으로 갔다. 문득 그의 손이 눈에 들어왔다. 11년 전처럼 길고 두꺼웠다. 그때 승연은 저 손가락으로 그녀에게 환희를 선사했었다.

정희는 우유가 든 잔을 얼굴 앞으로 가져오는 것으로 피어난 홍조를 숨겼다.

"무슨 일로 온 거야?"

정희는 다시 질문했다. 졸음을 쫓으려는 듯 승연은 약간 감긴 눈을 비볐다.

"이야기할 게 있어서. 결혼을 결정한 뒤에 둘이서만 진지하게 대화를 나눈 적이 없잖아."

정희는 말없이 수긍했다. 시간도 없었고 정신은 더 없었다. 뭐랄까, 한 달 동안의 결혼 준비는 바닥이 없는 늪 속으로 쑥 빨려들어 가는 것 같은 경험이었다. 더군다나 그들은 일반적인 커플이 아니니까.

"내일은 더 바쁘니 오늘이 마지막일 듯싶어서 온 거야. 그러니까—"

"아, 맞다. 기다려 봐."

정희는 까맣게 잊고 있던 것을 기억해 냈다. 그녀는 자리에서 일어나 서재로 가서 펜과 함께 서류 봉투를 들고 나왔다.

"뭐야?"

"혼전계약서."

정희는 설명했다.

"웨딩플래너가 주던데 못 받았어? 이혼할 시 재산 분할권과 양육권 내용이 들어 있— 뭐 하는 거야?"

승연이 덥석 서류를 잡아 봉투째 좍 찢어버리자, 정희는 황당한 나머지 의자를 박차고 일어났다. 승연은 종잇조각을 뿌리듯 던져버렸다.

"웨딩플래너가 꼭 확인하고 서명하라던 게 이거였나 보네. 어짰거나 필요없으니 찢어도 되겠지.”

“왜 필요가 없어? 유명인들은 다 이렇게 결혼하지 않아? 네가 요청한 거 아니야?”

“내가 요청하긴 뭘 해? 어이가 없어서. 지금 이혼하겠다는 거야?”

금방이라도 지쳐 쓰러질 것 같았던 승연의 얼굴엔 이제 살기가 등등했다. 당황한 정희가 되물었다.

“이혼?”

“그게 아니면 혼전계약서가 왜 나와?”

정희는 차분하게 말하려고 노력했다.

“그룹 고문변호사가 쓰라고 했으니까. 유명인들은 다 이렇게 한다고 하던데. 재산 쪽은 너도 나도 지킬 게 많으니 서로 손대지 않는 걸로 했어. 생활비는 반반씩 내기로 했고, 양육권은 확실히 정해졌는데―”

“입 다물어!”

승연의 말투는 아주 험악했다. 그는 이를 으득 깨물었다.

“그리고 내 말 잘 들어. 내 사전에 이혼 따윈 없어. 알아들었어?”

“원치 않는 결혼인데도 이혼하지 않을 거라고?”

승연의 얼굴은 순간 붉으락푸르락 변했다. 그는 벌떡 일어나 등을 돌리고는 그대로 사라졌다.

망할 여자.

이틀 뒤 결혼식 당일 날 아침까지 승연의 찌푸려진 미간은 풀어지질 않았다.

정말 짜증났다. 앞으로의 결혼 생활에 대해 진지하게 이야기를 좀 하려고 했더니 이혼을 들먹거려?

역시 달라졌어.

물론 10년, 아니, 해가 넘어갔으니 11년이나 흐르긴 했다. 강산이 변하고도 남았을 시간. 재회했을 때 바로 알아보지 못한 건 오래된 데다가 그가 사람을 잘 기억하지 못하는 편이고, 정희가 큰 선글라스로 얼굴을 가리고 있었기 때문이라고 생각했다. 그러나 근본적으로 정희가 변한 게 원인이었다. 청순하면서도 찬란한 미모는 여전했으나 내적인 마음가짐이 달라지면서 풍겨 나오는 분위기가 달라진 것. 특히 그를 대할 때의 태도가 완전히 변했다.

근본적으로 마음이, 감정이 달라진 것이었다. 즉, 그에 대한 감정이 변한 것.

정희는 진심으로 그를 사랑했었다. 이별을 통보했을 때, 울며불며 그를 잡아끌 거라고 예상했으나 그 자리에서는 별다른 말 없이 받아들였다. 사실 그래서 승연은 깊은 마음 한구석에서는 내심 실망했었다. 아주 못된 생각이라는 건 알았지만.

그러나 며칠 뒤, 정희는 한국까지 쫓아왔고 펑펑 울면서 제발 돌아오라고 붙잡았다. 그럼에도 그는 단번에 거부했다. 있던 사랑도 쏜살같이 달아날 만큼 아주 냉정하게.

정희는 더 이상 그를 사랑하지 않았다. 오히려 미워하고 증오하는 게 당연했다. 시간이 많이 흘러서 그런지 다시 만난 뒤 격렬한 감정을 드러내지 않았지만, 뻔한 일이었다. 그를 탐탁지 않게 생각하는 건 분명해 보였다.

아이는 왜 낳은 걸까? 낙태 반대주의자라서?

어린 나이에 결혼도 안 한 상태로 아이를 포기하지 않은 건 현실적으로 보면 정말 무모한 일이었다. 미니를 낳아준 건 감사할 일이었으나 아주 힘든 선택이라는 것을 알고 있는 만큼 승연은 그 이유가 가장 궁금했다. 하지만 정희와 따로 만날 시간이 없을뿐더러 그건 미니에게 물어볼 수 없는 문제였다.

청혼 아닌 청혼을 한 뒤, 승연은 정신이 없는 와중에서도 미니와 일주일에 두세 번은 만나서 식사를 했으며 매일 밤 통화도 했다. 그러면서 과거에 어떻게 살아왔는지 대충 들었는데, 약간 황당한 내용이 많았다. 이탈리아에 사는 이모부는 킹왕짱—미니의 표현이었다. 한국에 온 지 1년밖에 안 됐다는데 승연도 모르는 온갖 종류의 인터넷 용어를 아주 잘 알았다—부자라서 엄청 큰 제트기를 타고 다니면서 전 세계를 여행 다녔다던가, 심심할 때 갖고 노는 용도로 보석을 던져 준다던가 등등.

그 나이 때는 원래 그렇게 과장을 심하게 하는 건가?

주변에 열한 살짜리 아이가 없었기에 승연으로서는 그런 생각을 할 수밖에 없었다. 그리고 미니는 수다스러운 데다가 말도 빨랐고, 종종 별세계 언어인 이탈리아어를 내뱉곤 했다. 덕분에 승연은 미니가 하는 말을 전부 다 듣진 못했다. 아니, 사실 일부러 안 듣는 건지도 몰랐다. 아직도 믿어지지가 않았으니까.

나한테 딸이 있다니. 아기도 아니고 열 살, 아니, 열한 살이나 된 딸이.

큰형에게 뺨을 얻어맞은 뒤 승연은 남극 얼음물에 폭격을 당한 충격 속에서 정신을 차렸고, 의무를 이행하기로 결정했다. 아이를 받아들이고 아버지로서 행동하기로. 그리고 아이를 낳고 길러준 엄마와 결혼하기로. 그게 바로 올바른 해결 방법이니까.

그럼에도 미니가 아직도 불편했다. 아버지가 딸에게 그런 느낌을 받는 건 옳지 않은 일이었지만. 뭐, 그래도 시간이 지나면 좀 더 좋아지겠지?

처음에 만났을 때보다 미니가 덜 낯설어진 만큼 승연은 앞으로 괜찮아질 거라고 생각했다. 그래야 했고.

문제는 역시 정희였다.

미니가 불편한 데 반해, 예전부터 알아온 존재라 그런지 정희는 그렇지 않았다. 사실, 바로 자연스럽게 대할 수 있는 것에 승연은 놀라고 있었다. 그리고 11년이나 흘렀음에도 기억이 생생하다는 것과 과거에 느꼈던 감정의 찌꺼기가 아직까지도 남아 있다는 게 당황스러웠다.

바로 그래서 이틀 전에 이야기를 하러 간 것이다. 과거의 나쁜 기억은 다 잊고 미니를 위해서라도 좀 잘 지내보자고 말하기 위해서. 그런데 그 자리에서 정희는 그에게 강편치를 날렸다. 이혼할 생각이라고.

물론 정확하게 그렇게 말한 건 아니었다. 원치 않은 결혼인데 왜 이혼할 생각이 없는 거냐고 물었다. 하지만 그게 그거 아닌가? 그러니까, 정희는 미니 때문에 억지로 결혼하는 것이고 훗날 이혼을 염두에 두고 있다는 말이었다.

하여간 짜증나는 여자가 됐다니까. 예전에는 마냥 착하더니.

〈어이, 에이스.〉

반가운 목소리가 들렸다. 승연은 일어서서 신랑 대기실 안으로 들어오는 뉴욕 양키스 팀의 캡틴, 잭 기데온을 맞았다. 잭의 품에는 네 살이 된 썸이 안겨 있었다.

〈안녕, 아가씨.〉

승연은 잭에게 고갯짓을 한 뒤 몸을 숙여 썸과 눈을 맞추고 다정하게 인사했다. 썸은 수줍게 웃더니 잭의 귓가에 뭔가를 속삭였다.

〈그래, 엄마한테 가렴.〉

잭은 몸을 숙여 딸을 바닥에 내려주었고 썸은 승연에게 손을 흔들어주고는 신랑 대기실 입구에 선 채 다른 사람과 이야기 중인 엄마에게 달려갔다. 잭은 딸이 엄마에게 도착하는 것을 확인한 뒤 승연에게 다시 시선을 주었다.

〈한국까지 와주시다니, 정말 고맙습니다.〉

승연은 진심으로 감사를 표했다. 올해 서른일곱이 된 잭은 단순히 팀의 캡틴만이 아니었다. 뛰어난 실력과 선수들을 이끄는 카리스마를 자랑했으며, 모든 팬에게 친절했고 '하트 앤 소울' 재단을 설립해 봉사와 기부에 앞장서는 등 누구에게나 존경받는 메이저리그 최고의 레전드였다. 승연 또한 메이저리그에 갓 올라왔을 때부터 자신을 물심양면으로 도와준 잭을 존경했다. 큰형 다음으로 세상에서 가장 믿고 따르는 사람.

〈에이스가 결혼하는데 당연히 와야지.〉

승연의 별명은 에이스인데, 그건 잭이 그렇게 부르기 시작했기 때문이었다. 팀의 캡틴이 그렇게 선언한 뒤부터 세상은 승연을 메이저리그 최고 명문인 양키스 팀의 에이스 투수로 인정했고, 덕분에 승연은 더한 자신감을 가지고 최고 중의 최고로 도약할 수 있었다. 그리고 잭은 승연의 부재 때문에 월드시리즈에서 우승하지 못했음에도 변함없이 승연을 지지해 주었다. 대부분의 양키스 팬들도 승연에게 비난을 일삼기보다 응원을 보내주었는데 그건 여론을 주도하는 잭 덕분이 컸다.

〈그런데 갑자기 결혼이라니? 딸도 있다면서?〉

〈네. 올해 열한 살이 됐대요.〉

잭은 고개를 끄덕인 뒤 승연의 어깨를―물론 투구를 하는 왼쪽이
아니라 오른쪽을―툭 쳤다.

〈이제 채워지는 건가?〉

〈네?〉

〈넌 세계 최고의 투수야.〉

잭은 사람이 공기로 살아간다는 사실처럼 아주 당연한 것을 말
하는 얼굴이었다.

〈하지만 넌 항상 너 자신에게 무언가가 부족하다고 생각하는
것 같았어.〉

승연은 무슨 말을 해야 할지 몰랐다. 그가 입만 달싹거리고 있
을 때 잭은 승연에게 알 수 없는 미소를 던지고는 가족들을 찾아
갔다. 다음으로 대기실에 등장한 건 검은색 머리칼과 푸른색 눈동
자를 가진, 여자들이 부담스럽게 느낄 정도로 너무 잘생긴 외국인
이었다.

〈승연 박?〉

슈트는 물론 손목시계, 구두 등 걸치고 있는 모든 것이 엄청난
고가로 보였다. 그리고 남자는 머리끝부터 발끝까지 오만함으로
똘똘 뭉쳐 있었다.

〈네. 혹시, 미니의 이모부십니까?〉

결혼식은 가족들과 아주 가까운 친구들, 야구 관계자 등 추리고
추린 삼백여 명의 사람들만 초대해서 비공개로 치르기로 했다. 엄
청난 숫자의 경호원을 동원해 호텔 전체를 봉쇄하다시피 했기에
기자들을 포함해 리스트에 올라 있지 않은 비관계자는 머리카락

한 올도 들이밀 수 없었다. 그렇다면 이 외국인은 이탈리아 남자라는 미니의 이모부일 수밖에 없었다.

〈그래. 내가 칼리토 비스콘티다. 미니의 이모부이자 정희의 형부지.〉

그 사실이 못내 만족스러운지 칼리토는 거만함을 풀풀 뿌리며 웃었다. 그러고는 승연에게 이렇게 말했다.

〈정희나 미니에게 상처를 주면.〉

〈주면?〉

그라운드에서 라이벌 팀과 벤치 클리어링*을 벌일 때처럼 갑자기 적대감이 솟구쳤다. 승연은 저도 모르게 주먹을 꾹 쥐고는 칼리토에게 바싹 다가갔다.

〈모든 메이저리그 구단을 다 사버려서 네놈이 그렇게나 소중하게 여기는 야구판에 발도 못 디디게 해주지.〉

승연은 잘못 들은 줄 알았다.

〈뭐라고?〉

〈귀가 썩었나 보군. 쯧쯧. 처제의 눈이 이렇게 낮다니.〉

칼리토는 혀를 차더니 휙 뒤돌아 찬바람을 남기고 사라졌다. 승연은 어이가 없다 못해 기가 막혔다.

대체 뭐야? 미친놈인가?

승연은 대기실 밖으로 고개를 내밀어 보았다. 미니는 환하게 웃으면서 칼리토에게 폭 안겨 있었다. 이모부가 맞긴 한 모양인데…….

---

＊벤치 클리어링(Bench clearing):상대 팀과 집단으로 물리적 충돌이 일어났을 때 모든 선수들이 그라운드로 뛰어나가 엉켜 붙은 상황

설마 미니는 나보다 저 또라이를 더 좋아하는 건가?

예상치 못한 불쾌감이 밀려와 승연을 후려쳤다.

이 기분은 뭐지? 설마 질투심인가?

"박승연 씨?"

"네."

멍하니 미니의 웃음을 쳐다보고 있는 그를 부른 건 여자였다. 강한 느낌을 주는 늘씬한 미인이었는데 얼굴에 떠올라 있는 건 분명 짜증이었다.

"누구시죠?"

"FUTURE KOREA의 전무이사 오미래예요."

"FUTURE KOREA라면, 국내의 스포츠 패션업체 말인가요?"

CF 오퍼가 들어온 적이 있기에 기억하고 있었다. 물론 당시 오퍼는 거절할 수밖에 없었다. 전 세계적으로 가장 유명한 회사와 막 계약 도장을 찍은 뒤였으니까.

"네. 올 시즌부터 일산 베어스 팀에 야구용품을 지원하죠."

뭔가 만만치 않은 사람 같았다. 그리고 단순히 일 관계라면 정희가 초대하지 않았을 터. 승연은 물어보았다.

"그리고?"

"그리고 정희 언니랑 친하죠."

미래는 싱긋 웃었다. 하지만 입술 끝이 단호하게 굳어 있었다.

"우리 언니, 잘 부탁해요."

"혹시 상처 주면 가만 안 두겠다는 뜻인가요?"

"어머, 눈치가 빠르시네요."

미래는 제법이라는 표정으로 호호거리면서 웃었다. 여자에게 폭력을 행사한 적은 단 한 차례도 없지만 승연은 주먹이 근질거렸다.

"월권이라는 생각은 안 드나 보죠?"

"여자들의 우정은 원래 월권을 뛰어넘는답니다."

"여자들도 우정을 느끼나 보군요. 처음 알았습니다."

미래의 얼굴에 욱하는 감정이 떠올랐다. 승연은 실례한다는 말을 남기고 등을 돌렸다.

정희 주변은 짜증나는 인간으로 가득하군.

그저 한숨만 나왔다. 그리고 찌푸려진 미간은 도무지 펴지질 않았다.

"아빠, 웃어요."

승연은 로비에서 다른 손님들을 맞으며 시간을 보냈고, 드디어 예식이 시작되기 5분 전이 되었다. 미니가 다가오더니 그의 귓가에 속닥거렸다.

"좋은 날인데 왜 그래요? 웃어줘요. 응?"

글쎄, 좋은 날인지 모르겠구나.

승연은 그렇게 말하는 대신 그냥 입을 다문 채 고개를 끄덕였다. 미니는 시간을 확인하더니 고개를 갸웃거렸다.

"근데, 엄마는 왜 안 나오지?"

갑자기 불길한 예감이 화살처럼 머리를 꿰뚫고 지나갔다. 승연은 신부 대기실에서 나온 미래가 어두운 표정을 짓는 것을 보았고, 생각하기 전에 움직였다. 그는 날 듯이 신부 대기실로 갔다. 정희는 의자에 앉은 채로 언니 부부와 이탈리아어로 대화하고 있었다. 그러다가 승연을 보고 흠칫 놀라는 표정을 지었다. 마치 나쁜 짓을 하다가 들킨 아이 같았다.

"다 나가요."

승연은 이를 악물며 말했고, 못마땅한 표정의 언니 부부와 놀란 얼굴의 웨딩플래너 등이 썰물이 빠지듯 대기실에서 자취를 감췄다. 남은 건 예비 신랑과 예비 신부 둘뿐이었다.

"문제가 뭐야?"

승연은 정희 앞까지 걸어가 허리에 두 손을 얹고 짖어댔다.

"없어. 결혼하러 가자."

"거짓말하지 마. 내가 바보인 줄 알아?"

"그럼 사실대로 말해줄까?"

정희는 이를 갈더니 벌떡 일어났다. 상황에 어울리지 않았지만 승연은 그녀의 얼굴을 살짝 가리는 베일이 아름답다는 생각을 언뜻 했다. 사실 웨딩드레스를 입은 정희는 그야말로 환상적이었다. 원래 미인인데다가 몸매도 훌륭한데 신부화장까지 하니 천상에서 내려온 선녀 같았다.

짜증나는 사람들을 주변에 날개처럼 휘감고 있는 선녀.

"형부랑 언니가 말만 하면 도망시켜 주겠대. 이탈리아로 바로 데려가서 너나 네 가족들이 못 쫓아오게 해주겠대."

"형부라는 그 사람 미친 거 아니야? 아까 전 구단을 다 사버려서 날 야구판에 발도 못 디디게 하겠다는 둥 헛소리를 하더니."

정희는 짜증으로 가득한 얼굴로 한숨을 쉬었다.

"그거 헛소리 아니야. 형부는 충분히 그럴 수 있는 사람이야. 아무튼 간에, 난 거절했어. 그러니까 결혼하러 가자.”

긴 치맛단 때문에 정희는 비틀거리다시피 걸었다. 두 손으로 치맛단을 꾹 잡고 승연의 옆을 지날 때, 그는 툭 질문을 내던졌다.

“준비됐어?”

“너는?”

정희는 고개를 들어 승연을 쏘아보았다.

“너는 준비됐어?”

승연은 답할 수 없었다. 정희는 한숨을 쉬며 말했다.

“나도 마찬가지야. 준비 안 됐어. 하지만…… 미니를 생각하자. 우리 딸을.”

딸. 그녀의 딸, 그리고…….

그 밉살스럽고 맛이 간 남자, 칼리토에게 안겨 있던 미니의 모습이 떠올랐다. 승연은 저도 모르게 손등에 힘줄이 드러날 정도로 주먹을 꾹 쥐었다.

내 딸이다. 다른 남자가 아니라 바로 내 딸!

“나가자. 늦었어.”

“기다려.”

승연은 정희의 손목을 잡아끌었다. 얇은 레이스 장갑을 뚫고 그의 열기가 느껴지자 손목이 따끔거렸다.

“나중에 해. 벌써 10분이나 지났는데 더 늦으면 사람들이 이상하게 생각할 거야.”

“그렇게 안 볼 거야. 결혼 전에 갑자기 달아오른 거라고 보겠지.”

정희는 무슨 말인지 물어보기 위해 입을 벌렸다. 그리고 승연은 곧바로 그녀의 입술을 삼켰다. 입안 곳곳을 한 번에 휘감았고, 입술을 빨고 깨문 뒤에야 놔주었다.

정희는 승연이 문을 연 뒤에야 정신을 차렸다. 그는 먹어버린 립스틱을 다른 사람들이 잘 볼 수 있도록 일부러 문질렀다. 뭔가 이상하다고 생각하며 술렁거렸던 손님들은 그제야 웃었다. 웨딩 플래너들은 호들갑을 떨며 정희에게 다시 입술 화장을 해주면서 음흉한 미소를 지었다. 정희는 멍하니 화장을 다시 한 뒤 대기실에서 나갔다.

그새 입술에 묻은 립스틱을 지운 승연은 행진을 위해 버진로드 앞에서 대기하고 있었다. 그는 정희의 표정 없는 얼굴을 보고는 뺨에 키스하는 척 가까이 다가와 속삭였다.

"웃어. 신부가 그러면 쓰나. 아니면, 다시 키스해 줄까?"

정희는 그제야 정신을 차리고 그를 흘겨보았다. 승연은 씩 웃으며 정희의 손을 잡았다. 정희는 미니가 환하게 웃는 것을 보고는 승연의 손을 꽉 쥐었다. 놀랍게도 승연은 손을 미세하게 떨고 있었다.

나만 긴장한 게 아니구나.

온몸을 옭아맸던 긴장감이 빠져나갔다. 그러자 웃을 수 있게 되었고, 승연을 놀릴 수도 있게 되었다.

"그래도 난 손은 안 떠는데."

버진로드를 걸으며 정희는 속삭였다. 그러고 더 강하게 한마디 했다.

“겁쟁이.”

승연의 손이 거짓말처럼 떨림을 뚝 멈추었다. 그는 이를 갈 듯이 내뱉었다.

“두고 보자.”

“두고 보자는 사람 하나도 안 무서워.”

“난 달라.”

“뭐가 다른데?”

승연은 눈을 굴리다 답했다.

“난 에이스니까.”

“아하, 그러셔?”

“흠, 흠. 신랑 신부는 그만 속닥이고 주례에 집중하세요. 사랑의 밀어를 속삭일 수 있는 시간은 많습니다.”

단상 앞에 도착했는데도 정희와 승연이 계속 종알거리자, 주례를 봐주는 일산 베어스 팀의 감독이자 한국 야구계의 거목(巨木)이 보다 못해 농담하듯 말했다. 그러자 결혼식장에 와 하고 웃음소리가 일어났다. 덕분에 정희는 더 긴장을 풀 수 있었지만, 그렇다고 정신이 있는 건 아니었다.

신랑과 신부는 결혼식 당일은 무슨 일이 있었는지 잘 모른다더니 딱 그랬다. 그 뒤로 필름이 끊긴 것처럼 하나도 기억이 나질 않았다. 눈만 한 번 깜빡한 것 같은데 일어나서 시계를 보니 다음날 정오였다.

여기가 어디야?

정희는 무거운 몸을 일으켜 방을 둘러보았다. 킹사이즈의 커다란 침대와 정갈하면서도 고급스러운 인테리어로 장식된 침실은 딱 호텔 스위트룸이었다. 다른 점이 있다면 곳곳에 로맨틱한 느낌을 주는 촛대가 놓여 있다는 사실이다. 그리고 침대 위에도 붉은 장미꽃잎이 존재했다.

그제야 기억이 났다. 어제 결혼식을 마친 뒤 피로연을 가지고 곧장 일본의 교토로 신혼여행을 떠나왔다는 것을. 호텔에 도착하자 짐도 풀지 않고 샤워만 한 후에 가운으로 갈아입은 것만 기억났다. 그 뒤에 의자에 앉아서 잠깐 눈을 감았는데…….

내가 언제 침대로 왔지?

어제의 기억은 마치 옛날 영화를 보는 느낌이었다. 몇 부분은 아예 끊겨 있기도 했는데, 정희는 생각을 멈추고 일어났다. 지금 중요한 건 그게 아니었다.

승연은 어디에 있지?

침실 문을 열고 나온 뒤 살폈지만 보이지 않았다. 정희는 얼굴을 찌푸렸다가 일단 샤워실로 갔다. 승연이 온 건 그녀가 짐을 풀려고 여행 가방에 손을 댈 때였다.

"일어났네."

승연은 운동복을 입고 있었고, 오른손에는 스포츠 가방이 들려 있었으며 머리칼은 약간 젖어 있었다.

"운동하고 온 거야?"

"응. 매일 해야 되거든."

"안 피곤해?"

"피로연의 의미는 알겠지만, 운동을 쉴 정도는 아니야."

정희는 고개를 갸웃거렸다.

"피로연의 피로 말이야. 피로를 가중시킨다고 붙는 거라는 생각이 들더라."

"지금 그거 농담한 거야?"

승연은 떨떠름한 표정으로 어깨를 으쓱거렸고, 그제야 정희는 그가 경직된 분위기를 바꾸기 위해 농담을 던진 거라는 것을 깨달았다. 그녀가 웃어야 할지 어째야 할지 결정 내리지 못할 때 승연이 벽시계를 가리켰다.

"나가자. 식사할 시간이야."

10분 뒤, 그들은 가장 높은 층에 있는 식당 안으로 들어갔다. 일본의 교토를 선택한 건 한국과 가깝기도 하고 비교적 그를 알아보는 사람이 적을 것 같아서였는데, 의도대로 올라가는 동안 쓸데없는 시선을 받지 않았다. 가장 안쪽의 자리는 구석진 곳이라 방해받지 않고 이야기를 하기에 적당하게 보였다. 일단 식사를 하기 위해 승연은 메뉴판을 내밀었다.

"뭐 먹을까?"

"교토 음식은 잘 몰라. 적당히 주문하자."

직원이 주문을 받고 사라진 즉시 침묵이 내려왔다. 정희는 숨을 고른 뒤 가볍게 말했다.

"오늘 화창하네."

창문을 보니 하늘은 회색이었고 눈발이 날리고 있었다. 승연은 튀어나오는 웃음을 내리눌렀다.

"글쎄. 야구하기엔 별로인 것 같은데. 넌 이런 날씨 좋아하나 봐."

"넌? 너라고?"

황당한 나머지 정희는 승연을 노려보았다.

"나 너보다 두 살 더 많거든?"

"그럼 누나라고 불러? 부부인데? 사람들이 이상하게 볼 거야."

정희는 고민할 수밖에 없었다. 사실 그녀는 부부 간의 호칭 같은 건 남들이 상관할 바가 아니라고 생각했다. 하지만 다른 사람들의 사생활에 지극한 관심을 갖고 있는 한국 사람들의 생각은 또 다를 터. 더군다나 승연은 유명인이었고, 이 결혼 자체가 남들의 시선 때문에 이루어진 것이다.

"그럼…… 남들이 볼 때는 당신이라고 해. 우리 둘만 있을 때는 누나라고 하고."

결혼했는데 누나라고 불리고 싶어하는 걸 이상하게 보는 사람도 있겠지만, 정희는 다르게 생각했다. 서로 뜨겁게 사랑했던 11년 전, 그때 승연은 강아지 같은 눈망울과 달콤한 목소리로 그녀를 누나라고 불렀었다. 비록 과거의 일이지만 정희는 그에게서 다른 호칭은 듣고 싶지 않았다.

"미니한텐 내가 전화했어."

승연은 답을 하는 대신 그렇게 말했다. 정희는 호칭에 대해 마저 이야기하려고 했으나 딸이 언급되자 일단 귀를 기울였다.

"어젯밤에 도착한 뒤에도, 아침에 일어난 뒤에도. 잘 있대. 그리고."

"그리고?"

"첫날밤 잘 보냈냐고 묻더라."

승연은 씩씩거리고 있었다.

"다 그 이상한 이모부 영향 때문일 거야. 순진한 열한 살짜리가 그런 말을 하다니."

정희는 짧게 한숨을 내쉬었다.

"미니, 절대 순진하지 않아. 얼마나 영악한데."

"영악하다고? 그 나이 애들이 어떤지 잘 모르지만 나이에 비해 오히려 뭘 잘 모르는 것 같던데."

"좀 있으면 알게 될 거야."

정희가 손을 내저을 때 음식이 나왔다. 승연은 손목시계를 흘긋 본 뒤 젓가락을 들었다. 정희는 그가 왜 시간을 확인하는지 궁금했지만 묻지 않았다.

승연의 식사 속도는 아주 느렸다. 매우 천천히 음식을 씹어 먹었기에 식사는 한참 뒤에나 끝이 났다.

"관광하고 싶으면 말만 해. 부르면 가이드가 와줄 거야. 그전에, 이야기를 좀 해야겠지만."

정희는 직원들이 빈 접시를 가져가고 내온 찻잔을 붙잡았다. 구수한 느낌의 보리차인데 생각보다 따듯했다.

"너는—"

"누나는."

잠시 승연과 정희는 눈싸움을 했다. 불꽃이 튈 정도였는데, 사실 승연은 눈싸움엔 약했다. 그래서 그는 어깨를 쫙 펴고 선심 쓴다는 듯 말했다.

"그래, 남자답게 일단 양보해 주지."

"뭐라고?"

"누나는 이혼할 생각이 있나 본데, 다시 말하지만 내 사전에 이혼은 없어. 명심해."

"나도 이혼할 생각은 없어."

정희는 느릿하게 덧붙였다.

"아직은."

"뭐가 어쩌고 어째? 절대 안 돼! 허락 못해. 이 결혼은 진짜야."

"서로 죽도록 사랑해서 하는 결혼도 깨지는 법이야. 우린 그런 것도 아니고 미니 때문에 한 거잖아. 지금 넌 절대 안 그럴 거라고 생각하겠지만 나중에 네가 먼저 이혼하자고 요구할 수도 있어."

"난 그렇게 무책임한 남자가 아니야. 물론, 미니를 처음 알았을 땐 그렇지 않았지. 인정해. 그리고 사실, 아직도 미니가 완전히 편하진 않아. 하지만."

승연은 주먹을 불끈 쥐었다가 폈다.

"미니는 내 딸이야."

선언이었다. 누구도 거스를 수 없을 만큼 분명하고도 강력한 선언이었고, 정희는 그 한마디에 압도당하는 기분이었다. 그제야 안도감이 들었지만 마음 한 부분이 뒤틀리기 시작했다.

"내 딸이기도 해. 내가 낳았고, 내가 키웠어! 걔가 인큐베이터에 있을 때 매일 밤새면서 기도했던 것도 나고, 똥 기저귀 갈아준 것도 나고, 말 가르쳐 준 것도 나야. 안 먹는 당근 잘게 잘라서 크로켓으로 만들어 먹이고 어려운 숙제를 도와준 것도 다 엄마인 나야!"

"난 미니 아빠지 엄마가 되려는 게 아니야. 누나의 자리를 빼앗 겠다는 게 아니야."

아직 부모의 역할에 대해서 잘 알지 못했다. 하지만 승연은 정희 가 위치에 대해 위협을 느끼고 있다는 건 알았다. 주전 자리를 노 리는 후보에게 견제당하는 기분이겠지. 이럴 땐 달래줘야 하는 법.

"앞으로 아빠 노릇을 제대로 하겠다고 말하는 거야. 하지만 잘 모르니까 도와줘. 그럴 수 있지?"

승연의 목소리는 사근사근하게 들렸다. 필요 이상으로 발끈한 스스로가 쑥스러워지자 정희는 천천히 고개를 끄덕일 수밖에 없 었다.

"좋아. 다음 문제로 넘어가자."

승연은 씩 웃더니 금세 화제를 바꾸었다.

"이혼 문제 말인데, 난 절대 안 할 거니까 그렇게 알아. 아까 누 나는 나중에 어쩌고저쩌고 했지만 다시는 그딴 말 꺼내지 마."

승연은 이젠 윽박을 질렀는데 정희는 멍하니 그런 그를 쳐다볼 수밖에 없었다.

방금은 웃더니 아주 변화무쌍하네. 일부러 저러는 건가?

"그리고 다음 문제. 그 말도 안 되는 혼전계약서에 생활비를 반 반씩 하기로 했다는데, 절대 안 돼. 다 내가 낼 거야. 난 가장이니 까. 에이전트인 훈이 형한테 말해놨어. 한국 돌아가면 카드 줄 테 니 그걸 써. 한 달에 얼마를 쓰던 괜찮으니 꼭 내 돈만 써."

생각지도 못한 일이라 정희는 그냥 듣고만 있었다.

"구단주 일, 얼마나 깊게 하는 거야?"

"거의 관여 안 해. 김 사장이 일을 아주 잘하는지라 난 그냥 보고받고 확인한 뒤 결재만 해주고 있어. 사실 야구를 잘 모르거든. 중요한 건 팀 성적이니까 잘 모르는 난 가만히 있는 게 낫지."

"그러면서 왜 구단주가 된 거야?"

"오빠가 부탁했어. 오빠가 야구광이거든."

정희의 오빠, 즉 어제부로 승연의 매제가 된 임정진은 일산그룹의 대표이사였다. 이번에 베어스 팀을 매입한 이유 중에 하나가 바로 정진이 야구를 좋아하기 때문이라고 했다.

"자기가 맡으면 팀을 멋대로 주무를 것 같대. 그렇다고 다른 사람한테 구단주 자리를 맡기는 것도 싫다고 나한테 부탁했어."

정희는 그게 동생을 위한 오빠의 배려라는 것을 모르지 않았다. 어렸을 때부터 단계를 밟아서 차근차근 회사 일에 매진해 온 오빠와는 달리 그녀는 아버지에게 반항하며 사고만 치고 다녔다. 그 결과로, 현재 그룹에 일정 지분을 소유하고 있긴 했으나 그녀는 외부인일 뿐이었다. 오빠는 동생이 소외감을 가질까 걱정해 구단 일을 맡긴 것이었고, 그런 오빠를 위해 정희는 야구라면 지긋지긋했지만 결국 수락했다.

"왜 일산그룹에서 야구팀을 매입한 거야? 마케팅 때문에?"

"맞아. 스포츠 마케팅이 필요했거든. 마침 BO 베어스 측에서 팀을 매각하고 싶어했고."

"BO사(社)와 일산그룹은 사이가 나쁘잖아. BO사는 누나네 숙부의 회사잖아. 유산 다툼 때문에 누나의 아버지가 형제들과 완전히 갈라섰다고 하던데."

정희는 승연이 자세한 사항을 알고 있자 깜짝 놀랐다.

"어떻게 알았어?"

"예전에 누나가 간단하게 이야기해 줬잖아. 그리고 기사로도 읽었어. 당시에 아주 난리가 났었잖아."

승연은 어깨를 으쓱이면서 대한민국 사람이라면 당연히 알고 있는 내용이라는 투로 말했지만, 사실 그가 이런 정보를 알고 있는 이유는 따로 있었다.

11년 전, 정희와 헤어지라고 협박한 인간들이 정희의 배경을 말해줬기 때문이다. 일산그룹 회장의 딸이라는 말에 승연은 플레이오프 기간 중이었음에도 밤을 새워 여기저기를 뒤져 온갖 정보를 알아냈다. 그리고 돈도 많고 권력도 쥐고 있는 사람에게서 가족들을 보호할 수 없다는 사실을 극명하게 깨닫게 되었고.

"아버지가 돌아가신 뒤에 오빠와 큰삼촌이 화해했어. 덕분에 별 잡음 없이 매입할 수 있게 된 거야."

"누나는 아버지와…… 사이가 안 좋았지?"

"응. 아주 나빴어. 사실, 아버지와 사이가 좋았던 사람은 없지. 하지만……."

정희는 길게 숨을 흘렸다. 승연으로서는 알 수 없는 여러 가지 감정으로 가득한 한숨이었다.

"돌아가시기 얼마 전에 이탈리아로 오셨어. 그때, 사죄하셨어. 눈물을 보이면서…… 미안하다고 하셨어. 진심으로. 그래서 한국으로 들어가기로 한 거야. 근데 나와 미니가 들어가기로 한 날 전날에 교

통사고로 돌아가셨지. 참, 황망했어. 미니도 그때 많이 울었고……."

정희도 많이 울었다는 말이었다.

"끝이 좋으면 다 좋다더니, 아버지가 돌아가시기 직전에 그런 모습을 보여주셔서 그런지 완전히 나쁜 분은 아니었다는 생각이 들어. 물론 해서는 안 될 일을 아주 많이 하셨지만."

자식들을 재산을 불리기 위한 도구로 사용했고, 그중에서 이복 언니는 강제 결혼을 시키려고 납치까지 했다. 거기다가 어머니를 내치고 다른 여자들을 숱하게 집안으로 끌어들였다. 그러다가 어머니는 약에 의지하다가 돌아가셨고. 어렸을 때, 어머니가 돌아가신 건 아버지 때문이라고 생각했다. 그래서 반항심에 젖어 온갖 사고란 사고는 다 치고 다니다 미국으로 쫓겨났다.

잠시 과거에 젖어 있던 정희는 고개를 흔들더니 손을 내저었다.

"아버지 얘긴 그만 하자. 고인이 되셨으니 되도록이면 나쁜 말은 하고 싶지 않아."

승연은 입술을 달싹거렸지만 곧 닫고 고개를 끄덕였다. 정희는 그의 행동이 무슨 뜻인지 알지 못했다. 그녀가 깨달은 건 승연의 입술이 섹시하다는 사실이었다.

나, 너무 굶어서 그런가?

정희가 한국에서 터놓고 지내는 사람은 딱 한 명이었다. FUTURE KOREA의 오미래. 정희보다 네 살 아래였으나 친구처럼 지내고 있었는데 미래는 현재 약혼했지만 그전에는 상당히 개방적으로 살았다. 그래서 그런지 정희더러 수녀같이 생활하면 건강에 나쁘다면서 남자 좀 만나서 즐기라고 종종 타박했다. 그러다간 도로 숫처녀가 되어버린다고.

마지막으로 한 게 언제였지?

승연과 헤어진 뒤에 남자를 만난 건 손에 꼽았다. 미니를 키우느라 정신이 없었던 탓도 있지만 짙은 쌍꺼풀을 자랑하는 이탈리아 남자들은 쳐다보기만 해도 김치가 생각날 만큼 느끼하기 때문이었다. 이탈리아에 거주하는 몇 한국 남자들과 짧게 사귀면서 관계를 가졌지만 한국으로 오기 한참 전에 다 정리했다. 그리고 돌아온 뒤부터는 누구도 만나지 않았고.

굶은 지 1년이 넘었군. 아니, 2년이 다 되어가나?

배고프다고 아무거나 먹으면 배탈 난다는 말이 있는데, 정희도 공감했다. 승연을 만나기 전, 그녀는 스스로를 학대하면서 이리저리 몸을 굴렸었다. 그때는 그게 얼마나 슬픈 행위인지 몰랐지만 승연을 사랑한 뒤부터는 알게 되었고, 그래서 이탈리아로 간 뒤부터는 모르는 사람과의 원나잇스탠드는 한 번도 하지 않았다. 호감은 있지만 사랑하는 게 아니라 그런지, 몇몇 남자들과 나누었던 섹스도 그다지 만족스럽지 않았고.

승연과도 그럴까?

사랑했기 때문에 승연과는 섹스가 아니라 키스만으로도 황홀했었다. 키스조차 다른 남자들과의 섹스보다 훨씬 좋았었고.

지금도 그럴까? 물론 지금은 승연을 사랑하지 않지만……

"무슨 생각을 그렇게 해?"

승연이 그녀의 눈앞에서 손을 휘휘 젓자 정희는 화들짝 놀랐다.

"아냐, 아무것도."

승연은 눈을 가늘게 뜨고 정희를 훑어보았다. 정희가 아무 말도 않자 그는 다른 말을 꺼냈다.

"방금, 못 들었지? 아이에 대해서 물었어."

"응? 미니?"

"아니. 미니 동생 말이야."

정희는 눈을 껌뻑껌뻑거렸다.

"미니 동생을 갖는 것에 대해서 물었어."

"동, 동생?"

승연은 고개를 끄덕였다.

"누나만 괜찮다면 좀 미루고 싶어. 아직 미니와 함께 있는 것도…… 편안하지 않으니까."

"진심이구나."

"응?"

"이 결혼, 진심으로 생각하는구나."

정희는 갑자기 하늘에서 떨어진 벼락을 맞은 기분이었다. 진지하게 생각하는 게 아니라면 아이 이야기까지 할 리 없다.

진심이다. 진짜로 결혼한 거다. 진짜로 남편이 된 거다!

순간 공포감이 정희를 덮었다.

결혼. 어머니와 아버지의 비참했던 결혼.

"왜, 왜 진심인 거야?"

정희는 몸을 뒤로 가져갔지만 생각만큼 멀리 떨어질 순 없었다. 바로 뒤에 감옥 같은 의자가 있었으니.

"미니 때문인 거잖아?"

"내가 책임을 지기 위해 결혼한 건 사실이야. 하지만 이 결혼이 진짜가 안 될 이유가 없다고 생각해. 우리에겐 딸이 있어. 그리고 내 사전엔 이혼도 없고, 간통이나 불륜 같은 건 더더욱 없어. 이제까지 그래왔듯이, 난 똑바로 살 거야. 내 아내와 딸에게 충실할 거야."

승연의 목소리와 얼굴은 결의로 가득 차 있었다. 정희는 순간 말을 잃었고, 승연은 다시 힘주어 내뱉었다.

"결혼, 진짜로 만들자. 좀 안정되면 미니 동생도 갖고—"

"난 너를 사랑하지 않아."

정희의 입에서 직설적인 말이 튀어나왔다.

"널 사랑한 건 옛날 일이야. 더 이상은, 사랑하지 않아."

"나도 누나를 더 이상 사랑하지 않아."

승연은 이를 악물었다가 정희의 말을 맞받았다. 이미 알고 있는 사실. 하지만 확인 도장을 받으니 승연은 알 수 없는 충격을 느꼈고, 다시 깨달았다.

역시 난 미련을 가지고 있구나.

무려 11년 전에 느꼈던 감정의 흔적에 불과하지만 어쨌든 연연해하고 있었다. 정희는 아닌 듯싶었지만. 그래서 높디높은 자존심이 구겨졌으나 승연은 감당하기로 했다. 왜냐면, 미래를 향해 나가야 하니까. 더군다나 먼저 손을 놓은 건 자신이었다. 비록 협박을 받았지만 이별을 통보한 건 분명 자신이니 책임을 져야 했다.

"하지만 난 노력할 거야."

승연은 숨을 훅 내쉬고는 정희를 똑바로 쳐다보았다. 그녀의 얼굴은 일그러져 있었다.

왜 저런 표정을 짓고 있는 거지? 내가 더 이상 사랑하지 않는다고 말해서? 아니, 그전부터 정희는 저랬다. 마치 공포에 질린 듯한 저 얼굴은…… 그가 결혼을 진지하게 생각한다는 말을 한 뒤부터 저랬다.

혹시 결혼이 무서운 건가?

"누나를 다시, 사랑하도록 노력할게. 내 아이의 엄마를 사랑하도록 애쓸 거야. 부부는 서로 사랑하는 거잖아. 그러니까, 누나도 노력해 봐."

정희는 간신히 한마디 했다.

"사랑은 노력으로 되는 게 아니야."

"난 그래도 할 거야. 누나는 미니의 엄마니까. 내 아내가 됐으니까."

미니가 아니었다면 결혼하지 않았을 거라는 분명한 증거.

난 대체 무슨 말을 기대한 거지? 나도 승연을 사랑하지 않는데, 미니 때문에 결혼한 건데 왜 저 말에 상처받는 거야?

"그러니까 누나도 최소한의 노력은 해줘. 정상적인 부부로서 말이야."

"정상적인 부부?"

"그래. 같이 자고, 밥 먹고, 애 보는 거. 내가 상황이 좀 다르긴 하지만 말이야. 오프 시즌 때는 좀 자유롭지만 스프링캠프*가 있는 2월부터 시즌이 종료되는 10월이나 11월까지 스케줄이 굉장히

---

* 스프링캠프(Spring camp):정규 시즌 전인 이른 봄에 따뜻한 곳에서 약 한 달간 행하는 강화 훈련, 혹은 훈련장

빡빡해. 집도 수시로 비울 거고, 같이 식사하기도 힘들어. 아, 트레이너와 마사지사가 집으로 자주 올 거야. 유연성 유지를 위해서는 필수거든. 부상 방지도 신경 써야 되서 10kg이 넘는 무거운 건 못 들어. 투구를 하는 왼손에 있는 굳은살이 떨어지면 안 되니까 평소엔 뜨거운 물에 안 닿으려고 노력해야 하고. 마시는 물도 따듯한 것만 돼. 뜨겁거나 차가운 물은 안 마셔.”

승연이 줄줄 말하고 있었지만 정희의 귀에 들어온 말은 딱 하나였다.

같이 자?

“미니 전화야.”

정희가 입을 딱 벌리고 있을 때 승연의 휴대폰이 울렸다. 그는 인사말을 한 뒤 계속 듣고 있었다. 한참 후에나 휴대폰을 정희에게 내밀며 미니가 엄마를 바꿔달라고 말했음을 알렸다.

[엄마.]

“그래. 밥 먹었어?”

[네. 엄마, 사실 나 말이에요.]

정희는 딸이 무슨 말을 할지 걱정되었다. 설마 나한테까지 첫날 밤 이야기를 물어보려는 건 아니겠지?

[동생이 갖고 싶어요.]

정희는 이렇게 대응했다.

“이모랑 이모부 말 잘 듣고 있어. 숙제 꼭 하고, 양치도 잊지 말고.”

[네.]

정희는 그대로 끊어버렸고 승연은 고개를 갸웃거렸다.

"표정이 왜 그래?"

"미니가…… 아니, 됐어."

정희는 다 식은 보리차를 죽 들이켰다. 목이 탔다.

"무슨 일인데 그래?"

"아냐, 아무 일도."

"나 미니 아빠야."

아직도 발음하기 껄끄러웠지만.

"말해. 알 권리 있어."

"동생이 갖고 싶대."

짜증이 치밀자 정희는 확 말해 버렸다. 승연은 풋 웃었다가 고개를 끄덕였다.

"하긴, 외동이라 쓸쓸하겠다. 그래도 동생은 당장 갖고 싶진 않아."

"애 낳는 건 남자가 아니라 여자야. 멋대로 결정하지 마."

"그럼, 지금 갖고 싶다고?"

승연의 말투는 버터 칠을 한 것처럼 능글맞아졌다.

"연습이나 좀 해볼까?"

"연습?"

"응. 고무 끼고."

정희는 텅 빈 찻잔을 탁 소리가 나게 테이블 위에 내리고는 벌떡 일어났다. 얼굴이 빨개진 거라고 생각하고 싶지 않았다.

"나 먼저 들어가 있을게."

“어허, 서방님을 놔두고 어디 아녀자가 혼자 돌아다닐 생각을 해?”

“방금 뭐라고 말했어?”

서방님? 아녀자?

“들었잖아. 자, 같이 가자.”

승연은 번개처럼 계산하더니 정희의 손을 잡아끌었다. 투수답게 그의 손은 아주 컸고 길고 두꺼운 손가락은 정희의 손을 완전하게 사로잡았다. 뜨거우면서도 따듯한 체온은 아주 마음에 들었다. 하지만 정희는 승연이 언제든 손을 뺄 수 있다는 걸 잘 알고 있었다. 11년 전에 그랬으니까.

“자, 연습해 볼까?”

방 안으로 돌아오자마자 승연은 정희를 벽에 밀어붙이고 두 팔 아래 가두었다. 그는 여전히 히죽거렸지만 눈동자는 어느새 일어난 욕망으로 일렁이고 있었다. 정희는 입안이 바싹 말랐다. 하지만 그녀는 고개를 옆으로 돌렸다.

“싫어.”

“왜? 우린 결혼했어. 법적으로 평생 섹스하기로 정해놓은 사이인 거야. 섹스도 노력의 일환인 거지.”

“그래. 나도 노력할 거야. 다시 사랑할 수 있을지 모르겠지만, 최선을 다할 거야. 우리가 사이가 좋아야 미니가 행복할 테니까. 하지만…….”

승연은 정희의 이어질 말을 기다렸다.

“다시 말하지만 노력만으로는 안 된다고 생각해. 사실, 힘들 거라고 봐. 지난번에 상처가 너무 컸으니까."

정희의 가느다란 목소리는 금방이라도 끊어질 것 같았다. 힘들게 토해내는, 가슴 깊은 곳에 있는 말이라는 뜻. 그래서 승연은 눈빛을 거두고 한 걸음 물러났다.

"널 정말 사랑했어. 온갖 사고란 사고는 다 치고 다녀서 여러 학교에서 쫓겨났던 내가 네 앞에서는 얌전한 척 굴었어. 입에 걸레를 물었냐는 비아냥거림까지 받았던 내가, 네 앞에서는 고운 말만 썼어. 왜냐면, 온 마음을 다해서 널 사랑했거든. 미니를 낳은 것도 널 사랑해서야. 임신했다는 걸 알았을 때 무섭긴 했지만 얼마나 기뻤는지 몰라. 네 분신만이라도 갖고 싶었거든."

위험하다.

정희는 알고 있었다. 아무리 과거의 일이라도 백 퍼센트 전부를 보여주는 게 아주 위험한 행동임을. 하지만 말하고 싶었다.

"그래서 널 믿을 수가 없어. 넌 그딴 야구 때문에 날 버렸어. 한국까지 쫓아가서 붙들었지만 넌 날 끝까지 거부했어."

승연은 입을 열었다. 하지만 사실을 고백해야 할지 아니면 침묵을 지켜야 할지 알 수 없었다.

"미니를 위해서…… 널 다시 사랑하도록 노력할게. 하지만 오래 걸릴 거야. 어쩌면 실패할지도 몰라. 그러니 알아뒀으면 해. 근본적으로는 네게 원인이 있다는 걸. 내 잘못이 아니라는 걸."

승연은 천천히 물러났다. 정희는 그의 눈동자가 어지럽게 일렁이는 것을 보았지만, 그가 무슨 생각을 하고 있는지 알 수 없었다. 승연은 입을 더 크게 열었으나 결국 닫고 말았다. 그는 뒤돌아 등을 보여주었다.

정희는 오도카니 서서 그를 바라보고 있다가 천천히 움직였다. 한참 뒤에 침실로 돌아가 짐을 정리할 때였다.

"정말, 노력은 해줄 거야?"

잠시 눈앞에서 사라졌던 승연이 나타나 불쑥 물었다. 그의 얼굴은 밝지 않았다. 오히려 어두운 편이었다. 근본적으로 잘못을 저지른 건 승연이었으나, 정희는 그의 저런 표정은 마음에 들지 않았다. 그래서 그녀는 이렇게 답했다.

"응."

"그럼 나가자. 누나 말대로 날씨 좋은데, 호텔 안에만 있기 아까워."

정희는 천천히 일어섰고, 승연은 손을 내밀었다. 그녀는 잠시 그의 손을 쳐다보고만 있었다.

"누나."

부탁하는 목소리였다. 안타까울 정도로 부드럽기도 했다. 그래서 정희는 아주 느린 속도로 승연의 커다란 손바닥 위에 손을 올렸다. 생각보다 더 따듯했다. 아주 조금이지만.

"가자."

만족할 수 없다는 표정이었으나 승연은 얼굴에서 그림자를 살짝 거둔 뒤 정희와 함께 여기저기를 관광 다녔다. 그리고 따로 잤고, 그렇게 3박 4일간의 짧은 신혼여행은 막을 내렸다.

　1년 전에 한국으로 돌아온 뒤, 정희의 생활은 일정했다. 아침 6시에 일어나 씻고 식사 준비를 한 뒤 미니와 함께 아침을 들었다. 딸을 학교나 학원에 바래다 주고 그녀는 공부를 했는데 몇 달 전부터는 BO 베어스를 매입하는 일로 바빠져서 공부에는 손을 거의 못 대게 되었다. 하지만 아무리 정신이 없어도 생활의 중심인 미니를 최우선으로 생각했기에 간식과 식사 준비는 꼭 해주었고 숙제도 봐주었으며 매일 최소 한 시간 이상씩은 대화를 나누었다.

　정희는 이날도 6시에 일어난 뒤 샤워하고 식사 준비를 했다. 7시가 되어 미니가 씻고 부엌으로 오자 식사를 챙겨주면서 편식하는 게 없는지, 꼭꼭 잘 씹어 먹는지 살펴보았다.

　"미니야."

식사를 끝내고 엄마에게 준비물과 숙제를 검사받은 미니가 학원으로 갈 준비를 다 마쳤을 때, 침실에서 거실로 나오는 사람이 있었다.

"아빠, 안녕히 주무셨어요?"

미니는 활짝 웃으며 공손하게 인사했다. 승연은 다가와 미니를 가볍게 안아준 뒤 손을 잡고 같이 현관으로 갔다.

"미니야, 엄마한테 인사해야지."

"네. 엄마, 다녀올게요."

미니는 손을 흔들었고, 승연도 그렇게 했다. 정희는 환하게 웃고 있는 미니와는 달리 승연은 뭔가 모르게 불편해 보인다는 것을 알아차렸다.

익숙하지 않기 때문일 터였다. 부부로서 같은 집에 살고 있다는 게, 결혼을 했다는 게.

문이 닫히자 정희는 한숨을 내쉬고 말았다. 승연을 매일 보는 건 그녀에게도 어색한 일이었다.

결혼한 지 17일이 되었다. 3박 4일의 신혼여행에서 돌아온 지 2주일. 그동안 그들은 한 집에서 살았으나 다른 방을 썼다. 미니가 잠든 것을 확인한 뒤 승연이 손님방으로 가서 잤는데, 그 부분에 대해 서로 이야기를 나눈 건 아니었다. 그냥 자연스럽게 그렇게 되었다.

어떻게 해야 되지?

신혼여행에서 돌아온 뒤에도 여전히 정신이 좀 멍했다. 집 안에서 아침저녁으로 승연을 보지만 결혼했다는 사실이 아직도 낯설었다. 그러나 부부가 된 건 사실. 그런 만큼 질문에 대한 정답은 하나뿐이었다.

정상적인 결혼생활을 해야 했다.

미니를 위해, 딸의 행복을 위해 한 결혼인 건 맞았다. 그러니 앞으로도 그래야 할 터. 즉, 미니에게 행복한 가정을 만들어주어야 했다. 부모 때문에 불행을 느끼게 해서는 안 되었다. 그녀가 겪은 것처럼.

정희는 부모에게서 슬픔과 증오를 느꼈고, 그 결과로 승연을 만나기 전까지 스스로를 학대했다. 후회되고 후회되는 일.

정희는 미니가 자신과 같은 전철을 밟지 않기를 절실하게 바랐다. 그녀의 딸이 행복하기만을 그 무엇보다 원했다. 구김살없이 밝게 웃으면서 성장하기를 기도했다.

그러려면 부모가 서로 사랑하고 존중해야 할 터.

사랑은, 무리일지 몰랐다. 11년이라는 긴 세월이 흘렀음에도 정희는 그때 버림받은 사실을 잊지 못하고 있으니까. 하지만 최소한 미니의 아빠로서 승연을 존중할 수는 있었다.

박승연은 좋은 남자였다. 좋은 사람이었다.

처음에 미니의 존재를 알렸을 때, 그는 충격을 받았지만 그녀를 비난하지는 않았다. 유전자 검사 결과를 받은 뒤 잠시 멈칫하긴 했으나 인정한 후에는 의무를 다하겠다고 선언했고, 그렇게 해오고 있었다.

책임감을 갖고 있는 제대로 된 남자만이 갑자기 나타난 아이를 받아들이고 아이의 엄마와 결혼할 터였다. 승연처럼.

그리고 그는 결혼했으니 잘 지내자고, 진짜 부부처럼 제대로 살자고 했다. 그럼에도 오늘까지 승연은 그녀에게 손 하나 뻗지 않았는데 정희는 그가 왜 그러는지는 알고 있었다. 그녀가 과거에 받았던 깊은 상처를 내보이며 벽을 만들었기 때문이다. 아무리 그가 노력하겠다는 입장이라도 벽을 부수는 건 쉽지 않으리라.

내가 너무 솔직했어.

승연이 미운 건 사실이었다. 11년이나 지난 일이지만 그는 그녀를 차버렸다. 이별을 통보하고 곧바로 떠나 버렸다. 하지만, 승연은 세상에서 가장 소중한 딸을 준 사람이었다. 그리고 정희는 또 하나의 중요한 사실을 알고 있었다.

계속 버림받았다는 사실을 되새긴다고 과거가 달라지는 건 아니다. 오히려 더 나은 미래를 만들어가는 데 방해만 될 뿐.

그들은 결혼했다. 부부가 되었다.

물론 승연, 혹은 그녀가 훗날 서로 다른 사람을 사랑하게 될지도 몰랐다. 잘 몰랐던 성격이 튀어나와 돌이킬 수 없는 갈등을 겪다가 결국 이혼 도장을 찍게 될지도 몰랐다. 정희는 그럴 가능성이 있다고 생각했다. 어머니와 아버지의 결혼처럼 비극적으로 파탄이 날지도 모른다는 것 또한 잘 알았다.

하지만 현재 그들은 새로운 시작 지점에 있었다. 이왕 결혼을 했으니 잘 지내는 게 낫지 않을까? 미니를 위해, 가정의 평화를 위해.

문제는 어떻게 이 어색한 분위기를 없애느냐인데…….

정희는 한참 동안 그런 고민을 하다가 시간이 얼마 남지 않았음을 알아차렸다. 서둘러 출근 준비를 서두를 때, 그 시간에 승연은 미니를 학원에 데려다 주고 개인적으로 빌린 피트니스 센터에 막 도착했다. 식단 관리자가 준비해 놓은 대로 아침 식사를 한 뒤, 재활을 위해 특별히 고용한 최고의 트레이너와 오늘의 계획표를 보면서 의견을 나누었다.

빌어먹을 부상!

밤늦게까지 재활 계획을 그대로 수행하면서 승연은 때때로 짜증을 숨길 수 없었다.

왜 이렇게 안 될까?

가장 중요한 건 공을 뿌리는 왼쪽 어깨지만, 투구라는 게 온몸을 사용하는 동작인 만큼 몸 전체의 밸런스가 아주 중요했다. 더군다나 승연 같은 경우 컨트롤이 너무 안 되서 애먹었다가 밸런스를 잡은 뒤부터 특급 좌완 파이어볼러* 로 군림을 시작한 케이스기에 특히 더 중대했다.

어깨를 다치지 않은 건 천만다행이었으나 투구를 할 때 디딤대가 되는 왼 발목이 부러졌던 건 그래서 더 치명타였다. 밸런스를 무너뜨려서 컨트롤을 날려 버렸으니까. 이렇게 엉망인 상태의 박승연은 200억은 고사하고 2억도 받을 가치가 없었다.

반드시 부활해야 했다. 이전만큼, 아니, 이전보다 더 대단해질 것이다. 그래야 했고, 그럴 것이다!

"왜 그래?"

트레이너가 얼굴을 찌푸렸다.

---

* 파이어볼러(Fireballer):주무기가 불같은 강속구인 투수

"어제보다 더 나빠졌잖아. 무슨 일 있어?"

"아니에요."

트레이너는 승연의 퉁명스러운 대답에 혀를 찼다.

"결혼한 지 얼마 안 된 건 아는데, 집중 좀 해."

트레이너가 언급한 단어는 애써 생각하지 않으려 했던 사실을 연달아 떠오르게 했다.

결혼. 아내. 정희. 섹스.

승연은 숨을 훅 내쉬었다. 그동안 쌓인 욕구불만이 흘러나가기를 바라며. 그는 눈을 꾹 감았다 뜬 뒤, 말없이 다시 투구에 들어갔다.

머리를 비운 게 아니라 정희를 생각했는데도 아까보다 밸런스가 더 잘 잡히는 기분이었다. 덕분에 목표로 삼은 부분을 계속 맞출 수 있었다.

승연은 저도 모르게 만족스러운 한숨을 살짝 흘렸으나 거기서 만족하지 않았다. 그는 트레이너와 좀 더 상의했고, 계획표대로 훈련하고 끝냈다. 마무리 운동을 한 뒤 마사지사에게 오랫동안 마사지도 받았다.

"내일 봐요."

승연은 인사한 뒤 운전기사가 운전해 주는 차를 타고 집으로 왔다. 집. 그러니까, 정희와 미니가 살고 있는 집.

신혼여행을 끝내고 돌아와 이곳에서 살기 시작한 지 2주일이나 흘렀지만 아직도 약간 낯설었다. 불편한 건 아니었지만. 아니, 사실 편안했다.

오래전에 돌아가신 정희의 어머니, 그러니까 장모님이 꾸민 곳이라고 하던데 작은 장식물에서도 따듯한 분위기가 풍겨 나왔다. 맨해튼에 있는 그의 집이 남자 독신자를 위한 곳이라면, 이곳은 가족을 위한 장소였다.

가족. 그래, 가족이 맞았다. 엄마와 아빠, 딸은 가족이었다. 부모가 서로 섹스를 안 하긴 하지만.

"아빠!"

문을 열고 들어가자 미니가 계단에서 후다닥 내려와 그에게 달려왔다. 아이의 얼굴은 환했고, 승연은 방금까지 고민한 것을 싹 잊고 웃으며 딸을 맞았다.

"훈련 잘했어요?"

"응."

"오늘 피아노 학원에 갔는데요, 체르니 40번이 치고 싶은데 아직 멀었대요. 그래도 발레는 좋았어요. 앙트르샤*를 처음으로 성공했거든요. 사실 딱 일 초밖에 못했고 자세도 엉망이었지만 어쨌든 성공한 건 성공한 거잖아요."

미니는 오늘 있었던 일을 줄줄 말했다. 승연은 처음부터 끝까지 다 들어주었다. 확실히 주의를 기울이니 예전에 비해 잘 들렸다.

"근데 미니야."

그리고 처음으로 승연은 질문을 했다.

"너 대체 학원을 몇 개나 다니는 거야?"

---

* 앙트르샤(Entrechat):발레의 동작 중 하나. 수직으로 뛰어올라 발을 앞뒤로 여러 차례 교차시키는 동작

"피아노랑 발레, 태권도, 영어까지 총 네 개요."

"네 개나 되네. 많은 거 아니야?"

"다른 애들에 비하면 이건 아무것도 아니에요. 작년에 옆자리에 앉은 애는 일곱 개나 다녔는걸요."

승연은 사교육이 문제라는 걸 절감하고 말았다.

"학원 다니는 거 힘들지? 좀 줄여줄까?"

"아니에요. 내가 좋아서 다니는걸요. 사실 몇 개 더 다니고 싶은데 엄마가 안 된다고 했어요."

"정말?"

미니는 고개를 열심히 끄덕이며 정말이라고 덧붙였다. 그때 현관문이 열리는 소리가 나더니 정희가 들어왔다. 엷은 연둣빛의 원피스를 입은 정희는 아침보다 더 섹시해 보였다. 밤이라 그런 걸까? 밤은 섹스의 시간이니까.

승연은 정희만 보면 섹스 생각을 하는 스스로가 짜증났지만 어쩔 수 없었다. 결혼한 지 이 주가 넘었는데 부인에게 키스 한 번 제대로 못하고 있는 판국이니.

신혼에 섹스를 한 번 할 때마다 통에 넣은 동전을 결혼 3년 뒤에 할 때마다 꺼낸다면, 다 못 꺼내고 죽는다는 말을 들은 적이 있다. 그만큼 열정을 불살라야 되는 시기인데 독수공방이 대체 뭐란 말인가?

물론 정희가 노력하겠다는 말을 하긴 했다. 그런 만큼 천천히 시도를 해도 될 터. 하지만 승연은 온몸이 불타오른 상황인데도 밤만 되면 다른 방으로 갔다. 신혼여행 첫날, 정희가 한 말이 손에

잡힐 듯 기억에 생생했으니까.

그를 온 마음을 다해서 사랑했다. 미혼모가 된다는 사실을 감수하고도 그의 아이를 낳을 만큼 사랑했다. 그래서 깊은 상처를 받았다. 승연이 예상한 것보다 훨씬 더 큰 상처를.

말을 해야 할까?

계속 고민하고 있었지만 승연은 답을 찾지 못했다. 돌아가신 아버지의 협박 때문에 그녀를 버렸다는 걸 알려줘야 할지 말지 판단이 서질 않았다.

아버지를 좋게 생각하고 싶다는 정희의 소망이 깨지는 일. 정희를 슬프게 만들고 싶지 않았지만 그래도 승연은 말하는 게 낫지 않을까 싶긴 했다.

말할까?

결정하지 못했으나 승연은 일단 정희에게 들어가서 이야기하자는 뜻을 담아 고갯짓으로 방을 가리켰다. 정희는 살짝 고개를 끄덕이더니 미니를 가리켰다. 승연은 먼저 방으로 들어갔고, 정희는 미니의 숙제를 다 봐준 뒤에 왔다.

부부용 침실은 꽤 넓었다. 원래 정희가 혼자 쓰는 방이었는데 침대를 킹사이즈로 바꾼 것 이외에 인테리어에 손을 대지 않았다고 들었다. 정희는 꽃을 어지간히 좋아하는지 방 전체는 꽃으로 도배되어 있었다. 매일 아침마다 가사 도우미가 생화를 꽃병에 넣어줬는데, 꽃병은 방에 무려 네 개나 되었다. 벽지마저 꽃무늬였고 장롱 등의 가구도 꽃 모양이 내비치는 종류였다.

꽃에 환장했나?

신혼여행에서 돌아와서 처음 침실 문을 열었을 때 딱 그 말이 떠올랐다. 하지만 승연은 내뱉지 않았고, 그런 스스로가 현명하다고 생각했다. 그냥 지나가는 어투로 꽃을 많이 좋아하나 보네, 라고 했는데 정희는 고개를 열심히 끄덕여 댔었다.

예전엔 안 그랬는데. 아니, 내가 몰랐던 건가?

"나 샤워 좀 할게. 미니 자는 거 좀 봐줘."

샤워를 한단 말이지. 샤워를. 당연히 다 벗고 하겠지? 알몸으로, 알몸으로.

승연은 속으로 중얼거리면서 2층으로 올라갔다. 미니는 막 잠자리에 들기 위해 잠옷으로 갈아입고 있었다. 당황한 승연은 순간적으로 다음 행동을 결정하지 못하고 엉거주춤 서 있기만 했다.

"아빠 변태!"

승연은 입을 떡 벌리고 말았다. 미니가 나가라고 이어 소리치자 그는 그제야 문을 닫고 나갔다. 승연이 복도에 멍청하게 서 있을 때, 달칵 하고 문이 열리더니 미니가 눈초리를 올린 얼굴을 내밀었다.

"왜 노크도 없이 들어와요? 숙녀 방인데!"

"어, 미안. 앞으로는 꼭 노크할게."

미니는 입술을 실룩였으나 사과를 받아들이겠다는 뜻으로 고개를 끄덕였다.

"잘 자라고 인사하려고 온 거죠?"

"그래, 맞아."

미니는 잠시 망설이더니 승연에게 쪼르르 다가와 손짓으로 몸을 좀 숙이라고 한 뒤 뺨에 입을 맞추었다.

"아빠도 안녕히 주무세요."

미니는 손을 흔들더니 방으로 들어갔다. 승연은 멍하니 문 앞에 서 있었다. 따뜻해진 뺨을 만지며.

그가 1층으로 내려간 건 한참 뒤였다. 정희는 침대에 앉아 있었다. 승연은 그녀의 옷차림은 제대로 보지 않고 그냥 옆자리에 풀썩 앉았다.

"왜 그래? 무슨 일 있어?"

넋이 나간 듯한 승연의 표정을 본 정희는 그렇게 물을 수밖에 없었다. 승연은 바닥을 멍하니 바라보며 주절거렸다.

"미니가 뽀뽀를 해줬어."

"그래?"

"으흠, 으흐음. 기분이 좀 새롭네."

"어떻게 새로운데?"

"뭐랄까, 뭔가 좀 울컥하고 치미는 게 있다고 할까. 화가 나서 그런 게 아니라, 목이 메는 것 같은……."

승연은 한숨을 폭 내쉬었다.

"참, 미니가 학원을 네 개나 다니던데, 많은 거 아니야? 요즘 애들 치고 많은 건 아니라지만……."

승연은 뒷말을 흘릴 수밖에 없었다. 고개를 들었다가 정희를 보았기 때문이다. 그녀는 갓 샤워를 마친 뒤였다. 항상 뒤로 꽁꽁 묶고 다녔던 머리칼은 가슴까지 자연스럽게 내려가 있어 약간 곱슬곱슬했고 젖어 있기도 했다. 그리고 입고 있는 가운은 실크로 만들어진 듯 빛이 났고 착 달라붙어 정희의 끝내주는 몸매를 여과 없이 드러냈다. 특히 깊고 뽀얀 가슴 계곡을.

"네 개도 많이 줄인 거야. 다른 친구들처럼 일고여덟 개는 다니고 싶어하는데 무리가 가는 것 같아서. 애가 너무 욕심이 많다니까."

"욕심이 많아?"

승연은 목이 깔깔해졌다. 정희는 그의 반응을 눈치채지 못했는지 평소처럼 말을 이었다.

"응. 문제는 욕심만큼 흥미가 오래 안 간다는 거야. 괜히 돈만 왕창 버렸다니까. 내 돈은 아니지만."

"돈?"

"형부 돈이었어. 내가 안 된다고 했는데도 미니가 하프를 하고 싶다니까 1억이 넘는 걸 떡하니 사줬다니까. 손도 안 댔어. 승마도 마찬가지야. 엄청 비싼 서러브레드* 를 사줬다니까. 아휴, 정말."

정희의 목소리에선 짜증이 묻어났다.

"내가 한국으로 돌아온 건 사실 미니를 평범하게 키우고 싶은 마음 때문도 있어. 형부 옆에 있다 보니까 애가 사치에 너무 익숙해졌거든."

"어, 그렇구나."

귀에 잘 들어오지 않았지만 승연은 고개를 끄덕거렸다. 정희는 그제야 그가 제대로 말을 듣는 게 아니라는 걸 알아차린 듯 바로

---

* 서러브레드(Thoroughbred):아라비아산 수말과 영국산 암말을 인공적으로 교배해 만들어낸 품종. 스피드 면에서 탁월해서 아주 비싸다

앞으로 다가왔다. 정희의 몸에서는 희미한 오렌지 향이 풍겨 나오고 있었다. 문득 승연의 머릿속으로 아주 오래전의 기억이 찾아왔다.

그는 오렌지를 굉장히 좋아했다. 어쩌면 어머니가 살아 계셨을 때 손수 까서 먹여준 기억이 남아 있어서 그런 건지도 몰랐다. 문제는, 부모님이 돌아가신 뒤에는 한 알조차 사 먹을 수 없을 만큼 가난해졌다는 사실이다. 그래서 그렇게나 좋아하는데도 메이저리그에 올라가기 전까지는 침만 흘렸다. 하지만 딱 한 번 실컷 먹은 적이 있는데, 바로 정희와 사귈 때였다.

어느 날, 정희는 친구에게 한 박스를 받았다면서 혼자 다 못 먹겠으니 대신 좀 먹어달라고 오렌지를 잔뜩 가져왔었다. 승연은 기뻐하며 배가 터져라 열심히 먹었는데, 그 뒤로 정희는 종종 오렌지를 몇 알씩 들고 왔다. 물론 다른 음식도 가져와서 줬고.

"물어볼 게 있는데."

승연은 확인할 겸 질문했다.

"옛날에 말이야. 나한테 오렌지 한 박스를 줬을 때, 그거 친구한테 공짜로 받았다고 했잖아. 그거 거짓말이지? 내가 좋아하는 거 알고 사온 거지? 안 받을까 봐 그렇게 거짓말한 거고. 그렇지?"

정희는 눈을 굴렸다.

"글쎄. 그런 적이 있었나? 기억이 안 나네."

"정말 기억 안 나?"

승연은 정희의 팔을 휙 낚아채 끌어당겼다. 정희는 곧 침대에 등을 대고 눕게 되었다.

“기억나게 해줄까?”

“뭘 해도 소용없거든? 저리 좀 가.”

정희는 두 손을 올려 자신을 덮고 있는 승연의 가슴을 밀었지만 그는 태산같이 굳건할 따름이었다.

“우린 부부잖아.”

승연은 달래듯 말을 이었다.

“부부는 한 침대를 쓰는 법이야.”

“손님방으로 가서 잔 건 내가 아니라 너 아니야?”

“아하.”

승연은 얼굴을 숙이다가 정희의 입술에서 딱 10cm가 떨어진 위치에서 멈췄다.

“그래서 우리 마눌님이 삐치셨구나?”

“삐치긴 누가 삐쳐? 저리 좀 가.”

정희는 다시 승연의 가슴을 밀었지만 소용없었다.

“어허. 내가 얼마나 비싼 몸인데 그렇게 막 더듬으시나?”

“이게 더듬는 걸로 생각돼?”

“그럼 더듬는 거지 뭐야? 난 좀 많이 비싸. 더듬는 값을 내야 해.”

“유치해.”

정희는 가자미눈을 만들었다. 그 표정을 보더니 승연은 풋 웃었다. 그러고는 정희와 입술을 포갰다. 솜털처럼 부드러운 키스. 승연은 조용히 입술을 맞대고만 있었고, 정희는 알아차렸다.

거부할 기회를 주겠다는 뜻.

난, 어쩌고 싶지?

정희는 천천히 그를 밀어냈다. 승연의 얼굴에 명백한 실망감이 드리워졌을 때 정희는 앉은 다음 손으로 문을 가리켰다.

"잠가. 혹시 미니가 내려올지도 모르잖아."

승연은 OFF 상태였다가 ON 버튼을 누른 형광등 같은 표정이 되었다. 그가 바람처럼 문을 잠글 때 정희는 불도 끄라고 말했다.

"안 끄면 안 돼?"

"안 끄면 안 해."

"쳇."

승연은 아이처럼 툴툴거렸으나 정희가 하라는 대로 하고는 침대로 점프하듯 왔다. 불은 껐지만 등 뒤에서 쏟아지는 달빛 덕분에 희미하게 서로를 볼 수 있었다. 정희는 그의 눈동자가 아이의 것과는 거리가 멀다는 것을 알았다.

성인, 남자.

"벗어봐."

정희는 요구했다. 승연은 빠르게 스웨터와 청바지를 벗었다. 속옷마저 금방 벗어 던진 뒤 정희 앞에 다시 앉았다.

포지션에 따라 차이가 있으나 대부분의 야구선수들은 유연성도 굉장히 중요하기에 왕(王) 자 같은 근육이 만들어지게 운동하지 않았다. 승연 또한 그랬다. 덩치가 상당히 컸고 단단했지만 근육은 각이 질 정도로 잡혀 있지 않았다. 하지만 남성미가 없는 건 아니었다. 어깨는 드넓었고 앞으로 튀어나온 대흉근은 불끈거렸으며, 두 팔은 힘줄이 돋아나 있을 만큼 강력했다.

역삼각형의 두꺼운 상체보다 더 끝내주는 건 허벅지였다. 다리는 아주 길었고 웬만한 통나무보다 더 두꺼웠다. 하체를 위주로 웨이트트레이닝을 한다더니, 특히 허벅지가 굉장했다. 그리고 다리 사이의…….

굶주린 사람처럼 정희는 입술을 핥고 말았다. 사실 굶주리긴 했다. 결혼 뒤부터 욕구불만에 사로잡혀 있었으니까. 승연 또한 마찬가지일 터. 그러나 그는 바로 달려드는 대신 입을 열었다.

"누나."

승연은 손을 뻗어 정희의 두 뺨을 감싸 안았다. 그의 체온은 아주 뜨거웠다.

"우리, 잘해보자. 미니를 위해서. 그리고……."

그의 눈이 작아지면서 주름이 살짝 생겼다. 미소였으나, 기묘하게도 슬퍼 보이기도 했다.

"우리 자신을 위해서 행복하게 살자. 잘해줄게."

갑자기 정희는 목이 멨다. 승연은 그녀의 눈동자에 눈물이 맺히는 것을 보고 기겁했다.

"왜 그래? 어디 아파?"

"아냐. 갑자기…… 네가 좋은 남자라는 생각이 새삼 들어서."

승연이 그녀를 버린 건 사실이었다. 하지만, 어찌 됐든 그녀가 긴 세월 동안 미니의 존재를 속인 것도 진실. 그리고 그럼에도 그는 책임과 의무를 다하기 위해 노력하고 있다.

정희는 부정하지 못했다. 승연이 좋은 남자라는 것을.

"그건 당연한 사실이지."

승연은 가슴을 쭉 내밀며 자랑했다.

"난 좋은 남자야. 근데, 남자들은 그 말보단 다른 말을 좋아해. 나도 그렇고."

"무슨 말 말이야?"

"아주 큰 남자라든가, 아주 잘한다든가 뭐 그런 거 있잖아."

"앞의 말은……."

정희의 시선이 승연의 다리 사이로 떨어졌다.

"맞는 것 같긴 한데, 뒤의 말은 모르겠네."

"좀 있으면 알게 될 거야. 자, 벗으세요. 안 벗으면 확 찢어버린다."

승연은 뒷말을 으르렁거리면서 내뱉었다. 하지만 정희는 느긋하게 행동했다. 허리끈을 풀고 가운을 벗는 데 약 2분의 시간을 소요했다. 그리고 풍만한 두 가슴을 감싼 브래지어를 끄르는 데 1분, 팬티를 벗어서 바닥으로 던지는 데 약 3분을 썼다.

"정말."

승연은 저도 모르게 휘파람을 불렀다.

"끝내주네."

올해 정희는 서른두 살이 됐지만 누구도 그녀를 그 나이로 보지 않았고, 아이 엄마로 생각하지도 않았다. 이십대 중, 후반으로 봤는데, 그건 골프와 헬스를 꾸준히 하고 있는데다가 케어 센터에서 꼬박꼬박 얼굴 관리는 물론 전신 관리도 받기 때문이었다. 미니를 낳은 뒤부터 죽 해온 일.

워낙 오래됐기에 이젠 일상적인 일이 돼서 특별히 생각한 적은 없지만, 요즘 정희는 철저하게 관리하길 잘했다는 생각을 하고 있었다. 그건 약 두 달 전에 승연이 기자회견을 가진 뒤부터였다. 그때 승연이 정희의 인적 사항을 올리지 말라고 경고했으나 몇몇 네티즌들은 정희의 사진을 구해서 얼굴이 어떻고 몸매가 어떻고 등등 자기들 멋대로 품평했다. 고친 게 틀림없다는 말이 꼭 붙긴 했지만 악플을 다는 사람들조차도 정희가 정말 예쁘고 몸매도 끝내주며 승연보다 나이가 어려 보인다는 공통된 의견을 보이고 있었다.

"칭찬 고마워."

정희는 이 순간, 그동안 관리에 쓴 상당한 돈이 조금도 아깝지 않았다. 특히 승연의 다리 사이의 것이 불끈거리자 확신하게 되었다.

"몸으로도 칭찬해 주고 싶은데."

"뭐, 허락해 줄게."

정희는 성은을 베푸는 것처럼 어깨를 으쓱였다. 승연은 눈을 가늘게 뜨더니 하얀 이를 드러내며 웃었다. 먹이를 눈앞에 둔 육식동물의 미소였다. 정희의 온몸에 오소소 소름이 일 때, 승연은 돌진하듯 정희의 어깨를 붙들고 침대에 눕혔다. 정희는 그가 가슴부터 탐할 거라고 생각했으나 아니었다.

승연은 일단 정희의 하얀 목덜미를 깨물었다. 따끔거림을 남기고 그의 입이 올라갔다. 귓불을 핥은 뒤 귓속으로 뜨거운 숨을 불어넣었다. 정희는 저도 모르게 깍 하고 작게 소리 지르고는 몸을 옆으로 굴렸지만 승연의 두 팔 안이었다.

"여전하네."

승연은 소리없이 웃더니 다시 숨을 훅훅 불었다. 정희는 순간적으로 흥분이 치솟았고 다리 사이가 축축해졌다.

"그만 해!"

"그래. 지금은."

승연은 놀리는 어투로 귀를 깨물더니 두 손으로 가슴을 덥석 붙들었다. 승연의 손은 투수답게 아주 컸고, 손바닥 안에 가득한 굳은살 덕분에 돌처럼 단단했다. 바로 그 점이 정희를 더 흥분시켰다.

"가슴, 먹어줄까?"

"왜, 왜 이렇게 야한 말을 잘해?"

열아홉 살의 승연은 경험이 없어서 그런지 영 숙맥이었다. 섹스를 할 때도 아주 진지하게 임했었고.

"그게 뭐가 야해?"

서른 살의 승연은 즐겁게 코웃음을 쳤다.

"진짜 야한 말은 이런 거지."

그는 고개를 숙여 정희의 귓가에 바싹 입을 대고 몇 마디 중얼거렸다. 정희는 얼굴이 새빨개지는 것을 느끼며 소리 질렀다.

"저질!"

승연은 낄낄거리고는 고개를 밑으로 가져갔다. 그가 얄미워지자 정희는 때리려다가 손목을 잡혔고, 그 뒤로는 가슴을 먹혔다. 뜨겁고 축축한 혀가 핥기 시작하자 불길이 붙는 것 같았다. 그리고 단단한 이가 가슴의 정점을 깨물자 신음이 흘러나왔다.

승연은 다른 쪽 가슴도 똑같이 해준 뒤 쭉쭉 빨기도 했다. 정희
는 멍이 드는 게 아닌가 싶었지만 통증이 아닌 쾌감만 느낄 따름
이었다.

"어디 보자, 준비 좀 되셨나?"

승연은 여전히 능글댔으나 한층 더 거칠어진 목소리였다.

"확인 좀 해보자."

어떻게 확인하는지 궁금해할 찰나, 승연의 굵은 손가락 하나가
안으로 쑤욱 들어왔다. 정희는 감전되는 기분이었다.

"음."

승연은 손가락을 빼낸 뒤 정희 앞으로 내밀었다.

"이 정도면 많이 젖었네."

그러고는 손가락에 묻은 것을 혀로 길게 핥았다.

"여전히 맛있어."

승연의 눈이 작아지면서 주름을 살짝 만들어냈다. 그리고 그 순
간, 콘돔을 착용한 승연은 바로 들어왔다.

"엄청 좁네."

승연은 한쪽 눈을 찡그렸다. 그는 입에서 질문이 튀어나갈 것
같았으나, 간신히 참았다. 얼마나 오래 섹스를 안 했는지 물을 때
가 아니었다.

"아파?"

승연은 정희가 얼굴을 찌푸리는 것을 보았다.

"아냐. 그냥 좀, 불편…… 앗!"

승연의 손이 연결된 부분 근처로 가서 예민한 부분을 찾아내자,

정희는 몸을 활처럼 휘며 소리 질렀다.

"불편한 거 잊게 해줄게."

승연은 손을 놀리기 시작했고, 곧 정희는 그의 말대로 되었다. 머릿속이 새하얗게 변해갔다. 미세하게 남았던 검은색의 점이 완전히 사라졌을 때, 그 짧은 순간 뒤에 폭발이 일어났다.

"아, 미치겠네."

정희가 먼저 가면서 그를 뜨겁게 조이자 승연은 방출하고야 말았다.

"젠장."

여자를 안은 게 오랜만이라 그런가?

승연은 툴툴거리면서 정희가 정신을 차릴 때까지 기다렸다. 그녀가 돌아오자 그사이 회복을 끝마치고 다시 안으로 들어갔다. 정희는 쾌감의 여진(餘震)으로 흐릿해진 눈을 떴다. 승연이 이글거리는 눈으로 그녀를 내려다보고 있었다. 그리고 그가 눈을 감았다 뜨는 순간, 그녀 안으로 아주 깊게 들어오는 것을 느꼈다.

정희는 신음하지 못했다. 그저, 그의 존재로 가득 찰 뿐.

그녀는 승연을 꼭 껴안았다. 다리를 그의 허리에 감고, 압착되었다. 머릿속의 모든 생각을 다 날려 버린 채 태곳적의 운동을 하며 극도의 쾌감을 얻었고, 다시 산산이 부서졌다.


"누나."

셀 수 없는 시간이 흐른 뒤 정희는 눈을 떴다. 승연이 빙그레 웃고 있었다. 정희는 손 하나 까딱할 힘이 없었지만 입을 열었다.

“응?”

“궁금한 게 있어.”

“뭔데— 앗!”

굵고 두꺼운 것이 다시 그녀의 안으로 불쑥 진입했다.

“체력 좋아?”

거친 호흡 속에서도 승연은 명확한 발음으로 물었다. 정희는 차오르는 숨결을 내뱉으며 고개를 한 번 까닥였다.

“그럼 딱 두 번만 더 하자.”

정희가 눈을 크게 떴을 때 승연은 씩 웃었다.

“물론 이번은 빼고.”


망할 놈.

다음날 아침, 정희는 샤워를 하다가 다리에서 힘이 풀리자 바닥에 엉덩방아를 찧고 말았다. 저절로 욕이 나왔다.

“짐승 같은 자식.”

운동선수들은 체력이 남다르다고 듣긴 했다. 그리고 예전에 사귀었을 때, 승연은 경험이 없어서 테크닉이 떨어지긴 했지만 확실히 힘 하나는 좋았었다. 하지만 이 정도는 아니었다.

투수는 기본적으로 허리 힘이 좋아야 했고 하체도 튼실해야 했다. 승연의 경우 묵직하고 빠른 공을 던지는 파이어볼러라 그런지 힘도 끝내주고 허벅지가 말의 근육이 떠오를 만큼 엄청나게 두꺼웠는데, 정말이지 밤새도록 그녀를 괴롭혔다.

예전엔 이 정도는 아니었는데.

가난에 시달려서 제대로 못 먹었을 때 했던 섹스와는 차원이 달랐다. 무슨 터미네이터도 아니고, 끝이 없었다. 허리 아래로 감각이 없는 건 물론이거와 온몸의 골수가 다 빨려 나간 기분이었다.

오늘은 쉴까?

구단주긴 하지만 깊이 관여를 하지 않는 만큼 사실 할 일은 많지 않았다. 그래도 매일 출근하는 게 의무라고 생각해서 그렇게 해왔는데 정희는 오늘은 도저히 자신이 없었다.

"엄마, 왜 그래요?"

학원에 다녀온 미니는 침실로 왔다가 엄마가 색색거리며 숨만 내쉬며 누워 있는 것을 보고 깜짝 놀랐다.

"감기 걸렸어요? 아침에도 못 일어났잖아요."

"응? 아냐. 좀 피곤해서."

미니는 얼굴을 찌푸리더니 반짝거리는 스마트폰을 콕콕 두드렸다. 승연이 사준 것으로 요즘 미니의 보물 1호였다. 손에서 너무 놓질 않자 정희는 좀 자제시켜야 하는 게 아닌가 걱정했는데, 주로 카메라 기능으로 가족사진을 찍는 것을 보고 그냥 놔두고 있는 참이었다.

"미니야, 지금 주치의 분께 전화하는 거야? 안 그래도 돼. 쉬면 나을 거야."

"아빠한테 거는 거예요."

정희가 손을 뻗어 제지하기 전, 승연이 받았는지 미니는 쏜살같이 말했다.

"아빠, 엄마 아파요. 응, 응. 바꿔줄게요."

[어디 아파?]

휴대폰을 넘겨받은 뒤 정희는 한숨을 내쉬었다.

"아냐. 좀 피곤해서."

[왜 피곤한데?]

미니 앞인지라 정희는 욱하고 치미는 감정을 내리눌렀다.

"아픈 거 아니야. 그러니까 신경 쓰지, 아니, 걱정하지 마."

정희는 최대한 부드럽게 말한 뒤 통화를 끝냈다. 미니는 걱정하는 기색이었으나 정희가 좀 쉬어야겠다고 말하자 푹 자라고 한 뒤 나갔다. 잠시 잠들었던 정희는 문이 열리는 소리가 나자 눈을 떴다. 승연이 들어오고 있었다.

"이 시간에 웬일이야?"

누운 채로 정희는 고개만 돌려서 벽시계를 보았다. 얼마 안 잤는지 이제 겨우 정오를 지난 시간이었다. 평소 승연은 훈련을 다 마치고 밤늦게 돌아왔다.

"아프다면서. 괜찮아?"

승연은 성큼 걸어와 침대 가장자리에 앉았다. 걱정의 기색이 엿보였다.

"훈련 중에 온 거야?"

"트레이너 분한테 잠깐 양해 구하고 왔어. 다시 돌아가 봐야 해. 계획은 지켜야 하니까."

승연은 미안한 어투로 말했으나 정희는 마음이 따듯해졌다. 하지만 곧 몸 상태가 왜 이런지 떠오르자 그가 미워졌다.

"심하게 아픈 건 아닌 것 같고…… 좀 피곤해 보이네."

"말했잖아. 피곤하다고."

"왜 피곤한 거야?"

"몰라서 물어?"

정희는 눈을 부릅뜨고 노려보았다. 그제야 깨달은 승연은 풋 웃어버렸다.

"지금 웃음이 나와? 이 짐승!"

"오오, 멋진 별명이네. 앞으로 짐승이라고 불러. 남자다워서 마음에 들어."

"농담할 거야?"

정희가 펄펄 뛰는 것과는 반대로 승연은 이제 낄낄대고 있었다.

"농담 아닌데? 흠. 체력 좋다면서 순 거짓말이었네?"

"나 체력 좋아. 네가 짐승인 거야."

"오늘은 어제보다 두 배로 하려고 했는데, 안 되겠네."

정희는 저도 모르게 도망치듯 몸을 뒤로 가져갔다. 승연은 배를 잡고 웃었다. 그제야 정희는 그가 농담했다는 걸 알아차렸지만 확신은 없었다.

정말 농담 맞지?

"보약 하나 지어줄 테니 먹어. 그리고 너무 걱정은 마. 이것도 오프시즌 때나 즐길 수 있는 거니까. 뭐 그렇다고 시즌일 때 전혀 못하는 건 아니지만, 제약이 좀 많잖아."

"선발 전날?"

승연은 고개를 끄덕였다.

"그것도 그렇고, 원정 경기가 많아. 미니가 아직 어리니까 원정

일 때는 떨어져 있어야 돼. 미니가 크더라도 한두 번 정도면 몰라도 넓은 미국 땅 여기저기에서 열리는 원정 경기를 일반인이 계속 따라다닐 수는 없어."

비행기 이동의 피로, 일정치 않은 시간표, 아무리 최고급이라도 집이 아닌지라 불편하게만 느껴지는 호텔 침대 등은 베테랑 선수들도 편하게 받아들이지 못했다. 또한 아무리 훌륭한 선수라도 한 경기가 끝나고 다음 경기가 벌어지기 전까지와 비행기를 기다릴 때에는 시간을 낭비한다는 허탈감 속에 빠지곤 했다.

이처럼 드넓은 미국 전역을 정처없이 헤매는 원정 경기는 늪 같은 외로움도 느끼게 만들었다. 선수들의 컨디션을 좀먹는 건 물론 이거와 여자와 술, 도박, 약물 같은 여러 나쁜 유혹에 빠지게 해서 커리어는 물론 인생 전체를 망치게 만들기도 했다. 물론, 승연은 이제까지 어떤 유혹도 모두 물리치고 성실하게 잘해왔다. 그래서 최고가 되었고.

승연은 자세한 사항을 언급하는 대신 다른 것을 말했다.

"그리고 8월부터는 체력 싸움이거든. 팀 사정에 따라 달라지지만 플레이오프 진출 때문에 끝까지 경쟁해야 할 경우엔 정말 피터져. 플레이오프에 들어가면 5일에 한 번이 아니라 3일에 한 번 등판할 경우도 있고, 이래저래 힘들지."

정희가 알기로, 마이너리그 더블에이에 있을 때도 승연은 상당히 철저하게 스스로를 관리하는 편이었다. 하지만 세계 최고의 무대 메이저리그에 올라선 지금은 차원이 달랐다. 매일 시계추처럼 정해진 대로 행동했는데, 빡빡한 재활 계획표를 1분도 빼먹지 않고 반드시 수행하는 건 기본이었고 음식도 골고루 섭취하되 인스턴트와 기름진 음식은 멀리하는 등 굉장히 가렸다.

이외에 승연은 술과 담배같이 몸에 나쁜 건 손에 대지도 않을뿐더러 간식도 일절 하지 않았고 식사는 딱 정해진 시간에만 했다. 신혼여행 때 식사 전에 시간을 확인해 본 것도 바로 그런 일환으로, 지루할 정도로 천천히 음식을 씹어 먹는 것도 자기 관리의 일종이었다. 하루에 자는 시간까지도 정해져 있었으며, 공을 던지는 왼손에서 굳은살이 떨어져 나가면 안 되기에 세수할 때나 샤워할 때도 뜨거운 물이 닿지 않도록 비닐장갑을 끼기도 했다.

"음. 힘들지 않아?"

"남자한테 힘드냐고 묻는 건 모욕이야."

승연은 장난스럽게 말했지만, 정희는 궁금했다.

"1년에 길어봤자 석 달 쉬는 거지? 그때도 계속 훈련해야 되고. 결혼한 지 얼마 안 됐지만 네가 하는 걸 보면 보통 일이 아닌 것 같아."

"맞아. 보통 일이 아니지. 하지만 이렇게 해야 해. 최고의 몸 상태를 유지하기 위해 모든 걸 다 해야 해. 그래야 성공하는 법이니까."

승연의 눈이 굳건한 결의로 가득했다. 정희는 사실을 말해주었다.

"넌 이미 성공했어. 부상을 입어서 쉬고 있지만."

"맞아. 하지만 난 더 원해. 보란 듯이 재기하고 싶어. 그리고……"

"그리고?"

승연은 답을 할 수 없었다.

나는, 무얼 더 원하지? 사이영상? 월드시리즈 우승? MVP?

아니, 아니다. 물론 갖고 싶긴 했다. 하지만 이미 다 한차례 이상씩 도달한 것이었다. 그가 가지지 못한 건…….

"승연아?"

"이만 가봐야겠어."

승연은 침대에서 일어났다. 그는 빙긋 웃었으나, 정희는 그가 당황했다는 것을 알았다.

왜 저러는 거지?

"오늘은 조금 늦게 올 거야. 미니 자기 전에는 올게."

승연은 바람처럼 사라졌다. 피트니스 센터로 가는 도중에, 그는 창문에 비치는 스스로에게 물었다.

박승연, 넌 뭘 더 원하지?

답은 알 수 없었다. 그리고 승연은 센터에 도착한 후에야 정희에게 과거에 왜 이별을 통보했는지 말하지 않았음을 깨달았다.

훈련이 끝난 뒤에 말해야지.

승연은 그렇게 생각했고, 일과가 끝나자 집으로 갔다. 하지만 정희는 피곤에 절은 표정으로 잠들어 있었다. 다음날도 마찬가지였다. 아침엔 여전히 몸이 아픈지 정희는 자고 있었고, 저녁에 집으로 돌아왔을 때는 샤워 중인 정희를 바로 덮치느라 입을 열지 못했다.

결국 그렇게 말하지 못한 채 시간은 흘러만 갔다. 이렇게 되자 승연은 굳이 사실을 알려야 하나 싶었다. 현재도 충분히 잘 지내고 있으니까.

신혼여행 이후 정희는 더 이상 11년 전의 이별을 거론하지 않았다. 현재만, 바로 미니에 대해서만 말했다. 그건 앞으로 현재와 미래만 생각하자는 의미일 것이다. 그래서 진짜 부부처럼 섹스도 하는 것일 테고, 딸에 대해서도 서로 토론하는 것이고.

"미니 학교가 문제인데."

이날, 승연은 그동안 깜빡한 것을 꺼냈다. 에이전트인 훈이 물어봐서 겨우 생각해 낸 건데, 사실 미리 챙기지 못했다는 게 좀 부끄러웠다.

"내가 정해놨어."

정희는 어깨를 으쓱이며 말해주었다. 인터넷을 샅샅이 뒤지고 교민들의 추천을 받아 뉴욕의 집 근처에 있는 사립학교를 잡아놨으며 화상 카메라로 교장, 교사들과 미리 이야기도 나누었다는 사실을.

"그걸 왜 이제 이야기해?"

"아, 미안."

정희는 순순히 사과했고 곧 차분히 이런저런 자세한 사항을 알려주었다. 아이의 교육에 대해서 아는 건 거의 없으나 승연은 그녀가 꼼꼼하게 모든 것을 살핀다는 걸 알게 되었다. 그는 솔직하게 말했다.

"난 교육에 대해서 아는 게 없어. 하지만 앞으로 알려줬으면 좋겠어. 미니의 아빠잖아."

승연은 부드럽게 말했고, 문득 정희는 깨닫고 말았다.

여전히 솔직하구나. 너는 여전히…….

"누나?"

정희는 눈앞에서 승연이 손을 흔들자 생각에서 깨어났다. 어쩐지 마음이 아팠다. 그녀는 저도 모르게 심장 부분을 누르며 그간 생각해 온 것을 말했다.

"말 나온 김에 말이야, 의견이 다를 경우에, 특히 싸울 때는 절대 미니 앞에서 티를 내지 말아줬으면 좋겠어. 나도 그럴 거야. 침실에서 우리 둘이서만 이야기하자."

"특히 싸울 때?"

"응. 아이에게 부모가 싸우는 모습을 보여주면 안 된다고 생각해. 가정이 행복해야 아이도 엇나가지 않고 잘 자라는 거니까."

승연은 깨달았다. 그녀의 경험담에서 우러나온 거라는 걸.

역시, 선택한 거구나.

정희는 미니를 위해서 선택을 한 것이다. 과거는 돌이키지 않고 현재와 미래를 위해, 아이만을 위해 행동하겠다는.

요컨대, 그를 다시 사랑하기 위해 노력하겠다는 말을 실천하겠다는 거였다. 그 첫걸음 중에 하나가 섹스이고, 노력이 실패하더라도 최소한 그와 잘 지내겠다는 뜻이었다.

바로 아이를 위해.

승연은 확실하게 깨닫게 되었다. 11년 전에는 겉으로는 강해 보이지만 속으로는 부러질 것같이 약했던 소녀가 내적으로도 강한 여인이 된 원인을.

미니, 그들의 딸.

여자는 약하지만 엄마는 강하다는 말은 정희에게 딱 맞는 것 같았다. 이탈리아에 있을 때 언니 부부의 도움을 받았다지만, 부부가 같이 키우는 것도 힘든데 여자 혼자 아이를 기르는 건 보통 일이 아닐 터였다. 그가 상상하는 것보다 백배는 더 고생했을 터. 그러다 보니 성숙해진 걸까?

이유가 무엇이든, 달라진 건 확실했다.

사실, 11년 전에 오래 사귄 건 아니었다. 겨우 백 일을 넘길 정도만 만났을 뿐으로 서로에 대해 잘 아는 건 아니었다. 하지만 온갖 이야기를 했기에 기본적으로 알고 있는 사항은 꽤 많았는데, 확실히 변했다.

작고 가느다란 목소리로 말했던 예전과는 달리 자신감을 가지고 확고하게 말했고, 행동도 뭔가 희미한 느낌을 주었던 이전에 비해 절도가 있었다. 차분하고 절제된 느낌을 풍겨내는 동시에 두 발을 바닥에 단단하게 딛고 서 있었다. 과거엔 그가 옆에 서 있지 않으면 그대로 쓰러질 것 같았는데.

외면적인 것도 상당했다. 예전엔 연약하고 가녀린 체구로 약간 맞지 않은 옷을 입는다는 느낌이 들었는데, 지금은 성인 여자로서 스스로의 힘을 확신하고 있는 옷차림을 했다. 즉, 몸매가 드러나면서도 함부로 접근할 틈을 주지 않는 섹시한 옷을 걸쳤다.

누가 더 매력적인가?

열아홉 살의 박승연은 스물한 살의 임정희를 사랑했다. 그리고 서른 살의 미니 아빠는 서른두 살의 미니 엄마를…… 좋아했다.

11년 전, 승연은 정희를 떠올리는 것만으로도 심장이 터져 죽을 것 같았다. 그리고 현재, 그는 그녀를 생각하면 편안했다. 이런 감정은 사랑이 아니다. 이미 한 번 해보았기에 승연은 잘 알았다. 이런 게 사랑이 아님을.

뭐, 지금 이 감정도 나쁜 건 아니지.

그는 다시 사랑하도록 노력하겠다고 말했고 실제로 그렇게 행동하고 있었다. 돈도 잘 벌어다 주고 대화도 잘하고 있으며 섹스도 끝내주게 해줬다. 이만하면 완벽한 남편이었고 완벽한 노력이었다. 그렇지 않은가?

사랑하진 않는다. 하지만 좋아하고 존중한다. 이것만으로 충분하다.

그러니 정희를 다시 예전처럼 사랑하지 못한다고 해도 그의 잘못은 아니었다. 그건 정희 또한 마찬가지로, 그녀도 지금 상황에 만족하는 듯 보였다. 그리고 그를 사랑하도록 노력해 보겠다는 말을 실천하는 듯싶고. 물론 성공은 못한 것 같지만 말이다.

지금으로도 충분하다.

느렸지만 미니와 갈수록 더 친밀해지고 있었다. 그리고 정희와도 점점 부부로서 대화했다. 아이 교육 문제, 집 이야기, 보험과 연금 등등 남편과 아내가 나누는 이야기를 했다. 물론 섹스도 열심히 했고.

우리는 부부다. 행복한 부부.

그러니 이 잘나가는 게임을 굳이 흔들 필요는 없겠지. 선발투수가 잘하고 있는데 중간계투를 투입할 이유는 없었다. 혹 대기 중인 다음 타자가 선발투수에게 강해서 안타나 홈런을 맞을 가능성이 있다고 해도, 게임 중반도 아닌 초반에 선발투수를 갈아치우면 안 된다는 건 기본 상식이었다.

그냥 말하지 말고 있자.

며칠이 더 지난 뒤 승연은 확실하게 결론을 내렸다.

이 평화를 망칠 필요는 없다.

그렇게 승연은 묻어두기로 결정했다. 그는 정희가 씻고 오자 침대로 쓰러뜨렸다. 정희는 빙긋 웃더니 그의 목을 두 팔로 감았다. 협박하듯 이렇게 말을 이었고.

"오늘은 딱 한 번만 하는 거야."

아쉬웠지만, 승연은 정희의 명령에 복종했다. 대신 길게 했지만.

행복하다.

승연은 그녀를 껴안고 잠이 들면서 확실히 깨달았다. 그는 행복했다. 그렇기에 지금 상태로도 충분했다. 여전히 마음 한 부분은 비어 있는 것 같았지만…….

사람은 적응의 동물이라더니.

시간이 갈수록 정희는 그와의 섹스에 익숙해졌다. 섹스를 2년 정도 안 했더니 초반에는 승연을 받아들이는 게 힘들었지만 확실히 할수록 괜찮아졌다. 보약을 먹어도 체력이 확 좋아지는 게 아닌지라 2주가 지났는데도 아침엔 굉장히 피곤했지만.

가사 도우미가 있었으나 정희는 아침 일찍 일어나 직접 미니의 밥을 차려주곤 했다. 하지만 전날 밤에 섹스를 하면 일어나질 못했다. 그래서 승연에게 좀 줄이자고 했지만, 그는 들은 척도 하지 않고 해결책이 있다면서 식사 도우미를 따로 불렀다. 처음에 미니는 이상하게 봤으나 갈수록 엄마가 늦게 일어나는 걸 당연하게 생각하게 되었고, 어쩌다 전날에 섹스를 안 해서 아침에 일찍 깨어나면 신기하게 여겼다.

"엄마, 나 영어 배워야 돼요?"

어느 날, 정희가 생리 기간이라 섹스를 못해서 이른 아침에 나와서 밥을 차려주자 미니는 엄마의 눈치를 보더니 물었다.

"배우기 싫어?"

되물은 건 맞은편에 앉아 있는 승연이었다.

"네."

"왜?"

"계속 이탈리아어랑 헷갈려요."

승연은 아이에게 얼굴을 찌푸리지 않으려고 노력했다.

"영어는 꼭 해야 해. 당분간 미국에서 계속 살아야 되는데, 못하면 안 되지. 미국 갈 날도 얼마 안 남았잖아."

올해 스프링캠프는 2월 25일에 시작되었다. 그전에 신체검사를 받아야 되는데다가 승연은 항상 일찍 가서 컨디션을 조절하곤 했기에 올해도 열흘 뒤인 14일에 들어가기로 계획을 잡아놓은 상태였다.

"이탈리아어는 그냥 싹 잊고 영어만 공부해. 반드시 그래야 돼. 알겠지?"

정희가 식탁 밑으로 그의 발을 찼지만, 승연은 으르렁거림을 멈추지 않았다.

"나 이탈리아어 잊기 싫은데."

승연이 강압적인 어조로 말해서 그런지 미니는 숟가락을 딱 내려놓으며 인상을 썼다. 승연이 야단을 치려던 찰나 정희가 나섰다.

"미니야, 다 먹었으면 양치해야지?"

미니는 승연에게서 고개를 홱 돌린 다음에 자리를 떴다. 승연은 정희를 노려보았고 정희는 손짓으로 침실을 가리켰다. 그는 의견이 충돌할 경우 둘이서만 이야기하기로 한 약속을 기억해 냈다. 침실로 들어가 문을 닫은 뒤 승연은 팔짱을 끼고 정희를 돌아보았다.

"야단쳐야 되는데 왜 막은 거야?"

"미니가 예의없게 군 건 맞아. 근데, 그전에 왜 그랬어? 먼저 강압적으로 굴었잖아."

승연은 가슴이 뜨끔거렸지만 생각을 말했다.

"앞으로 이탈리아어는 거의 쓸 일이 없잖아? 내 계약 4년이나 더 남았어. 올해 부활한다면 계약 끝난 뒤에 최소 3년은 더 메이저리그에서 던질 수 있을 거야. 7년이나 미국에 더 있어야 되는데, 영어를 꼭 배워야 되는 건 맞잖아."

"그 말도 맞아. 하지만 미니는 그렇게 강하게 말하면 안 듣는 애야. 이제까지 내가 미니한테 목소리 높이는 거 본 적 있어? 안 통하니까 안 그런 거야. 오히려 더 엇나가거든. 미니는 살살 구슬려야 돼. 나한테는 잘 그러더니, 왜 미니한테는 그래?"

그 대신 아빠 노릇을 했던 또라이 같은 이탈리아인 칼리토를 질투해서 그런 거라는 말은 죽어도 할 수 없었다.

승연은 정희의 시선을 피한 뒤 목기침을 했다.

"가서 부드럽게 다시 말할게."

정희는 의구심 어린 표정이었으나 고개를 끄덕였다. 승연은 2층으로 올라가 노크했다.

"들어오세요."

미니는 책상에 앉아 있었다. 표정은 삐친 게 분명해 보였는데, 승연은 옆 의자를 끌어와 딸 옆에 앉았다.

"아까 내가 좀 세게 말했지?"

"네."

미니는 재깍 답했고, 왠지 딸이 얄미워졌지만 승연은 참았다.

"미안하구나."

진짜 남자란, 상대가 누구든 간에 사과할 땐 사과하는 법이었다. 승연은 큰형에게 그렇게 배웠다.

"네가 미국 가서 고생할 게 걱정이 되어서 그렇게 말한 거야. 혹시 미국으로 가는 게 싫니?"

"아뇨. 좋아요. 여기 애들은 아빠 없다고 무지 놀렸거든요. 그래서 싫어요."

승연은 그 막돼먹은 애들을 알아내서 꿀밤을 연타로 먹이고 싶은 심정이었다.

"미국이든 어디든 난 아빠랑 사는 게 정말 좋아요. 엄마랑 둘이 살 때보다 훨씬 더 좋아요."

승연은 자신도 모르게 툭 질문을 던졌다.

"내가 엄마보다 좋아?"

미니는 눈을 깜빡이더니, 곧 반달같이 휘어지는 눈웃음을 지었다.

“네. 세상에서 아빠가 제일 좋아요.”

승연은 입이 귀까지 찢어지는 기분이었다. 미니가 속으로 유치원생한테도 안 할 질문이라고 핀잔을 주는 것도 모른 채 지갑을 꺼냈다.

“용돈 줄까?”

정희는 아이를 사치스럽게 키우면 안 된다는 신념을 가지고 있었다. 그래서 미니는 엄마가 용돈을 약간 모자란 듯 주는 것을 항상 투덜거렸지만, 처음에 과소비를 한 전력이 있는 만큼 승연은 들은 척도 하지 않았었다. 하지만 지금은 더 주고 싶은 마음이 불쑥 치솟았다.

“비상금으로 써.”

하지만 돈을 주는 버릇을 들이면 안 되기에 승연은 딱 만 원만 주었다. 미니는 입술을 잠깐 앞으로 삐죽 내밀었지만 곧 감사하게 받았다.

“근데 아빠, 나 사실 갖고 싶은 게 있는데 그건 돈 안 드는 거예요.”

“뭔데?”

“동생.”

미니는 승연의 귓가에 비밀을 말해주듯 속삭였다.

“동생이 갖고 싶어요. 나 이제 다 컸으니까, 내가 돌봐줄게요. 낳아주기만 해요. 네?”

“음, 생각해 볼게.”

승연이 할 수 있는 말은 그것뿐이었다. 그전까지는 엄마에게 단

호한 거절의 말만 들었던지라 미니는 환하게 웃었다. 승연은 딸을 학원으로 데려다 준 뒤 훈련을 소화하기 위해 피트니스 센터로 갔다.

"잘하고 있어."

이날의 계획을 끝낸 뒤, 트레이너는 평을 내렸다.

"포인트를 기억하면 돼. 이 상태면 개막전이 시작될 때 다 돌아올 거야."

이상하게도 머릿속을 비우지 않고 종종 정희나 미니를 떠올리면서 공을 던지는데 점점 컨트롤이 잡혀가고 있었다. 다른 생각을 할 만큼 여유가 생겨서 그런 걸까?

"흠. 이상하네요."

승연은 옆에서 지켜보고 있는 에이전트 훈과 트레이너에게 사실을 말했다.

"예전처럼 머리를 텅 비운 채로 던지지 않거든요. 잡생각까지는 아니지만 여러 생각을 많이 하는데 오히려 더 잘돼요."

트레이너는 곰곰이 생각하는 듯하더니 어깻짓을 했다.

"컨트롤을 완성시키는 방법은 누구나 다른 거야. 뭐가 됐든 잘되기만 하면 되는 거지. 방법을 찾는 게 중요한 거잖아. 넌 다시 찾은 거야. 항상 똑같이 던질 수는 없는 거니 이번 부상을 계기로 다른 스타일로 변하는 것도 괜찮아. 마음을 열어."

"네."

승연은 고개를 끄덕였고, 트레이너는 다른 것을 꺼냈다.

"알지? 실전 감각이 문제야. 잘못하면 밸런스를 다시 잃어버릴

지도 몰라."

"네. 저도 그렇게 생각해요."

여덟 살 때 초등학교 야구부 코치가 과자를 사준다는 말에 혹해서 야구를 시작한 이래 승연은 한 번도 이렇게 오래 쉬어본 적이 없었다. 무려 1년이나 그냥 날렸지만 장점이 아예 없는 건 아니긴 했다. 10년이 넘게 쉬지 않고 던져서 과부하가 걸렸던 왼쪽 어깨가 오랜 휴식 덕분에 싱싱해져서 공이 더 묵직해지고 끝도 더 지저분해졌다.* 그리고 남는 시간에 공부를 더 할 수 있게 되었다. 다른 타자들의 강점, 약점, 그리고 다른 투수들의 공 배합 등등 승연은 자신이 머리 싸움에서도 더 발전했음을 알았다.

현재, 간혹 흔들리긴 하지만 끊임없이 노력한 덕분에 밸런스는 거의 찾았다. 컨트롤도 이젠 제대로 됐다. 하지만 이건 실전 감각이 돌아오지 않으면 아무 소용 없는 일이었다. 아무리 지금 잘돼도 실전에서 게임을 읽는 눈이 떨어지면 밸런스가 흐트러질 테니. 즉, 다시 컨트롤이 안 돼서 망가진다는 뜻.

"연습 경기 주최해 봐. 일산 베이스 팀 선수들이나 네 중고등학교 동창들한테 참가 부탁하고."

"야구하기엔 아직 춥잖아요."

"제주도 정도면 괜찮지 않나? 비행기 하나 빌려서 무박 1일 정도로 짧게 다녀오는 것 정도는 할 수 있잖아? 다녀와서 술 좀 거하게 사고."

---

* 공이 더 묵직해지고 끝도 더 지저분해졌다:투수가 던지는 공이 가볍고 끝이 깔끔하면 타자가 휘두른 배트에 맞았을 경우 더 정확하게 맞아서 멀리 날아간다. 좋은 투수는 공이 무겁고 끝이 지저분함

승연은 고개를 끄덕였고, 지켜보던 훈은 세부 사항을 알아보기 위해 휴대폰을 들었다.

"제주도로 간다고?"

"실전 감각 좀 익히려고. 이야기 들었지?"

일산 베어스 팀 선수들도 참여하기에 정희도 오늘 출근했다가 보고를 듣긴 했다.

"새벽에 갔다가 자정쯤에 돌아올 거야."

"알았어."

내일 당장 출발하기로 한 게 급작스럽긴 했으나 정희는 고개를 끄덕였다. 인터넷을 슬쩍 본 바에 의하면 승연이 재기할 수 있을지 열띠게 토론하던 팬들이 중요한 요소로 거론하던 게 바로 실전 감각이었다. 더군다나 승연의 인생에서 가장 중요한 건 바로 야구였다. 그래서 11년 전에 그녀를 버렸고.

과거의 일은 흘려버리기로 했는데, 왜 생각나는 거지? 난 아직도 극복 못한 건가?

"이만 자자."

승연은 침대에 누운 뒤 정희를 껴안았다. 다음날 있을 투구 때문에 그는 섹스를 하지 않을 터였다. 왠지 정희는 살짝 짜증이 나버렸다. 그녀는 손을 내려서 의도적으로 그의 다리 사이를 쓰다듬었다.

"헉! 뭐 하는 거야?"

"실수야."

정희는 퉁명스럽게 답하고는 등을 돌렸다. 그러자 그녀의 허리에 둔 그의 손이 슬금슬금 올라오더니 가슴을 잡았다. 정희는 손등을 찰싹 쳤다.

"안 할 거면 가슴은 왜 만져?"

"만지는 것도 안 돼?"

"안 돼."

"삐친 거야? 이건 어쩔 수 없다고. 더군다나 내일 거의 1년 만에 처음으로 실전 투구를 한다니까."

나도 알아. 그래서 더 화가 나. 네가 나보다 야구를 더 사랑했다는 사실이 떠오르니까.

정희는 저도 모르게 퉁명스럽게 말했다.

"누가 뭐래? 빨리 잠이나 자."

등을 돌리고 있었으나 승연이 말없이 투덜거리는 건 느낄 수 있었다. 그는 손을 올리려는 시도를 더 하지 않고 그대로 눈을 감았다.

하여간 여자들이란.

새벽에 나올 때까지 정희의 입매는 굳어 있었다. 전날 밤에 섹스를 하지 않아서인지 그가 일어날 때 같이 깨어났는데 아내답게 짐을 챙겨주긴 했으나 내내 아무 말도 하지 않았었다.

확실히 삐친 거야.

승연은 정희를 도저히 이해할 수가 없었다.

그전에는 너무 많이 한다고 뭐라고 하더니 이젠 안 한다고 삐

쳐? 오늘 투구를 하는 날이라는 걸 뻔히 알면서도 그러다니. 하여
간 여자들은 이상한 나라에 살고 있는 다른 종족이었다.

열아홉 살 때 정희와 처음 사귀었을 때도 사실 그녀의 마음을
알 수가 없었다. 하지만 정희가 주로 그의 말에 수긍하면서 고개
를 끄덕였기에, 딱히 이해할 수 없거나 그러진 않았다. 그러다 메
이저리그에 올라가서 여자들을 좀 만났는데 다들 별나라의 외계
인들 같았다. 알 수 없는 이유로 삐쳤고, 이유를 물어보면 삐친 게
아니라고 우겼다. 그러다가 너무 자기 마음을 몰라준다고 화냈고.

독심술을 하는 것도 아닌데 마음을 모르는 게 당연하지 않은
가? 말도 안 하는데 어떻게 무슨 생각을 하는지 안단 말인가?

여자들이란 확실히 이상했다. 그래서 승연은 그들이 삐치든 말
든 신경 쓰지 않았다. 사실 그들을 깊게 생각할 시간도 정신도 없
었고. 그의 모든 생활은 다 야구에 집중되어 있었고, 다른 건 값어
치가 없다고 생각했으니까. 물론 가족은 예외지만.

하지만 현재, 미니와 정희도 그의 가족이었다. 그러니까, 다른
여자들에게 그런 것처럼 무시하고 헤어질 수 없다는 뜻.

돌아가면 화 풀어줘야겠군. 뜨겁게 섹스해 주면 되겠지? 그것
때문에 삐친 거니까.

승연은 그렇게 결론을 내린 뒤 준비운동을 시작했다. 지금 중요
한 건 정희가 아니었다. 야구, 다시 야구가 그의 세상의 전부가 될
것이다.


"오늘 못 온다고?"

[응. 미안. 오늘 경기…… 완전히 망쳤어. 기사 봤지?]

실제 경기가 아닌데도 기자들은 제주도까지 쫓아왔다. 그리고 그가 볼만 남발하다가 무너지는 것을 신나게 카메라로 찍어댄 뒤 인터넷에 마구 퍼뜨렸다.

[여기 사회인야구단* 이 있거든. 이틀 동안 날 도와주기로 했어. 내일모레 저녁에 올라갈게.]

정희는 실망감을 삼켰다.

"미니 바꿔줄게."

경기를 망쳐서 기분이 바닥일 텐데도 승연은 미니의 수다를 한참 들어준 뒤에야 끊었다.

오늘, 따로 자는구나.

결혼하기 전까지 혼자 잘도 잤지만 이상하게도 이날 정희는 제대로 잠을 이루지 못했다. 그건 다음날도 마찬가지였다. 그리고 그 다음날, 밤늦게야 승연이 집으로 왔다.

"미니는?"

"자."

승연은 고개를 끄덕이고는 2층으로 올라갔다. 몇 분 뒤 내려와 미니는 잘 자고 있다고 짤막하게 말했다. 정희는 그의 얼굴이 왜 어두운지 알고 있었다. 어제와 오늘 모두 그는 여전히 스트라이크 존* 에서 벗어나는 볼만 던졌다.

"피곤하지? 어서 자."

---

* 사회인 야구단:아마추어 야구단. 직장인들도 많이 참여한다
* 스트라이크 존(Strike zone):설정된 존 안에 던진 공. 이 지역 외에 던지는 게 볼(ball)

정희는 그의 등을 두드리며 부드럽게 속삭였다. 승연은 침대에 누운 뒤, 등을 지고 누운 그녀의 허리에 손을 올렸다.

"가슴, 만져도 돼."

정희는 장난기를 섞어 짐짓 은혜를 베풀어주는 듯한 어투로 말했다. 등 뒤에서 킥 하고 웃는 소리가 났다.

"가슴, 만져 주지."

승연 또한 거만하게 답한 뒤 그녀의 가슴에 손을 얹었다. 성적인 느낌은 없었다. 대신 아주 따듯한 무언가가 그의 손을 타고 온몸으로 흘러갔다. 정희는 저도 모르게 만족의 한숨을 내쉬며 속삭였다.

"잘 자."

"응, 누나도."

고마워.

승연은 마음속으로 감사를 표한 뒤, 잠 속으로 빠져들었다. 하지만 꿈속에서조차 그는 스트라이크를 던지지 못했다.


승연에게 버림받은 뒤, 정희는 야구라면 지긋지긋했다. 그리고 승연은 더 했다. 너무 가슴이 아프고 화가 나 야구와 승연에 대한 소식을 의도적으로 외면했지만 한국으로 돌아온 뒤에는 그럴 수가 없었다. 매일매일 방송은 승연에게 1분이라도 할애했고 사소한 소식이라도 스포츠신문 1면에 조그맣게나마 나왔으니까. 인터넷은 말할 것도 없었다.

한국으로 돌아온 뒤부터는 아무리 결재 도장만 찍어주는 구단주라도 야구에 대해서 기본적인 건 알아야 된다고 생각하기에 조금씩 공부했다. 그리고 승연과 결혼한 뒤부터 그의 위치에 대해 자각하기 시작했고.

하지만 정희는 이 정도까지 승연이 엄청난 스포트라이트를 받는 선수인지 몰랐다.

뉴욕 양키스 팀의, 메이저리그 전체의, 전 세계 야구팬들의 시선이 스프링캠프에 모습을 드러낸 승연에게 쏠려 있었다.

승연은 2월 14일에 먼저 출국했는데 자신과 함께 움직이면 정희와 미니가 지나치게 노출될 가능성이 크기 때문이라고 했다. 이틀 뒤에 뉴욕 양키스 팀의 스프링캠프가 차려진 플로리다 주의 템파에 가보니 정희는 승연의 말뜻을 확실하게 알게 되었다.

훈련장을 포위하듯 빙 둘러서 취재 중인 기자들의 모든 시선은 투수 코치와 이야기 중인 승연에게 쏠려 있었다. 서 있는 승연이 딱히 다른 일을 하고 있지 않는데도 셔터를 누르는 소리는 차라라락 끝없이 이어졌고, 크고 무거워 보이는 수십 대의 디지털 카메라는 승연에게만 고정되어 있었다. 텔레비전 카메라도 마찬가지로, 집요하게 느껴질 만큼 승연만 찍어댔다. 벌 떼처럼 모여 있는 팬들 또한 마찬가지였다.

승연을 한 번만이라도 두 눈으로 직접 보기 위해 지구 반대편에서 날아왔다는 사람도 있었고, 직접 볼 수 있는 것만으로도 영광스럽다고 외치는 사람은 물론, 승연을 응원하는 문구가 적힌 피켓을 들고 있는 사람도 여럿 있었다. 그리고 훈련장 앞에 모여 있는 팬들의 휴대폰과 카메라는 대부분 승연을 향해 번쩍거리고 있었으며, 승연의 이름을 계속 외치곤 했다.

"아빠가 진짜 인기 많은가 봐요."

엄마의 손을 잡고 있던 미니는 팬들을 둘러보다가 질린 표정으로 소감을 말했다.

"인터넷으로 찾아봤는데, 아빠가 팬들이 양키스에서 두 번째로 좋아하는 선수래요."

"두 번째?"

"응. 첫 번째는 저 아저씨."

미니는 저 멀리에서 배트를 휘두르고 있는 어떤 선수를 가리켰다. 잭 기데온이라고 했던가? 정신없는 결혼식 때 본 기억이 언뜻 나는 사람으로 금발과 푸른 눈을 가진 아주 잘생긴 남자였다. 약간 공부를 했기에 정희는 잭이 모든 야구인들에게 존경을 받는 선수임을 알았다. 그리고 승연이 가장 믿고 따르는 선배라는 것도.

두 번째인 승연이 저 정도인데, 저 사람은 얼마나 더 카메라에 쫓기는 거지?

"아빠가 더 잘생겼는데 왜 아빠가 두 번째인 거지?"

미니의 혼잣말에 정희는 웃고 말았다.

"작년에 부상으로 쉬어서 그런가? 그래서 밀리나 봐요. 아빠가 올해는 잘해야 할 텐데. 사람들이 아빠더러 먹튀래요."

"먹튀가 뭔데?"

"연봉 공짜로 먹고 튀는 선수 말이에요."

정희는 저도 모르게 잡고 있는 딸의 손에 힘을 주었다.

"그런 나쁜 말은 입에 담지 마. 보지도 말고."

“네.”

미니가 바로 대답했으나 정희는 딸이 그런 여론을 접할 수밖에 없음을 알고 있었다. 요즘 세상에 인터넷을 아예 안 할 수는 없는데, 하다 보면 어쩔 수 없었다. 그건 그녀도 마찬가지였고.

승연과 결혼하기 전에도 어느 정도 짐작했지만 유명인의 가족은 정말 쉽지 않은 자리였다. 현재 의식적으로 인터넷을 거의 하지 않는데, 원래 컴퓨터와 친하지 않기도 했지만 결혼 발표 직후부터 모든 기사에 악플이 붙었기 때문이다. 기자회견에서 승연이 경고했으나 악플러들은 어디에나 있었다.

물론 좋은 말을 하는 사람도 있었다. 그러나 자기들의 스트레스를 해소하기 위해 입에 담을 수 없는 쓰레기 같은 욕설을 해대는 사람도 있었고, 잘 알지도 못하면서 상처가 되는 말을 함부로 내뱉는 사람도 많았다. 더군다나 이름이 알려진 존재는 당연히 씹어도 된다고 생각하는 사람들도 상당수 있으니까.

승연에게 말한 적은 없지만 사실 정희는 미니에게 저질 욕설을 퍼붓는 악플러들을 고소할까 고려했었다. 생각 끝에 결국 인터넷을 멀리하는 것으로 방향을 틀었는데 꽤 힘든 결정이었다. 그리고 결혼 발표 후에 한국에 있을 때 그냥 길거리를 다녀도 그녀를 알아보는 사람도 있었는데, 다른 사람들의 사생활에 지극한 관심을 기울이는 나라라서 그런지 여러 가지로 유명인의 아내 자리는 참 쉽지 않았다.

“엄마, 엄마.”

정희는 미니가 팔을 당기며 부르자 딸을 내려다보았다.

“왜?”

“난 말이에요, 아빠가 세상에서 제일 멋진 남자 같아요.”

정희는 눈을 굴렸다.

“엄마는 그렇게 생각 안 해요?”

“음.”

정희는 플로리다의 뜨거운 햇빛을 피하기 위해 쓰고 있는 선글라스를 살짝 올렸다가 내린 뒤 저 멀리에 있는 승연을 다시 쳐다보았다. 팬들이 인산인해를 이루고 있었기에 자세히 보기 힘들었지만, 메이저리그 유니폼 가운데 멋지기로 손꼽히는 핀스트라이프*를 걸친 그는 상당한 매력을 풍겼다. 물론 가장 섹시한 모습은 홀딱 벗고 있는 것이지만.

일주일 전, 승연이 먼저 미국에 가기 전날 밤을 떠올린 정희는 순간 흥분하고 말았다. 앞으로 며칠간 섹스를 못한다는 사실 때문에 그들은 그야말로 밤을 새우면서 했는데, 정희는 거의 죽을 뻔했다. 너무 좋아서.

“그래. 네 아빠 멋있어.”

특히 알몸일 때.

“헤헤. 그럴 줄 알았어요.”

미니의 얼굴에 영악한 미소가 떠올랐다가 사라졌는데, 정희는 승연을 쳐다보느라 보지 못했다.

“근데 엄마, 훈련은 언제 끝나요?”

---

* 핀스트라이프(Pinstripe):가는 세로줄 무늬를 의미하지만, 메이저리그에서는 뉴욕 양키스 팀의 세로줄 무늬 유니폼을 말한다

"이제 끝날 시간 됐어. 근데 아빠 끝나고 마사지 받으러 가야 될 거야."

"그럼 언제 만나죠?"

미니가 아쉬운 듯 중얼거릴 때 선수들은 정리운동을 끝내고 흩어졌다. 몇몇은 숙소 쪽으로 갔고, 몇몇은 운동장에 남아 코치들과 이런저런 상의를 했다. 그리고 몇몇은 팬들이 모여 있는 곳으로 걸어왔다. 팬들은 환호의 소리를 지르면서 각자 준비해 놓은 야구공이나 배트, 모자 등에 사인을 받기 시작했다.

"나도 받고 싶은데."

평소 야구에 관심이 없지만 다른 사람들이 열심히 사인을 받자 미니도 끼고 싶은 모양이었다. 미니는 머리에 쓰고 있던 양키스 팀의 감색 모자를 손에 쥐고 앞으로 나갔지만 워낙 사람들이 많은지라 밀려나기만 했다.

"나중에 아빠한테 부탁하자."

미니가 양 볼을 부풀린 채 돌아오자 정희는 달래주었다. 하지만 미니는 화가 풀리지 않는지 입을 꼭 다물고 있기만 했다. 그러다가 정희의 손을 뿌리치고 모여 있는 사람들의 옆으로 돌아가더니 자리에서 폴짝폴짝 뛰면서 저 멀리에 있는 승연을 향해 소리쳤다.

"아빠!"

승연은 처음엔 잘못 들은 줄 알았다. 평소 단순히 이야기만 한다고 해도 야구와 관련된 무언가를 할 때는 정신을 완전히 집중하는 편이었다. 하지만 미니의 목소리가 들리는 순간, 집중이 깨지면서 기록표를 보던 고개를 휙 들게 되었다.

〈승연?〉

투수 코치가 의아한 기색으로 불렀지만 승연은 고개를 이리저리 돌리며 주변을 둘러보았다. 곧, 저편에 있는 딸을 발견했다.

〈잠깐만요.〉

승연은 투수 코치에게 양해를 구한 뒤 딸에게 달려갔다. 아빠와 눈을 마주한 미니의 얼굴은 빛이 나는 것처럼 환했다.

"아빠!"

"응."

미니는 승연을 확 껴안은 뒤 속삭였다.

"보고 싶었어요."

나이에 비해 크다지만 미니는 승연에겐 자그마할 뿐이었다. 하지만 딸이 흩뿌리는 따듯한 기운은 순간 그를 압도했다.

목이 메는 것 같아 승연은 침을 꿀꺽 삼켰다. 일주일 전에 미국으로 온 뒤, 매일 통화할 때를 빼고 사실 미니에 대해서 생각하질 않았다. 돌아오지 않는 실전 감각 때문에 머리가 터질 것 같았으니까.

하지만 이 순간, 승연은 자신이 딸을 얼마나 그리워했는지 깨달았다.

"나도 보고 싶었어."

"정말?"

"응."

미니는 다시 환하게 웃으며 승연에게 매달리듯 안겼다. 승연은 빙그레 웃으며 딸의 머리 꼭대기에 애정을 담아 키스했다.

"오늘 언제 끝나?"

정희의 목소리가 들렸다. 승연은 딸의 온기로 가득한 몸에 갑자기 흥분이 들어차는 기분이었다.

"저녁이나 돼야 할 것 같은데."

"식사 같이 할 수 있어?"

"가능해."

정희는 고개를 끄덕였다. 미니를 꼭 끌어안고 있던 승연은 그제야 정희가 좀 움츠러들어 있다는 사실을 알아차렸다. 그녀는 재회했던 날에 봤던 얼굴의 3분의 1을 가리는 커다란 선글라스를 오늘도 쓰고 있었는데, 그래서 잘 볼 수 없었지만 표정도 그리 좋지 않아 보였다.

"왜 그래?"

"카메라가 너무 많아서."

지금 이 순간에도 수십 대의 카메라는 연기가 안 나는 게 신기할 정도로 바쁘게 돌아가고 있었다. 끊임없는 셔터 소리가 귀 아프게 들릴 지경으로 정희는 자신과 미니를 찍는 거라는 것을 알고 있었다. 거기다가 다른 선수들에게 사인을 받던 팬들도 각자의 휴대폰과 카메라로 그들을 담고 있었다.

"이래서 내가 캠프에 오지 말라고 한 건데."

승연은 한숨을 쉬었고, 정희는 고개를 갸웃거렸다.

"그런 말 안 했잖아."

"미니한테 했는데. 미니야, 엄마한테 전하라고 했잖아."

"앗. 깜빡했어요."

미니는 헤헤거리면서 머리를 긁었다. 정희는 딸이 일부러 말하지 않은 건지 가늠했지만 답을 알 수 없었다. 야단치면서 물어도 사실대로 답 안 할 게 뻔했다.

"항상 이런 거야?"

정희는 더욱 움츠러든 자세로 작게 물었다.

"원래 이 정도는 아니야. 올해에 관심이 특히 더 집중돼서 그런 것뿐이야. 시간 좀 지나면 평소처럼 돌아갈 테니 너무 걱정하지 마."

"그렇다면 다행이지만……."

미니가 승연과 정희에게 파고들더니 툴툴거렸다.

"아빠, 나 사인 받아줘요. 사람들이 너무 많아서 못 받았어요."

"그래. 다 받아줄게."

승연은 정희에게 가까이 다가오라고 손짓했다. 정희가 오자 그는 미니더러 잠깐 옆으로 가 있으라고 한 뒤 정희의 허리를 확 감아서 끌어왔다.

"왜 이래?"

싫진 않았지만 정희는 깜짝 놀랐다. 승연은 싱글거리면서 미니가 못 듣게끔 작게 속닥거렸다.

"우리가 얼마나 뜨거운 사이인지 사람들한테 인증해야지."

"카메라가 저렇게 많은데 꼭 해야 돼?"

"소문 잠재워야지."

아이 때문에 어쩔 수 없이 결혼한 거라는 소문이 아직 자자했다. 물론 그건 사실이지만, 미니가 자신 때문에 부모가 사랑하지도 않는데 희생한 거라고 생각하게 될까 봐 정희와 승연은 밖에서 최대한 다정하게 보이기로 말을 나눈 상황이었다.

"키스 좀 찐하게 하자. 사진 한 방이면 될 거야."

"아예 벗고 찍자고 하지 그래?"

"그런 취미 있었어?"

정희가 반론하기 위해 입을 열자, 승연은 미니에게 뒤돌아 있으라고 말하고는 뜨겁게 키스했다.

혀와 혀가 들어갔다 나오는 행위는 일주일 동안 굶었던 행위와 근본적으로 같았다. 그래서 정희는 저도 모르게 그를 꽉 안은 채 열렬히 응하고 말았다.

"으흠. 오늘 밤 기대되는데?"

입술을 뗀 뒤 잠시 숨을 고르던 승연은 이글이글 타오르는 눈이었다. 정희는 부끄럽기도 하고 흥분되기도 했다.

"이따 봐."

승연은 정희와 미니에게 손을 흔들어준 뒤 투수 코치에게 다시 뛰어갔다. 새빨개진 얼굴의 정희는 고개도 들지 못한 채 딸을 잡고 쌩하니 나왔다. 하지만 승연의 말대로 오늘 밤이 기대되었다. 기대감은 몇 시간 못 가서 깨졌지만.


"생리 시작됐다고?"

"응."

미니를 재운 뒤 승연이 눈을 번쩍이며 손을 뻗자 정희는 미안한 어조로 사실을 말했다.

"날짜가 아닌데 갑자기 시작하네."

"쳇."

승연은 입을 삐죽 내밀더니 툴툴거렸다. 꼭 미니가 삐쳤을 때를 보는 것 같아 웃음이 나왔으나 정희는 속으로 꾹 눌렀다.

"갑자기 왜 그런 거야? 원래 정해진 날짜에 딱딱 하는 거 아닌가?"

"아니야."

"보통 며칠이나 하지?"

"5일."

"오래 하네."

문득, 정희는 깨달았다.

"생리를 며칠 동안 하는지 몰랐어?"

"몰랐어."

"왜 몰라?"

"왜 알아야 되는데?"

승연이 멀뚱하게 되묻자 정희는 잠시 혼란스러웠다. 아무리 야구에만 집중한다고 해도 이 정도로 모르는 건…….

"여자 별로 안 사귀었구나?"

정희의 입에서 톡 튀어나온 말에 승연은 움찔거렸다. 그는 빠르게 부정했다.

"아니야."

"그런데 왜 기본적인 것도 몰라?"

"별로 신경 안 썼으니까. 중요한 건 피임이잖아."

"그렇긴 하지만……."

정희는 말을 흐렸다. 그녀는 이쯤에서 화제를 돌려야 한다는 건 알았지만 궁금증이 목 끝까지 치밀어 오르자 묻고 말았다.

"몇 명이나 사귀었어?"

"그러는 누나는?"

승연은 어느새 얼굴이 벌게져 있었다. 그리고 주먹을 꾹 쥐고 있었다.

"나 이후에 얼마나 놀아났어?"

정희는 화를 삼키려고 노력했다. 예전 같았다면 본능에 따라 바로 손이 나갔겠지만, 이젠 그러지 않을 수 있었다.

"놀아났다니? 네가 그런 질문을 할 자격이 돼?"

"당연히 되지!"

승연은 버럭 소리를 질렀고, 정희는 기가 막혔다.

"된다고? 날 버린 건 너야! 그런데 된다고?"

"헤어지자고 할 수밖에 없었던 건—"

승연은 격분을 토해내듯 말하다가 이를 딱 다물었다.

말해야 한다. 하지만…….

승연의 머릿속으로 문득 이런 생각이 찾아왔다.

말하면 달라질까?

승연은 알고 있었다. 타의에 의해서긴 하지만, 어쨌든 그가 그녀를 외면했음을.

버렸다. 정희를 버렸다. 극명한 진실.

11년 전, 함께 도망칠 시도조차 하지 않았다. 가족들이 험한 일을 당할지도 모른다는 사실 때문이기도 했으나 그래 봤자 붙들릴 거라는 걸 알았기 때문이다. 그때 그는 어렸고, 가진 것도 없었으니까. 그에 반해 정희의 아버지는 나이가 많은 성인이었고, 아주 많은 것을 가지고 있었다.

박승연, 넌 그때 너무 허약했어. 그런데 이제 와서 그 사실을 다시 말하겠다는 거야? 사랑하는 여자 하나 지키지 못할 만큼 약한 남자였다는 사실을 말할 거야? 그리고 타의라고 해도 어쨌든 넌 누나를 버렸잖아?

"그다음은 뭔데?"

정희는 승연이 대화 도중에 흐릿한 눈동자로 바닥을 쳐다보고 있자, 짜증이 난 나머지 따지고 말았다.

"헤어지자고 할 수밖에 없었던 건, 그다음은 뭐야?"

"……아니야."

승연은 손으로 입을 막았다가 내린 뒤 고개를 흔들었다.

"아무것도 아니야."

정희는 재차 물어보았으나 답을 얻지 못했다. 그녀는 그를 노려보았고, 이날 그들은 처음으로 등을 돌리고 잤다. 그리고 다음날, 정희는 캠프로 나가는 승연의 등을 매섭게 노려보았다.

뭔가 느낌이 안 좋았다.

답답한 기분이 가슴을 꽉 메우자 정희는 문제집을 들고 넓은 거실로 나갔다. 그래도 공부에 집중을 할 수 없었고, 머릿속에는 어젯밤의 대화가 떠올랐다.

11년 전에 헤어지자고 할 수밖에 없었다는 건…… 대체 무슨 말이지? 이별을 통고한 이유가 따로 있다는 건가?

순간, 그녀를 후려치듯 떠오른 충격적인 사실이 있었다.

설마…… 다른 여자가 있었던 건가?

정희는 즉시 고개를 흔들었다. 승연은 바로 그 며칠 전에 반지를 선물했다. 굶주리면서도 기름값을 줄이고자 그 먼 거리를 걸어다니면서도 그녀를 위해 돈을 모았다. 그런 남자가 양다리를 걸칠리 없었다. 그런 이유는 아닐 터.

하지만…… 승연은 마치 다른 이유 때문에 이별 통보를 한 것처럼 말을 했다.

혹시 다른 여자가…….

정희는 벌떡 일어났고, 한참 동안 창백해진 얼굴로 룸 안을 서성였다. 한참 뒤, 머무르고 있는 호텔의 현관 벨소리가 울렸다. 승연의 에이전트인 훈이었다.

"어서 오세요."

훈은 미니가 입을 유니폼과 모자 등의 물품을 손에 들고 있었다. 특별히 유니폼 뒤에 '에이스의 딸'이라는 글씨를 박은 것으로, 모자에는 양키스 팀의 주전 선수들의 사인이 빼곡하게 들어있었다.

"감사해요."

정희는 예의 바르게 직접 만든 오렌지주스를 권했다. 훈은 인사한 뒤 마셨는데, 어색한 침묵이 둘 사이로 내려앉았다. 정희는 입을 열어 질문을 했다.

"승연, 아니, 미니 아빠와 언제부터 같이 일하셨나요?"

"트리플에이로 승급됐을 때부터예요. 어디 보자, 10년이나 됐네요."

훈은 씩 웃었다. 사람 좋아 보이는 미소였다.

"그때 난 변호사 시험을 갓 본 뒤였거든요. 승연이는 트리플에이로 승급돼서 구장 바로 옆에 있는 저희 집 지하에 묵기로 했고요."

지하방이라……. 역시 그때도 고생했구나.

정희는 마음이 아렸다.

"제가 야구를 워낙 좋아하기도 하고 젊은 애가 고생하는 게 안쓰러워서 좀 잘해줬어요. 밥도 해주고 빨래도 해주고. 그러면서 정이 들었는데, 이전 에이전트가 건강상 다른 직업으로 바꿨어요. 갑자기 소속이 없어진 건데 나한테 해달라고 하더라고요. 처음에는 서로 좀 힘들었지만 잘 챙겨주다 보니 더 친해졌죠."

과거를 떠올리고 있는지 훈은 아련한 표정이었다. 그러던 그의 눈빛이 갑자기 미묘하게 변했다.

"나만큼 승연이를 잘 아는 사람이 없어요. 그래서……."

훈은 망설이는 기색이 역력했다. 그는 한참 동안 입을 달싹거렸으나 그대로 닫았다. 정희는 뭔가 모를 것이 등골을 파고드는 기분이었다.

"뭐…… 죠?"

훈은 대답하지 않았다.

"뭘 알고 계신 거죠?"

"이만 일어날게요."

정희는 그대로 두고 보지 않았다. 훈의 옆으로 걸어가 따지듯 물었다.

"뭘 알고 계신 거예요?"

그녀는 아랫입술을 축였다.

"혹시…… 저와 승연이가 사귀었을 때의 일도 혹시 알고 계신가요?"

훈은 답하지 않았으나, 그의 눈빛이 말하는 건 분명했다. 정희는 두 손을 꾹 쥐고 물었다. 떨리는 목소리로.

"그때 승연이에게 다른 여자가 있었나요?"

훈은 웃는 것으로 반응했다. 바로 비웃음이었다. 또한 그는 화난 기색이었다.

"어이가 없네요. 어떻게 그따위로 생각할 수 있는 겁니까?"

훈의 대답은 비아냥거림이 분명했으나 정희에게 안도감을 주었다.

"그럼, 뭐죠?"

훈은 대답하지 않으려는 듯 입을 꾹 다물었다. 하지만 정희가 앞을 가로막고 재차 답을 요구하자 결국 입을 열었다.

"난 승연이의 더블에이 때 생활은 몰랐어요. 하지만 나중에 그 녀석이 투구를 기록해 놓은 공책을 정리하다가 몇 가지 메모를 발견했어요. 일기 식으로 띄엄띄엄 쓴 말이었어요."

훈은 한껏 찌푸려진 미간을 문질렀다.

"헤어지라고 협박한 누나의 아버지를 증오한다고 쓰여 있더군요. 누나에게 어떻게 사실을 말하지 않고 이별 통보를 할지 고민하는 내용이었죠."

정희는 숨이 멎는 것 같았다.

"그 누나가 누구인지 당시엔 몰랐어요. 더블에이에 있을 당시에 사귄 여자가 있었다는 건 나중에 팬들에게 들었지만, 승연이가 자기 입으로 한 번도 언급한 적이 없거든요. 하지만 미니의 존재를 알게 된 뒤에…… 날짜와 여러 가지를 생각해 보니 그게 임정희 씨라는 걸 알겠더라고요."

"아버지…… 라고요? 내 아버지가…….”

정희는 손바닥으로 입을 틀어막았다. 그녀가 바닥에 털썩 주저앉자 훈은 화들짝 놀라고 말았다. 그는 정희를 붙잡아 일으켜 주었고, 그녀가 얼마나 몸을 떨고 있는지 알게 되었다.

"미안해요."

훈은 곧바로 깊은 한숨을 내쉬었다.

"내가 경솔했네요."

"아니에요. 이제라도…… 알아서 다행이에요. 고마워요."

정희는 자신이 무슨 말을 하는지 알지 못하면서 말했다. 그녀는 훈을 보냈고, 멍하니 기다렸다. 승연이 집으로 오기를.

화해를 해야 할 텐데.

훈련을 마친 뒤 운전기사가 운전해 주는 차를 타고 가족들이 머물고 있는 스프링캠프장 근처의 호텔로 갈 때 승연은 고민하고 있었다.

그가 잘못한 건 사실이었다. 과거에 대해 묻는 건 최악의 남자나 하는 짓이니까. 더군다나 조심스럽게 물은 것도 아니고 비꼬았으니.

그의 잘못. 하지만 마음 한 부분은 여전히 뒤틀려 있었다.

어째서일까? 설마 이 불쾌한 감정이…… 질투심인 건 아니겠지?

승연이 얼굴을 일그러뜨릴 때 전화가 걸려왔다. 훈이었다.

[미안하다.]

훈의 목소리는 평소와 다르게 어두웠다. 승연은 정신이 번쩍 드는 기분이었다.

"무슨 일 있어?"

[방금 미니의 유니폼과 모자를 네 와이프에게 가져다줬는데…… 말을 해버렸어. 네가 왜 이별하자고 했는지. 예전에 네 기록 정리하다가 네가 남겨놓은 글을 보고 왜 헤어졌는지 알고 있었거든.]

등골을 타고 어떤 감정이 죽 내려갔다. 그러나 예상과는 달리 분노가 아니었다. 시원함이었다.

난…… 누나가 사실을 알길 바랐던 걸까? 내 잘못이 아니라는 걸?

아니, 궁극적으로 내 탓이었다. 내가 약하고 힘이 없었기 때문. 하지만…….

[정말 미안해.]

"아니야. 괜찮아. 정말이야."

승연은 어쩔 줄 몰라 하는 훈에게 거듭 괜찮다고 말해주었다. 훈은 몇 번 더 사과한 뒤에야 전화기를 내려놓았고, 승연은 멍하니 휴대폰을 손에 쥐고 있었다. 호텔에 도착한 뒤 그는 룸 앞에서 잠시 서 있었다.

들어가서 무슨 말을 해야 하지?

승연은 셀 수 없는 시간 동안 뿌리가 박힌 나무처럼 서 있었다. 그가 움직인 건 룸의 문이 갑자기 열렸기 때문이다. 정희였다.

정희의 얼굴은 파리하게 질려 있었다. 그녀는 승연을 발견하고 깜짝 놀랐는데, 승연 또한 마찬가지였다. 그들은 서로를 바라보다가 입을 열었으나 아무 말도 하지 못 했다.

대체 우리가 뭘 하는 거지?

계속 서로를 멀뚱하게 쳐다본 채 붕어처럼 입을 뻐끔거리게 되자 승연은 헛웃음이 나왔다. 그는 깊은 한숨을 내쉰 뒤 고갯짓을 했다.

"들어가자."

"그, 그래."

정희가 먼저 들어갔고 승연이 따라갔다. 최고급 스위트룸은 거실이 아주 널찍했는데 정희는 소파로 갔다. 불편하게 앉았으나 자세를 바꿀 엄두도 나지 않았다.

"물어볼 게 있어."

그녀는 바닥을 내려다본 채로 떨리는 숨을 내쉬다가 고개를 들었다. 승연은 어느새 다가와 있었다. 그는 천천히 그녀의 옆에 앉았지만, 가까운 거리는 아니었다.

"뭘 물어볼지 알아. 훈이 형이 전화했어. 무슨 말을 했는지⋯⋯ 알려줬고."

"정말이야?"

정희는 따지듯 묻고 말았다. 저도 모르게 그의 멱살을 잡고 말았다.

"그 말이, 정말인 거야?"

정희의 눈동자는 뒤흔들리고 있었고, 승연은 그녀가 얼마나 혼란스러워하는지 깨달았다. 그리고 이야기를 할 때라는 것도.

훈이 사실을 말했기 때문이 아니었다. 그저 때가 된 것이었다. 사실 승연은 지금 이 상태로도 괜찮다고 생각했었다. 행복하다고 느꼈고. 그래서 과거가 다시 언급되지 않을 줄 알았지만, 아니었다.

어젯밤에 다툰 것처럼, 말하지 않을 경우 앞으로도 계속 튀어나올 것이다. 진심이었던 만큼 상처가 너무도 컸으니까. 아무리 11년이나 지났다고 해도, 설혹 평생이 지난다 해도 잊을 수 없는 상처가 있다. 이 순간 승연은 그 일이 그들에게 그렇다는 것을 깨달았다.

"그래. 야구 때문이 아니야."

목에서 불기둥이 올라오는 것 같았다. 하지만 승연은 말하는 데 성공했다.

"야구 때문에 누나에게 헤어지자고 한 게 아니야."

정희는 기다렸다.

"그날 말이야. 노던 디비전 1차전을 앞두고 있을 때, 그날 누나가 내 집에서 섹스…… 하고 갔잖아."

승연은 섹스라는 단어를 발음하기가 무척 힘들었다. 당시엔 사랑을 나누었으니까. 결혼 뒤 그들이 하고 있는 섹스가 아니었다.

"누나가 가고 나서 사람들이 찾아왔어."

"사람들?"

"누나 아버지가 보낸 사람들."

정희는 머릿속이 하얗게 탈색되는 기분이었다.

"헤어지라고 하더라. 그러지 않으면…… 내 가족들을 가만두지 않겠대."

이 순간, 승연의 목소리는 담담했다. 처음으로 내뱉는 11년 전의 진실은 어렵지 않게 입 밖으로 나왔다.

힘들 줄 알았는데. 말하는 건 참 쉽구나.

"누나의 아버지가 일산그룹의 회장이라는 걸 안 순간…… 포기하게 됐어. 내 가족들을 버릴 순 없었으니까. 누나를 더 우선하지 못한 건…… 지금도 미안하게 생각해. 하지만 어쩔 수 없었어. 변명 같지만, 사실이야."

"난…… 정말 야구 때문이라고 생각했어. 그래서 야구를 지긋지긋하게 생각하면서 기다렸어. 메이저리그에 올라가면, 네가 성공하면 나한테 돌아올 거라고. 그래서 휴대폰 번호를 바꾸지 않았어."

정희가 찢어질 듯한 목소리로 하는 말은 사실이었다. 승연은 정희가 이탈리아에서 한참 살다가 왔는데도 번호를 그대로 쓰고 있다는 것을 알고 놀랐었다.

"난 그 뒤에도 한참 동안 누나를 사랑했어. 그럼에도 내가 나름 성공해서 가족들을 보호할 수 있는 힘을 가지게 됐을 때도 연락하지 않은 건……."

승연은 떠오를 때마다 스스로에 대한 자괴감으로 애써 지워 버린 사실을 이야기했다.

"내가 얼마나 보잘것없었는지 절감했거든."

"무슨…… 말을 하는 거야?"

"난 너무 가난했어. 너무 약했어. 사랑했던 여자마저 못 지켰지."

"그건 어쩔 수 없는 일이잖아."

이제 정희의 목소리는 고요했다. 그녀 스스로도 놀라울 정도로 지나치게 조용했다. 하지만 마음속은 그렇지 않았다. 비명. 귀가 찢어질 듯한 비명이 그녀를 후려치고 또 후려치고 있었다.

"나도 알아. 잘 알아. 하지만, 그래서 누나를 찾아가지 못했어. 나 자신이 그렇게나 작아질 수 있다는 걸 몰랐거든. 그렇게 헤어진 뒤에야 알게 됐지."

그래서 더 열심히 했다. 모든 것을 야구에 집중한 채 철저한 자기 관리를 바탕으로 끝없이 피나는 노력을 기울여 성공하고자 몸부림쳤다.

사실, 승연은 자신이 메이저리그 최고의 투수로 성장한 원동력이 정희와의 이별 때문이라는 것을 알고 있었다. 사랑했던 여자의 아버지에게 철저하게 짓밟힌 비참함을 잊기 위해 모든 것을 남김없이 야구에 쏟아부었으니까. 그렇게 박승연은 세계 최고 야구팀의 에이스가 되었다.

"재회했을 때 그래서 좀 놀랐어. 의식적으로 노력해서 잊고 살았을 정도로 그때 일은 생각하기도 싫었거든. 이렇게 편하게 대할 수 있을 줄 몰랐어. 더 이상 나 자신이 비참하게 느껴지지도 않았고……."

"미안해."

목 끝까지 눈물이 차올랐지만 정희는 꾹꾹 남겨놓았다. 지금은 흐느낄 때가 아니었다. 피해자 앞에서, 눈물을 보일 순 없었다.

"미안해. 미안해."

정희는 두 손을 뻗어 승연의 목에 둘렀다. 그의 몸은 얼음처럼 차가웠다.

"미안해."

"누나가 미안해할 일이 아니야."

초기엔 정희가 미웠다. 그런 아버지를 둬서 그를 여자 하나 지켜주지 못하는 비참한 남자로 전락시켰으니까.

하지만 정희의 잘못이 아니었다. 나이가 들면서, 성숙해지면서 승연은 깨달았다. 정희 또한 그런 아버지에게 희생당한 피해자일 뿐이라는 것을. 그렇다고 그녀에게 다시 돌아갈 순 없었지만.

사랑이 식었다. 크게 성공하기 위해, 정희의 아버지도 무시할 수 없을 만큼 돈 많고 힘있는 존재가 되기 위해 야구에만 미칠 듯이 빠져들면서 자연스럽게 잊게 되었다. 성공에 한 걸음씩 가까이 갈수록 구름처럼 늘어나는 여자들 때문도 있었다. 누구도 정희를 사랑한 것만큼 깊게 마음속에 품을 순 없었지만.

"그리고 그건 이제 지나간 일이야. 그래서 말하지 않으려고 했어. 지금 우리가 잘살고 있는데 굳이 이야기할 이유가 없으니까. 하지만 생각만큼 우리가 행복한 건 아닌가 봐. 아니, 누나에게 큰 상처로 남아 있나 봐."

"그만큼…… 널 사랑했으니까. 하지만…… 내가 이런 말을 할 자격이 있나 모르겠어."

결국 정희는 눈물을 떨어뜨리고 말았다.

“아버지가 그런 짓을 저지르다니……”

뺨을 타고 또르르 흘러내리는 눈물은 지극히 투명했다. 승연은 저도 모르게 몸을 기울여 정희의 턱에 맺혀 있는 눈물에 입술을 댔다. 짭짜름했다.

“잊자.”

승연은 정희를 끌어안았다. 언제나 그렇듯이 품 안에 쏙 들어왔다.

“난 그만 잊었어. 그러니까 누나도 잊어. 계속 노력해 주고.”

“노력……?”

“응. 나, 다시 사랑하는 거. 나도 노력하고 있어.”

그는 정희의 등을 부드럽게 매만졌다. 하지만 그의 손짓에는 머뭇거림이 걸려 있었다.

“안 될지도 몰라. 왜 헤어졌는지 알게 됐다고 해도 이미 시간이 너무 지났어. 우린 11년 전의 사람들이 아니야.”

더 이상 성공과 애정에 목말라 하는 열아홉과 스물한 살이 아니었다. 이제 그들은 서른과 서른두 살이었다. 야구에서 성공을 이루었고, 딸에게 애정을 흠뻑 받은 성인.

“그래도, 잘해보자. 더 잘해보자.”

“그럴 수 있어?”

정희는 고개를 들어 승연을 올려다보았다.

“그럴 수 있니?”

“응. 난 그럴 수 있어. 오래전에 극복했어.”

내뱉은 순간 승연은 깨달았다. 그는 말 그대로 극복했다. 정희를 편하게 대할 수 있는 게 바로 그 증거. 그렇지 않은가?

"누나도 그래 줘."

"난……."

정희의 눈에서 다시 눈물이 흘러내렸다. 승연은 고개를 숙여 입을 맞추었다. 천천히, 아주 부드럽게.

"약속해 줘. 응?"

"……그래."

정희는 약속했다.

"네가 원하는 거라면, 그렇게 할게."

승연은 엷게 웃으며 정희를 다시 꼭 끌어안았다. 정희 또한 그를 두 팔로 안았다. 둘은 한참 동안 그렇게 서로를 껴안고 있었다.


미니는 고개를 갸웃거렸다.

이상한데.

미니는 얼굴을 휙 돌려 오른쪽을 보았다. 아빠가 뭔가 좀 후련한 얼굴로 젓가락을 사용하고 있었다. 미니는 이번엔 왼쪽을 보았다. 엄마는 뭔가 좀 슬픈 표정으로 숟가락을 쓰고 있었다.

"혹시 싸웠어요?"

미니가 한마디 하자, 승연과 정희는 화들짝 놀라더니 고개를 옆으로 도리도리 돌렸다.

"그럼 왜 그래요?"

"아무것도 아냐."

"맞아. 엄마 말처럼 아무것도 아니야. 안 싸웠어."

아닌 거 같은데.

미니는 속마음을 내뱉지 않았다. 대신, 식사 뒤에 아빠가 나갈 때 현관으로 쪼르르 따라 나갔다.

"아빠, 아빠."

미니는 비밀 이야기를 하는 것처럼 고개를 쭉 빼서 주변을 두리번거리며 살피고는 아빠에게 가까이 오라는 시늉을 했다. 승연은 순순히 몸을 숙여 미니의 입 근처에 귀를 댔다.

"엊그저께요, 엄마가 훈련하는 아빠를 보면서 뭐라고 했는지 알려줄게요."

"응?"

"세상에서 가장 멋있는 남자래요."

승연은 눈만 껌뻑이다가 물었다.

"진짜?"

"네. 진짜예요. 나 거짓말 안 해요."

미니는 자신이 진실을 말하고 있다고 생각했다. 자신이 먼저 엄마한테 아빠가 제일 멋지지 않냐고 물어본 거긴 하지만, 어쨌든 엄마가 그렇다고 대답했으니까.

"으흠. 그렇구나."

승연은 중얼중얼하다가 딸의 머리를 슥 쓰다듬어 주고는 캠프로 갔다.

착하고 말 잘 듣는 미니가 거짓말을 할 리 없었다. 그렇다면 사실일 터.

아직도 나한테 매력을 느끼나?

그게 아니라면 섹스를 할 리 없긴 했다. 물론 딸을 위해 정상적인 결혼을 하기로 마음먹었으니 섹스는 당연한 거지만.

그런데…… 마음은?

오해가 걷혔으니 이전처럼 정희는 벽을 세우지 않을 것이다. 하지만 감정이란 건 쉽게 흘러가는 게 아니었다. 던지는 투수조차 어디에 꽂힐지 알 수 없는 너클볼* 같은 것이었다.

날 다시 사랑할 수 있을까?

승연은 자신이 감정적인 부분에서 섬세하지 못하다는 것을 알고 있었다. 미니의 존재를 알기 전에 야구가 인생의 99%를 차지했고, 정희 이후로 사귀었던 몇몇 여자들에게 마음을 못 알아준다는 이유로 계속 차였으니까. 섬세하지 못한 게 아니라 아주 둔감하다는 게 맞는 표현일 터. 그런 만큼 정희의 마음이 어디로 향할지 더 알지 못했다. 물론 서로 다른 사람이 된 만큼 다시 사랑하는 게 힘들다는 건 알았지만.

뭐, 사랑받지 못해도 괜찮지 않을까?

과거의 위험 요소를 제거했으니 앞으로 큰 문제는 없을 것 같았다. 오늘 아침엔 다소 어색했지만 어쨌든 고비를 넘은 건 사실. 앞으로 더 행복해질 것이다. 바로 그거면 충분하지 않은가?

승연은 그렇게 생각했다. 자신도 모르게 비어 있는 가슴의 어떤 부분을 꾹 눌렀지만, 어쨌든 더 이상 생각하지 않았다. 그가 보기에 이제 문제는 해결됐다. 그리고 더 중요한 건 따로 있었다.

---

* 너클볼(Knuckleball):공이 날아갈 때 회전을 최소화한 구질. 공에 회전이 없기 때문에 아주 느리고, 어디로 날아갈지 예측하는 것도 매우 어렵다

실전 감각 회복.

승연은 눈을 빛내며 캠프 안으로 들어갔다. 그리고 훈련을 소화하며 노력하고 노력했다. 돌아오지 않는 감각을 되찾기 위해.


정희는 화면을 멍하니 바라보고 있었다. 모니터 안에서 선생님이 뭔가를 말하면서 열심히 칠판에 포인트를 적고 있었지만 하나도 보이지 않았고 들리지도 않았다.

그런 이유 때문이었다니.

생각해 보면, 아버지는 그런 위협을 하고도 남을 사람이었다. 애초에 그녀가 이탈리아로 도망친 것도 바로 아버지 때문이니까.

임신했다는 사실을 알게 된 건 승연과 헤어진 지 3개월이나 흐른 뒤였다. 버림받았다는 슬픔과 충격이 너무 커서 계속 허우적거리기만 했다. 그러다 쓰러졌는데, 병원에서 임신했다는 사실을 알려주며 건강에 유의하라고 경고했다.

극도로 무서웠다. 승연은 떠나갔고 그녀는 겨우 스물한 살이었다. 돈이야 있었지만 아버지가 말 한마디만 하면 당장 빈털터리가 될 게 뻔한, 그녀의 것이 아니었다. 더군다나 임신했다는 걸 알면 아버지가 어떤 주문을 할지 뻔했으니까.

아이를 없애라고 할 것이다. 승연의 분신을, 지워 버릴 것이다. 그녀가 거부하면 강제로라도.

정희는 당시를 생각하면 아직도 온몸에 소름이 끼쳤다. 아버지에게 붙잡혔다면 미니를 낳지도 못하고 잃었을 테니까. 그때, 이복 언니와 연락이 된 건 천운이었다.

이탈리아로 유학 가서 힘들게 살아가던 수정 언니는 아버지의
지시로 납치되어 강제로 결혼을 할 뻔했다. 다행스럽게도 아버지
의 손아귀에서 빠져나와 칼리토 비스콘티와 결혼했는데, 이 일로
아버지는 병원에 입원하게 되었다. 그때 수정은 이복 동생인 정희
에게 연락을 해왔고, 정희는 언니에게 도움을 요청하며 매달렸다.
헤어진 남자친구의 아이를 임신했고, 낳고 싶은데 큰일을 당할지
도 모르겠다고. 아버지가 어떤 사람인지 잘 알고 있는 언니와 형
부는 곧바로 미국으로 날아왔다. 그리고 정희를 이탈리아로 데려
가 좋은 환경 속에서 아이를 기를 수 있도록 완벽하게 도와주었
다.

딸이 미혼모가 됐다는 사실을 아버지가 알게 된 건 몇 년이나
지난 뒤였다. 정희는 아버지가 승연의 존재를 추적해서 해코지를
할까 두려워 형부의 도움 아래 미니의 생년월일을 바꿨다. 아버지
가 돌아가신 뒤에는 다시 날짜를 되돌렸고.

그래서 정희는 언니와 형부에게 마음 깊숙이 감사하고 있었다.
평생 갚을 수 없는 은혜를 입었으니까. 미니를 너무 사치스럽게
키운 건 살짝 꺼려져서 한국으로 돌아갈 생각을 하는 계기 중에
하나가 됐지만. 물론 가장 큰 계기는 바로 아버지였다.

어렸을 때, 정희는 마냥 아버지가 증오스러웠다. 사실 딸에게
그런 취급을 당할 만한 짓을 저지르긴 했다. 어머니를 내쫓고 여
자들을 숱하게 집 안으로 끌어들였으며 돈에 너무 집착했다. 소름
끼칠 만큼 잔혹한 사람으로서 아들과 딸을 도구로만 여기고 감정
적으로 학대했고, 어머니가 약을 과용하다 돌아가셨을 때 장례식

에도 오지 않았다.

정희는 바로 그 사실을 용서할 수가 없었다. 그래서 반항이란 반항은 다 하다가 고등학교에서 몇 차례 쫓겨났고, 결국 미국으로 끌려갔다. 그 뒤에도 얌전하게 지내지 않았다. 기부금으로 들어간 학교에서 엄청 놀면서 온갖 남자들과 어울리며 스스로를 학대했다.

그리고 미니를 낳은 뒤에야 정희는 깨닫게 되었다. 자신이 어머니와 같은 짓을 했음을. 어머니는 아버지를 붙잡지 못한 스스로를 학대해서 약을 먹었다. 중독되었고, 결국 나락으로 떨어져 버렸다. 의도는 아니었으나 자식들을 버리게 된 것이다.

그녀는 그러지 않을 것이다.

인큐베이터 안에서 겨우 숨만 내쉬는 미니를 보면서 정희는 맹세했다. 어머니처럼 살지 않겠다고. 딸을 세상에 놔둔 채 혼자 가 버리지 않겠다고. 그리고 그렇게 했다.

정희가 아버지를 약간이나마 이해하기 시작한 게 바로 그때였다. 미니가 회복된 뒤 언니와 형부의 도움 아래 정신없이 육아에 전념했다. 그때부터 돈의 힘을 알게 되어 왜 아버지가 돈에 집착하는지 약간이나마 깨달았으며 무엇보다 어머니가 돌아가신 원인이 아버지 때문만이 아니라는 것도 알게 되었다.

물론 아버지는 온갖 짓을 저질렀고 아버지 자체가 어머니를 죽음으로 내몬 원인인 건 맞았다. 하지만 누구도 어머니에게 스스로를 학대하라고 강요하지 않았고, 약에 취해 자식들을 버리라고 하지 않았다. 의도는 아니겠지만 그 길을 선택한 건 어머니 자신.

그 사실을 깨닫고, 정희는 아주 조금이지만 아버지에게 마음을 열게 됐다. 마침 건강에 문제가 있어서 그런지 아버지는 많이 달라졌고, 미니를 보고 싶어했다. 계속 거절하다가 외할아버지를 만나고 싶다는 딸의 요청에 정희는 미니가 보고 싶으면 직접 오라고 요구했다. 예전 같았으면 사람을 부려 납치를 했겠지만 아버지는 바로 이탈리아로 와서 아주 늙은 얼굴로 눈물을 흘리며 미니를 껴안았다. 그래서 정희는 돌아가기로 결정했다. 마음 한 부분에서는 아버지를 용서하면서.

하지만 이건 용서해 드릴 수가 없네요, 아버지.

정희는 창문을 멍하니 쳐다보았다. 눈이 아플 만큼 강한 햇빛이 내려쬐이는 플로리다의 저 하늘 건너편에 아버지가 잠들어 계실 것이다. 승연을 협박해서 강제적으로 이별의 말을 내뱉게 만든 악독한 아버지.

얼마나 힘들었을까?

열아홉 살의 승연은 소년이었고, 세상에서 가장 순수했었다. 야구와 가족밖에 모르는 그 아이가 협박을 듣고 얼마나 괴로워했을지 정희는 상상도 할 수 없었다. 더군다나 그녀를 진심으로 사랑했으니까. 결혼까지 생각하고 있었을 터.

사귄 기간은 얼마 되지 않았고 당시 둘 다 어렸었다. 하지만 정희는 그가 그녀와 결혼을 꿈꾸었음을 알고 있었다.

결국 결혼하긴 했구나.

미니의 존재 때문에 그들은 현재 부부이다. 남편과 아내. 섹스하고, 서로 존중하고, 즐겁게 지내고 있지만 서로 사랑은 하지 않는 그런 부부.

물론 이대로도 나쁠 건 없었다. 평생 이렇게 살아가도 좋을 것이다. 섹스만이 아니라 실생활에서도 둘은 잘 맞았으니까. 남자와 같이 사는 건 처음인데, 거슬리는 게 전혀 없었다. 그리고 함께 살아가는 게 아주 자연스러웠다. 신기할 정도로.

승연의 직업이 좀 독특하기 때문에 자잘하게 신경 쓸 게 많긴 했다. 하지만 그건 그가 다 알아서 하고 있었다. 그리고 굳이 필요가 없는데도 생활비를 넘치도록 줬고, 섹스 때문에 아침에 일어나지 못하자 도우미도 고용해서 집안일에 시간을 들이지 않게 했으며, 미니에게 신경도 잘 써줬다. 이쯤 되면 완벽한 남편이었다.

그런데 왜 난 만족스럽지 않지?

어젯밤에 승연에게 진실을 들은 뒤 부쩍 그런 생각이 들었다. 그전에는 가슴속에 가시가 하나 박혀 있는 기분이었으나 얘기를 듣고 사라졌다. 대신 자리한 건 미안함이었다. 그녀의 아버지 때문이었는데 피해자인 승연을 미치도록 원망했다는 사실이 너무도 미안했다. 그리고 부족함.

훌륭한 남편인데 승연의 무언가가 부족하게 느껴졌다. 뭔가가 빠져 있는 기분.

나는…… 그가 날 다시 사랑하길 원하는 건가?

승연의 말대로 그들은 다른 사람이 되었다. 더 이상 과거의 사랑은 없다. 미련은 남아 있었으나 그건 사랑과는 다른 감정.

더 바라선 안 된다.

비참함을 딛고 일어선 남자에게, 그럼에도 책임과 의무에 따라 좋은 아버지이자 훌륭한 남편이 되고자 노력하는 사람에게 더 많은 걸 원해서는 안 되었다. 그에게 최선인 현재의 모습만으로도 충분했다. 그렇지 않은가?

그러니까 임정희, 욕심 가지지 마. 너 스스로도 그를 사랑하지 않는데 그의 사랑을 요구할 순 없는 거야. 이런 욕심은 흘려버리고, 아버지 대신 그에게 사죄하면서 잘해줘. 그래야 해.

정희는 눈을 감았다. 희미한 통증이 흘러나오는 심장 위를 저도 모르게 손으로 억누르듯 누르는 것을 알지 못한 채 그녀는 어둠 속에 갇혀 버렸다. 그리고 승연이 일과를 마치고 집으로 돌아오자 결심한 대로 잘해주었다. 하지만 보이지 않는 그림자가 계속 따라다니는 것 같았다.


승연은 우뚝 걸음을 멈춘 채, 문 앞에 걸려 있는 명판을 노려보았다.

—단장* 실.

선수를 가장 곤혹스럽게 만들 수 있는 사람의 사무실 앞에 서 있으니 긴장이 치달아왔다. 물론 뉴욕 양키스 팀의 단장 에이프릴리는 합리적인 사람이었다. 8년 전, 최초의 동양인이자 최초의 여자로서 단장 자리에 올라 당시 어둠 속에서 헤매던 팀을 재정비해서 왕년의 강자로 끌어올리는 데 가장 큰 공을 세웠다. 능력이 출

---

* 단장(General Manager:GM):선수들의 연봉 등을 다루고 계약을 체결하며 트레이드 등의 행정적인 부분을 다루는 프런트 오피스의 총책임자. 우리나라 야구의 경우 단장은 큰 힘이 없고 감독이 더 중요하지만, 메이저리그의 경우 단장이 더 중요하다

중한데다가 성격도 시원시원했고 팀과 야구에 큰 열정이 있기에 선수들은 에이프릴을 존중하면서도 좋아했는데, 그건 단장 사무실 밖에서 일어나는 일이었다. 단장 사무실 안에서는, 에이프릴은 다른 사람 같았다. 한마디로 말하자면 정신적으로 아주 무서웠다.

선수들을 업신여기고 장기판의 졸개 다루듯 하는 몇몇 단장들과는 달리, 에이프릴은 선수들을 인격적으로 존중해 주었다. 하지만 듣기 싫어하는 말을 안 하는 건 아니었다. 특히, 면담이 그랬다. 뉴욕 양키스 팀의 빛나는 이름에 누가 되는 사고를 저지른 선수들은 재깍 사무실로 불려가서 면담을 하게 되는데, 몇 시간이 걸리건 간에 충분히 알아듣기 전까지 에이프릴은 처음부터 끝까지 웃으면서 잔소리를 퍼부어댔다. 승연은 여자를 무서워하는 건 말이 안 된다고 생각했으나 몇 년 전에 음주 운전을 하다 걸린 선수 하나가 사무실에 들어갔다가 반나절 만에 초주검이 되서 나오는 걸 보고 생각을 고쳐먹게 되었다.

난 사고 안 쳤어. 이렇게 긴장할 이유가 없다고.

물론 걸리는 게 전혀 없는 건 아니었다. 스프링캠프가 끝나가는데도 실전 감각은 돌아오질 않고 있으니. 그래서 승연은 불안했다.

설마 트레이드* 라든가, 팀에서 방출(放黜)을 하겠다고 통보하기 위해 부른 건 아니겠지.

아직 계약 기간은 많이 남아 있고, 계약 조항상 그의 동의 없이 트레이드나 방출을 할 수는 없었다. 더군다나 에이프릴은 남편,

---

＊트레이드(Trade):선수와 선수, 선수와 금전 등을 교환하는 행위

팀의 캡틴인 잭 기데온보다 더 승연의 재기를 믿는 사람으로 그동안 도움을 아끼지 않았었다. 하지만 승연은 뭔가 모르게 불편했다.

〈왜 그러고 서 있어?〉

뒤에서 목소리가 들리자 승연은 깜짝 놀라 움찔거렸다. 돌아보자 에이프릴이 웃으며 서 있는 게 보였다. 한국계 미국인인 에이프릴은 6년 전 양키스 팀의 캡틴인 잭과 결혼해서 두 아이를 둔 엄마였으나 아직도 시원시원한 몸매를 유지하고 있었다. 그리고 지적이면서도 날카로운 눈매의 소유자였다.

〈왜 그렇게 놀라? 뭐 잘못한 거 있어?〉

〈어, 아닙니다.〉

에이프릴의 시선을 받자 승연은 목기침을 한 뒤 깍듯하게 답했다. 에이프릴은 피식 웃더니 고갯짓으로 사무실을 가리켰다.

〈들어와.〉

승연은 단장의 말을 공손하게 수행했다. 문을 닫은 뒤 소파로 가자 에이프릴이 맞은편에 앉았다. 그녀는 잠시 그를 바라보고만 있었고, 승연은 왠지 모를 공포를 느꼈다.

〈저기, 왜 부르셨죠?〉

〈난 네가 재기할 거라고 믿어. 공 끝도 아주 좋더라. 메이저리그에 갓 데뷔했을 때보다 더 싱싱해졌어. 준비를 열심히 한 모양이야.〉

승연은 입을 열었으나, 닫았다. 에이프릴의 말은 아직 끝나지 않았다.

〈문제는 불펜* 에서만 컨트롤이 된다는 거지.〉

어제, 승연은 타 팀과의 시범 경기에 나섰다. 그리고 역시 볼만 남발하다 조기 강판(降板)되었다.

〈좀 더 천천히 해보자.〉

〈그 말씀은…….〉

에이프릴은 짧은 한숨을 내쉬었다.

〈트랜턴에 가 있어.〉

〈트랜턴이라고요?〉

승연은 격분을 참지 못하고 자리에서 벌떡 일어났다.

"트랜턴? 트리플에이도 아니고, 더블에이에 가서 처박히라고요? 내가 그렇게 엉망이에요? 그렇게 엉망이냐고요!"

"어제 던진 공이 일흔 개야. 그중에 스트라이크는 열 개였어."

승연이 한국어로 내뱉자 에이프릴 또한 영어 억양이 남아 있는 한국어를 사용했다. 여러 인종이 섞여 있는 구단에서 한국인만 편애한다는 말을 들을까 저어해 일할 때는 한국어를 쓰지 않는 게 철칙이었으나, 지금은 예외의 상황이었다.

"난 네가 스티브 블레스 증후군에 걸렸다고 생각하진 않아. 컨트롤을 잃어버린 원인이 부상 때문인 게 확실하니까."

스티브 블레스 증후군(Steve Blass Syndrome)이란 운동선수가 갑자기 설명할 수 없는 이유로 흔들려 이전에 가지고 있던 능력을 잃어버리게 되는 정신의학적인 병이었다. 스티브 블레스라는 투수가 알 수 없는 이유로 컨트롤 능력을 상실한 뒤 널리 알려졌다.

---

* 불펜(Bullpen):구원투수가 준비, 연습하는 곳

"하지만 스트라이크를 반도 못 넣는 건, 에이스가 아니야."

에이스가 아니다. 에이스가 아니다!

에이프릴이 한 말은 승연에겐 치명적인 공격으로 다가왔다.

"그리고 스트라이크를 집어넣는다고 모든 문제가 해결되는 게 아니라는 것도 잘 알 거야. 경기 자체를 못 읽고 있어. 어제 도루를 세 개나 허용했지? 땅볼을 2루에 던져야 되는데 멈칫거리다가 실패했고."

승연의 얼굴색이 허옇게 질리는 것을 보면서 에이프릴은 차갑게 말을 이었다.

"코칭스태프들과 상의한 결과야. 더블에이부터 차근차근히 단계를 밟고 올라와. 지금 네 수준은 딱 그거밖에 안 돼. 아니, 사실 하이싱글에이도 안 되지. 더블에이로 보내는 것도 왕년에 에이스였던 널 존중해 준 거야."

에이프릴은 마지막으로 비웃음을 날리며 명령했다.

"뭐 하고 있어? 당장 나가서 짐 싸."


승연이 오지 않고 있다.

정희는 초조한 기색으로 집 안을 걸어다니면서 기다리고 또 기다렸다. 하지만 새벽까지 연락은 없었다.

경찰에 연락해야 할까?

매일 시계추처럼 정확한 시간에 돌아오는 사람이 갑자기 휴대폰도 꺼버린 채 오질 않자, 정희는 걱정으로 미칠 것 같았다. 그녀는 손을 떨다가 일단 승연의 에이전트인 훈에게 걸었다.

“늦은 시간에 죄송해요.”

새벽 한 시였는데도 훈은 화내지 않고 예의있게 받았다.

[아니에요. 무슨 일 있나요? 목소리가 영 아니에요.]

“승연이, 미니 아빠가 아직 집에 안 오고 있어서요. 휴대폰도 꺼놓고 안 받아요. 무슨 일이 생긴 거면 어쩌죠?”

[아.]

훈은 잠시 망설이더니 정희도 들을 수 있을 만큼 크게 한숨을 내쉬었다.

[그 자식, 연락 안 하고 갔나 보네.]

“네?”

[트랜턴으로 갔을 거예요. 문제가 많아서 더블에이로 강등당했거든요.]

“더, 더블에이요?”

메이저리그 밑으로 하늘과 땅 같은 격차를 두고 있는 트리플에이가 있었고, 더블에이는 그 밑이었다. 두 단계나 떨어졌다는 뜻.

[네. 그래서 많이 열받았을 거예요. 저한테도 간다고 연락 안 했어요. 저도 기자들한테 들어서 알았고요. 내참, 아무리 그래도 그렇지 가족한테도 말없이 가버리다니. 성질머리 하고는.]

훈은 한참 투덜거렸지만 갈수록 목소리는 부드럽게 변해갔다.

[사실, 개 충격받은 게 이해가 되긴 해요. 트리플에이도 아니고 더블에이라니. 작년에 부상 때문에 엄청 고생한 거 아시죠? 너무 답답하고 좌절해서 실수한 거니까, 너무 화내진 말아주세요. 네?]

“……알려주셔서 감사해요. 그럼.”

정희는 딱 그 말만 하고 끊었다. 휴대폰을 쥔 손이 부르르 떨렸다.

그래, 이해가 안 가는 건 아니었다. 큰 충격을 받았겠지. 하지만 사람 걱정하게, 이게 대체 뭐야? 전화기도 꺼놓고! 어떻게 이럴 수가 있어?

정희는 한참을 씩씩거리다 침대로 갔다. 하지만 잠을 제대로 이룰 수 없었다. 거의 뜬눈으로 지새웠을 때 시간이 흘러 아침이 되었고, 드디어 전화가 왔다.

[나야.]

짧은 한마디였지만 승연의 목소리가 얼마나 거칠어졌는지 확연히 알 수 있었다.

"그래."

버럭 화내고픈 충동과 하늘 높은 줄 모르고 솟았던 걱정이 스르륵 사라지기 시작했다.

무슨 사고를 당한 건 아니구나. 다행이다. 정말, 다행이다.

[나 지금 트랜턴에 와 있어.]

"에이전트 분한테 들었어. 에이전트 분도 너한테 연락 못 받았더라."

[……미안.]

승연의 사과는 정희의 분노를 녹이기 시작했다.

[정신이 좀 없었네.]

"알아. 하지만…… 걱정 많이 했어."

정말로, 많이 했다. 가슴이 타 들어갈 정도로 걱정한다는 말을 직접 체감하게 됐고.

"미니한텐 그냥 아빠 늦게 온다고 말했어."

[흠. 누나가 많이 걱정했다는 뜻이네. 내가 그렇게 좋아?]

순간 정희는 심장이 쿵 울리는 느낌이었다.

"농담하는 거 보니 좀 기분 괜찮아졌나 보네."

[약간. 누나 목소리 들으니 좀 낫네.]

이번엔 심장이 콩 하고 튀어 올랐다.

[누나는 미니와 맨해튼의 집으로 가 있어. 난 구장 근처에 있는 호텔에 묵을 생각이야.]

"미니가 아빠 보고 싶어할 텐데."

나도 보고 싶고.

어제 아침에 분명 얼굴을 봤기에 정희는 어이가 없었다. 충격을 받은 그를 안아주면서 위로해 주고픈 충동에 휩싸였고. 자제하기 힘들 만큼 아주 격렬했다.

[나도 미니가 보고 싶어. 근데…… 이렇게 엉망이 된 아빠는 보여주고 싶지 않아. 며칠 뒤에 좀 정신 차리면 그때 오라고 할게. 저녁때 내가 따로 전화할 거야.]

"알았어. 그런데……."

정희는 묻고야 말았다.

"어젯밤에 뭐 했어?"

수화기 저편에서 승연이 파안대소를 하는 소리가 들렸다.

"왜 웃어?"

[질투하는 게 너무 귀여워서. 호텔에 처박혀서 텔레비전으로 야

구만 봤어. 혼자서 말이야. 크하하!]

"질투한 거 아니야. 궁금해서 물어본 것뿐이야. 그만 못 웃어?"

[아니긴 뭐가 아니야? 야, 이거 너무 웃기네.]

정희는 결국 그냥 끊어버리고 말았다.

누가 질투를 했다는 거야? 그냥 궁금해서 물어본 것뿐인데.

정희는 그렇게 투덜거리며 미니를 깨우러 갔다.

그나저나, 구장 근처에 있는 호텔이라고?

이틀 뒤에 정희는 마침 뉴욕으로 출장을 온 형부와 언니에게 딸을 맡기고 트랜턴으로 출발했다. 결혼식 이후로 이모네 가족을 처음 보기에 미니는 엄마를 따라나서지 않았다. 아침에 통화할 때 승연이 아직 엉망이라 딸을 만나는 건 좀 그렇다고 말한 만큼 다행이었다. 그리고 승연은 며칠 홈경기가 있어 호텔에 계속 묵을 거라고 했다.

몸으로 위로해 줄 수 있는 좋은 기회였다. 더군다나 내일은 뛰지 않을 예정이라고 했으니 마음껏 섹스해도 무방할 터.

정희는 트랜턴 썬더 팀의 홈구장 워터프론트 파크로 갔다. 1루 측 더그아웃에 앉아 있는 승연의 표정은 밝지 않았고 흔들리는 눈빛에는 마음고생을 한 흔적이 확연했다. 정희는 심장이 아렸다. 그녀는 경기가 끝나자 천천히 밖으로 나가서 그가 나오길 기다렸다.

"누나!"

정희를 발견한 승연의 얼굴은 뛰어난 투구로 승리를 따냈을 때보다 더 환하게 빛나고 있었다. 원정 경기를 떠났던 그를 일주일 만에 보는 것이기에 정희는 자신의 얼굴 또한 마찬가지임을 알았다.

"보고 싶었어요."

언제나 그렇듯이, 그는 온 힘을 다해 그녀를 껴안아주었다. 숨이 막히고 아팠으나 정희는 그것조차 좋았다.

"누나를 만나는 게 너무 좋아서 아침엔 막 설레더라고요."

뜨거운 키스 뒤, 승연은 소곤소곤 속삭여 주었다. 별처럼 반짝이는 사랑이 흘러들어 와 그녀의 영혼을 충만하게 메워주었다.

사랑해, 승연아. 내 세상에 존재하는 사람은 너뿐이야. 오로지 너뿐.


정희는 눈을 뜨면서 저도 모르게 손을 앞으로 뻗어보았다. 아무 것도 잡을 수 없었다.

11년 전, 경기가 어서 끝나서 승연을 만날 수 있기를 열렬히 바라며 한 시간이고 두 시간이고 하염없이 기다렸었다. 그리고 승연이 모습을 보이면 두 팔을 벌린 채 달려갔고, 승연은 환하게 웃으면서 그녀를 안아주며 뜨겁게 키스했다.

추억. 이제는 더 이상 가슴 아프지 않은 추억.

야구 때문에 날 버린 게 아니라서 고통스럽지 않은 걸까? 그래서 그런지 첫사랑의 모든 것이 더 애틋하게 느껴졌다. 얼마나 많이 사랑했었는지, 그 오랜 세월이 흘렀음에도 매번 깨닫게 되었고.

하지만 지금은……

정희는 승연이 등장해서 사람들이 크게 환호하자 생각 속에서 빠져나왔다. 아무리 더블에이로 떨어졌다고 해도 승연은 스타 중의 스타였다. 많은 팬들이 몰려와 사인을 받기 위해 온갖 것을 내밀었다.

승연은 친절한 태도로 야구공이나 모자 등에 계속 사인을 해주었다. 물론 왼손을 보호해야 하므로 오른손으로. 워낙 많이 해본 터라 그는 재빠르고 익숙하게 사인을 했는데 어떤 여자 앞에서는 순간 멈칫할 수밖에 없었다. 풍만한 가슴 계곡 바로 위에다가 해달라고 요구했기 때문이다.

〈엉덩이에도 받고 싶은데.〉

승연이 무표정한 얼굴로 일반 물품에 해주는 것처럼 요구한 부분에 사인을 하자, 여자는 그의 귓가에 입술을 가까이하며 속삭였다. 승연은 무시했다. 그는 사인을 다 받은 사람들이 만족한 표정을 짓자 잽싸게 주차장으로 걸음을 옮겼다. 여자가 따라오지 않기를 바라며. 하지만 불운하게도 여자는 어떻게 알았는지 그의 차 앞 보닛에 앉아 있었다. 셔츠를 가슴 꼭지가 보일락 말락 펼친 채.

〈안 해줄 거예요?〉

승연이 경비원을 부를까 생각할 때였다. 여자의 표정이 굳어지더니, 뒤에서 승연의 허리를 감아오는 손이 있었다.

"달링, 나 기다렸어?"

정희였다. 그녀는 간드러지는 목소리로 속삭이고는 옆에서 승연의 귀를 살짝 깨물었다. 승연은 순간 흥분이 발끝까지 치달았다. 그는 저도 모르게 몸을 틀어 정희의 입술에 뜨겁게 키스를 퍼부었다. 한참 뒤에 격한 숨을 고르며 고개를 들었을 때는, 이미 그 이상한 여자는 사라진 뒤였다.

"여자가 무지 잘 꼬이시네."

정희는 유혹하는 표정을 지었던 아까와는 달리, 여자가 없는 것을 보자 눈초리 끝을 세웠다.

"내가 좀 잘생겼잖아."

"뭐라고?"

"왜 못 들은 척해? 사실이잖아."

"너, 예전엔 안 그랬잖아."

정희는 구박하듯 그렇게 말하고 말았다.

11년 전, 승연은 조금만 칭찬을 해줘도 얼굴이 붉어지는 순수한 소년이었다. 그런데 지금은 칭찬을 아주 당연히 여기고 있었다. 거기다가 대놓고 자랑을 하다니?

"모든 사람들이 다 그렇게 말하니까 익숙해졌어. 내가 마이너리그에서 고생할 때는 본 척도 안 하다가 메이저리그에서 성공하니까 온갖 칭찬을 다 하면서 달라붙더라. 하다못해 내가 먹는 반찬도 분석하더니 찬양하더라고. 어이가 없어서."

승연의 목소리에서 약간 쓰디쓴 감정이 묻어 나왔다.

"어쨌거나, 성공한 뒤로 여자들이 좀 달려들지만 걱정 안 해도 돼. 난 유부남인걸. 절대 안 넘어가."

"총각일 때는 어땠어?"

생각하기도 전에 질문이 튀어나갔다. 승연은 답하지 않고 우물쭈물했다. 정희는 저도 모르게 그를 뒤에 놔두고 휙 등을 돌렸다.

승연은 한 걸음 만에 쫓아왔다.

"왜 화내고 그래? 과거의 일인데."

"그건 그렇지. 뭐, 나도 너 이후로 남잘 하나도 안 만난 건 아니
긴 해."

"뭐가 어쩌고 어째?"

승연은 버럭 소리 지르고 말았다.

"왜 화내고 그래? 과거의 일인데."

정희는 똑같이 맞받았다.

"경우가 다르니까! 누나한텐 미니가 있었잖아! 그런데 애는 안
보고 남잘 만나려고 싸돌아다녔단 말이야?"

"누가 싸돌아다녀? 언니나 형부, 최소한 베이비시터한테 안전
하게 맡겨두고 나갔어!"

"그래도!"

"뭐가 그래도야?"

정희와 승연은 서로를 눈빛만으로 불태워 죽일 듯 쏘아보았다.
눈싸움에 약했음에도 승연은 젖 먹던 힘까지 쥐어짜내 정희를 노
려보았다.

"저기."

언제 왔는지 에이전트인 훈의 목소리가 팽팽한 접전을 깨뜨렸
다. 승연은 훈에게 몸을 돌리며 빽 소리 질렀다.

"왜?"

"다른 사람들이 있을 때는 사랑싸움은 좀 삼가. 응? 잘못하면
사이 나쁘다고 기사 나간다고."

“사랑싸움 아니야.”

승연은 작은 목소리로 부정했다. 훈은 핏 비웃었다.

“질투 때문에 싸우는 건 다 사랑싸움이야. 어쨌거나, 이만 호텔로 가자. 너 잘 있나 걱정돼서 왔어. 호텔 괜찮은지 좀 확인해 보자.”

“전 제 타 차고 갈게요.”

정희는 쌩 소리가 나게 그녀의 차로 가버렸다. 승연은 그녀의 뒷모습을 노려보다가 훈이 운전해 주는 차를 타고 호텔로 향했다.

“너 안 그렇게 봤는데 질투 심하네.”

야구 이야기를 하다가 호텔에 도착하기 얼마 전 훈이 화제를 돌렸다. 승연은 기가 막혔다.

“질투한 거 아니야. 그런데 뭐가 심해?”

“와이프가 예전에 다른 남자랑 사귀었던 사실 가지고 그렇게 버럭대는 게 그럼 질투가 아니고 뭐야? 애교냐?”

“애교는 아니지만…….”

승연은 말을 흐렸고, 훈은 훈계조로 말을 이었다.

“내가 아까 니네 부부 싸우는 소릴 본의 아니게 엿들었는데, 그러면 못써. 이왕 결혼했으니 잘살아야지. 미니를 위해서라도 행복하게 살겠다고 결심했으면서 다른 사람들이 있는 곳에서 그러면 쓰냐? 그리고 과거 얘긴 절대 꺼내는 거 아니야. 너부터가 아예 입에 담지 마. 들어도 그냥 못 들은 척하고.”

“형, 왜 갑자기 그런 말을 하는 거야?”

훈은 긴 세월 동안 승연을 돌봐주면서 사생활에 간섭한 적이 한 번도 없었다. 승연에게 사생활 같은 사생활이 없어서 그런 것도 있었지만, 훈 자체가 그런 것까지 관여하는 성격이 아니기 때문이었다.

"저번에 내가 말을 잘못 했으니까."

승연이 괜찮다고 다시 말하려는 찰나, 훈은 짧게 한숨을 쉬더니 이어 내뱉었다.

"미안한 감정이 가장 커. 하지만, 그 일로 깨달았어. 너는…… 너무 몰라. 그래서 걱정이 좀 돼."

"내가, 잘 모른다고?"

훈은 고개를 끄덕였다. 그러고는 다시 한숨을 쉬었다.

"넌 야구밖에 모르잖아. 관심도 아예 없고. 야구선수로서 그게 나쁘다는 건 아니야. 하지만 이번엔 나빠. 상대는 그냥 여자가 아니라 와이프야. 네 아이를 낳아주고 길러줬어. 나야 주변에 미혼모가 없어서 모르지만 우리 마눌님이 그러시더라. 자기 친구 중에 미혼모가 하나 있는데 안쓰러워서 미칠 정도로 너무 힘들어 보인대. 네 부인이 돈이 좀 많지만 그렇다고 아이를 편하게 키운 건 아닐 거야. 네가 좀 이해해 줘."

승연은 훈의 따가운 시선을 피하듯 밖을 바라보았다. 아무것도 보이지 않았지만.

"인생 선배로서 말하는데, 자고로 집안이 평화롭고 행복하려면 마눌님 말을 듣는 게 최고야. 너 어차피 야구밖에 모르는 놈인데, 다른 건 다 네 와이프가 하고 싶어하는 대로 놔둬. 그게 세상에서 제일 편해. 우린 마음 넓은 남자잖아. 속이 콩알만 한 여편네들 챙겨룰 수 있는 게 우리 말고 또 누가 있냐?”

“속이 콩알만 하다고? 형수님한테 그대로 전할까?”

“안 돼!”

훈은 장난스럽게 소리쳤고, 차 안으로 승연의 웃음이 퍼졌다. 하지만 미소가 스러진 뒤, 마음은 복잡할 따름이었다.

내가 너무 야구만 알았던가?

훈은 그를 가장 가까이에서 지켜본 사람이었다. 그리고 상황을 기민하게 잘 파악하는 능력의 소유자였다. 그런 만큼 훈의 판단은 맞을 터.

혹시 지나치게 야구에 집중해서, 그래서 내가 스트라이크를 제대로 못 던지고 있는 걸까? 부담감과 압박감을 필요 이상으로 너무 많이 품고 있어서 실전 감각도 잊고 헤매는 걸까?

안 그래도 미국으로 오기 전에 컨트롤을 잡았을 때, 미니와 정희의 생각을 했음에도 잘됐었다.

좀 더 여유를 가지고 느긋하게 하는 자세가 필요한 건가?

“누나.”

훈이 호텔 방을 둘러보고 필요한 물품 리스트를 적어서 나간 뒤에야 정희는 들어왔다. 그녀의 얼굴은 싸늘했다. 승연은 짧게 한숨을 내쉰 뒤 물었다.

“내가 너무 야구밖에 모르는 것 같아?”

“음…….”

그의 표정은 아까 싸웠을 때와는 달리 다른 고민으로 가득한 것처럼 보였다. 그래서 정희는 분기를 좀 흘려보낼 수 있었다.

“수치로 말 좀 해봐. 퍼센트로.”

“98% 정도?”

승연은 사실 충격을 받았다.

“그렇게 높아 보여?”

미니를 알기 전에 99%였던 건 사실이다. 하지만 결혼 뒤에는 90% 정도라고 봤는데.

“응. 최소한 95% 정도는 그래 보여. 그런데 갑자기 왜 그런 질문을 하는 거야?”

“아아.”

그렇게 탄성이자 한숨 같은 말을 내뱉을 뿐 승연은 답을 해주지 않았다. 그가 얼굴을 잔뜩 찌푸린 채로 바닥만 노려보고 있자 정희는 등을 돌렸다.

“나 먼저 잘게.”

승연은 대답도 안 했다. 정희는 실망감을 느꼈으나 씻은 뒤 침대로 가서 눈을 감았다. 설핏 잠이 들었을 때 등 뒤로 승연이 침대에 눕는 것이 느껴졌다.

“누나.”

정희는 졸렸지만 그가 부르자 천천히 몸을 돌려 마주 보았고, 승연은 그녀의 눈치를 슬쩍 살피더니 이마에 입을 맞추었다. 깃털처럼 부드러운 키스였다.

“아까 말 심하게 해서 미안해.”

“나도 미안. 그런 옛날이야기는 꺼내면 안 되는 건데.”

잠이 물러가면서 사과의 말이 쉽게 흘러나왔다.

"맞아. 그런 이야기는…… 근데 남자 많이 만났어?"

생각하기도 전에 말이 튀어나왔다. 승연은 정희가 화를 낼 줄 알고 저도 모르게 뜨끔하는 표정을 지었으나, 그녀는 피식 웃을 따름이었다. 그의 질문엔 아까 그녀를 공격했던 악의가 더 이상 느껴지지 않았으니까. 그리고 뭐랄까, 마치 질투를 하는 것 같아 약간…… 기분 좋았다.

"몇 명 안 돼. 그리고 진심으로 마음에 둔 남자는…… 하나도 없었어."

너 이후로 사랑한 남자는 없어. 오로지 너만 사랑할 수 있게 창조된 여자처럼 다른 남자는 마음속으로 받아들일 수가 없었어.

"나도야. 메이저리그에 올라온 뒤로 여자를 조금 만나긴 했어. 가만히 있어도 구름 떼처럼 몰려왔으니까. 하지만 위험해서 그런 여자들은 아예 쳐다보지도 않았어."

"위험하다고?"

승연은 고개를 끄덕였다.

"돈 많은 선수들에게 일부러 접근해서 폭행을 당했다고 주장하는 여자들도 있어. 무죄라도 고소당하면 이미지에 치명타잖아. 구단에도 피해를 주게 되고, 무엇보다 난 국가대표야."

보통 메이저리그 구단은 부상의 위험 때문에 계약서를 통해서 국제 대회에 나갈 수 있는 횟수를 제한하곤 했다. 그럼에도 승연은 국제 대회 출전을 자유롭게 보장하는 계약을 받아내서 WBC를 우승으로 이끌었으며 두 번의 아시안게임에 출전해서 빛나는 활약으로 금메달을 딴 장본인이기도 했다.

또한 승연은 라커에 태극기를 항상 넣어두어 한국인임을 자랑
스럽게 드러냈고, 한국의 팬들을 실망시키지 않기 위해 행동을 아
주 조심했다. 문제가 생길 위험이 있기에 처음 보는 여자는 아예
무시했고 연예인은 쳐다보지도 않았다.

그럼에도 여자 연예인 킬러라는 둥의 헛소문이 아주 많이 났으
나 실제로 승연은 유명인은 외면하고 굉장히 까다롭게 여자를 골
랐다. 일반인들 가운데 어느 정도 재산이 있는 여자들만 만나왔는
데 결혼 이야기가 나온 관계는 하나도 없었다. 야구를 최우선으로
생각했기에 연락조차 제대로 안 하다가 차이기 일쑤였으니까.

"누구에게도 깊은 감정은 느끼지 못했어. 언론에 난 스캔들은
전부 과장된 거야. 난 그 여자들 얼굴도 몰라. 결혼 이야기가 오갈
정도로 만난 여자도…… 하나도 없었고."

사랑한 건, 결혼하고 싶었던 건 누나뿐이야. 성공한 뒤 멋지게
청혼할 생각이었어. 세상에서 가장 예쁜 누나를 닮은 아이도 낳
고, 알콩달콩 행복한 가정을 이루려고 했어. 그게 열아홉 살일 때
절실하게 소원하던 내 미래였어.

"승연아……."

정희는 손을 올려 승연의 뺨을 쓰다듬으며 시선을 마주했다.

저 감정은 뭐지? 눈에서 일렁이는 저 감정은 대체 뭐지? 설
마…… 과거의 사랑인가?

승연과 정희 모두 서로의 눈을 바라보며 같은 질문을 머릿속에
떠올렸다. 하지만 입 밖으로 내뱉지는 못했다. 대신 또 다른 의문
을 품었다.

소멸한 사랑이 다시 부활할 수 있을까?

"누나."

승연은 차마 물어볼 수 없었다. 답을 알기 두려웠으니까. 그래서 그는 다른 것을 말했다.

"호칭을 바꿀게. 계속 누나라고 부르는 건 아무래도 좀 그런 것 같아."

"뭐라고 말이야?"

"음."

승연은 고민하는 기색이더니 이렇게 제안했다.

"자기는 어때? 당신은 좀 어색해서."

난 자기든 당신이든 다 어색한데.

정희가 그런 생각을 할 때 승연은 이어 말했다.

"밖에서만 누나, 아니, 자기가 날 당신이라고 부르기로 했잖아. 그것도 바꿔줘. 둘이서만 있을 때도 당신이라고 해줬으면 좋겠어. 내가 나이가 적긴 하지만, 계속 너라고 불리니까 가장으로서 좀 그렇게 들려."

"음. 문득 생각이 들었는데 말이야. 너 좀—"

"당신."

정희는 눈을 굴리다가 말했다.

"그래. ……당신, 좀 보수적이야."

당신이라는 단어가 목구멍에 걸리는 기분이었다. 하지만 정희는 승연의 의견에 고개를 끄덕일 수밖에 없었다. 아직도 남들이 상관할 바가 아닌, 부부만의 사생활이라고 생각했지만 이제 제대로 부를 때가 된 것 같았다.

더 이상 누나라고 안 불리는 건 좀 아쉽긴 했다. 11년에 그가 그녀를 한없이 사랑하면서 그렇게 불렀을 때가 생각나서 좋았는데……

"맞아. 나 보수적이야. 멋진 남자는 보수적인 거거든."

그리고 너, 아니, 당신 좀 유치해.

가정의 화목을 위해서 정희는 생각만 하고 입을 열지 않았다.

그러고 보면 유치한 건 그대로구나. 열아홉일 때나 서른일 때나 정도의 차이가 있을 뿐 박승연은 유치하긴 유치했다.

원래 남잔 다 이래서 결혼하면 아들을 키우는 기분이 든다고 말하는 건가? 아니면 야구에만 모든 것을 쏟아부어서 다른 부분은 성장하지 않은 걸까?

정희는 아무래도 후자인 것 같다고 생각했다. 실제로 승연이 야구만 신경 쓰고 살아온 건 사실이니까.

"내가 야구 외적인 건 잘 모르거든. 말도 잘 못하는 편이고. 나이 많은 자기가 좀 이해해 줘."

승연의 조심스러운 말은 의도는 좋았으나, 덧붙인 표현은 정희의 가슴에 날아와 콱 박혔다.

나이 많은?

"그래."

정희는 이를 악물고 그렇게 답하고는 몸을 휙 돌려 승연에게 등을 보여주었다. 승연은 어리둥절할 수밖에 없었다.

"삐친 거야?"

"그런 거 아니야."

"아니긴 뭐가 아니야. 삐친 거 맞잖아."

참나. 여자는 속이 콩알만 하다고 한 훈의 말이 맞았다.

그래, 가정의 평화를 위해 마음 넓은 남자가 이해해 줘야지.

"화 풀어. 응? 내가 기분 좋게 해줄게."

승연은 능글맞게 웃고는 손을 뻗었다. 정희는 뿌리치는 척했으나 나중엔 기분을 좋다 못해 황홀하게 해주는 승연에게 홀딱 넘어가 버리고 말았다.

정희는 눈을 떴다. 그녀를 꼭 끌어안은 채로 색색거리며 잘 자고 있는 승연이 시야 가득 들어왔다. 그의 입술 끝에 작은 웃음이 살짝 걸려 있었다.

정희는 저도 모르게 미소를 짓고는 그를 깨우지 않기 위해 조심스럽게 몸을 일으켰다. 바닥에 내려서서 기지개를 켜자 몸이 가벼워지는 느낌이었다.

왠지…… 좀 다른데.

상쾌하기도 했으나 뭔가 다른 공기가 온몸으로 다가왔다. 정희는 고개를 갸웃거리며 곰곰이 생각해 보았다.

혹시…… 어제, 호칭을 바꾸기로 해서 그런가?

작은 일이었다. 그러나 승연이 깨어나 나가기 위해 옷을 입는 것을 지켜보는 순간에도 예전과는 다른 느낌이 여전하자 그녀는 그런 생각을 하게 되었다.

"다녀올게."

승연은 문 앞에서 정희에게 키스했다. 솜사탕같이 달콤하고 부드러운 입맞춤.

어째서 이런 느낌이 드는 걸까?

물론 그전에도 포근한 키스를 받은 적이 있지만 이런 느낌과는 차원이 달랐다. 뭐랄까, 깊은 애정이 담겨 있다고 할까? 물론 승연이 아내이자 딸의 엄마인 그녀에게 정을 느끼는 건 당연했지만…….

"휴식일이 되면 맨해튼으로 갈게. 조심해서 돌아가."

정희가 고개를 주억거리자 승연은 주름이 살짝 잡히는 매력적인 눈웃음을 보여주고는 사라졌다. 맨해튼으로 돌아가는 차 안에서 정희는 이런 질문을 떠올렸다.

달라진 건 나 자신인가?

승연 또한 변한 것 같았으나 정희는 확신할 수 없었다. 그래서 그녀는 이런 생각을 하게 되었다.

나만 바뀐 건가? 그래서 다르게 느껴지는 걸까? 혹시, 승연에 대한 내 마음이 변한 걸까? 감정이…… 더 깊게…….

정희는 더 생각하고 싶지 않았다. 왜냐면, 본능적으로 11년 전이 떠올랐기 때문이다. 물론 이별의 진실을 알게 된 이상 더 이상 고통스럽지 않긴 했다. 그렇지만 또다시.

집으로 돌아가 침대에 몸을 던지듯 엎드린 뒤 정희는 숨을 몰아쉬었다. 하지만 생각은 이어졌다.

또다시 사랑을 생각하는 건 다른 일이었다. 부부 중 한 사람만 상대방을 사랑하는 건 불행의 나락으로 떨어지는 지름길이니까.

정신없이 결혼을 결정하게 된 뒤, 자각이 좀 들자 정희는 결혼 생활에 목표를 세웠다. 승연을 존중하며 미니를 올바르게 키울 것. 그게 바로 딸을 위한 일이었으니까. 하지만 한 사람만 배우자를 사랑하게 된다면 긍정적인 미래를 위한 계획은 우르르 무너져 내릴 것이다.

분명히 불행해질 테니까.

사랑이라는 건 반드시 상대에게 더 많은 것을 요구하게 되는 예측 불변의 감정이었다. 분명 일정 분량의 애정을 받는 것만으로 만족할 수 없게 될 터. 그녀는 사랑하는 사람과 마음을 나눌 때 얼마나 황홀한지 알고 있었다. 나는 이렇게나 열렬히 사랑하는데, 상대는 아니라면?

분노와 슬픔이 회오리바람처럼 몰아닥칠 터. 그 부정적인 감정은 가정을 좀먹을 것이고, 결과적으로 그들의 자식을 고통 속으로 몰아넣게 되리라. 바로 그녀의 돌아가신 부모님처럼.

그렇게 두지 않을 거야.

정희는 어머니를 사랑하지 않은 아버지와 아버지에게 사랑받지 못한 어머니의 전철을 밟을 생각은 추호도 없었다.

다시 사랑하지 않을 거야. 비참함 속에 날 빠뜨릴 순 없어. 미니를 위해서라도 지금의 관계만 영위해야 해.

반드시 그래야 했다. 반드시.

정희가 그런 다짐과 맹세를 스스로에게 할 때, 승연은 모든 잡념은 잊은 채 워터프론트 파크에서 연습 투구에 열중하고 있었다. 확실히 불펜에서 던지는 공은 완벽했다. 공 끝도 무거웠고 지저분했으며 무엇보다 마음먹은 곳에 꽂혔다.

내일 모레, 더블에이로 떨어진 뒤 처음으로 선발로 나설 계획이었다. 이번엔 잘할 수 있을까?

야구에 너무 몰두하는 게 문제라…….

승연은 에이전트인 훈이 지적한 사항을 곰곰이 고민했고 일정 부분은 고개를 끄덕이게 되었다. 엄청난 부담감이 그의 마음을 흔들리게 한 건 사실이니.

다시 처음으로 돌아가자.

승연은 스스로에게 강압적으로 소리치는 대신 부드럽게 속삭였다. 현재 그는 트랜턴에 있었다. 11년 전 정희와 사랑을 나누고, 진짜 투수로서 성장의 첫 걸음을 내디뎠던 바로 그곳.

승연은 이제 깨달았다. 에이프릴 단장과 코칭스태프들이 그를 트리플에이가 아닌 이곳으로 보낸 진짜 이유를. 그건 그들도 잘 알고 있기 때문이었다. 바로 이곳에서 에이스 박승연이 탄생했다는 사실을.

처음에 그는 성공해서 형제들을 배불리 먹여주는 게 인생의 목표였다. 그러다 타의에 의해 정희와 헤어진 뒤 더 높은 자리까지 올라가겠다고 결심했고, 실천했다. 사랑하던 여자를 포기한 건 바로 가족들 때문으로, 가족들을 위해선 못할 게 없었다.

그리고 지금 그의 곁에는 또 다른 가족들이 있었다. 정희와 미니. 아내와 딸.

초심으로 돌아가 차근차근히 열심히 하자. 내 가족들을 위해 제대로 하자. 열아홉 살 때처럼 하자.

노력하자. 내가 아니라, 내 가족들의 행복을 위해서 노력하자.

승연은 생각대로 실천했다. 그리고 이틀 뒤에 열린 경기에서, 부상당한 후 처음으로 실전 등판에서 볼보다 스트라이크를 많이 던졌다.


"안녕, 아빠."

미니는 거의 2주일 만에 보는 승연을 꼭 끌어안았다. 승연은 딸을 마주 안아준 뒤 그동안 있었던 일을 듣기 시작했다. 미니의 수다는 끝도 없이 이어졌으나 그는 고개를 계속 끄덕여 주었고, 종종 질문도 던졌다. 바로 그 모습에 정희는 가슴이 뭉클해졌다.

정말, 좋은 남자야.

승연 같은 존재는 정말 흔치 않을 것이다. 정희는 갈수록 완벽한 아버지상을 보는 기분이었다. 어쩌면 그녀가 갖고 있는 기준이 너무 낮은 건지도 몰랐다. 그녀의 아버지는 최악이었으니까. 하지만 불과 몇 달 전까지만 해도 미니의 존재를 몰랐던 사람이 이제 저렇게 딸에 대한 사랑을 드러내는 걸 보면 승연은 일반 기준으로도 높을 터였다.

"저번 등판, 좋아졌더라?"

승연은 미니의 영어 숙제까지 봐주었다. 미니를 재운 뒤 부엌에서 차를 마시며 정희는 칭찬을 해주었다.

"응. 좋아졌지. 아주 약간이지만."

스트라이크 비율이 처음으로 볼보다 높아진 건 정말 고무적이었다. 하지만 승연이 알고 있는 사실이 하나 더 있었다.

"하지만 아직 멀었어."

실전 감각이 약간 돌아와 컨트롤도 나아지고 경기를 읽는 눈도 좋아졌지만, 리그 전체를 지배하던 에이스의 모습과는 백만 광년만큼 차이가 있었다.

"초조해?"

정희는 승연의 얼굴에 드러난 큰 감정을 읽었다.

"응."

"천천히 생각해. 시간은 많잖아."

"많긴 뭐가 많아? 작년 전체를 날렸고, 올해도 벌써 정규 시즌이 시작된 지 일주일이나 흘렀는데!"

승연의 입에선 생각보다 더 거친 말이 튀어나왔다. 그래서 정희보다 그가 더 놀랐다.

"미안."

승연은 숨을 훅 내쉬었다.

"사과할 일은 아예 저지르질 말아야 하는데."

"괜찮아."

정희는 고개를 저었고, 본능대로 행동했다. 일어나 승연에게 다가가 포근하게 안아주었다.

"힘내."

"……고마워."

많은 사람들에게 수도 없이 응원의 말을 들어왔다. 하지만 이 순간 아내가 그를 안아주며 부드럽게 속삭여 주는 말은 더 많은 힘을 주었다.

승연은 깨달았다.

아내. 그래, 정희는 그의 아내였다. 평생을 함께 걸어갈 유일한 여자. 미니를 낳아주고 길러준, 언젠가 그에게 둘째, 혹은 셋째까지 선사해 줄 사람.

다르다. 이 사람의 응원은 다른 사람들과 다르다.

"우리 말이야."

차가운 야구만으로 가득한 심장 속으로 정희의, 아내의 온기가 스며들어 왔다.

"응?"

"둘째 가질까?"

정희는 주춤거리더니 팔을 풀고 물러났다. 승연은 생각보다 더 큰 실망감을 느꼈다.

"싫은가 봐?"

"좀 이르잖아. 우리 결혼한 지 얼마 안 됐고."

"사실 말이야, 아들이 갖고 싶어."

승연은 그동안 속으로만 생각했던 것을 꺼냈다. 스프링캠프나 올스타게임* 이 펼쳐질 때, 동료들은 아이들을 데려와 가볍게 캐치볼을 하면서 놀아주곤 했다. 승연은 아들과 공을 나누며 야구선

---

* 올스타게임(All star game):양대 리그(내셔널과 아메리칸)의 포지션별 최고 인기 선수들이 팀을 이뤄서 경기를 갖는 이벤트이자 팬서비스

수로 키울 거라고 자랑하는 그들이 부러웠었다. 결혼은 먼 훗날의 일이라고 봤기에 깊이 생각은 하지 않았지만, 이제 그도 결혼했다.

"딸은 미니가 있잖아. 그리고 아들이 있으면 야구선수로 키울 수 있으니까. 대를 이어서 야구를 하고 싶거든."

"임신하고 낳는 건 나야."

"그건 당연하지."

정희가 한 말의 속뜻을 캐치하지 못한 승연은 고개를 힘차게 끄덕거렸다. 그가 더 얄미워진 나머지 그녀는 머리를 굴렸다.

"나 저번에 임신했을 때 말이야, 아무것도 하기 싫더라."

"도우미를 더 고용하면 되지."

도우미가 만능인 줄 아나?

정희는 승연을 아프게 꼬집고픈 충동을 가라앉혔다.

"그리고 말이야."

안타깝다는 표정으로 정희는 다시 승연을 껴안고 가슴을 의도적으로 문질렀다.

"이런 것도 못해. 아니, 아무것도 못해. 손잡는 것도 싫더라."

"지, 진짜?"

"응. 10개월 동안 아예 나 만지지도 못할걸? 아이 낳고 회복되려면 좀 걸리니까, 짧게 잡아도 1년은 독수공방해야 될 거야."

승연의 얼굴에 경악의 번개가 내리꽂혔다. 정희는 허벅지를 꼬집는 것으로 웃음을 간신히 참았다.

"그, 그럼 좀 천천히 생각해 보자. 그리고 우리 신혼이기도 하고, 나 아직 부활도 못했으니까. 부끄러운 아버지가 되고 싶지 않아."

"부활 못할 거라고 생각하지 않아. 하지만 백만분의 일 확률로 못한다고 해도 말이야."

정희는 승연과 눈을 마주했다.

"넌, 아니, 당신은 절대 부끄러운 아버지가 아니야. 미니에게 당신은 이미 세계 최고의 아버지야."

"정말…… 그래?"

정희는 힘차게 고개를 끄덕였다.

"내일 아침에 미니가 깨어나면 물어봐. 확인해 줄 거야."

승연은 입을 살짝 벌렸지만 아무 말도 새어 나오지 않았다. 감정에 압도당한 얼굴로 숨을 훅 내쉴 뿐.

"고마워."

승연은 눈을 감은 채 정희를 끌어당겨 꼭 껴안았다.

"더 열심히 할게."

야구선수로서, 아버지로서 더 노력할게. 그리고 남편으로서도.

"앗!"

승연이 갑자기 자리에서 벌떡 일어나 그녀를 아주 조심스럽게—허리 부상을 조심해야 하므로—안아 들자, 정희는 화들짝 놀라 짧게 비명을 질렀다.

승연은 씩 웃더니 얼굴 전체를 일그러뜨리듯이 한쪽 눈을 끔뻑거리며 정희를 침실로 데려가 침대 위에 내렸다. 잽싸게 문을 잠그고 다시 침대로 돌아왔다. 정희는 물어보았다.

"혹시 방금 윙크한 거야?"

"응. 멋있지?"

정희는 가정의 평화를 위해 아무 말도 하지 않았다. 그녀는 말 없이 옷을 벗었고, 승연의 입이 헤벌어지는 것을 보며 손을 뻗었다.

"이리 와."

승연은 정희에게 말없이 다가가 안았다. 이날, 그는 아주 부드럽게 아내를 안았다. 정희 또한 스며들 듯이 남편에게 안겼다.


뭔가 좀 달라진 건가?

며칠 뒤 집을 나서면서 승연은 고개를 갸웃거렸다. 정확히 무엇인지 잘 모르겠지만 달라진 것 같았다. 바로 자신이.

정희는 여전한 것 같았다. 약간 더 친절해지고 부드러워진 느낌이었으나 이전과 변화된 건 없었다. 하지만 그는 그녀가 다르게 보였다.

더 예뻐진 것 같았다. 더 매력적인 여자로 생각되었다. 그리고 아내라는 단어가 자꾸 머릿속에 맴돌았다.

물론 그전에도 임정희는 박승연의 부인이었다. 미니 때문이지만 결혼해서 부부가 되었고, 아이를 기르면서 일반 부부답게 가정사를 이야기하면서 섹스도 잘했다. 나름 행복한 사이.

하지만 요 며칠 승연은 부쩍 정희가 더 가깝게 느껴졌다. 아내이면서 뭔가 다른 존재가 된 느낌이랄까.

이건 대체 뭐지?

승연은 알지 못했다. 야구공과는 달리 손에 분명하게 잡히지 않는 것의 이름은 평생 야구에만 몰두해 온 그로서는 알 수 없었다. 그렇다고 지금 야구에만 신경 써도 모자란 시간을 할애해서 고민을 해볼 수도 없는 노릇이었고. 물론 너무 야구에 몰두하는 게 문제긴 하지만.

에이전트인 훈이 지적한 이후, 요즘 승연은 야구에 대해서 이전보다 덜 생각하려고 노력했다. 물론 기본적인 훈련 같은 건 다 진행하면서 그랬는데, 약간 걱정이 든 건 사실이었다. 준비 자체는 철저히 하고 있지만 이전에 비해 최선을 덜 하고 있는 것 같았으니까.

하지만 아이러니하게도, 다른 것을 생각하기 시작하자 공 하나하나를 너무 심각하게 보지 않게 되었고, 마운드 위에 올라섰을 때 약간이지만 여유가 생겼다. 그리고 게임의 흐름을 더 편하게 읽게 되었다.

지나친 건 모자람만 못하다는 옛말은 틀린 게 없었다. 덕분에 승연은 더블에이로 내려온 두 번째 선발 경기에서 저번보다 더 좋은 투구를 했고, 승리를 따냈다.

[축하해요!]

경기가 끝난 뒤 정희에게 전화를 걸자 미니가 받았다.

[아빠, 너무 멋있었어요! 정말 축하해요!]

마지막으로 승리를 따낸 건 재작년 시즌 10월 중순에 있었던 아메리칸리그 챔피언십시리즈* 5차전이었다. 그리고 작년은 완전히 날렸기에, 이번에 승리한 건 자그마치 1년 6개월 만이었다.

메이저리그도 아니고 트리플에이도 아니고 더블에이였다. 저번 등판 때보다 나아지긴 했지만 에이스였던 때와 비교하자면 어이없을 만큼 질이 떨어진 경기. 하지만 승리했다.

그 단순한 사실 하나만으로 승연은 환희에 젖었었다. 그리고 이 순간 딸이 한 말은 더욱 기뻤다.

[사랑해요, 아빠!]

사랑한다. 딸이, 그를 사랑한다!

미니는 처음부터 그를 아빠라고 소리 높여 말하며 애교를 부려 왔으나 사랑한다는 말은 처음이었다.

이 순간 승연은 깨달았다. 정희의 말이 맞았다. 그가 설혹 부활하지 못하고 은퇴한다고 해도 딸은 아빠를 사랑해 줄 거라는 사실을. 무슨 일이 있어도 그를 영원토록 사랑해 줄 거라는 진실을.

"아빠도, 아빠도 우리 딸 사랑해."

승연은 스스로를 아빠라고 호칭하는 게 처음이라는 사실을 깨달았다.

[응. 나도 무지무지 아빠 사랑해요.]

미니는 까르르 웃더니 수화기에 대고 쪽쪽거렸다. 승연은 송화기 쪽을 손으로 막은 뒤 열심히 목기침을 했다. 하지만 목에 걸려 있는 뜨거운 무언가는 쉬이 사라지지 않았다.

으, 설마 나 남자답지 못하게 울려는 건 아니겠지?

[축하해.]

---

* 아메리칸리그 챔피언십시리즈(American League Championship Series:ALCS): 7전 4승제의 아메리칸리그 챔피언을 결정하는 경기. 이 시리즈에서 우승하면 월드시리즈에 진출해서 내셔널리그의 챔피언 팀과 우승을 다툰다

미니가 엄마를 바꿔주겠다고 하더니 곧 정희의 목소리가 들려
왔다.

"고마워."

[혹시 감기 걸렸어? 목소리가 왜 그래?]

승연은 다시 목을 가다듬었다.

"아니야. 음, 흠."

[집에 언제 와?]

"일주일 뒤에 원정 끝나고 갈게."

[미니가 보고 싶어할 거야. ……나도.]

"나도 보고 싶어. 미니도, 누나, 아니, 자기도."

생각하기도 전에 말이 튀어나왔다. 승연과 정희 모두 아무 말도
하지 않았다. 미묘한 무언가가 수화기를 통해 흘렀다. 하지만 침
묵의 순간은 불편하지 않았다. 오히려 승연은 편안하다는 생각이
들었다. 심장이 두근거리기는 했지만.

이 익숙한 마음은…….

[엄마, 아빠랑 할 말 없으면 나 바꿔줘.]

미니의 말소리가 들리더니 곧 미니는 평소처럼 종알거리며 오
늘 무슨 일이 있었는지 말했다. 승연은 언제나처럼 딸의 수다에
귀를 기울였지만 어쩐지 오늘따라 머릿속에 다 들어오지 않았다.
통화가 끝낸 뒤 그는 저도 모르게 심장 위에 손을 올렸다.

이건, 뭐지?


[저녁 식사 같이 하지.]

일주일 뒤 밤, 원정 경기를 마치고 맨해튼으로 갈 때 전화가 걸려왔다. 뉴욕 양키스 팀의 캡틴이자 승연이 가장 존경하는 야구선수인 잭 기데온이었다. 정희와 미니를 오랜만에 만난다는 기대감에 부풀어 있었으나 승연은 잭의 제안을 받아들였다.

"미안."

승연은 정희에게 전화 걸어 사과했다. 정희는 실망했지만 잭이 승연에게 큰 의미가 있는 사람임을 알았기에 수긍했다. 미니는 삐친 듯싶었지만.

[빨리 올 거죠?]

"응. 되도록이면 빨리 갈게. 우리 미니 잠들기 전에."

승연은 미니에게 거듭 약속한 뒤 롱아일랜드에 있는 잭의 집으로 갔다. 조용한 고급 주택들이 드문드문 모여 있는 동네로 사생활 보호가 잘되는 곳이었다. 몇 번 와봤지만 승연은 넓은 마당에 작은 미끄럼틀 같은 몇 가지 간이 놀이기구가 있다는 사실을 이번에야 인식했다.

아이들에게 좋겠네. 나중에 둘째가 태어나면 나도 집을 이렇게 꾸밀까? 아니, 아예 이쪽으로 이사 올까? 이 동네가 애들 키우기에 괜찮다고 들은 것 같은데.

승연은 그런 생각을 하며 안으로 들어갔다. 잭의 아내이자 자신을 더블에이로 쫓아 보낸 뉴욕 양키스 팀의 단장 에이프릴도 있을 거라고 예상하면서. 하지만 넓은 집 안에는 잭뿐이었다.

〈어, 애들은요?〉

〈영국에서 외삼촌 부부가 와서 엄마랑 같이 만나러 나갔지. 근

데 표정은 애들이 궁금한 게 아닌 것 같은데. 혹시 에이프릴도 있을 줄 알고 걱정했어?〉

승연은 우물쭈물했고, 잭은 맑은 웃음소리를 냈다.

〈우리 단장님이 좀 무섭긴 하지. 그래도 한국 음식은 잘 만들어. 얼른 먹자.〉

잭은 고갯짓으로 부엌을 가리켰다. 식탁 위에는 승연이 좋아하는 해물칼국수가 따끈한 김을 내뿜고 있었다. 승연의 자기 관리에 대해서 잘 알고 있는 잭은 설명을 했다.

〈에이프릴이 만들었어. 좋은 재료로 만들었으니 먹어도 괜찮을 거야.〉

〈맛있네요.〉

잭의 권유에 따라 한입을 먹은 뒤 승연은 저도 모르게 감탄했다. 그동안 몇 번 초대를 받아 이 집에 와봤지만 에이프릴이 직접 만든 음식을 먹는 건 처음이었다. 에이프릴은 두 아이의 엄마인데다가 단장 직위까지 맡고 있기에 매우 바쁜 터라 요리할 시간이 없기 때문이었다.

이건 날 위해서 일부러 신경 써준 건가?

그가 부상을 입어 작년 시즌을 통째로 말아먹었을 때 에이프릴은 변함없이 지지해 주었다. 그러다가 올 시즌엔 그를 쫓아 보냈는데, 이전과는 상당히 다른 거친 태도였다. 물론 승연은 에이프릴이 그를 더블에이로 내려 보낼 때 의도적으로 험하게 말했다는 것을 알고 있었다. 자존심 강한 그를 그렇게 다루면 발끈해서 더 열심히 할 거라는 사실을 꿰뚫어 보고 있을 테니까. 하지만 약간 미안한 모양이었다. 이렇게 직접 음식을 만들어준 걸 보니.

〈단장님께 맛있게 잘 먹었다고 전해주세요.〉

에이프릴의 사과 아닌 사과를 받아들이겠다는 의사였다. 승연은 잭이 고개를 끄덕이는 것을 보면서 뜻이 통했음을 알았다.

〈그래, 더블에이 생활은 어때?〉

식사를 마친 뒤 승연은 보리차를, 잭은 가볍게 맥주를 한잔하면서 이야기를 시작했다.

〈생각보단 나쁘지 않아요.〉

〈엊그저께 네가 투구하는 화면을 봤어.〉

승연은 긴장한 채 물었다.

〈어땠어요?〉

잭은 잠시 아무 말도 하지 않고 승연을 바라보기만 했다. 승연은 가슴이 철렁거렸다.

〈솔직하게?〉

〈네.〉

〈넌 선에 다다른 것 같아.〉

〈설마 한계를 말하는 건가요? 한계에 다다랐다고요?〉

〈아니. 선 말이야. 너 자신만의 선.〉

잭은 검지를 허공으로 내밀더니 옆으로 죽 그어 보였다. 보이지 않았으나 승연은 못 볼 것을 본 기분이었다.

〈난 너보다 더 나은 재능을 가진 투수는 본 적이 없어. 사실 네 강한 어깨가 항상 부러웠어.〉

잭의 솔직한 칭찬은 기분을 약간 풀어주었다. 하지만 승연은 긴장을 풀 수 없었다.

선이라고?

〈넌 타고난 재능에다가 피나는 노력을 하는 성실한 선수야. 자기 관리도 철저하고. 그리고 투사(闘士)의 심장을 가졌지. 그래서 널 더 유심히 지켜봤어. 나 또한 힘들게 자랐으니까.〉

승연이 끝없는 가난 때문에 괴로웠다면, 잭은 아버지의 폭력 때문에 고통을 겪은 사람이었다.

〈너와 나처럼 힘들게 성장한 사람들은 야구를 전투라고 생각해. 그게 나쁜 건 아니야. 각자의 방식이 있는 거니까. 하지만 내 경우, 참 힘들어졌어. 더 많이 싸운다는 의미였거든. 굉장히 피곤해졌어.〉

〈캡틴의 플레이가 전투라고요?〉

승연은 고개를 갸웃거렸다. 마운드 위에 올라서서 상대 팀에게 살기를 거침없이 뿌리는 거친 플레이를 보여주는 자신과는 달리 잭은 언제나 물 흐르는 듯한 동작을 보여주는 뛰어난 유격수였다.

아니, 그러고 보니 예전엔 잭도 좀 전투적이었던 것 같긴 했다. 잘 기억은 안 나지만.

〈결혼하기 전까지 그랬어. 에이프릴에게 조언을 받은 후에 달라졌고.〉

잭의 얼굴에 미소가 올라왔다.

〈즐기기 시작했어. 한국엔 이런 말이 있다면서? 재능이 있는 자는 노력하는 자를 따르지 못하고, 노력하는 자는 즐기는 자를 따르지 못한다. 중국의 공자가 했던 말이라던가.〉

잭은 옆에 있는 물 컵에 손끝을 넣었다. 그러고는 물기로 테이블 위에 선을 죽 그었다.

〈스스로의 선을 뛰어넘을 수 있는 계기는 아주 많아. 그중에 하나가 바로 게임을 즐기는 마음가짐을 갖는 거야.〉

물로 만든 것이었으나, 승연의 눈에 선이 확연히 보였다.

〈여유를 가져. 이제 진짜 남자가 됐잖아.〉

〈진짜 남자요?〉

〈그래. 결혼해서 아내와 자식을 사랑하는 게 진짜 남자지. 나처럼 말이야.〉

다른 사람의 말이었다면 자기 자랑처럼 느껴졌겠지만 잭이 말하니 사실로 들렸다. 말 그대로 잭은 결혼 후에 아내와 자식들을 사랑하며 매 경기를 즐기고 있으니까.

사랑, 이라…….

승연은 잭과 야구 이야기를 좀 더 하다가 자리를 떴다. 집에 도착하자 미니의 열렬한 환영을 받았다.

쳇.

딸처럼 안겨오지는 못할망정 저게 뭐야?

미니에게 뽀뽀 세례를 받는 승연은 몇 걸음 떨어져서 그냥 웃고만 있는 정희를 노려보았다.

"내 아내라는 자각이 있긴 한 거야?"

미니를 재우고 침실로 들어온 뒤 승연은 툭 내뱉었다.

"무슨 말이야?"

"남편을 오랜만에 보면 기뻐해야 정상 아니야?"

"별로 오랜만은 아니잖아. 겨우 일주일인데."

정희가 무덤덤하게 내뱉는 말에 승연은 가슴을 아주 뾰족한 것으로 콕콕 찔리는 기분이었다.

나한텐 일주일은 아주 길었는데 누나한텐 아니었구나. 역시 누나는 나를…….

"그래도, 반가워."

정희는 승연이 입을 꾹 다물고 있자 가까이 다가가 안아주었고, 승연의 몸은 뻣뻣했으나 정희가 꼭 끌어안자 좀 풀렸다.

"당신이 그립더라."

이어진 정희의 고백은 승연을 녹였다. 하지만 그는 모자람을 느꼈다. 부족하다는 생각을 했다.

무엇이, 무엇이 그렇지?

승연은 스스로에게 묻는 대신 정희의 입술을 거칠게 앗았다. 승연은 최선을 다해 아내를 안았고, 열띤 신음을 이끌어냈다. 하지만 그녀를 꼭 끌어안고 잠 속으로 빠져들면서 스스로에게 이렇게 물었다.

대체 뭘 원해?

이번에도 답은 알 수 없었다.


다음날 아침, 승연은 인사를 하고 나왔다. 가족들과 다시 떨어져야 한다는 사실이 굉장히 서운했지만 아직 어린 미니를 데리고 미국 전역을 옮겨 다닐 수는 없었다. 더군다나 그는 나오기 전에 트리플에이로 올라가라는 전화를 받은 참이었으므로.

스크랜턴 윌키스―배러 양키스(Screnton Wilkes―Barre Yankees).

양키스 팀과 계약 관계인 마이너리그 가운데 가장 높은 곳. 메이저리그 바로 밑의 팀으로, 더블에이보다는 메이저리그와 가까운 곳. 하지만 정희와 미니가 있는 맨해튼과는 더 멀었다. 홈구장인 PNC 필드는 펜실베니아 주의 라카와나 시(市)에 위치했으므로.

빠른 시일 내로 돌아갈 것이다. 맨해튼으로, 내 가족이 기다리는 곳으로.

"형, 트랜턴 쪽 호텔에 두고 온 내 물품 좀 가져와 주겠어?"

승연은 라카와나 시로 가는 차 안에서 에이전트인 훈에게 전화를 걸었다. 훈은 승급을 축하해 주면서도 걱정스런 목소리였다.

[혹시 마눌님하고 또 싸웠어?]

"아니. 왜?"

[그럼 왜 나한테 부탁하는 건데?]

원래 자질구레한 부분은 에이전트가 챙기는 법이지만 결혼한 뒤에도 부탁을 하니 훈은 놀란 듯싶었다.

승연은 툭 말했다.

"내 마눌님은 소중하니까."

훈은 할 말을 잃은 모양이었다.

"농담이고, 미니까지 챙겨야 되는데 왔다 갔다 하기 힘들잖아."

[하긴, 공부도 해야 되니 힘들긴 하지.]

승연은 바로 물었다.

“공부?”

[수능 공부하던데.]

“수능이라고?”

승연은 말 그대로 당황하고 말았다.

[몰랐나 보네. 으, 나 또 입방정 떤 건가?]

“아니야, 아니야.”

놀라긴 했으나 승연은 이 기회에 몰랐던 것을 알게 돼서 사실 기뻤다.

[미안해. 내가 괜히 아는 척했나 봐. 아무래도 네 마눌님이 부끄러워서 말을 안 했나 보다.]

“부끄러워?”

[그렇겠지. 서른 넘어서 대학 가려고 공부하는 거잖아.]

“음. 형은 어떻게 알았어?”

나도 몰랐는데.

[저번에 미니한테 유니폼이랑 사인받은 모자를 주려고 니네 집에 갔잖아. 그때 테이블 위에 수능 문제집이 펼쳐져 있는 걸 봤어. 열심히 하는 것 같더라. 문제집에 메모가 많이 되어 있던데.]

“그래? 흠.”

승연은 다른 이야기를 몇 마디 더 한 뒤 통화를 끝냈다. 새로운 사실을 알았다는 기쁨은 점차 사라져 갔고, 대신 분노가 치밀었다.

그렇게 중요한 일을 나한테 한마디도 안 하고 있다니?

물론 훈의 말도 맞았다. 이제 와서 대학에 가려고 수능 공부를 하는 게 부끄러울 수도 있었다. 하지만, 가족 아닌가?

가족이라도 말할 수 없는 부분이 있긴 했다. 그렇지만 대학은 인생이 걸려 있는 중요한 문제인데 어째서 입도 벙긋하지 않는 걸까? 더군다나 결혼한 지 벌써 사 개월이 넘었다. 말하고도 남았을 시간.

난 누나에게 깊은 의미가 아닌가?

승연은 임정희를 아내로 인정했다. 처음에는 미니의 엄마이자 섹시한 여자로만 봤지만, 이젠 인생의 동반자로 생각했다. 그런데 자기는 이렇게 중요한 문제를 싹 입 닫아?

승연은 휴대폰을 다시 들었지만 운전기사를 의식해 걸지 않았다. 그는 라카와나 시에 있는 PNC 필드에 도착한 뒤 그날은 코치진, 다른 선수들과 인사를 나누며 경기를 관람하는 것으로 하루를 보냈다. 트랜턴 시에 가서 짐을 챙겨온 훈이 알아봐 준 호텔에 들어간 뒤에야 전화기를 들었다.

미니에게 오늘 있었던 일을 듣는 건 하루의 일과였다. 사실 딸의 소나기 같은 수다는 엉뚱한 내용도 많아서 기분을 맑게 해주는 나름의 스트레스 해소 방법이기도 했다. 하지만 오늘따라 승연은 미니의 말에 집중하질 못했다. 그는 딸이 정희에게 수화기를 바꿔주자, 최소한으로 안부를 주고받은 뒤 마지막으로 이렇게 덧붙였다.

"미니 재우고 나서 나한테 전화 좀 해."

승연의 목소리에서 심상치 않은 것을 느꼈는지 정희는 별말 없이 그러겠다고 답했다. 그리고 한 시간 뒤, 승연에게 전화했다.

[무슨 일 있어?]

"아니야, 아무 일도."

그렇게 답하고는 승연은 괜히 손바닥으로 얼굴을 슥 문질렀다. 몸속에 그득한 분기가 좀 가라앉기를 바라며.

"궁금한 게 있어."

승연은 송화기를 손으로 막은 뒤 숨을 훅 내쉬었다.

"수능 공부하고 있어?"

[어……. 어떻게 알았어?]

"훈이 형이 저번에 미니한테 유니폼을 갖다주러 갔을 때 문제집을 봤대. 다른 이야기를 하다가 우연히 말이 나왔는데, 훈이 형은 내가 모르니까 놀라더라. 그래서 좀 기분이 그랬어. 대학에 진학한다는 건데 중요한 일이잖아."

[음. 별로 중요하진 않아.]

"뭐가 안 중요해? 인생이 걸려 있는데! 올해 말에 수능을 봐서 내년에 입학한다면 누나는 한국으로 간다는 말이잖아? 미니는 어쩔 건데? 한국으로 데려가서 둘이서 살 거야?"

나는 어쩔 건데? 난 어쩔 거야?

[공부를 하고 있긴 하지만 사실 수능은 포기했어. 구단주 일에다가 미니도 키우는데 체계적으로 공부하긴 힘들거든. 그리고 생각해 보니까 당신 말대로 당신을 두고 한국의 대학엘 다닐 순 없으니.]

정희의 목소리는 아주 차분해서 승연은 고함을 지른 게 민망할 지경이었다.

"왜 한국으로 가려는 거야? 미국에도 대학 많잖아. 뉴욕대 중퇴한 거 아니었어? 뉴욕대에 다시 들어가면 안 돼?"

미니를 임신했다는 것을 안 뒤 바로 이탈리아로 갔기에 졸업을 못했다는 말은 들은 적이 있었다.

[음. 그게 말이야…….]

정희는 난감해하는 기색이 역력했다. 승연은 짜증이 난 나머지 버럭 소리 질렀다.

"빨리 말 안 해?"

[사실대로 말해줄 테니까 나중에 놀리면 안 돼. 알았지?]

정희는 짜증으로 가득한 목소리였으나 그렇게 말했고, 승연은 그러겠다고 바로 약속했다. 좀 이상하긴 했다. 놀리면 안 된다니?

[내가 뉴욕대에 들어간 건 아버지의 기부금 덕분이야. 이름만 올려두고 놀기만 했어. 다시 뉴욕대에 가긴 싫어. 그리고 한국의 대학으로 가고 싶은 건…… 미련이 좀 있어서 그런 거야. 나 말이야, 한국에서…… 퇴학당했거든.]

"응?"

[사고를 좀 많이 쳤어. 고등학교 때 몇 번 퇴학당했어. 그래서 미국으로 쫓겨난 거야.]

어이가 없자 승연은 순간 말을 잃었다. 그리고 그는 저번에 정희가 한 말을 기억해 낼 수 있었다.


"온갖 사고란 사고는 다 치고 다녀서 여러 학교에서 쫓겨났던 내가 네 앞에서는 얌전한 척 굴었어. 입에 걸레를 물었냐는 비아냥거림까지 받았던 내가, 네 앞에서는 고운 말만 썼어."

그게 진짜였단 말이야?

[한국으로 돌아오니까 어느 대학을 나왔냐고 묻는 사람들이 많더라. 안 그래도 번듯한 졸업장이 하나도 없는 게 아쉬웠거든. 작년에 검정고시에 합격하고 나니까 대학에 가고 싶어졌어. 미국 대학이 아니라 한국 대학 말이야. 그래서 수능 공부를 한 거야. 엄마가 대학 졸업장을 가지고 있는 게 미니를 위해서도 좋을 것 같고.]

미니를 위해.

결국, 정희는 이번에도 딸을 위해 선택한 것이었다. 미니가 혹 엄마처럼 엉망인 길을 걸을까 봐 먼저 노력하는 것일 터.

"왜 진작에 나한테 말 안 했어?"

[당신 같으면 사고쳐서 여러 차례 퇴학당하는 바람에 국내 고등학교 졸업장도 없는 걸 말할 수 있겠어?]

"나도 중졸이야. 고2까지만 다녔어. 난 그런 거 신경 안 써."

사실이었다. 승연의 프로필에는 언제나 중졸이 따라다녔는데, 그는 전혀 신경 쓰지 않았고 팬들도 마찬가지였다.

[당신은 다른 걸로 아주 크게 성공했잖아. 난 아니야. 난 신경이 쓰여. 그리고 내 대학 문제는 별로 중요하지 않다고 생각해. 중요한 일이면 당신한테 말했지. 그리고 당신은 야구 때문에 많이 바쁘잖아. 괜히 신경 쓰이게 하고 싶지 않았어.]

"아무리 바빠도 이건 내가 알아야 될 일이잖아. 난 중요한 일이라고 생각해. 그러니까 앞으로 그런 건 좀 말해."

[흠. 알았어.]

"약속해."

[그래. 약속해.]

정희가 거듭 약속한 뒤에야 불쾌감은 물러갔다. 하지만 승연은 찝찝함을 지울 수 없었다. 한 가지 사실을 분명하게 깨달았기 때문이다.

역시 날 깊게 생각하는 게 아니구나.

물론 미니의 아빠로 대하는 건 확실했다. 그리고 가장으로서의 권위를 앞세우는 그를 존중해 주고 있는 것도 맞았다.

하지만 남은 인생을 함께 살아갈 존재로 보는 건 아니다.

신경 쓰이게 하고 싶지 않다고 했으나, 승연은 곧이곧대로 들을 수가 없었다. 퇴학당했다는 사실을 부끄러워하는 건 이해했다. 하지만 그렇다고 대학을 가려고 생각한다는 것조차 아무 말도 안 하는 건 문제가 있었다.

미니 때문이라지만 대학 자체가 그녀의 인생에서 중요한 의미인 게 분명했다. 중요하지 않게 본다면 지금 와서 다니려고 할 리 없으니까.

정희는 이혼할 생각인 건 아니라고 했다. 아마도 사실일 터. 미니를 위해서 결혼한 사람이 이혼할 리 없었다. 하지만 승연은 확실하게 깨달았다.

나는 중요한 존재가 아니구나. 그저 미니를 위해서 함께 살아가는 것일 뿐 진심으로 고려하는 대상이 아니구나.

갑자기 심장이 두 조각으로 찢어지는 기분이었다. 너무도 아팠다. 고통스러웠다.

승연은 이 아픔이 의미하는 바가 무엇인지 잘 알고 있었다. 아무리 야구 외적인 것을 잘 모른다고 해도 알 수밖에 없었다. 11년 전, 정희와 이별하면서 같은 고통을 겪었으니까.

똑같은 사랑은 아니다.

열아홉 살 때 했던 사랑은 아니었다. 그때, 승연은 정희를 떠올리기만 해도 심장이 너무 뛰어 입 밖으로 튀어나올 것 같았었다. 첫사랑은 그렇게 가슴이 뛰고 또 뛰는 일이었다.

그리고 지금, 서른 살이 된 사람이 하는 사랑은 달랐다. 그는 이제 소년이 아니었다. 성인 남자. 돈과 힘이 있고 책임감과 의무감을 두른 존재. 아버지이기도 했고 남편이기도 했다. 또한 야구선수로, 야구는 인생의 모든 것이 함축되어 있는 스포츠였다. 그리고 그는 그 스포츠에서 최고였고.

그런 만큼, 현재의 사랑은 달랐다. 정희를 생각할 때마다 더 이상 심장은 터질 듯이 뛰지 않았으나 감정의 빛깔은 더욱 성숙해졌다. 오래 보관된 와인 같은, 그런 깊이를 보여주는 사랑이었다.

그래서 바로 알지 못했다. 다시 사랑하게 됐음을. 그가 했던 단 하나의 사랑은 젊은 날의 가슴 떨리는 그런 종류뿐이니까.

아니, 다시 사랑을 시작한 게 아니라 혹시 소멸한 줄 알았던 감정이 사실은 그렇지 않았던 걸까? 그 오랜 세월을 거치면서 사라졌다고 생각했지만, 보이지 않는 곳에 그대로 숨어 있었던 게 아닐까?

어느 것이 답이든 결론은 같았다.

열아홉 살일 때 그러했던 것처럼 서른 살의 박승연은 임정희를 사랑한다.

사랑한다.

그리고 임정희는, 아니었다. 정희에게 그는 그저 옛 연인이자 딸의 아버지일 뿐이었다. 남편이기도 하지만 딸이 성장하면 같이 미래를 걸을 생각이 없는 그런 존재일 따름. 바로 그래서 승연은 절망감에 사로잡힐 수밖에 없었다.


총 투구 수 97개. 스트라이크 72, 볼 25.

PNC 필드에서 열린 첫 트리플에이 등판에서 승연은 훌륭한 투구를 선보였다. 7이닝* 동안 던졌는데, 컨트롤이 살아난 파이어볼러의 공은 누구도 치질 못했다. 몇 차례 공이 의도치 않은 곳으로 날아가긴 했으나 빗맞은 안타를 딱 두 개 허용했을 뿐 적절한 투구 수 조절까지 그는 완벽에 가까웠다.

"아빠 진짜 멋있어요."

메이저리그는 MLB TV라는 인터넷을 통해 경기를 볼 수 있는데, 트리플에이는 MiLB TV였다. 야구가 지루하다고 말해왔음에도 자리를 뜨지 않은 채 MiLB TV로 승연의 멋진 투구를 처음부터 끝까지 감상한 미니는 눈을 반짝였다.

"엄마도 그렇게 생각하죠?"

정희는 고개를 끄덕였다. 오늘 경기에서 승연은 정말 눈부셨다.

---

* 이닝(Inning):팀당 3아웃으로 두 팀이 번갈아 공격과 수비를 하는 한 단위. 즉 한 회

메이저리그가 아니라 마이너리그 선수들이 상대였으나 누구도 배트를 제대로 돌리지 못했다. 비록 8회에 나온 다음 투수가 왕창 무너진 터라 역전을 허용해서 승리를 챙기지 못했지만 승연의 투구 자체는 정말 멋있었다.

뭔가 좀 달라진 것 같은데.

야구에 대해서 아직도 잘 몰랐지만 정희는 마운드 위에 선 승연이 무시무시한 기운을 사방으로 뿌린다는 것을 알고 있었다. 뭐랄까, 만약 그녀가 타자라면 기에 눌리고 공포에 질릴 정도랄까? 하지만 방금 본 승연은 좀 달랐다.

여유를 가지고 게임을 진행한다는 느낌이 들었다. 몇 걸음 물러서서 냉정하게 파악한다고 할까? 그래서 그런지 올 시즌 들어서 몇 차례 저지른 어이없는 실수를 오늘은 거의 보여주지 않았다.

회복이 다 된 걸까?

오늘 경기만 놓고 보면 메이저리그 타자들도 승연의 적수가 되지 않을 것 같았다. 에이스다운 그런 경기였으니까.

"아빠 전화다!"

승연은 매일 밤 전화를 걸어왔는데 경기가 있는 날은 좀 늦었다. 하지만 미니의 수다를 잘 들어주고 정희와 통화하는 건 같았다. 이날도 그는 딸의 긴 이야기를 들어주었지만 다른 게 하나 있었다. 미니는 정희에게 전화기를 건네주지 않았다.

"엄마, 아빠 지금 바로 가봐야 한다고 통화 못한대요. 내일 전화하겠대요."

"그래?"

두근거리는 마음으로 승연의 목소리를 기다리고 있었기에 실망스러웠다. 하지만 정희는 감정을 누르며 미니를 재웠다. 내일 통화하면 된다고 생각하며 침대로 갔지만 오늘따라 잠이 잘 오지 않았다. 그리고 다음날, 그녀는 승연의 목소리를 또 듣지 못했다.

무슨 일이야?

갑자기 급한 일이 생겨서 그런 거라고 미니가 말해주었는데, 정희는 짜증이 살짝 났다.

혹시…… 화가 난 걸까?

정희는 곰곰이 생각해 보았고, 곧 답을 알게 되었다. 수능 이야기를 한 날부터 승연은 좀 이상했다. 미니와는 잘 통화하다가 일이 있다면서 그녀를 피했는데, 그 뒤에 따로 연락을 안 하는 걸 보니 확신할 수밖에 없었다.

말을 안 한 것 때문에 화가 안 풀린 거야.

며칠 뒤까지도 승연과 제대로 통화하질 못하자 정희는 결심했다.

풀어줘야겠군.

"미니야, 오늘 아빠 경기 보러 갈까?"

다음날, 정희는 딸을 꼬드겼다. 적응하는 데 힘들어할 줄 알았지만 예상과는 달리 미니는 미국 생활을 즐거워하고 있었다. 인형처럼 예쁜 남자 애들이 많다나? 영어를 아직 몇 마디 못하는데 잘도 대화하는 듯싶었고.

"정말요? 왔다 갔다 하기 힘들다면서."

"오늘은 홈경기라 많이 안 멀어. 아빠 많이 보고 싶지?"

미니는 고개를 열심히 위아래로 끄덕였다. 정희는 딸의 마음이 변할까 봐 손을 잡아끌고 얼른 펜실베니아로 차를 몰았다. 세 시간 정도로 생각보다 많이 걸리지 않았는데, 서두른 덕분에 경기가 시작되는 오후 7시 5분 정각에 도착할 수 있었다. 티켓을 사려고 했으나 매진됐다는 글씨가 보였다. 마이너리그 경기라고 해도 스타 중에 스타인 승연이 등판한다는 사실 때문인 듯싶었다.

"아빠 못 보는 거예요?"

아직 영어를 잘 몰랐지만 미니는 엄마의 표정을 보고 눈치를 챘다. 경기 전이라 승연이 받을 것 같지 않자 정희는 어떻게 할까 고민하다가 훈에게 걸었다.

[티켓 오피스 앞에서 잠깐 기다려 보세요. 구단 관계자에게 연락할게요.]

훈과 통화를 끝낸 지 10분도 안 되어 명찰을 달고 있는 사람이 나타났다. 정희는 훈의 수완에 감탄하며 직원을 따라갔다. 보통 홈팀이 1루 쪽을 차지하는 데 반해 PNC 필드는 3루 쪽이 스크랜턴 윌키스—배러 양키스 팀의 더그아웃이었다. 정희와 미니가 안내된 곳은 더그아웃 바로 옆의 맨 앞줄이었다.

"아빠다!"

스크랜턴 윌키스—배러 양키스 타자들이 공격을 하는 1회 말이 진행되고 있었다. 승연은 더그아웃 구석에 혼자 앉아 있었는데, 아빠를 발견한 미니가 소리를 지르자 정희는 서둘러 잡아끌었다.

"미니야, 아빠 경기에 집중해야 돼. 조용하게 보자. 응?"

미니는 툴툴거렸으나 그다음부터는 입을 다물었다. 사실 별로 소리 지를 것도 없었다. 매 이닝 초가 되면 승연은 느긋한 걸음으로 마운드로 나가서 포수의 미트*에 들어갈 때마다 퍽 하고 아주 크고 무거운 소리가 나는 공을 던졌고, 타자들은 배트를 비슷하게 맞추지도 못했다. 승연이 공을 던진 7회까지 한두 타자가 누상에 나가긴 했으나 2루까지 가지도 못하고 이닝은 종료됐다.

7회 초에 땅볼 두 개와 삼진 한 개로 수비가 간단하게 끝나자 승연은 가볍게 마운드에서 내려왔다. 여유가 느껴지는 모습이었다.

달라졌구나.

정희는 확실히 깨달을 수 있었다. 승연은 야구를 예전과 다르게 대하고 있었다. 뭐랄까, 한 단계 더 높은 계단에 올라서서 아래를 내려다본다는 느낌이랄까? 저렇게 여유있게 대할 수 있게 된 덕분에 부활한 걸까?

PNC 필드에 모인 관중들에게 열렬한 기립 박수를 받은 승연은 더그아웃과 연결된 곳 안쪽으로 들어갔다. 아빠의 모습이 완전히 사라지자 미니는 그 뒤부터 흥미를 잃었다. 미니가 다시 눈을 반짝인 건 경기가 끝난 지 한 시간이 지난 뒤였다.

정희는 직원에게 부탁해서 가족이 와 있다는 소식을 전하게 한 뒤 경기장 밖에서 기다렸다. 많은 팬들이 진을 치고 있었으나 승연은 미안하다고 말한 뒤 몇 명에게만 사인해 주고 미니에게 달려

---

* 미트(Mitt):포수와 1루수가 끼는 엄지손가락만 떨어진 글러브. 다른 포지션의 글러브는 다섯 손가락이 각각 분리된 모양이다

왔다.

"아빠!"

미니는 마주 뛰었고, 승연은 딸을 꼭 껴안았다.

"기다리게 해서 미안. 기자들이 많았거든."

"오늘 아빠가 잘해서 그런가 봐요."

승연은 오늘따라 특히 더 귀여워 보이는 딸의 뺨에 쪽 소리가 나게 뽀뽀한 뒤 환하게 웃었다. 그러나 그의 미소는 정희를 발견하자 순간 멈칫거렸다. 정희는 속으로 짧게 한숨을 쉬고는 고갯짓으로 차를 가리켰다.

"어서 가자."

"그래. 미니야, 아빠 못 본 사이에 재미난 일 있었어?"

"아빠가 없어서 재밌는 일은 하나도 없었어요."

미니는 눈웃음을 지으며 승연이 흐물흐물해질 만한 답을 내놓았다. 정희가 딸에게 혀를 내두를 때 승연은 입이 찢어져라 웃으며 딸의 손을 꼭 잡았다. 그들은 운전기사가 운전해 주는 차를 타고 승연이 임시로 머물고 있는 구장 근처의 호텔로 갔다. 미니가 졸려서 하품을 할 때까지 승연은 미니하고만 찰싹 달라붙어 있을 뿐 정희에겐 시선 하나 주지 않았다.

"피곤하지?"

미니를 재운 뒤 정희는 행동을 개시했다. 이렇게나 오랫동안 삐쳐 있는 게 좀 얄밉긴 했지만 어쨌든 그녀가 원인을 제공한 건 사실이니까.

하지만, 사실 정희는 이해가 가질 않았다. 그게 그렇게 중요한 문제인가? 물론 그녀가 한국의 대학에 입학할 거라고 생각했다면 승연이 기겁할 만하긴 했다. 그를 놔두고 가버린다는 의미였으니까. 하지만 말한 대로, 정희는 포기했다. 체계적으로 공부를 할 시간도 정신도 없으니까.

그러니 별것 아닌 일이었다. 그런데 왜 아직도 화를 내는 거야?

"아니."

승연은 정희의 질문을 단칼에 자르고는 등을 휙 돌렸다. 정희는 두 손을 뻗어 그의 허리에 감은 뒤 등에 뺨을 댔다. 승연의 몸은 뻣뻣했다.

"먼저 말 안 해서 미안해. 화 풀어. 응?"

"다 풀렸어."

"정말?"

정희가 다시 물은 말에 승연은 답을 하질 않았다. 그녀는 미니가 똥고집을 피울 때처럼 행동하는 승연의 코를 잡아 비틀어주고 싶었지만, 대신 빙긋 웃은 뒤 그의 가슴 앞으로 갔다.

"내가 씻겨줄까?"

"아까 씻고 왔어."

정희가 입술을 모아 은근하게 속삭인 말에도 승연은 덤덤하게 답했다. 그는 정희의 얼굴이 굳는 것을 보았지만 고개를 옆으로 돌리고는 침실로 갔다.

"나 먼저 잘게. 갑자기 피곤하네."

명백한 거절.

정희는 마치 뺨을 맞는 기분이었다. 그녀는 주먹을 불끈 쥐었다가 풀고는 침대로 갔다. 그러고는 승연에게 등을 돌린 채 눈을 질 끈 감았다. 예상과는 달리 정희는 바로 잠들 수 있었다. 뭔가를 느 낀 그녀가 눈을 뜬 건 새벽녘이었다.

"누나."

승연이 깨어 있었다. 커튼 사이로 새벽의 여명이 남은 하늘의 태양빛이 흘러들어 와 그녀를 내려다보는 승연에게 내려앉았다. 그의 얼굴은 기묘했다. 우는 것 같으면서도 웃는 것 같았고, 즐거 워하는 것 같으면서도 슬퍼하는 것 같았다.

"누나."

승연은 다시 속삭였다. 11년 전에 그녀를 순수하게 사랑했을 때 처럼, 누나라고. 그 짧은 한마디에는 수천 가지의 감정이 담겨 있 는 것 같았다. 정희가 고른 건 열망이었다. 그리고 욕망.

"이리 와."

정희는 그를 끌어안으며 환영했다. 승연은 곧바로 들어왔다. 전 희는 없었으나 아프지는 않았다. 하지만 승연의 표정처럼 그의 몸 짓 또한 기묘했다. 방출하고 싶어하면서도 억누르고 싶은 마음이 섞여 있는 것 같은, 그런 행위였다.

"무슨 일 있어?"

섹스는 짧았다. 그녀가 먼저 샤워하고 나온 뒤 승연도 곧 씻었 다. 정희는 그의 손을 붙잡고 물었다.

"아니야."

정희는 대답을 기다렸지만 승연은 고개를 저을 뿐이었다. 그녀 는 다른 주제를 택했다.

"내가 야구를 잘 볼 줄 모르지만 당신이 던지는 게 좀 달라진 건 알겠어."

"잘 보네. 마음가짐을 좀 바꿨거든."

야구 이야기라 그런지 승연은 편하게 답을 주었다.

"저번에 잭, 그러니까 캡틴의 집에 갔었잖아. 그때 캡틴이 조언해 줬어. 자신도 나처럼 전투적으로 임했다가 이젠 경기 자체를 즐기고 있대."

미국은 아마, 프로를 불문하고 80년대부터 스포츠심리학이 적용되고 있었고, 메이저리그 구단에도 팀마다 스포츠심리학자가 있어서 선수들에게 도움을 주었다. 부상을 당한 뒤 승연은 팀의 몇 스포츠심리학자와 가끔 이야기를 나누었지만 잭만큼 도움이 된 사람은 없었다.

"나도 그러기로 했어. 아직 쉽지 않지만."

"그래도, 어제 참 잘하더라."

"아무리 트리플에이라도 여긴 마이너리그일 뿐이니까. 나같이 지저분한 공 끝을 가진 좌완이 92마일(약 148km) 정도로만 던져도 잘 못 쳐. 사실 컨트롤을 잡으려고 약간 속도를 낮추고 있어. 메이저리그로 올라가면 원래 속도로 던져야 될 텐데 그러면 컨트롤이 마음먹은 대로 안 될 것 같아서 걱정이야."

"음. 그래도 어제 경기에 96마일(약 154km) 몇 번 찍었잖아. 기억나. 컨트롤도 잘된 것 같던데."

어제 이후로 정희를 대하는 승연의 얼굴에 처음으로 미소가 살짝 떠올랐다.

“맞아. 몇 번은 괜찮았어. 하지만 메이저리그에선 계속 그렇게 던져야 되거든. 이제 자기도 야구 박사 다 됐네?”

승연은 새벽에 짧게 사랑을 나눌 때와는 달리 더 이상 누나라고 부르지 않았다. 왠지 모르게 정희는 그 사실이 섭섭했다.

“서당 개 3년이면 풍월을 읊는다는데 뭐. 서당 개라니 비유가 좀 그렇지만.”

정희는 미소 지으며 손을 뻗어 승연의 목에 감았다. 그러고는 승연의 입술에 뜨겁게 키스했다.

갖고 싶다.

미니가 곧 깨어날 거라는 사실을 알았지만, 승연은 끝내주는 곡선의 몸을 부딪쳐 오는 정희를 다시 갖고 싶었다.

“안 돼. 시간없어.”

승연이 가슴을 확 쥐면서 문지르자 정희는 신음했지만 그를 뒤로 밀었다. 미니는 매일 아침 기상하는 시간이 일정했다.

“쳇.”

승연은 입을 내밀어 툴툴거렸다. 하지만 미니가 곧 나오자 얼굴을 싹 바꿨고 내내 웃으면서 딸을 대했다.

“아빠, 내일부터 원정 가잖아요. 따라가면 안 돼요?”

“학교 가야지. 안 돼.”

승연은 딸의 제안에 혹하는 자신을 발견했으나, 고개를 젓고는 딸이 삐치기 전에 얼른 말했다.

“다다음주에 홈으로 돌아오거든. 그날 다시 올래?”

“네.”

미니는 조금 심통이 난 표정이었지만 정희까지 거들자 수긍했다.

"열흘 뒤에 보자, 우리 공주님. 자기도."

딸에게는 깊은 사랑을 보여주며 일렁이던 승연의 눈동자는 정희에게 향할 때는 다소 가라앉아 있었다. 그 사실이 정희의 가슴을 후려치고 지나갔다. 그녀는 딸을 데리고 나갔다.

아내와 딸의 모습이 사라지자, 승연은 그제야 몸을 가득 채웠던 긴장감이 스르륵 밑으로 내려갔다.

생각보다 더 힘들구나. 감정을 숨기는 건.

열아홉 살 때는 모든 마음을 즉시 내뱉었다. 그러지 않고서는 배길 수 없을 만큼 많이 사랑했으니까. 하지만 지금은 그때만큼, 혹은 더 사랑했으나 조금이라도 감정을 흘릴 수 없었다.

누나의 심장 속엔 나에 대한 사랑은 하나도 안 남아 있는 거야?

목 끝까지 치달은 질문이었다. 그러나 그렇게 하지 못했다. 들킬지도 모르니까.

정희가 눈치챈다면 난 얼마나 더 비참해질까?

물론 정희는 잔인한 여자가 아니었다. 그리고 그를 존중하는 만큼 경멸 같은 부정적인 반응은 보이지 않을 것이다. 예의 바르게 마무리 짓겠지. 하지만 반응이 공손하든 안 하든, 그녀가 그를 사랑하는 게 아니기 때문에 비참할 따름이었다.

지금보다 더 추락해선 안 돼. 그럴 순 없어. 말하면 안 돼. 들키면 안 돼.

승연은 마음을 다지고 꼭 다졌다. 하지만 결심은 오래가지 않았다. 그럴 수가 없게 되었다.

미니에게 약속한 열흘 뒤가 되었다. 트리플에이로 온 뒤 네 번째 등판을 하는 날. 사실 컨디션이 썩 좋지 않았지만 승연은 미니와 정희가 와 있다는 사실을 생각하며 이전보다 더 집중했다. 그래서 덕분에 7과 3분의 1이닝 동안 한 점도 안 주고 단타 세 개를 내주는 것으로 끝이 났다.

승리까지 거머쥐었기에 승연은 기분 좋게 인터뷰를 하고 서둘러 경기장 밖으로 달려나갔다. 그는 팬들에게 둘러싸여 사인을 해 주면서도 정희와 미니를 찾아보았다. 정희의 머리만 보였는데, 승연은 얼른 사인을 마무리하고 달려갔다. 환하게 웃던 그의 얼굴은 정희 옆에 서 있는 남자를 발견하자 굳어버렸다.

"누구?"

남자는 정희와 막 포옹을 나눈 뒤로 삼십대 후반의 백인이었다. 이목구비가 거칠었으나 상당한 미남으로 정희를 쳐다보는 눈빛이 심상치 않았다. 승연은 주먹을 내뻗고픈 충동을 애써 자제한 뒤 간신히 목소리를 냈다.

"이탈리아에 살았을 때 알았던 친구야. 방금 마주쳤어. 세상 정말 좁다니까."

정희는 승연에게 그렇게 소개해 준 뒤 남자에겐 영어로 말했다.

〈지안니, 미니 아빠예요.〉

남편이 아니라, 미니 아빠?

〈안녕하세요.〉

지안니는 미소 지었지만 승연에겐 지안니가 웃는 건지 우는 건지 보이질 않았다. 분노 때문에 눈에 핏발이 서서 시야가 벌겋게 변해 있었으니까.

〈저희가 바빠서, 이만.〉

승연은 악수를 청하는 지안니의 손을 무시한 뒤 몸을 홱 돌리고는 미니를 잡아끌었다. 정희는 황당한 나머지 말을 잃었다가 지안니에게 서둘러 사과와 작별의 말을 하고는 승연에게 달려갔다. 바로 쏘아붙이고 싶었으나 미니 앞에서는 다툼을 하지 않는 게 부부의 철칙이었다.

숙소로 들어갈 때까지, 그리고 미니를 재울 때까지 정희는 입을 꾹 닫은 채 이글이글 타오르는 눈빛으로 참고 또 참았다. 그녀는 침실로 들어와 문을 닫자마자 공격을 시작했다.

"아까 대체 왜 그랬던 거야?"

정희는 두 팔을 허리에 둔 채 날카롭게 소리쳤다. 혹 미니가 깰까 봐 작은 목소리로.

"그렇게 무례하게 굴다니! 지안니가 얼마나 무안했겠어?"

승연은 아무 말도 하지 않았다.

"이탈리아에 있을 때 날 많이 도와준 친구야. 형부의 친구이기도 하고. 대체 왜 그런 거야?"

"친구?"

승연이 느릿하게 일어섰다. 그가 자신보다 25cm가 더 크고 덩치가 상당하다는 사실은 익숙해진 지 오래됐으나, 정희는 오늘은 다른 생각을 하게 되었다. 내려다보는 그는 꽤 위압적이었다.

"같이 자는 친구?"

"뭐라고?"

"섹스파트너가 아니었냐고 물었어."

정희는 어이가 없었다. 그녀가 아무 말도 못하고 있을 때, 승연은 활활 타오르는 횃불 같은 눈을 하더니 정희의 두 어깨를 잡고 흔들었다.

"말해! 같이 뒹굴었어? 뒹굴었냐고!"

"미쳤어? 왜 이래?"

정희는 광인처럼 눈을 벌겋게 물들인 채 이성을 잃은 승연의 모습이 당황스럽다 못해 기가 막혔으나 무섭지는 않았다. 그가 자신에게 폭력을 사용하지 않을 거라는 사실을 본능적으로 알고 있기 때문이었다. 지금도 어깨를 잡고 뒤흔들고 있었지만 그다지 아프지 않았다.

"대답하란 말이야!"

"아니야! 지안니는 그냥 친구야! 친구라고! 더군다나 유부남이고 부인을 따라 출장을 온 거였어! 이거 못 놔?"

정희의 입에서 답이 흘러나온 뒤에야 승연은 못 만질 것을 만지고 있었던 것처럼 손을 빠르게 뒤로 가져갔다. 그러고는 으득 소리가 울리게 이를 악물더니, 짖어대듯 경고했다.

"그 새끼, 다신 만나지 마."

"뭐?"

"들었잖아. 다시 만나지 마! 만나기만 하면 그 새끼 목을 분지를 거야!"

정희는 숨이 턱 막혔다.

"대체 왜 이래?"

"내 말 들어! 그리고 앞으로 내 소개 똑바로 해! 미니 아빠가 아니라 남편이라고! 알아들었어?"

보통 정희는 승연을 미니 아빠라고 소개했다. 왜냐면 승연이 그녀의 남편이라는 말보다는 그 호칭을 더 좋아한다고 생각하기 때문이었다. 하지만 그게 아닌 모양이었다. 그리고…….

"지금 질투하는 거야?"

정희의 입술에서 흘러나온 질문은 아주 조용했다. 승연의 새까만 눈 속에서 격렬하게 타오르던 감정이 일순 정지한 게 바로 그 순간이었다.

"지금 질투하는 거지?"

그게 아니라면 무례한 몇몇 팬들에게도 친절한 사람이 지안니를 무시할 리 없었다. 그리고 남편이라고 소개하지 않은 것에 저렇게나 이를 갈 리 없었다.

"왜…… 그러는 거야?"

물론 질투는 당연히 할 수 있었다. 그녀도 약간이지만 그 수많은 여자 팬들을 질투하고 있었고, 사랑하지 않더라도 어느 정도 정(情)이 있는 건 사실이니까. 하지만, 하지만 이건 정도를 지나쳤다.

"설마, 설마……."

"그런 눈으로 쳐다보지 마! 그렇게, 그렇게 불쌍한 것처럼 보지 마!"

승연은 다시 짖어대듯 소리쳤으나 정희는 고개를 돌릴 수가 없었다. 호흡조차 할 수 없었다.

"승연아, 승연아……."

정희의 목소리와 눈동자는 어지러웠다. 그래서 승연은 더 참을 수 없었다. 이대로라면 미쳐 버릴 것 같았다. 미쳐 버릴 것 같았다!

승연은 침실을 박차고 나갔다. 룸 밖으로 나가 다른 공기를 찾았다. 사랑하는 여자에게 사랑받지 못한다는 비참함을 잊기 위해 다른 공기를 갈구하며 뛰쳐나갔다. 하지만 그림자는, 비참한 남자의 그림자는 끝없이 따라왔다.

본 경기—8 회

시즌이 시작된 지 한 달이 지난 5월 초, 뉴욕 양키스 팀은 순항 중이었다. 암흑의 시기를 겪었으나 8년 전에 에이프릴 리가 단장이 되어 팀을 재정비한 뒤 다시 강자로 부활한 양키스 팀은 현재 아메리칸리그 동부지구에서 선두 자리를 굳건하게 고수하고 있었다. 하지만 약점이 있었다.

바로 에이스(Ace)의 부재.

그동안 양키스가 강팀으로 군림해 온 이유 중에 한 가지는 확실한 에이스가 있었기 때문이다. 에이프릴이 단장이 된 초기, 톰 스미스라는 이름이 너무 평범해서 '파이어볼러' 라는 별명으로 불렸던 투수가 에이스로 확실하게 자리했었다. 그리고 톰이 은퇴할 즈음 승연이 성장을 끝내고 평균 97마일(약 156km)의 강속구를 원하는 곳에 찔러 넣으며 다음 에이스임을 세상에 천명했다.

팀에서 가장 뛰어난 투수인 에이스는 책임이 막중했다. 팀이 연패를 겪고 있다면 에이스는 나가서 승리하는 것으로 연패를 끊어 줘야 했다. 팀이 연승을 달리고 있다면 에이스는 나가서 승리하는 것으로 연승을 이어줘야 했다.

맨 앞에 서서 경기를 이끌어가고 동료들에겐 승리에 대한 확신을 주며 팬들에겐 열광적인 지지를 받는 존재. 바로 그게 에이스로, 대부분의 에이스는 파이어볼러라고 통칭되는 빠른 공을 가진 투수였다. 거기다가 좌완이면 금상첨화였는데, 같은 능력을 가지고 있더라도 우완에 비해 희소성이 있어 공이 체감상 2~3km 더 빠르게 느껴지기 때문이었다. 그래서 야구계에는 '좌완 파이어볼러는 지옥에 가더라도 구해온다'는 말이 있을 정도였다.

승연이 바로 그런 에이스였다. 좌완에다가 파이어볼러였으며 거기다 컨트롤도 아주 좋았다. 경기 자체를 지배하며 팀에 승리를 안겨다 주었고 동료들과 팬들에게 굳건한 신뢰를 받았으며 그 보답으로써 엄청난 연봉과 온갖 상을 손에 쥐었다. 완벽했던 존재.

하지만 작년 개막전 때 부상을 당하면서 승연은 뉴욕 양키스 팀의 전열에서 이탈했다. 다른 투수도 아니고 에이스의 부재는 팀에 엄청난 손해를 끼쳤다. 금전적인 부분은 말할 것도 없거니와 대망의 월드시리즈에서 패배당했으니.

그럼에도 단장 에이프릴은 오프시즌 때 에이스 급의 또 다른 투수는 영입하지 않았다. 거액을 쓸 수 없는 상황이기도 했고 신인 투수들이 꽤 괜찮게 성장하고 있기 때문이었다. 그리고 스포츠의 세계에선 무엇이든 100% 장담할 수 없지만 승연이 돌아올 거라는 것을 알고 있기 때문이었다.

만약 가장 중요한 어깨를 다친 거였다면 몰라도, 발목이었다. 밸런스를 다시 잡는 데 문제가 있을 게 뻔했으나 그렇게 자기 관리가 철저하고 모든 노력을 다 하는 선수가 재기하지 못할 리 없었다. 문제는 에이스에서 급이 떨어져 그냥 좀 잘하는 투수가 될지도 모른다는 것이었다. 팀에 필요한 건 에이스이지 그 이하 급은 아니니까. 그리고 더 문제는, 승연이 컨트롤을 되찾는 데 의외로 시간을 많이 소비하고 있다는 사실이었다. 팀이 여유가 없는데도.

다른 투수들이 잘 성장하고 있다고 해도 그들은 에이스가 아니었다. 에이스라는 찬란한 카드가 있어야 월드시리즈에서 우승할 수 있는 법. 작년에 실패한 것만 봐도 확연한 사실이었다. 승연이 돌아와야, 누구보다도 빛나는 에이스였던 원래 모습으로 돌아와야 다시 한 번 최고의 자리에서 우승을 거머쥘 수 있게 될 터였다. 그래서 트리플에이에서 훌륭한 모습을 보여주고 있음에도 바로 메이저리그로 올리지 않고 있었다.

〈여기 뉴욕 아니야.〉

경기 전, 에이프릴은 남편에게 전화를 걸었다.

〈라카와나 시에 와 있어.〉

[에이스를 데리러 간 거야?]

잭의 목소리에는 느긋한 여유가 실려 있었다. 그럴 줄 알고 있었던 게 분명했다.

〈글쎄. 에이스인지 아닌지 확신을 못하겠어.〉

에이프릴은 수화기 건너에서 잭이 웃음을 터뜨리는 걸 듣게 되었다.

〈왜 웃어? 우리 팀에 지금 에이스가 필요하다는 걸 잘 알잖아.〉

올 시즌 양키스 팀이 순항한 건 에이스가 없음에도 다른 다섯 명의 선발투수가 잘 버텨주고 있었기 때문이다. 하지만 어젯밤, 작년부터 자리를 비운 승연을 대신해 애쓰던 제1선발투수가 갑작스러운 부상을 당해 최소 한 달은 결장이 확실해졌다.

대체할 수 있는 제1선발투수가 필요했다. 아니, 단순히 제1선발투수가 아니라 에이스가 필요했다. 월드시리즈 우승 경험이 있고, 다른 투수들을 이끌어갈 확실한 에이스가.

[그건 나도 잘 알지. 근데, 이미 승연이 에이스인지 아닌지 알면서 그러는 게 귀여워서 말이야. 우리 와이프는 왜 이렇게 사랑스럽지?]

〈내가 좀 그렇지?〉

에이프릴은 쑥스러우면서도 그렇게 답을 했고, 잭은 더 크게 웃었다.

[이만 끊어야겠어.]

〈알았어. 사랑해.〉

[나도 사랑해.]

에이프릴은 남편의 고백을 들은 뒤에야 통화를 끝냈다. 그녀의 얼굴에 피어났던 느긋한 미소는 경기가 시작되자 사라졌다. 에이프릴은 날카로운 눈으로 승연의 공 하나하나를 살펴보았다.

확실히 달라졌구나.

승연은 경기를 즐기고 있었다. 그리고 무조건 살기부터 내뿜었던 이전과는 달리 냉정하게 거리를 두고 있기도 했다. 그래서 경기를 더 날카롭게 파악할 수 있게 된 모양이었고, 쓸데없이 기운을 낭비하지 않아서 그런지 좀 더 오래 던질 수 있게 보였다.

전율이 일자 에이프릴은 저도 모르게 몸을 감싸 안았다.

어떻게 저렇게 쉽게 선을 넘은 걸까? 좋은 투수는 흔했지만 지능과 자신감, 노련미까지 갖춘 탁월한 투수는 소수였다. 부상 전, 승연은 리그에서 손꼽히는 탁월한 투수였다. 그리고 지금은 그 단계마저 뛰어넘은 상태였다.

한계에 다다랐던 선수가 저렇게 쉽사리 선 밖으로 뛰쳐나와서 더 높은 레벨로 올라가다니.

오랜 기간 수많은 야구선수를 봐온 사람으로서 에이프릴은 상상 이상을 보여주는 승연의 진화가 놀라울 수밖에 없었다. 그리고 마음에 들었다. 아주 마음에 들었다. 한 가지가 걸렸지만.

얼굴이 왜 저렇지?

건강에 문제는 없어 보였으나 승연은 얼굴이 다소 초췌했다. 에이프릴은 생각에 잠겼고, 경기가 끝나자 승연을 사무실로 불렀다. 승연은 에이프릴과 얼굴을 맞대자 깜짝 놀란 표정이었다.

〈나 온 줄 몰랐어?〉

〈네. 언제 오셨어요?〉

〈경기 시작하기 전에.〉

에이프릴은 시계를 확인한 뒤 물었다.

〈가족들이 밖에 있니?〉

〈아뇨. 오늘은…… 아닐 거예요.〉

아니라는 게 아니라, 아닐 거라고?

에이프릴은 질문을 참고 제안했다.

〈이제 뉴욕으로 돌아갈 건데 같이 가자. 리무진이라서 편할 거야.〉

〈음, 그 말씀은.〉

에이프릴은 손을 내저었다.

〈알면서 왜 그래? 감독님한테 인사드리고 나와. 인터뷰는 뉴욕으로 가서 해도 될 거야. 밖에서 기다리고 있을게.〉

기다리고 기다린 메이저리그 컴백인데도 승연의 표정은 밝지 않았다. 아주 널찍하고도 편안한 리무진에 탄 뒤에도 마찬가지였다. 승연이 흐리멍덩한 눈빛으로 창밖만 바라보고 있자 에이프릴은 결국 참지 못했다. 그녀는 노트북을 탁 접은 뒤 안경을 벗고 승연을 노려보았다.

"무슨 일이야?"

승연은 에이프릴이 영어가 아니라 한국어를 쓴다는 것을 인식하지 못하고 무의식중에 역시 한국어로 답했다.

"아니에요. 아무것도."

"아니긴 뭐가 아니야. 대체 왜 그래? 돌아가는 게 안 기뻐?"

"아뇨. 기뻐요."

승연은 그렇게 말했으나 에이프릴의 표정을 보고 그녀가 자신의 멍한 상태를 알아차렸음을 깨달았다. 에이프릴은 그를 노려보며 강하게 말했다.

"말해. 무슨 일인지."

승연은 피해갈 방법을 찾다가 이렇게 말했다.

"음, 제 사생활이에요."

"그래서 말하기 싫다?"

"네."

"그럼 말하지 마."

에이프릴은 안경을 다시 쓰고는 노트북을 켰는데, 그에게 시선 하나 주지 않았다. 그러자 불안해진 건 승연이었다. 그는 조심스럽게 에이프릴의 눈치를 살폈다.

혹시 삐친 건가? 아니, 단장님이 그럴 리는 없지. 하지만 단장님도 여자긴 여잔데.

"그냥 개인적인 일이라서요. 딱히 단장님이 못 미더워서 말을 안 하는 게 아니에요."

승연은 슬그머니 변명하고 말았다. 그리고 에이프릴은 콧방귀를 뀌었다.

"누가 뭐래?"

확실히 삐쳤군. 이걸 어쩌지?

물론 그럴 리는 없지만 그를 방출할 수도 있는 권한을 가진 사람을, 거기다가 가장 존경하는 잭의 아내를 삐친 채로 둘 순 없었다. 하지만.

"정말 개인적인 거예요."

"그래, 그렇겠지."

이제 에이프릴은 노트북 자판을 쿵쿵 쳐대듯이 치고 있었다. 소리가 날 때마다 승연은 움찔거렸다. 그가 어찌할 바를 몰라 할 때, 에이프릴은 노트북만 바라보며 이렇게 말을 시작했다.

"내가 왜 평소에 한국어를 안 쓰는지 알지? 다른 사람들에게 한국 선수를 편애한다는 소리를 듣기 싫어서 그런 거야. 근데 말이야, 나 사실 편애해. 내가 국적은 미국이지만 한국 선수들한테 정이 더 가더라. 특히."

승연은 왠지 무서워졌다.

"너한테 말이야."

타닥타닥 거칠게 타자를 치면서 에이프릴은 잘도 말하고 있었다.

"내가 양키스 팀의 단장이 됐을 때 네가 막 선발투수로 뛰기 시작했잖아. 어린 남동생이 성장하는 걸 지켜본 것 같아서 마음이, 한국어로 뭐더라? 맞아. 짜장하더라."

짜장이 아니라 짠이겠지.

하지만 승연은 감히 지적하지 못했다.

"그래서 너한테 좀 더 신경을 써줬는데. 그랬는데 넌……."

"사랑해요."

결국 승연은 말할 수밖에 없었다. 뭐랄까, 마치 고문당하다 토해내는 느낌이었다. 하지만 내뱉고 보니 시원했다.

"뭐라고? 설마 너, 날 사랑한단 말이야?"

에이프릴은 마치 머리가 세 개 달린 사람을 보는 것처럼 경악한 얼굴로 그를 쳐다보았다. 승연은 저도 모르게 가자미눈을 뜨고 그녀를 노려보았다.

"아뇨. 그럴 리가요. 절대 그렇지 않으니 염려 놓으셔도 돼요."

"그래. 그렇구나. 다행이네. 암튼, 그럼 누구 말이야?"

"아내요."

"네 아내를 사랑한다고?"

에이프릴은 가슴을 쓸어내렸고, 승연은 천천히 고개를 끄덕였다. 말로 하는 건 쉬웠으나 고갯짓은 어려웠다. 그리고 고통스러웠다.

5일 전 밤, 정희가 있는 곳에서 뛰쳐나온 뒤 승연은 그녀와 통화조차 하지 않고 있었다. 미니에겐 꼬박꼬박 전화했지만 엄마를 바꿔달라는 말은 절대 하지 않았다. 그러자 둘 사이가 이상하다는 것을 눈치챘는지 미니는 다소 풀이 죽어 있었는데, 평소와 달리 힘이 쭉 빠진 딸의 수다는 듣기 괴로웠으나 승연은 뭘 어쩔 수가 없었다.

나는 사랑한다. 하지만 정희는 사랑하지 않는다.

바로 그 사실이, 승연은 작년 개막전에 발목이 완전히 으스러졌다는 선고를 받았던 때보다 고통스러웠다.

"그게 왜 문제가 되는 건데? 아니, 알겠다. 네가 사랑하는 게 고민이라면……."

에이프릴이 이어 말하지 않아서 다행이었다. 직접적으로 다른 누군가에게 사실을 확인받는 건 또 다른 고통일 테니.

"어떻게 해야 하죠?"

승연은 푸념하듯 내뱉었다. 한번 물꼬를 트니 둑이 터진 것처럼 줄줄 나왔다.

"완전 짜증난다니까요. 왜 나만 이런 거죠? 누나는 날 사랑하지 않아요. 나만 사랑해요. 왜, 왜 나만 그러는 걸까요? 억울해요. 정말 억울해요! 난 사랑하는데, 더군다나 결혼까지 했는데 여전히 나한테 별로 깊은 감정을 안 느끼나 봐요. 예전엔 날 사랑해서 미니까지 낳아놓고서! 아무리 시간이 많이 흘렀다지만 어떻게 이럴 수 있지?"

입 밖으로 계속 쏟아내는 동안 에이프릴은 가만히 듣고 있기만 했다. 그녀가 입을 연 건 맨해튼에 도착하기 얼마 전이었다.

"노력은 해봤니?"

한참 혼자서 구시렁거리던 승연은 그제야 혼자 있는 게 아니라는 사실을 깨달았다. 약간 부끄러웠다.

"난 너보다 나이가 좀 많아. 애도 둘이나 있고. 인생의 선배한테 조언을 받는 걸 영광스럽게 생각해. 알았지?"

에이프릴은 승연의 얼굴이 붉어지는 것을 봤는지 씩 웃고는 그렇게 말을 이었다.

"노력, 얼마나 해봤어?"

"음, 노력요?"

사실 승연은 말하고 싶지 않았다. 뭐랄까, 왠지 벌거벗은 기분이 들었으니까.

젠장, 그냥 입 다물고 있을걸.

하지만 뭔가 돌파구가 필요한 건 사실이었다. 이대로 있다간 질식해 버릴 것 같았으니까. 사랑의 고통 때문에 죽을 수도 있다는 말이 실감이 날 정도였다.

11년 전에 헤어졌을 때는 자신이 보잘것없는 존재라는 사실 때문에 미칠 것 같았다. 정희에 대한 그리움도 컸기에 모든 것을 다 해 야구에만 몰입했었다. 그렇게 잊었으나 지금은 상황이 또 달랐다. 원정 경기를 많이 다니긴 하지만, 기본적으로 같이 살고 있다.

"그래, 감정이라는 게 노력한다고 되는 건 아니지만 원하는 걸 얻기 위해서는 최대한의 노력이 필요한 거잖아. 네 아내에게 사랑받기 위해 얼마나 애썼어? 얼마나 마음을 보여줬니? 네 모든 것 가운데 얼마나 줬어? 나는 말이야."

에이프릴의 입술 끝이 살며시 올라갔고, 그녀의 눈동자는 꿈꾸는 듯 먼 곳으로 향했다.

"잭을 위해 내 모든 걸 걸었어. 잭 또한 그랬지. 날 위해 월드시리즈에서 우승했어."

"그건…… 제 아내에겐 안 통해요. 야구, 별로 안 좋아하거든요."

"한국 프로야구 팀의 구단주인 거 맞지? 그런데도 안 좋아한다고?"

"상황이 좀 그래요. 저 때문인 것 같기도 하고……. 암튼, 단장님 말은 상대가 원하는 걸 주라는 말이죠?"

승연은 재빨리 핵심을 캐치했다. 에이프릴은 고개를 끄덕였다.

"그래. 그리고 모든 걸 걸어봐."

만약 그래도 안 된다면?

"안 돼도 해. 계속해."

승연의 불안을 읽어냈는지 에이프릴은 주먹을 꽉 쥐고는 그의 눈앞에 들이밀었다. 용기를 북돋아주고자 하는 기합이 가득 들어가 있었다.

"포기하지 마. 끈질기게 물고 늘어져야지. 난 너처럼 열심히 노력하는 선수는 본 적이 없어. 아, 내 남편 빼고."

에이프릴은 빙긋 웃었다.

"최선을 다해봐. 안 되면 다시 해보고. 다시, 다시 해. 너, 미국에 갓 왔을 때 공만 빠르고 컨트롤은 거의 절망적이었어. 노력하고 또 노력해서 이 자리까지 왔잖아. 얼마나 많이 애썼니? 모든 걸 걸었잖아. 그때처럼 해봐. 너에게 불가능한 건 없어."

승연은 알아들었다. 그는 눈을 번뜩이며 고개를 끄덕였다.

그래, 한 번 해보자. 불독처럼 물고, 늘어져 보자. 절대 놓지 말고, 공격하자. 그리고 얻어내자.

나를 다시 사랑하게 만들겠어. 모든 노력을 다해서, 날 다시 이전처럼 마음에 담게 하겠어!

에이프릴은 승연이 두 주먹을 불끈 쥐는 것을 즐겁게 바라보았다. 물론 그녀는 이런 제안을 하는 것을 잊지 않았다.

"참, 너 다음 선발 정해졌거든. 상대는 미네소타 트윈스야."

사실 선수와 상의한 뒤에 정하는 게 옳은 순서였지만 에이프릴은 확정된 것처럼 말했고, 승연은 이유를 알 수 있었다. 부상당하기 전에 그가 가장 큰 자신감을 갖고 격파한 팀이 바로 미네소타 트윈스였다.

"그날 이벤트 할래?"

"이벤트요?"

"네 아내가 스포트라이트를 받는 건 좀 꺼려한다고 했지? 크게 는 말고 작게 하자. 멋지게 이긴 다음에 사랑하는 아내를 위해서 재활을 더 열심히 했다고 인터뷰할 때 말하는 거야. 아내에게 승 리를 바친다고 덧붙이면 더 좋지. 네 아내가 야구를 안 좋아한다 지만 여자들은 이벤트에 약한 법이거든. 사람들 앞에서 딱 그렇게 말하면 감동할 거야."

에이프릴은 월드시리즈에서 우승했을 때 전 세계 야구팬들이 지켜보는 앞에서 잭에게 청혼을 받았다. 그런 이벤트 선물을 받은 사람이 하는 말이니 승연은 수긍할 수밖에 없었다.

"좋아요. 할게요."

반드시 이기겠군.

언제나 변수가 있는 법이지만, 에이프릴은 잘 던지고 말겠다며 이글이글 타오르는 눈빛을 하는 승연을 보면서 믿음을 가지게 되 었다.

정말 다행이야. 올해는 우승할 수 있겠지?

에이프릴은 반쯤은 음흉하게, 나머지 반쯤은 만족스럽게 웃었 다.


승연이 마음을 새롭게 다지고 맨해튼의 집으로 왔을 때 안에는 아무도 없었다. 승연은 다소 아쉽기도 하고 안도감이 들기도 했 다. 정희와 다시 만났을 때 어떤 말을 해야 할지, 어떤 행동을 해 야 할지 잘 몰랐으니까.

물론 생각은 많이 했다. 일단 평소처럼 대하다가 나중에 미니를 재운 뒤에 분위기를 잡고 말할 계획이었다. 문제는 정희와 미니가 없다는 사실이었지만.

어디로 간 거지?

좀 더 기다렸으나 밤 열 시가 됐는데도 올 기미는 보이지 않았다. 승연은 망설이다가 수화기를 들었다.

[아빠.]

잔뜩 긴장한 채 정희의 휴대폰으로 걸었으나 미니가 받았다.

"그래, 아빠야. 지금 어디에 있니?"

[아빠 숙소로 가는 중이에요. 거의 다 왔어요.]

"숙소? 라카와나 시의 호텔 말이야?"

[네. 엄마가 아빠를 보고 싶어하는 눈치더라고요. 그래서 제가 아빠 보러 가자고 졸랐어요. 저 잘했죠?]

앞의 말은 심장을 두근거리게 했으나 뒷말은 아니었다. 승연은 인상을 쓰고 말았다.

"미니야, 엄마 지금 옆에 있어?"

[아뇨. 지금 주유소예요. 엄만 차 밖에서 기름 넣고 있어요.]

"바꿔줄래?"

심장이 쿵쿵거리기 시작했다.

[나야.]

아주 오랜만에 듣는 정희의 목소리는 운전 때문에 피곤함으로 가득했다. 하지만 그에겐 사탕처럼 다디달 게 들릴 뿐.

"나 지금 맨해튼 집에 있어."

승연은 미칠 듯이 박동하는 심장 위에 손을 얹고는 짧게 말했다.

"단장님이 오셔서 메이저리그로 돌아오라고 하셨어. 방금 돌아왔고."

[아…….]

정희의 짧은 한탄에는 많은 말이 담겨져 있었다.

"오늘은 너무 늦었으니까 거기 호텔에서 자고 와. 훈이 형한테 부탁해서 내일 아침에 운전기사 보낼게."

[괜찮아. 미니가 호텔 싫어하는데 지금 출발할게.]

"내 말이 말 같지 않아? 자고 오라니까! 사고 나면 어쩌려고? 위험하단 말이야!"

승연은 저도 모르게 짜증을 내듯 고함질렀다.

[엄마, 아빠 방금 화낸 거야?]

수화기 저편으로 미니의 놀란 듯한 목소리가 작게 들렸다. 승연은 실수했다는 것을 깨달았다.

[걱정해서 그런 거야. 밤에 위험한 거 사실이니까.]

정희는 딸을 달래주더니 사무적인 말투로 이어 말했다.

[당신 말대로 할게. 내일 봐.]

그러고는 뚝 끊었다. 승연은 멍청하게 수화기를 바라보다가 벽으로 내던지고 말았다.

젠장! 부드럽게 대해도 모자라는데 화를 내버리다니!

승연은 한동안 이를 갈며 스스로를 욕했다. 그러다가 그는 벽과 충돌해 박살이 난 수화기를 쓰레기통으로 치웠다.

멍청한 짓을 골라서 했군. 전화기가 부서진 걸 참 좋아하겠네.

승연은 벌떡 일어나 집 안 곳곳을 돌아다녔다. 처음에는 눈앞이 분노와 좌절로 흐릿했으나 시간이 좀 지나자 내부가 눈에 들어왔다. 몇 주 전엔가 정희에게 집을 마음대로 꾸미라고 말했는데 그렇게 한 모양이다. 독신 남자만을 위한 장소답게 다소 날카로우면서도 절제된 분위기의 집 안은 많이 달라져 있었다.

총 일곱 개의 널찍한 방이 있는데 침실, 야구 관련 비디오실, 야구 서적과 데이터로 가득한 서재까지 방은 세 개만 썼었다. 그리고 나머지 네 개는 손님방으로 해놓아서 한국에서 가족들이 올 경우 내주었다. 현재, 비디오실과 서재는 화사한 생화가 꽂혀 있는 꽃병이 추가됐을 뿐 다른 건 없었다. 손님방 중 하나가 미니의 방이 되었고, 다른 하나가 정희의 옷방이 됐다는 것 정도만 달라졌다.

확 달라진 건 바로 독신자용이었다가 부부용이 된 침실과 부엌, 그리고 거실이었다. 가장 넓은 공간을 차지하는 거실은 언제 도배를 새로 했는지 새하얀 바탕에 우아한 느낌을 주는 꽃무늬가 아로새긴 벽지가 대신 보였다. 역시 꽃병이 기다란 테이블 위에 놓여 있었으며 어딘가 모르게 딱딱한 느낌의 소파는 푹신하고 편안해 보이는 파스텔 톤으로 바뀌어 있었다. 그리고 미니의 사진이 곳곳에 잔뜩 놓여 있었고, 텔레비전을 사이에 두고 오른쪽에는 유니폼을 입은 승연의 포스터가, 왼쪽에는 결혼사진이 크게 걸려 있었다.

승연은 환하게 웃은 채 정희의 손을 잡고 있는 결혼사진을 보았다. 사실 그날 워낙 정신이 없었던 터라 언제 찍었는지 기억도 나질 않았다. 결혼식과 관련해서 머리에 확실하게 남아 있는 사실은 정희가 하늘에서 내려온 선녀처럼 아름다웠다는 것뿐이었다. 물론 정희는 지금도 예뻤다. 세상에서 가장 매력적인 미소를 가진 여자.

승연은 한참 동안 사진 속의 정희를 바라보다가 걸음을 옮겼다. 부엌은 구조는 그대로였으나 예전과는 달리 실제로 사용하는 티가 물씬 났으며 페인트칠을 다시 했는지 여성스러운 느낌이 풍겨났다. 식탁은 그대로였지만 식탁보가 역시 새하얀 레이스로 바뀌어져 있었다. 사실, 이전 식탁보가 어땠는지 잘 몰랐지만 꽃무늬가 박혀 있는 걸 보니 정희가 고른 게 틀림없었다. 확실한 증거인 꽃병도 올려 있었고.

가족의 집이구나. 나와 정희, 미니의 집이구나.

승연은 온풍이 마음을 따듯하게 쓸고 지나가자 미소를 지은 채 침대로 갔다. 정희가 매일 잠을 이룬 곳. 체취라도 남아 있겠지.

승연은 풀썩 누웠다. 전등을 끄려고 손을 뻗은 순간이었다. 그는 낯선 것을 발견했다.

수능 기출문제집.

정희는 분명 수능을 포기했다고 했다. 근데 이게 대체 뭐지?

승연은 얼굴을 일그러뜨린 채 문제집을 넘겨보았다. 공부를 하다 중단한 모양인지 중간까지만 빽빽하게 메모가 되어 있을 뿐 그 뒤는 깨끗했다. 하지만 전체적으로 문제집 자체가 좀 오래되어 보였다. 작년에 나온 것인데 이렇다면 수도 없이 보고 또 봤다는 의

미이다.

포기했지만, 사실은 대학에 가고 싶은 건가? 그게 정희가 바라는 건가?


"암튼, 단장님 말은 상대가 원하는 걸 주라는 말이죠?"


불과 몇 시간 전에 결심했었다. 원하는 것을 줘서 마음을 쟁취하겠다고. 하지만 한국으로 보내라고? 정희 없이 살라고?

승연은 손안의 문제집이 구겨지는 것도 모른 채 부들부들 몸을 떨기만 했다.

보내야 되는 건가? 정말로 그래야 되는 건가?

그날 밤, 승연은 제대로 잠을 이루지 못했다.


집 안으로 들어가기 전, 정희는 긴장하는 자신을 발견했다.

승연과 만난다. 승연과.

6일 전, 승연은 그녀를 두고 뛰쳐나갔었다. 마음을 들켰기 때문에.

사랑한다. 승연은 나를, 사랑한다.

다시 사랑하는 건지, 소멸한 사랑이 부활한 건지 알 수 없었다. 크리스털만큼이나 선명한 사실은 박승연이 임정희를 사랑한다는 것이었다.

가슴이 떨렸다. 온몸이 젤리처럼 흐물흐물해지는 것 같았다. 영혼이 진동하며 행복의 노래를 불렀다. 하지만……

정희는 알았다. 알고 있었다.

하지만 얼마나 갈 것인가?

11년 전에도 승연은 그녀를 사랑했다. 아주 많이 사랑했다. 하지만 위협을 이겨낼 정도는, 가족들을 포기할 정도는 아니었다. 물론 현재 그녀는 그의 가족이다. 미니와 함께 평생을 걸어갈 구성원.

물론 당시 승연의 선택은 어쩔 수 없는 것이었다. 그녀가 승연의 입장이었어도 똑같이 했을 터. 하지만 결과적으로 그는 그녀를 버렸다. 외부 요인이 어떻든 간에 사랑했음에도 결국 이별을 선택한 것이다.

만약 또다시 외부적인 요인이 생긴다면?

그럴 가능성이 없긴 했다. 현재, 최악의 부모 사랑을 보여줬던 아버지는 없다. 그들 사이를 반대하는 사람도 없다. 언니 부부는 걱정하는 모습이었고 결혼하기 싫다면 도와주겠다고 했으나 동생이자 처제가 원하지 않는데 갈라놓으려고 직접적으로 시도할 사람들은 아니었다.

아니, 칼리토 형부는 좀 다를지 모르겠네.

정희는 생각을 잠시 고쳐먹었으나, 언니가 알아서 형부를 잘 컨트롤해 줄 거라는 사실을 알고 있기에 걱정하지 않았다. 그리고 그녀의 오빠는 미혼모인 동생을 아주 많이 걱정했기에 딸의 아빠와 결혼한 것을 아주 기쁘게 생각했다. 야구광답게 대한민국 최고의 메이저리그 선수가 매제가 된다는 사실을 반기기도 했다.

승연의 가족 또한 말할 것도 없었다. 승연의 나머지 형제들과 제대로 이야기를 나눈 적은 없지만, 정신없는 결혼식과 그 앞뒤로 두어 번 식사를 함께 할 때 그들은 정희에게 친절했고 미니를 아주 아껴주었다. 큰형이 제대로 대접해 주라고 몇 마디 한 게 아닌가 싶었는데, 승연에게 그러하듯 형제들에게 큰형의 존재는 절대적일 테니 앞으로 별일은 없을 듯싶었다.

가족을 제외하면 남은 요소는 야구였다. 바로 승연이 그 무엇보다 중요시여기는 것.

만약 야구를 하는 데 방해가 된다면 또 날 포기할까?

물론 11년 전에 헤어짐을 통보했던 건 야구 때문이 아니었다. 하지만 박승연의 현재 인생에서 가장 중요한 건 야구였다.

다시 제대로 사랑받고 싶었다. 정희는 그의 사랑을 갈구했고, 예전에 마음껏 누렸던 그 무한한 애정에 빠져들고 싶었다. 승연과 사랑을 하는 것 이외에 다른 건 생각하고 싶지 않았다.

하지만 또다시 날 버릴 수밖에 없는 상황이 된다면? 그런 일은 없겠지만, 만약 야구 때문에 헤어질 수밖에 없는 상황이 된다면?

11년 전에 버림받았을 때, 죽을 것 같았다. 임신 사실을 알고 미니를 키워가면서 간신히 고통을 잊었고, 겨우 살아남았다. 그런데 만약 또다시 버림받는다면?

이번엔 고통 속에서 헤어 나오지 못할 것이다. 최악의 경우, 엄마처럼 되어버릴 수도 있었다.

그러니 위험을 각오할 순 없다. 그녀에게 책임져야 할 사람이 있었다. 언니네 부부, 오빠, 그리고 미니.

상처받기 싫어. 다시 같은 고통을 겪고 싶지 않아.

정희는 속삭이고 또 속삭였다.

미안해.

"뭐가 미안해요?"

미니가 반짝 고개를 들어 엄마에게 묻고 있었다. 정희는 몸을 흠칫거리다가 가까스로 고개를 저었다.

"아냐, 아무것도."

"뭐가 아무것도 아닌데?"

승연의 고개가 문밖으로 쑥 튀어나왔다. 정희는 심장이 바닥으로 쿵 하고 떨어지는 것 같았다.

"아빠!"

"안녕, 우리 딸."

승연은 환하게 웃으며 두 팔을 벌렸고, 미니는 아빠에게 찰싹 달라붙었다. 승연은 딸의 뽀뽀 공세에 흐뭇한 얼굴이었다.

"엄마는 뽀뽀 안 해요?"

집으로 들어온 뒤 미니는 접착제라도 되는 양 승연에게 달라붙은 채 순진무구한 얼굴로 엄마를 올려다보았다.

"엄마도 아빠한테 뽀뽀해 줘요."

"내가 왜?"

당황한 정희는 저도 모르게 퉁명스럽게 되물었다. 승연은 뭔가에 얻어맞는 기분이었으나 애써 반쯤은 찌그러진 웃음을 띠었다.

"미니야, 엄마가 쑥스러움 많이 타는 거 알잖아. 엄마는 아빠랑 둘이 있을 때만 뽀뽀해 줘."

"정말?"

미니는 눈을 깜빡거리며 엄마에게 물었다. 정희는 어쩔 수 없이 고개를 끄덕였다.

"그렇구나. 다른 애들 엄마랑 아빠는 밖에서도 뽀뽀 많이 하는데 우리 엄마랑 아빠는 안 그래서 좀 이상해 보였어요."

"어, 그래?"

"네. 사이 나쁜 거 아니죠?"

미니는 날카로운 눈으로 정희와 승연을 번갈아가며 쳐다보았다.

"당연히 아니지. 엄마가 좀 부끄럼쟁이라 그런 것뿐이야."

"아빠 말이 맞아."

정희는 등 뒤로 식은땀이 흐르는 것을 느끼며 재빨리 덧붙였다.

"엄마랑 아빠 사이 좋아. 싸움도 한 번도 안 했는걸."

"그럼 다행이고. 사실 나 때문에 엄마랑 아빠가 사랑하지도 않는데 결혼한 거 같아서 좀 그랬거든요. 그러면 불행해진다면서요."

조그만 게 별걸 다 아네.

승연은 그런 생각을 할 수밖에 없었다.

"아니야, 아니야. 우리 서로 사랑해. 미니 때문도 있지만, 엄마랑 아빠는 서로를 사랑해. 그래서 결혼한 거야."

승연은 고개를 획획 저은 뒤에 손을 뻗어 정희를 덥석 잡았다. 정희 또한 승연과 손을 맞잡고는 필사적으로 얼굴 가득 행복의 미소를 지었다.

"그러니까 그런 생각 하지 마. 알았지?"

"응. 그럴게요."

그제야 미니의 얼굴이 밝아졌다. 승연은 마음을 살짝 놓았고, 정희는 속으로 혀를 내두르며 이런 생각을 했다.

대체 누굴 닮아서 저렇게 여우 짓을 하는 거야?

"여우라고?"

미니를 학교로 보낸 뒤 승연은 정희가 한 말에 고개를 갸웃거렸다.

"그게 뭐가 여우 짓이야?"

"딱 보면 모르겠어? 우리 사이 어떤지 확인해 본 거잖아."

"그런가? 뭐, 그럴 수도 있지. 미니도 나름대로 걱정이 됐나 보네."

"그냥 확인만 한 게 아니니까 그렇지."

저 조그만 게 우릴 붙여주려고 한 건가?

승연은 모르는 모양이었으나 11년 동안 딸을 키워온 정희는 알았다. 정말 여우가 따로 없었다. 대체 누굴 닮은 거야?

"그게 무슨 말이야? 확인만 한 게 아니라니."

"그런 게 있어. 혹시 미니 고모 말이야, 얼굴 똑같이 닮은. 고모 성격이 어때?"

"음. 걔야말로 가끔 여우 짓 해."

완전 고모 딸이네. 내 딸이 아니라.

정희는 좀 짜증이 났다. 외모도 날 하나도 안 닮더니 성격마저 저렇다니. 이래서 딸 키워봤자 소용없는 건가?

"왜 그래?"

“아냐. 근데 안 나가?”

정희는 벽시계를 보고 말했다. 안 나가는 게 이상해서 그런 것도 있었지만 사실 앞으로 할 대화가 걱정되기 때문도 있었다. 되도록이면 피하고 싶은 게 솔직한 심정이었다.

승연에게 상처 주고 싶지 않았다. 하지만 스스로도 아프고 싶지 않았다.

“아침에 운동하고 왔고, 오늘은 안 나가. 하루 휴식 받았어. 내일부터 나갈 거야.”

“아, 그렇구나. 음, 식사할래?”

“그래.”

승연이 말하자 정희는 저도 모르게 안도의 한숨을 쉬며 뒤돌았다. 한 걸음을 채 걷기 전이었다. 승연에게 손목을 잡혔고, 눈 한 번 깜빡한 사이 그녀는 벽에 등을 대고 그의 두 팔 아래 갇히게 되었다.

“왜 이래?”

“몰라서 물어?”

아침에 정희와 미니의 얼굴을 본 이래, 심장은 계속 터질 듯 박동하고 있었다. 하지만 지금 이 순간 승연은 입 밖으로 심장이 튀어나올 것 같자 이를 악물어 목기침을 했다. 그러고는 입을 벌려서 딱 한마디 했다.

“사랑해.”

승연이 이렇게 직접적으로 고백해 올 거라고 상상하지 못했다. 정희는 마치 사람들이 많은 자리에서 계단에서 발랑 넘어진 듯한 당혹스러움과 복권 일등에 당첨된 듯한 환희를 동시에 느꼈다.

"사랑한다고."

승연은 다시 말했다. 11년 만에 내뱉는 고백이라 그런지 생각보다 어려웠지만, 두 번째로 말하니 쉬웠다.

"사랑한다니까."

"그, 그래?"

마침내 나온 반응은 바로 약간 더듬는 듯한 말투로, 그리고 좀 놀랐다는 표정뿐이었다. 승연은 땅속 깊은 곳으로 꺼져 버리고픈 충동을 느꼈다. 그는 고함질렀다.

"그래? 그게 다야?"

"음. 뭐, 그렇지."

정희는 승연이 눈앞에서 침을 튀기며 으르렁거리자 깜짝 놀랐지만 다른 말은 할 수가 없었다.

"얼른 밥 먹자. 나 배고파."

그녀는 그렇게 말하고는 몸을 낮춰서 승연의 품에서 도망쳤다. 승연은 멍청하게 서 있었고, 밥 먹으라고 부르는 말에 식탁으로 갔다. 돌을 씹는 건지 밥을 먹는 건지 알 수 없는 가운데 막 식사를 끝냈을 때다. 인터폰이 울렸다.

〈에르네스토라고요?〉

사회적으로 알려진 부유층들만 살고 있는 이 펜트하우스는 한 층이 전부 한 집이었다. 총 7층이었는데 건물 앞에 경비가 따로 있었고, 1층 로비에는 관리인이 방문자를 확인해 주는 시스템이 있었다. 인터폰을 받은 정희는 방문자에 대한 얘기를 듣고 되묻고 말았다.

"내가 불렀어."

승연은 그대로 올려 보내라고 덧붙였다. 정희는 인터폰을 내려 놓은 뒤 물었다.

"보석 회사 에르네스토 말하는 거야?"

에르네스토는 이탈리아 밀라노에 본점을 두고 있는 보석 회사로, 누구나 이름을 한 번쯤은 들어본 적 있을 만큼 유명했으며, 전 세계에서 가장 높은 품격과 아름다움을 자랑하고 있었다. 그만큼 가격도 엄청났고.

"응. 자기 사주려고 보석 좀 가져오라고 했어."

"난 필요없어. 보석 많아."

어머니에게 물려받은 게 꽤 많았다. 보석 회사 하나를 소유하고 있는 형부에게 선물받은 것도 많았고. 거의 다 한국 집의 금고에 놔둔 상태긴 하지만.

"그게 남편이 사주는 거랑 같아? 그리고 11년 전에 내가 아주 큰 다이아몬드 반지를 사주기로 약속했었잖아."

보잘것없는 얇은 금반지를 선물하면서 그렇게 말했었다.

"그 반지…… 어떻게 했어? 내가 그때 줬던 것 말이야."

혹시 버린 건가?

승연은 긴장이 되는 것을 느끼며 조심스럽게 물어보았다. 정희는 거짓말을 할까 싶었으나 사실을 말해주었다.

"미니한테 줬어."

"미니한테?"

"응. 아빠 유품이라고."

유품이라는 단어가 좀 짜증났으나 버린 것보다는 나았다. 사실 버렸어도 할 말이 없었지만.

"내가 준 글러브는?"

"음…… 버렸어."

승연은 잠시 머리를 긁적이다 솔직하게 말했다. 글러브만 보면 정희가 생각나서, 그녀가 너무 그리워서 몇 날 며칠이고 울다가 결국 그럴 수밖에 없었다.

정희는 그가 솔직하게 말해준 게 고마웠다. 그렇다고 화가 안 나는 건 아니었다.

"갖고 싶은 거 있으면 다 사줄게."

승연은 그녀의 표정을 보고 얼른 말했다. 사실 이건 잘 봐줬으면 하는 뇌물조의 행동이기도 했다. 여자들은 누구나 다 보석을 좋아하니까, 누나도 좋아하겠지?

현관 벨이 울리자 승연은 성큼 걸어가 문을 열어주었다. 번듯하게 차려입은 두 명의 에르네스토 직원이 있었는데, 중무장한 경비원도 두 명이나 있었다. 정희는 경비원이 왜 필요한가 싶었으나 직원들이 가지고온 상자의 크기를 보니 알 수 있었다.

"아예 상점 상품을 다 가져오라고 한 거야?"

"뭐, 최대한 가져오라고 하긴 했어."

승연은 정희가 직원들이 듣지 못하도록 작은 소리로 내뱉은 말이 비꼬임이라는 것을 알았으나 씩 웃었다. 그는 직원들이 능숙한 태도로 거실에 번쩍거리는 보석을 한없이 늘어놓는 것을 지켜본 뒤 정희의 표정을 살폈다.

보통은 감격해야 정상 아닌가?

기쁨으로 물들 거라고 예상했으나 정희의 얼굴은 당혹스러움으로 가득할 뿐이었다.

"특별히 원하시는 디자인이나 보석 종류가 있나요?"

직원 중 한 명은 동양인으로 능숙하게 한국어를 구사했다. 정희는 한국인 고객을 위한 에르네스토의 서비스에 감탄했다.

"이런 스타일이 어울리실 듯합니다."

"아, 그건 있어요."

정희는 직원이 추천해 준 보석을 보고 고개를 가로저었다. 직원은 살짝 놀란 얼굴이었으나 곧 표정을 원래대로 되돌렸고, 정희는 직원이 왜 그랬는지 알고 있었다. 그녀는 설명을 덧붙였다.

"아는 사람이 에르네스토에서 일하거든요. 그래서 한정판을 구매하게 됐어요."

"아는 사람? 누구? 혹시 지안니인가 뭔가야?"

정희는 그냥 넘기려고 했으나 승연이 불쾌한 표정으로 저번에 본 이탈리아 친구를 들먹거리자 사실대로 말해 버렸다.

"형부."

"뭐야? 칼리토 비스콘티가 에르네스토에서 일해? 그 성격에 다른 사람 밑에서 일한다고?"

"형부는 밑에서 일하는 게 아니야."

"그럼 혹시……?"

"칼리토 비스콘티 회장님을 말씀하시는 겁니까?"

직원이 확인하듯 물은 말에 승연은 얼굴을 팍삭 찌그리고 말았다.

"누나 형부가 에르네스토 회장이었어?"

"으응."

승연의 얼굴이 벌게졌다. 저러다 홍당무가 되지 않을까 걱정이 될 정도였는데, 직원들의 의아해하는 눈빛을 의식했는지 씩씩거리던 것을 멈추고 팔짱을 떡하니 꼈다.

"다 살래."

정희는 숨을 헉 하고 멈추고 말았다.

"지금 무슨 말을 하는 거야?"

"들었잖아. 다 산다고."

직원들마저 당황한 채 숨을 헉헉댈 때, 정희는 서둘러 손을 내저었다.

"죄송한데 오늘은 이만 가주세요. 제가 다음에 상점으로 찾아가서 고를게요. 정말 죄송해요."

"아닙니다."

"다 놔두고 가요."

"안녕히 가세요."

정희는 승연이 아우성치는 말을 무시한 채 직원들이 서둘러 나갈 수 있도록 도와주었다. 그녀는 문을 딱 닫고는 뒤돌아 승연을 노려보고 또 노려보았다.

"정말 왜 그래?"

"내가 뭘?"

"다 사겠다니 제정신이야? 저게 다 얼만 줄 알아? 당신 연봉이 200억이라고 해도 저거 다 못 사!"

"못 사긴 뭘 못 사! 나 실제로 한 해에 버는 돈은 300억 넘어!"

승연은 무지막지하게 내는 세금은 빼고 말했다. 그리고 이렇게 덧붙였다.

"내 아내가 원하는 보석쯤은 다 사줄 수 있어!"

"난 더 이상 보석 필요없어. 특히 에르네스토 제품은."

정희의 말은 불에 기름을 끼얹은 격이었다.

"형부한테는 받고 나한테는 안 받아? 내가 그 형부보다 못해? 내가 형부보다 못한 존재냐고!"

"그건 당연히 아니야. 그리고 그 문제가 아니잖아. 저렇게 많은 걸 다 산다니 절대 안 돼."

눈앞에서 승연이 활활 타오르자 정희는 화를 삭인 뒤 목소리는 조금 낮추었다. 단순히 보석 이야기만 하는 게 아니라는 것을 알고 있었기에.

"하나만 사줘. 응? 하나만. 저렇게 많이는 필요없어."

"싫어. 내 마음이 그렇게나 부담이 돼?"

정희의 예상대로 승연은 다시 대화를 그녀가 가장 피하고 싶은 부분으로 끌어갔다. 정희는 저도 모르게 피하듯이 고개를 내려 바닥을 바라보았다. 그리고 승연은 그런 행위를 참을 수가 없었다.

"난 자기 사랑해!"

승연은 성큼 다가와 정희의 어깨를 붙잡아 다시 벽으로 밀어붙였다. 아까처럼 그의 두 팔 아래 갇혔다. 하지만 위협적이지 않았던 방금과는 달리, 정희는 숨을 쉴 수조차 없었다. 무서웠다. 다시 상처받을까 봐 두려웠다.

"자길 사랑한단 말이야! 그래서, 그래서……."

비명 같았던 승연의 말은 갈수록 흐릿해졌다. 그는 눈을 질끈 감고 고개를 숙여 정희의 이마에 콩 하고 머리를 갖다 댔다. 정희는 그의 숨결이 더없이 추운 겨울날에 내뱉는 것처럼 거칠다는 것을 알아차렸다.

"자기도 날 사랑했으면 좋겠어. 예전처럼 날 다시 사랑해 줬으면 좋겠어."

넌 그때도 그렇게 말하고 날 떠났지.

"아니, 이전보다 더 사랑해 줬으면 좋겠어. 내가 지금 그러니까. 옛날보다 더 사랑해."

그 마음이 얼마나 갈까?

"나만 사랑하고 싶지 않아. 서로 사랑하자. 응? 미니를 위해서, 앞으로 행복하게 살기 위해서 사랑해 줘."

인생은 길어. 아버지와 어머니도 처음에는 서로 사랑했겠지. 그랬지만 결국 파국을 맞았어. 무슨 일이 생긴다면 우리도 그렇게 될 가능성이 아주 없진 않잖아. 또다시 외압적인 게 작용한다면 넌 날 떠나겠지. 난 또 망가져 버릴 것이고.

"날 봐."

정희는 눈을 뜨지 않았다. 그래서 승연은 애걸하듯 부탁했다.

"날 봐줘."

목소리 속에 담긴 절실함을 알아들었기에, 그래서 정희는 그를 볼 수밖에 없었다. 승연의 두 눈동자는 낯익은 감정으로 가득 차 있었다.

"사랑해."

승연은 속삭이고 또 속삭였다. 마음을 말하는 건 이제 아주 쉬웠다.

"진심으로 사랑해."

나도 사랑해. 하지만, 하지만…….

정희는 말할 수 없었다. 그녀는 흐린 얼굴로 그를 바라볼 수밖에 없었다. 입술을 꾹 다문 채로.

"노력할게."

승연은 품속으로 정희를 끌어오며 맹세했다.

"자기가 날 다시 사랑할 수 있도록 더 노력할게. 최선을 다할게. 그러니까 자기도 그렇게 해줘. 날 위해서, 아니, 미니를 위해서라도 그렇게 해줘. 조금이라도 더 신경 써줘. 그렇게 해줄 수 있지? 응? 그 정도는 해줄 수 있지?"

정희는 말하지 않았다. 그리고 아무것도 하지 않았다. 하지만 그녀의 온몸을 감싸고 있는 그의 큰 몸이 너무도 애처롭게 떨렸기에 저도 모르게 움직였다. 고개를 살짝이지만 분명하게 끄덕여 주었다. 승연은 보이지 않게 미소 지었다.

"고마워."

지금은, 이것만으로 만족하자.

마음은 달랐다. 마음은 당장 사랑의 고백을 토해내라고 정희를 고문하고 싶었다. 하지만 모든 일에는 차례가 있는 법. 아무리 승

리가 절실하다고 해도 그전에 공을 올바르게 던지는 게 우선이었
다.

승연은 기다리기로 했다. 노력이 성과를 거둘 날이 오기를. 반
드시 올 것이다. 피나는 노력 끝에 컨트롤을 잡아 최고의 투수로
군림했다. 사랑에서도 그렇게 못할 이유가 없었다. 그렇지 않은
가?

승연은 정희의 입술에 부드럽게 입을 맞추었다. 정희는 처음에
는 머뭇거렸지만 승연이 하나씩 옷을 벗겨내자 뜨겁게 안겨왔다.

더 이상 섹스가 아니다.

승연은 깨달았다. 적어도 그에게는 더 이상 정희와 나누는 이
환희가 섹스가 아니었다. 사랑, 사랑이었다.

누나에게도 언젠가 사랑이 되기를, 그렇게 되기를.

정희를 몇 번이나 안으면서 승연은 그렇게 소망하고 또 소망했
다.

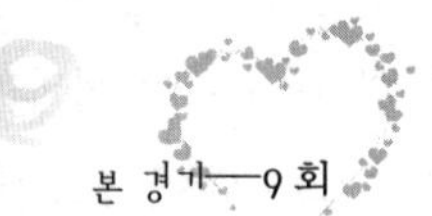

“엄마, 오늘도 아파요?”

딸의 걱정하는 표정은 이제 익숙했다. 정희는 서둘러 옆으로 고개를 저었지만 속으로는 뜨끔거렸다. 아프긴 아팠으니까. 특히 하체가.

진짜 짐승이라니까.

정희는 속으로 남편을 열심히 욕했다. 그럴 수밖에 없는 게, 몸이 이런 건 다 승연 탓이었다.

사랑한다고 고백하면서 승연은 노력하겠다고 했다. 사실 정희는 마음이 무겁고 복잡한 와중에서도 무슨 노력을 할지 살짝 궁금했는데, 바로 섹스였다.

그날 승연은 끝없이 했다. 다음날도 마찬가지였다. 다음날도,

그 다음날도.

제발 그만 하라고 애원하고 싶었으나 승연에겐 거부할 수 없게 만드는 뭔가가 있었다. 사실 몇 번은 그녀가 위에 올라가 더 도발한 적도 있었고. 하지만 확실히 승연은 심했다. 그것도 아주.

다행스럽게도 오늘 선발로 뛰기 때문에 어젯밤은 하질 않았다. 며칠 동안 했던 것 때문에 아직까지도 허리 아래가 격하게 쑤시고 결렸는데, 어제까지 했다면 그녀는 침실 밖으로 나오지도 못했으리라.

"아빠가 오늘 엄마를 위해서라도 잘해야 할 텐데."

"응?"

미니의 말에는 뭔가가 담겨져 있었다. 정희는 약간 이상하다는 생각이 들자 고개를 갸웃거렸다.

"날 위해?"

"엄마 오늘 아프잖아요. 근데도 야구장까지 와줬으니까 더 잘해야죠."

미니의 말은 별다를 게 없었다. 하지만 정희에겐 다르게 들렸고, 문득 오늘 아침에 부녀가 구석에서 뭔가를 속닥거린 것이 떠올랐다.

아빠와 아침에 무슨 말을 했냐고 물어보려고 할 때, 뉴 양키 스타디움이 떠나갈 정도의 환성이 터졌다. 승연이 등장했기 때문이다.

미니와 함께 정희는 두 귀를 틀어막았지만 소리는 줄어들지 않았다. 승연이 산책이라도 나가는 것처럼 아주 느긋하게 마운드로 올라온 뒤 팬들을 향해 손을 흔들자 비명 같은 환호성은 더욱 커졌다.

〈에이스! 에이스!〉

사람들은 자리에서 기립해 우레와 같은 박수를 치기 시작했다. 경기장 전체가 진동해서 몸까지 떨려오자 정희는 남편이 얼마나 사랑받는 선수인지 온몸으로 실감하게 되었다.

아메리칸리그 신인왕을 받은 뒤 부상당하기 전까지 매년 최소 12승 이상을 해오며 팀을 세 차례의 월드시리즈 우승으로 이끈 장본인. 혀를 내두르게 하는 완벽한 컨트롤을 보여주었고 위기 때마다 멋진 삼진 쇼를 벌여 팬들의 피를 끓게 했다. 경기를 지배하면서 온갖 MVP는 물론 최고의 투수만이 받을 수 있는 사이영상을 세 번이나 받은 세계 최고의 투수.

팬들이 승연을 특히 더 좋아하는 건 당연했다. 야구팬들은 그 지역 팀에서 오래 뛴, 뛰어난 실력의 선수를 의미하는 프랜차이즈 스타(Franchise Star)를 의미있게 생각했다. 그리고 승연은 처음부터 양키스 팀에서 뛴 프랜차이즈 스타였다. 더군다나 무조건적으로 신뢰를 줄 수밖에 없는 좌완 파이어볼러인 강력한 에이스.

"아빠 진짜 대단하네요. 하나도 안 떨리나 봐."

천둥 같은 환호성이 좀 가라앉자 미니는 약간 하얗게 변한 얼굴로 엄마에게 몸을 더 가까이 했다. 정희는 딸의 몸이 뻣뻣하게 굳은 것을 알게 되었다.

"난 무지 긴장되는데."

"아빤 많이 해봤잖아."

그렇게 말을 하긴 했으나 정희 또한 놀라울 따름이었다. 아빠를 가까이에서 보고 싶다고 미니가 주장한 덕에 그들은 1루를 코앞에서 볼 수 있는 14B 자리에 앉아 있었는데, 눈을 가늘게 뜨고 집중하면 승연의 표정까지 볼 수 있었다. 상대 팀인 미네소타 트윈스의 1번 타자가 들어서기 전에 몇 번 연습 삼아 공을 던지는 승연은 아주 침착해 보였다.

그동안 정희는 승연의 경기를 꽤 보았다. 더블에이에서 투구할 때 맨 앞자리에서 몇 차례나 지켜보았고, 의도적으로 무시하긴 했으나 부상당하기 전에 승연이 메이저리그에서 활약하는 장면을 텔레비전을 통해서 몇 차례 본 적도 있었다.

하지만 이 정도일 줄이야.

에이스의 복귀전이라 그런 것이겠지만 사람들의 집중도는 엄청났다. 스프링캠프 때 그랬던 것처럼 기자들의 모든 카메라는 승연을 겨냥하고 있었고, 팬들 또한 마찬가지였다. 승연이 한 구 한 구 던질 때마다 숨을 쉬지 않고 세상에 유일하게 존재하는 사람인 양 바라보았다.

〈끝내준다.〉

〈공 끝이 더 좋아졌어. 휴식이 도움이 되긴 했네.〉

주변에 앉아 있는 팬들의 대화가 귓가로 쏙쏙 들어왔다. 미니는 아직 영어가 초보라 그런지 못 알아들었으나 정희는 다 들었고, 미소를 지을 수밖에 없었다. 하지만 승연이 1번 타자를 볼넷으로 진루시키자 걱정이 샘솟았다. 다행히 2번 타자가 친 초구가 1루수의 미트에 빨려들어 가서 원아웃을 잡았고, 3번 타자가 친 공을 유격수인 잭 기데온이 멋지게 병살타*로 처리해서 금방 종료되었다.

〈컨트롤이 잘 안 되네. 방금 가운데로 몰린 거 봤지?〉

〈그냥 가운데에 던져도 못 칠 거 같은데? 구위 죽여.〉

팬들이 혀를 내두르며 칭찬하는 가운데, 1회 말이 되어 양키스 타자들이 공격에 나섰다. 그리고 승연은 더그아웃에 앉은 채 생각에 잠겨 있었다.

컨디션은 좋았다. 문제는 컨트롤이 다시 흔들리고 있었다. 다행히 1회는 수비수들의 도움으로 운 좋게 잘 막았으나 계속 이러면 오늘 경기는 위험했다.

이겨야 한다. 미니도 와 있고 누나에게 선물을 줘야 하는데 질 순 없었다. 반드시 좋은 모습을 보여야 했다!

〈어이, 에이스.〉

3번 타자인 잭은 솔로 홈런을 친 뒤 축하해 주는 동료들과 하이파이브를 하고 마지막으로 승연에게 왔다. 승연은 어려운 병살타 수비에다가 선취점 획득까지 해준 사람에게 미소를 지어 감사를 표했다.

〈가운데 던져.〉

〈네?〉

잭은 씩 웃으며 답했다.

〈네 공, 아무도 못 쳐. 컨트롤이 안 되면 그냥 가운데 꽂아 넣어.〉

---

* 병살타(併殺打):주자와 타자가 모두 아웃되는 타격

잭은 승연의 어깨를 툭툭 쳐주었다. 그때 4번 타자이자 1루수이며 양키스 팀의 또 다른 한국 선수인 안후연이 백투백홈런*을 쳤고, 양키스 팀이 2점 앞선 채로 2회를 시작하게 되었다.

아무도 못 친다.

승연에게 있어 잭은 가장 존경하는 야구선수였다. 가장 믿을 수 있는 팀원이기도 했다. 그런 사람이 한 말은 진실일 터.

오늘 내 공은, 아무도 못 친다.

승연은 스스로를 신뢰하기 시작했다. 그리고 그대로 한 구 한 구 온 힘을 다해 99마일(159km)짜리를 던졌다. 물론 단순히 공만 빠르다면 세계 최고의 타자들만 모여 있는 메이저리그에서 통할 리 없었다. 승연의 공은 빠른데다가 끝이 아주 지저분했고, 무엇보다 그는 오늘 체인지업(Change up)을 마음먹은 대로 구사할 수 있었다.

직구보다 8~12마일(약 12~20km) 정도 속도가 떨어지지만 직구를 던질 때와 똑같은 자세로 던지는 구질. 직구의 속도에 타이밍을 맞추고 있는 타자들을 혼란시켜 헛스윙을 하게 만들었는데, 머리싸움에서도 아주 뛰어난 투수답게 승연은 적시적소에 체인지업을 사용해서 미네소타 트윈스 팀의 타자들을 철저하게 농락했다. 간간이 슬라이더*도 섞자, 승연은 많은 삼진을 뽑아낼 수 있었다.

2대 7.

---

* 백투백홈런(Back to back home run):이어진 타순의 두 타자가 연속해서 홈런을 치는 것
* 슬라이더(Slider):속구와 커브의 중간 정도가 되는, 직선으로 날아가다가 휘어지는 구질

4회에 빗맞은 안타로 주자를 1루까지 허용한 뒤 바로 다음 타자에게 홈런을 맞긴 했다. 하지만 잭을 필두로 타자들이 차곡차곡 점수를 올려준 덕분에 7회에 한 타자를 잡고 내려갈 준비를 할 때는 5점이나 리드한 상황이었다.

팬들은 예전의 강력한 모습 그대로 돌아온 에이스에게 아낌없는 기립박수를 보내주었다. 갓 경기가 시작됐을 때처럼 경기장 전체가 진동하는 가운데 승연은 느긋하게 마운드에서 걸어 내려갔다. 팬들은 계속해서 에이스를 외쳤고, 그러자 승연은 부름에 응해 더그아웃에서 나와서 팬들을 향해 모자를 들어 답례했다. 다시금 환호성이 터질 듯 울렸다. 승연은 만족의 미소를 지으면서 안쪽으로 들어가다가 낯익은 얼굴을 발견했다.

미니와 정희.

딸은 그에게 손을 마구 흔들고 있었고, 정희 또한 수줍게 웃으며 고개를 끄덕이고 있었다. 승연은 아주 잠깐 멈칫했지만 곧 오른쪽 눈을 움찔거리고는 다시 더그아웃으로 들어갔다.

"엄마."

환호성이 가라앉은 뒤 미니는 물었다.

"설마 아빠 방금 윙크한 거예요?"

"음, 그런 것 같네. 만나면 멋지다고 해. 알았지?"

"뭐, 알았어요."

미니는 그래 주겠다는 어조로 답했고, 다시 그라운드로 고개를 돌렸다. 하지만 아빠가 사라지자 흥미를 잃은 듯 먹는 데 집중했다. 경기는 빠르게 진행되어 30분 뒤에 끝이 났다. 정희는 미니를 데리고 바로 집으로 갔다. 마이너리그와 메이저리그의 언론 취재 열기는 차원이 다른데다가 오늘은 복귀전인지라 기다렸다간 밤을 새우게 될지도 모른다고 승연이 미리 말을 해두었기 때문이다.

"엄마, 오늘 아빠 인터뷰 꼭 보고 자."

미니는 자기 전에 한마디를 했다. 정희는 알았다고 한 뒤 딸을 재웠고, 거실로 가서 텔레비전을 켰다. 경기가 끝난 직후 승연이 등장한 기자회견이 방송되고 있었다. 수도 없이 많은 기자들에게 둘러싸인 상태였으나 승연의 얼굴은 느긋했고, 왼쪽 어깨에는 아이싱* 이 되어 있어 붕대 같은 하얀색의 천으로 불룩했다.

[승리, 축하드립니다. 시즌 첫 승이군요,]

[감사합니다. 팀원 덕분이죠.]

능숙하게 영어로 인터뷰하는 승연의 목소리는 아주 공손했지만 눈동자는 자신감으로 번뜩이고 있었다.

[긴 재활을 거치면서 힘들었을 것 같은데, 어땠습니까?]

[초반엔 힘들었습니다. 하지만 도와주시는 많은 분들 덕분에 이겨낼 수 있습니다. 특히.]

승연의 얼굴에 깊은 미소가 어렸다.

[아내 덕분입니다. 사랑해, 자기야.]

뒷말은 한국어였는데, 정희는 잘못 들은 줄 알았다. 전 세계 야구팬들에게 소식을 타전하는 자리에서 사랑 고백이라니?

[아, 방금 뭐라고 하신 건가요?]

미국 기자는 그냥 넘기지 않았다. 그러자 승연은 약간 부끄러운

---

* 아이싱(Icing):투수가 경기를 끝낸 뒤 열을 식히기 위해 감는 것

듯 슬쩍 웃더니 영어로 말했다.

[세상에서 가장 사랑한다고 말했습니다.]

헉!

정희는 기쁘기보다 부끄러웠다. 온몸에 쑥스러움의 폭탄이 터지는 기분이랄까?

[5일 뒤에 등판한다면 다음 경기는 보스턴 레드삭스입니다.]

정희가 정신을 차리지 못하고 있을 때, 다른 기자가 엄숙한 어조로 물었다.

[레드삭스의 4번 타자가 작년 개막전 때 에이스의 발목을 으스러뜨렸죠.]

부상 이야기가 나오자 정희는 그제야 약간이나마 정신을 차렸다. 결혼한 뒤, 그녀는 몇 차례나 승연이 발목을 얻어맞고 쓰러지는 장면을 봤다. 볼 때마다 가슴이 아파 외면하려고 했으나 사방에서 끝없이 리플레이를 해줬다.

[어떻게 하실 생각입니까?]

[다른 타자들과 똑같이 대할 겁니다.]

승연의 입술 끝이 올라가며 눈동자가 번뜩였다.

[아웃을 잡아내야죠. 그래야 팀이 이길 테니까요. 중요한 건 팀의 승리입니다.]

[다음 경기도 기대하겠습니다.]

[네. 팀을 위해서, 제 가족들을 위해서 최선을 다하겠습니다. 사랑해, 자기야.]

승연은 마지막에도 한마디 덧붙였다. 정희는 그냥 석상이 되어

버렸다. 그녀는 한 시간 뒤 승연이 집으로 오자 이렇게 말했다.

"안 쪽팔려?"

"응?"

승연은 집으로 쏜살같이 오며 기대했다. 바로 그에게 사랑을 고백하는 건 무리겠지만, 적어도 고맙다고 말하며 키스를 퍼부을 줄 알았다. 그런데 왜 얼굴이 벌겋게 된 상태로 따박따박 따지는 거지?

"왜 그래?"

"왜 그러냐고? 기자회견을 그렇게 하면 어떻게 해? 쪽팔려, 정말!"

"쪽, 쪽팔리다고?"

"그래! 전 세계 사람들이 다 보는데 대체 왜 그랬어?"

"사랑하니까 그랬지!"

승연은 분노로 타버리는 기분이었다. 그는 쿵쿵 걸어가 정희를 내려다보았다.

"사랑하니까 그랬어! 자기가 기뻐해서, 날 조금이라도 사랑해 줄 거라고 생각해서 그랬다고! 근데 그게 쪽팔리다고? 내가, 쪽팔려? 내가 쪽팔리다 그거야?"

"왜 그렇게 말이 바뀌는 거야? 네가, 당신이 쪽팔리는 게 아니야. 단지……."

정희는 시뻘겋게 변한 얼굴로 씩씩거렸다.

"단지, 그다음이 뭔데?"

"부끄럽잖아!"

정희는 꽥 하고 소리 질러 버렸다.

"그런 건 부끄러워! 다른 사람들이 우릴 쳐다보면서 막 웃을 거란 말이야."

"웃는 게 뭐가 어때서?"

부끄럽다는 말이 분노에 기름을 붓기 직전, 승연은 정희의 뒷말을 듣게 됐다.

"부러워서 웃는 거잖아."

"비웃는 거겠지."

뭔가 좀 이상했다. 왜 저런 생각을 하는 거지?

승연은 미간을 찌푸렸고, 떠오른 질문을 말했다.

"그런 게 싫어?"

"싫어."

정희는 줄줄 말해 버렸다.

"사랑한다고 동네방네 떠들어서 뭐가 남는데? 그런 커플들이 오히려 더 빨리 헤어져. 당신, 커플룩 입고 다니는 사람들이 결혼까지 하는 거 봤어?"

"나야 모르지."

승연은 정희의 말이 진짜인지 아닌지 알지 못했다.

"정말 사랑한다면 그렇게 떠드는 거 아니야. 사람들 관심이 집중되면 더 잘 헤어지는 법이야. 연예인들이 그러잖아. 그리고 당신은 연예인들보다 유명하잖아? 앞으로 사람들이 우릴 더 유심히 볼 텐데, 난 그런 거 싫어. 사실 난 사람들이 내가 박승연 아내라는 걸 알아보는 것도 싫단 말이야. 의식이 돼서 뭘 제대로 할 수가 없잖아."

"왜 그렇게 다른 사람들 눈을 신경 써? 예전에 연애할 때는 길거리에서 나하고 진하게 키스하고 그랬잖아."

기억이 났는지 정희는 눈을 굴리다가 시선을 옆으로 돌렸다.

"그건 옛날 일이고, 지금은 싫어. 안 그러려고 해도 신경 쓰여. 마치 사람들이……."

"사람들이 뭐?"

정희는 우물우물거리다가 재촉을 받자 실토했다.

"손가락질하는 것 같아."

"왜 손가락질을 해?

"왜냐면, 나……."

승연의 얼굴을 살피더니 정희는 질끈 입술을 깨물었다가 내뱉었다.

"미혼모였잖아."

"아……."

뭔가가 머리를 쾅 하고 후려치는 것 같자 승연은 신음 같은 한 마디를 내뱉고 말았다. 순간, 온 세상이 까맣게 변하는 느낌이었다. 그 속에 존재하는 건 정희뿐이었다. 그로서는 알지 못했던 과거 때문에 고통스러워하는 정희.

"미안해."

씩씩대며 열을 식히던 정희는 승연의 부드러운 사과에 고개를 번쩍 들어 시선을 마주했다. 그의 눈은 당황스러워 보였으나, 진심을 말하고 있었다.

"정말 미안해. 주목받는 걸 왜 싫어하는지 몰랐어. 앞으로는 안 그럴게.”

“나도 미안해. 당신은 좋은 의도였는데…….”

하지만 싫었다. 다른 여자들이라면 저런 공개적인 사랑 고백에 환희를 느낄지 몰라도 정희는 마음이 편하지 않았다. 물론 그녀 스스로도 이유를 알고 있긴 했다.

“그래도 다른 미혼모들에 비해 덜 힘들었다고 생각했는데…… 아닌가 봐. 나도 이 정도로 의식이 될 줄 몰랐어. 사실, 아까 경기 보러 갔을 때 임신으로 당신 발목 잡았다는 말을 들었거든.”

어느 한국인들이 정희가 바로 뒤에 있는 줄도 모르고 신나게 그런 말을 주고받았었다. 미니가 듣지 못해서 정말 다행이었는데, 사실 그렇게 말하는 사람은 한둘이 아니었다.

“그래서 갑자기 짜증이 확 올랐네. 과잉 반응해서 미안.”

정희는 쓰린 감정이 깃든 한숨을 훅 내쉬더니 고개를 절레절레 저었다. 그녀가 목이 마르다며 부엌으로 걸어가는 짧은 시간 동안, 승연의 머릿속에 수없이 많은 생각이 떠올랐다가 사라졌다. 남은 건 단 한 가지의 결론이었다.

역시 힘들었구나. 생각보다 훨씬, 훨씬 더 힘들었던 거구나.

“고마워.”

승연은 성큼 걸어가 냉수를 한 잔 죽 들이켰다가 내려놓는 정희를 뒤에서 포근하게 껴안았다. 그녀는 여자치고 큰 편이긴 했으나 그에겐 아담하게 느껴질 뿐이었다.

이 작은 몸으로 미니를 키워왔구나.

“미니를 낳아주고 길러줘서 고마워. 많이 힘들었지?”

"다른 미혼모들에 비하면…… 많이 편했어. 금전적으로도 풍족했고 언니네 부부가 완벽하게 방패가 되어줬거든."

칼리토가 언급되자 승연은 이를 갈았지만 이런 생각을 할 수밖에 없었다.

다음에 만나면 고맙다고 인사해야겠군. 무지 재수없지만.

"가장 고마운 건 말이야."

승연은 천천히 정희의 몸을 돌려세워 눈을 마주했다. 정희의 눈은 여러 가지 감정으로 일렁이고 있었다.

"자기의 존재야. 물론 미니도 고마워. 자기와 다시 만나게 된 계기니까. 하지만 세상에서 가장 감사하게 생각하는 건 자기야. 11년 전에 날 사랑해 줘서 고마워. 내 아이를, 우리 아이를 낳아줘서 고마워. 그리고 지금, 내 곁에 있어줘서 고마워."

승연은 눈가에 주름이 지는 미소를 지었다. 그의 눈은 살짝 작아졌으나 눈동자에 담겨 있는 마음은 더욱 커져서 정희에게 그대로 빨려들 듯 들어왔다.

"사랑해."

세상의 모든 것이 달라지더라도 변하지 않을 단 하나의 진실.

정희는 알 수밖에 없었다. 믿을 수밖에 없었다. 지금 이 순간, 이 세계에 유일하게 존재하는 사실.

"사랑해. 자기를 사랑해. 평생 사랑할 거야. 쭈그렁 할머니가 되더라도 자기만을 사랑할 거야."

승연의 마음이, 사랑이, 영혼이 밀려들어 왔다. 정희는 온몸을 집어삼키는 감정의 파도를 이기지 못했다. 그녀가 비틀거리자 승연은 화들짝 놀라 붙잡았다.

정희는 바닥에 주저앉아 그와 마주 보았다. 크게 차이가 나던 서 있을 때와는 달리 눈높이가 얼추 맞았다. 물론 지금 이 높이는 승연이 그녀를 위해 고개를 숙이고 있기 때문이었다. 그렇다면 그녀 또한 그를 위해 노력해야 하는 법.

"어디 아파?"

"여기가."

정희는 승연의 손을 잡아 그녀의 심장에 갖다 댔다.

"당신을 원하는 마음이 너무 커서, 아플 지경이야."

"그런 거라면."

승연은 정희를 가뿐하게 안아 올렸다.

"내가 금방 고쳐 줄게."

그는 내뱉은 말을 실천하기 위해 침실로 향했다. 꽃으로 가득해서 사실 좀 부담스러웠으나 정희와 함께 있을 때면 남자로서 거슬리는 그런 부분은 전혀 떠오르지 않았다. 오로지 정희뿐이었다.

"사랑해."

다른 사람들 앞에서는 싫다고 했으나 지금 이 세상에 존재하는 건 둘뿐이었다. 그와 그녀. 남자와 여자.

"정말로, 사랑해."

정희는 그녀의 옷을 벗기는 승연의 옷 또한 같은 운명을 겪게 해주었다. 바닥으로 떨어뜨린 뒤 알몸이 된 그에게 손을 뻗었다. 승연은 먼저 행동하려고 했으나 정희가 그의 손을 부드럽게 민 뒤 그를 매만졌다. 머리끝부터 발끝까지, 박승연이라는 남자의 모든 육체를 어루만져 주었다.

섹시하고 잘생긴 얼굴, 강건하고 강력한 팔, 탄탄하고 틈없는 복부, 두껍디두꺼운 허벅지, 그리고 그 사이의 남성.

정희는 승연의 모든 몸을, 특히 그 무엇보다도 힘차게 존재감을 주장하는 것을 애무했다. 손으로, 그리고 입으로.

불꽃은 횃불이 되었다. 횃불은 불길이 되었다. 거대한 불길은 승연을 집어삼켰다. 그리고 승연은 정희를 삼켜 버렸다. 참지 못했으니까. 사랑하는 여자가 그를 위해 철저하게 봉사해 주는데, 아무리 황홀해도 어떻게 가만히 신음만 흘릴 수 있겠는가?

승연은 정희가 입을 뗀 틈을 타 움직였다. 위치를 바꿔 그녀를 몸 아래로 한 뒤 받은 것을 똑같이 돌려주었다. 아니, 더 많이 준 것 같았다. 손으로 매만지는 동시에 주물렀고, 입으로는 단순히 입을 맞추고 빠는 것이 아니라 핥고 물었으니까.

자국이 남을 것이다. 정희의 하얀 몸에 그의 흔적이 남을 것이다. 승연은 바로 그 사실이 마음에 쏙 들었다. 그리고 정희가 거부하지 않는다는 것도. 그녀는 오히려 신음하며 더 많은 것을 요구했다.

"더 세게 깨물어."

승연은 그렇게 했다. 사슴같이 우아한 목을, 아이를 낳았음에도 여전히 봉긋한 가슴을, 경건함이 느껴질 만큼 새하얀 허벅지에 이를 박았다.

"빨아 먹어줘."

그는 아내의 명령에 즐겁게 복종했다. 두 다리 사이에 머리를 파묻고 먹어치우기 시작했다.

"들어와."

하지만 승연은 그 요구는 즉각 들어주지 않았다. 그는 한참 뒤에야 들어갔다. 정희가 쾌감에 몸서리를 칠 때, 바로 그때 들어갔다.

그들은 남편과 아내였다. 아이를 둔 부부. 하지만 이 순간 그들은 그것보다 원초적인 존재가 되었다. 바로 서로만을 갈구하는 남자와 여자.

"……해."

함께 환희의 천국으로 날아가는 가운데, 승연은 얼핏 들은 것 같았다.

"사랑해."

제대로 들은 걸까? 아니면 내 상상이 만들어낸 환청일까?

답을 알고 싶었지만 정희와 함께 천국에 안착한 그 순간 승연은 모든 것을 잊고야 말았다. 그가 기억해 낸 건 다음날 아침이었다.

"아빠, 엄마 오늘도 늦게 일어나는 거예요?"

"응? 응. 좀 피곤한가 봐."

아빠가 많이 괴롭혔거든. 딱 한 번밖에 안 했지만, 좀 시간이 길었지.

"역시 결혼하면 다 그런가 봐."

어젯밤을 생각하며 실실 웃던 승연은 딸의 말에 고개를 갸웃거렸다.

"방금 뭐라고 했니?"

"엄마가 아빠랑 결혼한 뒤에 매일 아침마다 늦게 일어나고 피곤해 보이는 게 이상해서 선생님한테 말했거든요. 그러니까 결혼하면 다 그런 거라고 말해주셨어요."

승연은 말을 잃었다. 그가 정신을 차린 건 한참 뒤였다. 애써 화제를 돌려보았다.

"음. 선생님하고 말이 통해? 영어로 말한 거야?"

"영어는 아직 잘 못하겠어요. 선생님이 한국어를 할 줄 알거든요. 한국에서 이민 왔대요."

"그렇구나."

승연은 머리를 긁적이다가 시계를 보았다.

"아빠 이만 나가봐야겠어."

"응. 다녀오세요. 사랑해요, 아빠."

"나도 우리 딸 사랑해. 저녁에 보자."

승연은 뺨에 뽀뽀를 받은 뒤 집을 나섰다. 그의 얼굴에는 질문이 떠올라 있었다.

어젯밤, 정희는 정말 사랑한다고 한 걸까?

궁금하고 또 궁금했다. 이 순간, 세상에서 가장 답을 알고 싶은 질문이었다. 차마 묻지 못하겠지만.

세상의 모든 야구팬들이 지켜보는 월드시리즈 7차전에서도 전혀 떨지 않았던 내가 사랑하지 않는다는 말을 들을까 봐 무서워서 입도 뻥긋 못하다니.

어이가 없었으나 승연은 그 뒤로도 정희에게 물을 수가 없었다. 물론 정희가 좀 달라진 것 같기에 마음이 훈훈해지긴 했지만.

　그를 바라보는 정희의 눈빛은 더 깊어졌다. 몸짓은 더 적극적이
되었고, 언제나 웃어주었다.
　정희의 미소만큼 아름다운 건 없었다. 11년 전에도 알고 있었던
사실.
　날 사랑해? 누나, 날 사랑하는 거야?
　묻고 싶었다. 하지만 용기가 나질 않았다.
　승연이 그렇게 시간만 흘려보낼 때였다. 드디어 레드삭스와의
경기가 다가왔다.


　메이저리그에서 최대의 라이벌로 꼽히는 관계는 바로 아메리칸
리그 동부지구에 속해 있는 뉴욕 양키스 팀과 보스턴 레드삭스 팀
이었다. 같은 지구라 더 경쟁이 심한 것도 있지만 야구 역사 최고
의 홈런왕으로 불리는 베이브 루스 때문도 있었다. 원래 베이브 루
스는 레드삭스의 선수였으나 양키스에 헐값으로 팔려가게 된다.
이 뒤로 레드삭스는 '밤비노(베이브 루스의 애칭)의 저주'에 시달리
게 되는데, 바로 월드시리즈에서 우승하지 못한다는 내용이었다.*
　이런 '밤비노의 저주' 등과 언론에서 흥행을 위해 의도적으로
라이벌 구도를 부추긴 덕분에 양키스와 레드삭스의 경기는 항상
불꽃이 튀겼다. 팬들은 물론 선수들도 더욱 전투적으로 임하게 되
는데, 몇 년 전 양키스 팀의 단장 에이프릴 리가 레드삭스 팬에게
상해를 입은 사건이 일어난 뒤로 두 팀의 관계는 더욱 험악해져

---

＊밤비노의 저주:실제로 보스턴 레드삭스 팀은 2004년에 세인트루이스 카디널
스 팀을 꺾고 우승을 차지하는데, 무려 86년 만이었다

벤치 클리어링도 심심치 않게 일어났다.

원래 벤치 클리어링이 실제 싸움으로 이어지는 경우는 드물었다. 우리 팀의 단결을 보여주기 위해 상대 선수들의 멱살을 쥐긴 하지만 몸이 자산인 프로인만큼 부상을 방지해야 하기 때문에 적당한 선에서 그치곤 했다. 그러나 워낙 사이가 나빠서 그런지 양키스와 레드삭스가 맞붙을 경우엔 진짜로 주먹이 오갈 때도 있었다. 덕분에 팬들끼리도 몸싸움을 벌였는데, 보다 못한 메이저리그 사무국에서 강력한 경고를 내린 덕분에 몇 년간은 조용했다. 하지만 작년 개막전에서 큰 사건이 벌어졌다.

바로 양키스의 에이스인 승연이 레드삭스 팀의 4번 타자, 이탈리아계 미국인인 토마소 바티스타가 친 공에 발목이 으스러진 것이다. 아무리 의도가 아니었다고 해도 팀의 상징인 에이스가 큰 부상을 당한 것은 반드시 보복해야 하는 일이었다. 그래서 그 뒤로 양키스 팀의 투수들은 퇴장을 각오하면서 토마소에게 위협구를 날리거나 빈볼*을 던져 댔다. 결국 토마소가 어깨에 공을 맞고 한 달 동안 출장을 하지 못하게 된 뒤에야 보복은 멈췄는데, 이 뒤로 토마소는 양키스 팀에 이를 갈았다. 물론 그건 승연도 마찬가지였다.

토마소가 일부러 맞춘 건 아니었다. 승연도 잘 알고 있는 사실. 하지만, 그렇다고 용서할 수 있는 건 아니었다. 에이스인 자신을 전력에서 이탈시켜 월드시리즈 우승을 거머쥐지 못하게 만들었으니.

---

* 빈볼(Bean Ball):본 의미상으로는 투수가 고의적으로 타자의 머리를 향해 던지는 공이지만, 우리나라에서는 머리가 아니라 다른 부분을 맞추는 공을 의미하기도 한다

고통스런 재활을 겪게 만든 건 다 토마소 때문. 팀에 피해를 끼치게 한 원인도 바로 토마소 때문이었다. 승연은 그를 증오했다. 똑같이, 아니, 두 배로 되갚아주고 싶을 정도로. 하지만 승연은 공개적으로 말할 때는 토마소를 다른 타자들과 똑같이 생각한다고 했다. 다른 존재로 본다고 언급해서 안 그래도 거만하기로 소문난 토마소의 자존심을 더 높여줄 필요가 없기 때문이다.

다른 타자들과 같은 존재. 특별할 게 없는 타자.

복귀한 뒤, 승연은 토마소를 어떻게 대할 거냐고 묻는 기자들에게 계속 그렇게 말했다. 그리고 예상대로, 불같은 성격의 토마소는 즉각적으로 반응해 왔다.

다시 한 번 발목을 부러뜨려 주겠다고.

승연은 기자들을 통해 그 말을 들었지만 빙긋 웃으면서 다시 이렇게 인터뷰했다.

토마소는 일반 타자들과 다를 게 없는 선수라고.

물론 속으로는 분노가 치밀어, 토마소의 머리에 정통으로 99마일(약 159km)짜리 공을 꽂아 넣고 싶었다. 하지만 그렇게 했다간 정말로 상대가 죽을지도 몰랐다.

아웃을 잡아낼 것이다.

선발을 앞둔 날 아침, 깨어나며 승연은 그렇게 다짐했다. 분기가 치밀었으나 감정을 다스리지 못하면 컨트롤 또한 안 될 터였다. 오늘은 제대로 공을 던질 생각이었다. 저번 경기 때 후반으로 갈수록 컨트롤이 잡혔고, 며칠 훈련하면서 더 좋아진 상황이다. 여유롭게 마음을 다져야 경기를 차분하게 이끌어갈 수 있을 터.

오늘 경기를 앞두고 메이저리그 사무국에서 또 다른 경고를 해왔다. 승연이 토마소에게 보복투를 할 경우 무조건 퇴장시키고 최소 열 경기 이상 출장을 금지시킬 거라고. 승연은 퇴장은 두렵지 않았으나 에이스인 자신이 다시 이탈할 경우 팀이 흔들릴지도 모른다는 사실은 잘 알고 있었다. 그런 만큼 보복투 같은 건 해서는 안 되었다. 팀에게 있어 이번 3연전은 아주 중요하니까.

양키스 팀이 아메리칸리그 동부지구에서 선두를 달리고 있긴 하지만, 레드삭스 팀의 최근 기세가 만만치 않았다. 레드삭스 팀의 분위기가 더 좋아지기 전에 밟아줘야 했다. 3연전 가운데 첫 경기의 선발로 나서는 그가 레드삭스 팀을 눌러준다면 양키스 팀은 탄력을 받아 연승을 할 가능성이 높아질 터.

꼭 잘해야지.

오늘 경기는 오후 1시 5분에 열리게 되어 있었다. 아침 일찍 승연은 나갈 채비를 서둘렀다. 미니가 쪼르르 다가오더니 인사했는데, 승연은 뭔가 이상하다는 것을 깨달았다.

"어디 아프니?"

"네. 여기가 좀."

미니는 얼굴을 더욱 찡그리며 배를 문질렀다. 덜컥 걱정이 되었고, 승연은 잠시 어찌할 바를 몰랐다.

병원으로 데려가야 하나? 하지만 곧 경기에 나가야 되는데…….

"어서 가. 내가 있잖아."

정희는 승연의 고민을 읽어내고 손을 내저었다. 승연은 망설이는 자신을 발견했으나 곧 고개를 끄덕였다.

엄마가 있다. 그리고 크게 아파 보이지도 않으니 괜찮겠지?

일그러진 미니의 표정이 자꾸 어른거렸다. 하지만 승연은 밖으로 걸음을 옮겼고, 뉴 양키 스타디움에 도착했다.

오늘 있을 빅 경기를 취재하기 위해 기자들이 벌써부터 진을 치고 있었다. 승연은 여유있게 웃으면서 그들에게 인사했고, 평소처럼 몸을 풀기 시작했다.

야구에 집중하자. 야구에.

자꾸 미니 생각이 났지만 승연은 노력했고, 곧 성공을 거두었다.

경기 시작 30분 전이었다. 그라운드에서 트레이너와 함께 계속 몸을 풀며 오늘 상대할 타자들의 장단점을 떠올릴 때였다. 구단 직원 한 명이 좋지 않은 표정으로 서둘러 달려오더니, 경기 전에 맡겨 놓은 그의 휴대폰을 내밀었다.

〈따님이라는데요.〉

승연은 서둘러 휴대폰을 귀에 댔다.

"미니야?"

[아빠, 엉엉.]

딸이 흐느끼고 있었다. 승연은 심장이 무너지는 기분이었다. 그는 휴대폰을 귀에 압착했다. 불안하게 꿈틀거리는 자신의 심장 소리가 귀를 때렸다.

"무슨 일이야? 응? 무슨 일이니?"

[배가 너무 아파요. 피가 나요.]

피?

"거기, 거기 어디야?"

미니는 병원 이름을 댔다.

[엄마가 의사 선생님이랑 이야기하러 갔어요. 무서워요. 아빠, 무서워요.]

아무것도 생각할 수 없었다. 승연은, 아무것도 생각할 수가 없었다. 그는 휴대폰을 틀어쥐고 그대로 뛰기 시작했다. 경기장을 박차고 나가 눈앞에 보이는 아무 택시를 잡아탔다. 운전기사는 유니폼을 그대로 입고 있는 양키스의 에이스를 보고 당황했으나, 승연이 짖어대듯 병원 이름을 소리치자 기겁해서 운전을 시작했다.

"미니야, 아빠 지금 가고 있어. 곧 도착할 거야. 조금만 기다려."

[엉엉.]

우는 소리가 계속 들려왔고, 승연의 심장은 갈수록 원자 단위로 쪼개지며 세상에 존재하는지 알지 못했던 고통을 불러일으켰다. 동시에 그는 분노할 수밖에 없었다.

미니 엄마는 대체 뭘 하고 있는 거야?

승연이 그런 격분 서린 질문을 떠올릴 때 정희는 의사와 이야기를 끝내고 응급실로 돌아가고 있었다.

"미니야?"

하지만 딸은 그 자리에 없었다. 화장실에 갔나 싶어서 찾아봤으나 딸의 모습은 보이지 않았다. 여기저기 다른 곳을 찾아본 정희는 말 그대로 공포에 질렸다.

〈제 딸, 못 보셨어요? 미니, 미니 박이요. 방금 응급실에 있었는데.〉

정희는 경호원에게 연락해 볼 생각도 못하고 데스크로 달려가 침착하게 말했다. 아니, 그녀 스스로는 그렇게 말했다고 생각했으나 상대방의 표정을 보니 아닌 모양이었다.

〈뭐라고요?〉

〈내 딸 못 봤냐고요! 미니 박! 승연 박의 딸이요!〉

"엄마."

간호사가 정희의 기세에 놀라서 입만 뻐끔거릴 때, 뒤에서 딸의 목소리가 들려왔다. 정희는 그 어떤 일을 할 때보다 더 빠르게 뒤돌았고, 미니를 발견했다. 얼굴에는 눈물자국이 가득했다.

"갑자기 어디 갔던 거야? 응? 엄마가 얼마나 놀랐는지 알아?"

정희는 후다닥 달려가 미니를 꼭 껴안았다. 아이의 체온은 잠시 동안 그녀를 뒤흔들었던 충격을 흘려버릴 수 있게 도와주었다. 그래도 온몸이 떨렸지만.

"아빠한테 전화하러. 병원 안에서는 전화가 안 되더라고요. 아빠가 너무 보고 싶었어요."

딸의 손에는 그녀의 휴대폰이 들려 있었다. 정희는 고개를 저었다.

"아빤 오늘 중요한 경기가 있어."

"아빠 온대요."

미니는 훌쩍이면서 말했다.

"나 보러 오는 중이라고 했어요."

"뭐라고?"

"병원으로 오는 중이라고."

정희는 휴대폰을 빼앗듯이 들었다. 꺼져 있었다.

"배터리가 없어서 아까 꺼졌어요."

"미니야, 아빠한테 전화하면 어떻게 하니? 오늘이 얼마나 중요한 날인데."

"하지만 아빠 보고 싶단 말이야!"

미니는 다시 눈물을 터뜨리더니 악을 쓰듯 소리 질렀고, 딸답지 않은 반응에 정희는 깜짝 놀라고 말았다.

"아빠 보고 싶어! 아빠 보고 싶다고!"

이제 미니는 발까지 구르고 있었다. 정희는 멍하니 쳐다볼 수밖에 없었다.

승연이 온다고? 하지만 그에겐 야구가 더…….

"미니야."

거짓말처럼 승연의 목소리가 등 뒤에서 들려왔다. 미니의 고개가 위로 휙 올라가더니 사정없이 구겨진 옷이 다림질을 마친 것처럼 얼굴이 환하게 펴졌다.

"아빠!"

미니는 바닥에 맞은 탁구공처럼 튀어나갔다. 그러고는 승연에게 온몸을 부딪쳤고, 승연은 딸을 올려 확 끌어안았다.

열한 살. 벌써 150cm에 다다랐고 가슴도 살짝 올라왔지만, 그의 딸은 이제 겨우 열한 살일 뿐이었다. 겨우 소녀에 불과한, 그에겐 아기나 다름없는 존재.

"미니야……."

목이 메고 눈물이 나올 것 같았다. 승연은 눈을 질끈 감은 채 온몸으로 딸의 존재를 느끼며 하늘에 감사했다. 하지만 안도감은 들지 않았다. 그는 딸을 내려놓고 이리저리 살펴보았다.

"대체 어디가 아픈 거야. 응? 어디가 아픈 거야?"

"생리통이야."

대답한 건 정희였다. 승연은 딸을 방치한 아내에게 버럭 고함지르고 싶었으나 대답을 듣고 머릿속이 텅 비어버리고 말았다.

"생, 생리통?"

"응. 초경이 왔어."

세상이 뒤집히는 기분이었다. 승연은 경악한 얼굴로 딸을 내려다보았다. 미니의 얼굴은 눈물자국으로 가득했지만 지금은 아빠가 와줘서 그런지 밝았다.

"열, 열한 살인데?"

"요즘 애들 빠르잖아."

"그, 그래도, 그래도 겨우, 겨우 열한 살인데?"

정희는 어깨를 으쓱였다.

"맞아. 그래도 좀 빠르긴 해. 키도 그렇고, 아무래도 당신 유전자 때문인 것 같아."

승연은 스스로가 미워졌다.

"무서웠어요, 아빠."

"으응, 그래……."

미니는 얼어붙어 있는 승연에게 매달렸고, 정희는 한숨을 내뱉었다.

"그래도 열세 살은 넘어야 시작할 줄 알았는데. 미리 교육을 시켰어야 했는데 못 그랬네. 많이 놀랐지?"

정희가 부드럽게 물어보자 미니는 고개를 끄덕거렸다. 승연은 여전히 정신이 없을 뿐이었다.

초경이라니!

"어떻게 온 거야?"

정희는 승연이 넋이 나간 표정으로 입을 헤벌리고 있는 것을 보고는 어깨를 콕 찔렀다. 그제야 승연은 몸을 움찔거리더니 눈을 껌뻑였다.

"오늘 중요한 경기가 있잖아?"

"아, 맞다."

승연은 얼굴을 찌푸리더니 손바닥으로 이마를 소리나게 쳤고, 정희는 그제야 그가 핀스트라이프 유니폼을 입고 있다는 것을 알아보았다.

"설마 경기 중에 온 거야? 아니, 시작 전이었겠네."

정희는 시간을 확인했다. 1시 15분. 시작한 지 십 분밖에 안 된 시간이다. 아니, 십 분이나 지난 시간이다.

"어떻게 해?"

정희는 패닉 상태에 빠졌다. 승연에게 듣기도 했고 언론에서 하도 강조한 덕분에 그녀는 오늘이 얼마나 중요한지 잘 알고 있었다. 팀이 1위 자리를 고수하기 위해 반드시 승리해야 하는 날. 그리고 그의 발목을 날려 버린 레드삭스 팀의 4번 타자와 상대하는 날. 특히 토마소라는 이름의 그 선수는 어제 인터뷰에서 승연에게 이렇게 소리쳤었다.

승부를 피한다면 평생 겁쟁이라고 부르겠다고.

그런데 오늘 승연은 경기 자체를 팽개치고 와버렸다. 가장 중요한 야구를 놔둔 채 왔다.

"어떻게 해!"

정희는 이번엔 비명을 지르고 말았다. 귀가 따가워지자 승연은 한 손으로 귀를 막은 뒤 얼굴을 찡그렸다.

"뭐, 어쩔 수 없지. 지금 돌아간다고 뛸 수 있는 것도 아니고."

"중요한 경기잖아! 왜 그렇게 태평해?"

사실 승연은 태평하지 않았다. 하지만 어쩔 수 없지 않은가. 뒤처리가 골치 아프겠지만.

"자기야말로 왜 그래? 다음에 이기면 되는걸."

"하지만, 하지만 오늘 경기 정말 중요하잖아! 꼭 이겨야 되잖아!"

"그렇긴 하지."

승연은 어깻짓을 했다. 그러고는 딸을 내려다보았다. 그의 얼굴에는 안도의 감정이 뚜렷하게 떠올라 있었다.

"하지만 미니보다 중요하진 않아."

승연은 이번엔 정희를 바라보았다. 그는 웃고 있었다.

"자기보다 중요하진 않아."

"가족이라 그런 거겠지."

"응?"

"내가 만약 가족이 아니었다고 해도 날 중요하게 여길까?"

정희의 입에서 질문이 즉각적으로 튀어나갔다. 정희가 스스로

깜짝 놀라 멍하니 있을 때 승연은 그녀의 질문에 눈을 깜빡였으나 곧 고개를 위아래로 분명하게 끄덕였다.

"응. 가족이 아니었다고 해도 자기가 더 중요해. 야구보다, 자기가 더 소중해. 항상 그랬는걸."

"예전엔 날 떠났잖아."

"그땐 내가 약했으니까. 이젠 아니야. 그리고……."

승연은 바위보다 더 단단한 눈빛으로 말했다.

"설사 다시 약해지더라도 그때처럼 행동하진 않을 거야. 난 자기를 사랑해. 이 세상 그 무엇보다도."

정희는 움직였다. 그녀는 성큼 걸었고, 남편의 목에 두 팔을 감고 끌어안았다. 으스러지도록.

"사랑해."

"응?"

승연은 어안이 벙벙했다.

"방금 뭐라고 했어?"

"들었잖아. 사랑한다고."

정희의 목소리에선 살짝 짜증이 샘솟아 있었다. 승연은 그 한마디에 압도당했다. 그는 그냥 멍청하게 서 있을 수밖에 없었다.

"사랑해. 정말, 사랑해."

정희는 다시 짜증을 섞어 말했다. 정말 사랑했다. 정말로 사랑할 수밖에 없으니까.

이 남자뿐이다. 그녀의 인생에서, 유일한 사랑. 아내의 사랑을 얻기 위해 모든 노력을 다 하겠다고 선언하고, 딸을 위해 야구를 팽개치고 유니폼을 입은 채로 땀을 뻘뻘 흘리며 달려오는 남자.

사랑할 수밖에 없다. 그리고 말을 할 수밖에 없다. 과거의 일 때문에 영혼 깊숙한 곳에 박혀 있는 가시는 이제 사라졌다. 완전히 소멸했다. 그러니, 그가 애타게 기다려 왔던 선물을 주는 건 당연한 일.

"음. 진짜?"

"응. 진짜."

그렇게 답하자 승연은 아주 힘을 주어 그녀를 안았다. 순간 정희는 숨이 턱 막혔고, 저도 모르게 결코 우아하지 못한 꽥 소리를 내고 말았다. 승연은 사과의 말을 작게 읊조리며 힘을 풀었다. 하지만 놓지는 않았다.

"영화 보면 보통 이럴 때 키스하던데."

여전히 얼굴이 눈물자국으로 더러웠으나 미니는 두 눈을 반짝이면서 엄마와 아빠를 번갈아가며 쳐다보았다. 승연은 이렇게 말했다.

"눈 감으면 할게. 아빠가 지금 할 키스는 미성년자 관람불가거든."

미니는 잽싸게 몸을 돌렸다. 승연은 딸이 보지 않는 것을 확인한 뒤 정희에게 모든 마음을 담아 키스했고, 정희 또한 찰싹 달라붙어서 열렬하게 키스를 되돌렸다. 거친 숨을 내뱉으며 떨어진 뒤에야 정희는 박수 소리를 들었다.

뭐지?

정희는 고개를 갸웃거리며 돌아보았고, 그제야 자신들이 응급실에 있다는 것을 깨달았다. 승연이 유니폼을 입고 나타났을 때부터 그들이 구경거리였다는 사실도.

한국어를 알아들은 사람은 없어 보였으나 마침 한가한 시간을 틈타 응급실 의사들은 물론 간호사들과 환자들은 그들을 지켜보면서 나름 분위기를 추측한 모양이었다. 만면에 알겠다는 웃음을 가득 띠운 채 박수는 물론 휘파람까지 불기 시작했다.

까악.

정희는 입 밖으로 비명을 지르지도 못했다. 하얗게 질린 채 뻣뻣하게 굳어있을 뿐. 승연은 낄낄거리며 웃은 뒤 아내에게 속삭였다.

"저기 휴대폰으로 사진 찍네. 보내달라고 해야겠다. 확대해서 거실에 걸어둬야지."

정희는 아무 말도 하지 못했다. 그녀는 그냥 나무토막 같은 자세 그대로 미니를 데리고 커튼이 쳐진 침대로 도망칠 뿐.

아, 창피해.

얼굴에 불이 난 것 같았다. 하지만 정희는 더 이상 사람들이 자신을 손가락질하는 것 같지 않았다. 그녀는 이제 미혼모가 아니니까. 사랑하는 남편이 있는, 세상에서 가장 행복한 여자니까.

그랬다. 이제 정말로, 행복한 여자였다. 평생 그렇게 살아갈.

정희는 미니와 함께, 그리고 빙긋 웃으며 다가오는 승연과 함께 미소를 지었다.

7회 초였다.

투 아웃까지 잡은 상태로, 승연은 3회에 딱 한 타자에게 2루타를 허용한 것 이외에 레드삭스 팀의 타자를 진루시킨 적이 없었다. 양키스 팀의 타자들이 넉넉하게 여섯 점을 뽑아준 데다가 철벽 계투진이 버티고 있기에, 아무리 야구라는 스포츠가 끝날 때까지 끝난 게 아니라지만 승연은 무난하게 승리할 거라고 생각했다.

〈어떻게 하고 싶나?〉

이제까지의 투구 수는 총 107개로, 그만 던져야 할 때였다. 힘이 떨어져가고 있기에 승연은 마운드에서 내려가야 한다는 것을 알고 있었다. 하지만 그러고 싶지 않았다. 그래서 에이스를 존중하는 의미에서 마운드로 올라와 의향을 묻는 감독에게 이렇게 말했다.

〈정면으로 승부하겠습니다.〉

〈그래, 그래야 에이스지.〉

감독은 씩 웃으며 그의 어깨를 가볍게 두드려 주고 내려갔다. 그리고 마운드에 모여 있던 다른 선수들도 같은 행동을 했다. 동료들의 믿음에 승연은 피로감과 긴장감 때문에 다소 뻣뻣해진 어깨가 풀리는 것을 느끼며 타석에 들어서는 레드삭스 팀의 4번 타자를 보았다.

토마소 바티스타. 지금으로부터 약 1년 5개월 전인 작년 시즌 개막전 때 그의 발목을 으스러뜨린 상대. 세상에서 가장 싫어했던 선수. 하지만 두 달 전 승연의 감정이 조금 변했다. 미니의 생리 때문이었다.

토마소도 그렇게 나쁜 놈은 아니었어.

승연은 그런 생각을 할 수밖에 없었다. 두 달 전에 미니에게 큰일이 생긴 줄 알고 승연이 갑자기 사라진 그날, 경기가 끝난 뒤 기자들은 토마소에게 달려들어 너도나도 마이크를 내밀었다. 승부를 피한다면 승연을 겁쟁이라고 부르겠다고 선포했기에 토마소가 경기를 빠진 승연에게 험한 말을 퍼부을 거라고 예상하며. 하지만 의외로 토마소는 그러지 않았다. 승연의 딸이 아프다고 들었다면서, 딸의 쾌유를 빌겠다고 인터뷰했다. 딸이 다 나아서 걱정거리가 없는 상태로 정정당당하게 승부하자고 덧붙였고.

승연은 그 뒤로 토마소가 생각보다는 괜찮은 놈이라는 생각을 하기 시작했다. 토마소가 험악한 외모와는 달리 어린아이들 같은 약자들에게 친절하며 이런저런 기부는 물론 봉사도 많이 해서 지역 사회에서 존경받는 사람이라는 것을 알게 됐으니까. 거기다가 한국에서 이민을 왔다는, 미니를 많이 도와주는 미니의 선생님의 애인이 바로 토마소였다. 나름 인연 아닌 인연이던 것.

제대로 대해줘야 했다.

팀 스케줄상 그날 이후 레드삭스와의 경기에 등판한 건 두 달 만이었다. 그동안 승연은 손꼽아 기다렸다. 정면승부를 해서 꺾기를.

이제, 그렇게 할 때였다.

오늘 경기에서 이제까지 토마소를 두 번 상대했다. 플라이와 땅볼로 아웃을 잡아냈는데, 지금과 상황이 달랐다. 앞의 두 번은 팀의 승리를 위해 모든 구질을 동원했으나 이번엔 점수 차이가 크기에 정면승부를 하다가 홈런을 맞아도 승부에 지장이 없었다. 감독에게 허락도 받은 상태.

즐겁게 하자. 재밌게 즐기자.

저도 모르게 승연은 씩 웃었다. 그러자 토마소는 당황한 표정이었는데, 몇 초 뒤 똑같이 씩 웃었다.

왠지 어이가 없었지만 승연은 경기에 집중했다. 복잡하게 생각하지 않고 첫 번째 공으로 98마일(약 157km)의 포심 패스트볼* 을 한복판에 꽂아 넣었다. 토마소는 배트를 휘둘렀으나 1루 쪽 라인을 벗어나는 파울에 그쳤다.

---

* 포심 패스트볼(4-Seam Fastball):일종의 직구지만 공 끝이 살아 있어 스트라이크존을 지날 때 변화가 심해 타자들이 치기 힘들어한다

두 번째 공으로 승연은 이번에도 같은 코스의, 같은 구종의 공을 던졌다. 토마소는 이번에도 휘둘렀으나 역시 파울이었다.

이제 머리싸움이었다.

승연은 매번 다른 구질과 다른 속도의 공을 던지기로 유명했다. 그가 같은 공을 세 차례나 연속해서 던질 거라고 예상하는 사람은 거의 없을 터. 더군다나 한복판에 공을 던지는 건 상대에게 치라고 던지는 공이니, 토마소 같은 강타자에겐 걸리면 홈런이 될 확률이 높았다.

하지만 승연은 자신이 있었다. 토마소의 그동안의 기록을 보면 같은 구질을 두 번 이상 던지면 잘 못 치니까. 거기다가 오늘 토마소의 스윙은 평소보다 덜 날카로웠다.

좋아.

승연은 스스로를 믿었다. 그래서 똑같은 구질의 공을 세 번째로 던지며 마음속으로 소리쳤다.

칠 테면 쳐봐!

혼신의 힘을 다해 던진 공은 100마일(약 160km)에 달했다. 그리고 똑같은 공을 던질 거라고 예상하지 못한 토마소의 배트는 힘없이 허공을 가르고 말았다.

〈스트라이크 아웃!〉

심판은 우렁차게 콜을 선언했다. 승연이 주먹을 꽉 쥐며 승리의 기쁨을 누릴 때, 토마소는 고개를 절레절레 흔들며 벤치로 걸어갔다. 동료들의 축하를 받으며 승연은 토마소를 보았다. 그는 그다지 기분이 나빠 보이지 않았다.

〈에이스! 에이스!〉

뉴 양키 스타디움에 가득 모인 양키스 팬들이 기립한 채 자지러지듯 환호하며 한 목소리로 승연을 외쳤다. 더그아웃에 들어갔던 승연은 밖으로 살짝 나와 모자를 벗어 보이는 것으로 팬들의 성원에 답했다. 박수 소리는 더더욱 커졌고, 승연은 몇 미터 떨어져 있는 좌석에 앉아 있는 정희와 미니에게 윙크를 날렸다.

승연은 아이싱을 한 뒤 철벽 계투진이 나머지 2이닝을 깔끔하게 처리해서 팀이 승리를 거머쥐는 것을 지켜보았다. 경기 뒤 많은 기자들이 몰려들었고, 승연은 한참 뒤에나 풀려났다. 그가 집으로 돌아간 건 자정에 가까운 시각이었다.

"어서 와."

늦은 시간임에도 남편을 기다리고 있던 정희가 활짝 웃으며 그를 맞았다. 승연은 그녀에게 뜨겁게 키스를 퍼부었다.

"미니는 자지?"

정희는 고개를 끄덕이자 승연은 씩 웃었다. 그는 재빨리 그녀를 끌고 침실로 향했다. 문을 닫은 뒤 그들은 찢듯이 옷을 벗어 던졌고 열렬하게 서로를 탐했다.

"오늘 우리 남편 진짜 멋있더라."

사랑을 나누고 난 뒤 여운을 즐기던 정희는 남편의 품속에서 꼼지락거리면서 아낌없이 칭찬했다.

"마지막에 토마소 바티스타를 삼진 잡는 모습이 제일 끝내줬어."

"더 멋진 모습 보여줄게. 월드시리즈에서 우승하는 모습, 보게 해줄게. 말처럼 쉬운 게 절대 아니지만 꼭 그렇게 될 거야."

승연은 주먹을 꼭 쥐었다. 정희는 그의 눈빛이 또 다른 종류의 욕망으로 강렬하게 빛나는 것을 보았다. 아주 조금이지만 심술이 났다.

"나보다 야구가 더 좋지?"

정희가 장난치듯 물어본 말에 승연은 화들짝 놀라고 말았다. 사실 그로서는 그럴 수밖에 없었다. 두 달 전, 미니가 처음으로 생리를 한 날—아직도 믿기지 않았다!—에야 그녀는 그의 사랑을 믿기 시작했는데, 애초에 불신감을 가졌던 건 바로 야구 때문이었다. 사실은 아버지의 협박 때문이었지만 야구를 구실로 삼아 이별을 통보한 후유증이었다.

승연은 재빨리 손을 내저었다.

"아니야, 아니야. 자기가 야구보다 더 좋아. 세상에서 자기를 가장 사랑해."

"흥."

정희는 믿는 기색이 아니었다. 그녀는 그동안 생각만 했던 두 달 전의 일을 꺼냈다.

"미니가 생리한 날에 병원으로 온 것도 사실 희생이 아니었잖아?"

선발투수가 경기 직전에 연락도 없이 경기장을 박차고 나온 건데, 의외로 여론은 좋았다. 승연을 대신해서 선발로 출격한 신인 투수가 아주 멋진 투구를 해서 팀에 승리를 가져다줬기 때문이기도 했으나 딸이 아팠기 때문이라는 이야기에 모두들 수긍하고 넘어간 덕분도 있었다.

"여긴 미국이니까."

승연은 조심스럽게 말해주었다.

"가족을 가장 중요시 여기잖아."

정희의 표정은 달라지지 않았다. 승연은 눈을 데굴데굴 굴리다가 기억을 더듬었다.

"약간 경우가 다른 것 같긴 한데, 아들의 출생을 지켜보기 위해서 신인 최초의 50홈런 기록을 포기한 마크 맥과이어* 의 경우도 팬들은 비난을 하지 않고 박수를 쳐줬어. 뭐, 정규 시즌이 아니라 플레이오프 같은 아주 중요한 단판 승부라면 좀 다르지만. 그리고 일단 이겼잖아."

승연은 그 경기에서 엉망으로 졌다면 파장이 조금 있었을 거라고 생각했다. 하지만 신인 투수가 아주 잘해준 게 컸다. 최대의 라이벌인 보스턴 레드삭스 팀에게 한 점도 내주지 않은 채 완승을 거두었는데, 승연의 발목을 부러뜨린 레드삭스의 4번 타자 토마소에겐 삼진을 두 개나 잡아내서 양키스 팬들에게 큰 기쁨을 안겨다 주었다. 더군다나 그 뒤로 연승을 이어갔고.

"흐음, 그렇단 말이지."

정희는 남편을 흘겨보았고, 승연은 서둘러 이렇게 덧붙였다.

"물론 내가 희생한 건 맞아. 이겨서 그런 거지, 졌으면 안 좋은 말을 많이 들었을 거야."

---

* 마크 맥과이어(Mark McGwire):1998년에 홈런 70개의 신기록을 세운 메이저 리그 최고의 홈런왕. 야구보다 아들을 우선으로 두는 등 야구 외적으로도 훌륭한 모습을 보여주었으나, 은퇴 후 금지 약물 복용이 드러났다

"어쨌든 큰 희생은 아니었잖아? 그러니까, 사랑을 증명한 게 아 닌 거잖아. 당신, 나 정말 사랑하는 거 맞아?"

이해가 안 되네. 어떻게 저런 생각을 하는 거지?

그날 이후로 두 달 동안 아주 행복하게 지내왔다가 갑자기 정희 가 저러자 승연은 버럭 고함을 지르고 싶었다. 하지만 참을 수밖 에 없었다. 정희가 심각한 표정을 짓고 있기 때문이었다. 그러니 다시 사랑을 증명해 줘야 할 터.

어떻게 할까? 몸으로야 틈만 나면 열심히 해주고 있었고, 방금 도 그렇게 했다. 그러니 이 방법으로는 안 될 테고…….

승연은 침대에서 벌떡 일어난 뒤 책상 서랍 하나를 통째로 빼내 서 가져왔다. 정희는 깜짝 놀라 알몸 그대로 앉았다.

"자, 다 맡길게."

"이게 뭔데?"

물으면서 정희는 서랍 안을 들여다보았다. 두꺼운 통장집과 서 류철, 수첩 여러 개, USB 등이 들어 있었다.

"내 전 재산."

정희는 눈을 크게 떴다.

"다 가져. 그리고 앞으로 난 용돈 타 쓸게. 좀 많이 줘."

승연은 뒷말은 장난하듯 말했다. 진심이었지만.

"이걸로 증명되는 거지?"

이번에 승연은 의기양양하게 말했다. 정희는 생각해 보는 척하 다가 고개를 반쯤 끄덕였다.

"반 정도는."

"반?"

"돈으로 사랑을 증명하는 건 올바른 방법이 아니야. 뭐 다른 건 없어?"

"으음."

승연은 미간을 찌푸린 뒤 생각에 빠져들었고, 정희는 입안의 살을 깨물었다.

웃음 참기 정말 힘드네.

그녀는 일어나서 가운을 입었다. 승연은 그녀가 화가 나서 나가려는 걸로 착각하고 깜짝 놀라고 말았다.

"어디 가?"

거실에서 실컷 웃고 오려고.

정희는 사실을 말하는 대신 이렇게 답했다.

"목이 말라서."

"내가 가져다줄게. 있어."

승연은 벌떡 일어나더니 가운을 걸치고 침실에서 나갔다. 정희는 문이 닫히자마자 배를 붙잡고 참았던 웃음을 푸하하 터뜨렸다. 승연이 몇 분 안 되어 돌아올 거라는 걸 알았기에 그녀는 이불에 얼굴을 박고 웃음소리를 줄이려고 노력했다.

아, 그치기 힘들어.

정희는 표정을 아까처럼 딱딱하게 만들려고 노력한 뒤 신경을 돌릴 만한 것을 찾았다. 문득 책상 서랍 속에 있는 수첩이 보였다. 표지에 올해 기부금이라는 스티커가 붙어 있는 것을 잡아 넘겨보았는데 정확히 얼마를 어느 단체에 기부했는지, 어떻게 사용됐는지 기록되어 있었다.

"와!"

정희는 기부 금액과 기부한 단체의 길고 긴 목록을 보고 입을 딱 벌리고 말았다. 미국은 기부액에 따라 세금 감면이 꽤 되는 터라 부자들이 기부를 많이 하는 방법으로 세금도 줄이고 이미지도 좋게 포장하곤 했다. 하지만 정희가 보기엔 이 정도의 금액은 세금 감면과 이미지를 위해서 하는 게 아니었다.

"뭐 보는 거야?"

얼음물을 가져온 승연이 옆에 앉으며 물어보았다. 정희는 수첩을 내밀었다.

"진짜 기부 많이 하네."

"돈을 많이 버니까. 당연한 거지."

승연은 별것 아니라는 투로 말했지만 정희가 생각하기엔 당연한 게 아니었다.

"돈을 아무리 많이 벌어도 베풀 줄 모르는 사람들이 있잖아. 당신 정말 대단해. 진짜 멋있어."

정희의 가감없는 찬사에 승연의 얼굴이 붉게 달아올랐다. 그는 아무 말도 못하고 머리를 긁적였다. 정희는 그런 그의 이마에 쪽 소리가 나게 뽀뽀를 해준 뒤 수첩을 자세하게 읽었다. 여러 가지 메모가 되어 있었는데, 단순히 돈을 주는 게 아니라 기술과 교육을 학습시키는 단체에 도움을 주고 있었으며 꾸준하게 진행 사항을 체크하고 있었다.

"아……?"

단체의 목록을 살펴보던 정희는 의외의 이름을 발견했다.

"미혼모 기부?"

승연은 올해 초부터 미혼모 지원 시설에 상당량의 돈을 기부하고 있었고, 미혼모가 낳은 아기에게 예방접종을 맞혀주는 행사를 주도적으로 벌이고 있었다.

"이건…… 왜 한 거야?"

"당신을 보니까 미혼모들에게 관심이 생겼거든. 대부분 금전적으로 많이 힘들어하더라. 도움이 좀 됐으면 해서……."

말하던 승연은 정희의 두 눈에서 눈물이 뚝뚝 떨어지자 놀라서 입을 헤벌리고 말았다.

"왜 그래?"

그는 곧 정신을 차리고 손수건으로 눈물을 닦아주었다. 정희는 잠시 가만히 있다가 승연을 있는 힘껏 끌어안았다. 승연은 약간 당황스러웠지만 그녀가 그를 껴안고 엉엉 우는 것을 그대로 놔두었다.

계속 등을 토닥여 주자 정희는 한참 뒤에나 울음을 그쳤다. 그녀는 얼굴을 씻고 오겠다면서 연결된 화장실로 갔고, 침대에 앉은 채로 승연은 머리를 긁적였다.

왜 운 거지?

정희는 깨끗하게 세수를 한 뒤 침실로 돌아왔다. 승연이 이유가 궁금하지만 묻지 않는 게 좋겠다는 생각을 했을 때, 정희는 다가와 그에게 몸을 기댄 채 부드럽게 속삭였다.

"사랑해."

승연은 반사적으로 답했다.

"나도 사랑해. 내 말 믿지?"

정희는 미소를 머금은 얼굴이었다. 그녀는 천천히 고개를 끄덕였고, 승연은 저도 모르게 봄날에 활짝 벌어진 꽃처럼 웃고 말았다.

미혼모를 후원해 주는 게 그렇게 감동적인 건가?

이해할 순 없었지만 어쨌든 승연은 가슴을 쓸어내렸다.

"다행이야. 사실 자기를 보내줘야 하나 걱정했거든."

"날 보내? 무슨 말이야?"

정희는 움찔거리고야 말았고, 승연은 천천히 설명했다.

"자기, 한국의 대학에 가고 싶어하잖아. 여자에겐 가장 원하는 걸 줘야 된다는 말을 들었거든. 그래서 자길 한국으로 보내야 하는 건지 고민했어."

그는 안도의 한숨을 아주 푹 쉬고 있었다. 정말 그래야 하는지 고민한 게 분명했다. 정희는 다시금 웃음을 참느라 입안의 살을 깨물었다.

"아직도 가고 싶지?"

승연은 정희가 살짝 얼굴을 찌푸린 것을 보고 조심스럽게 물었다. 정희가 웃음을 누르느라 아무 말도 하지 못할 때, 그는 심각한 표정을 짓더니 이렇게 말했다.

"내 계약 말이야. 3년 남았거든. 그 뒤로 3년 정도 더 계약할 생각이지만…… 자기를 위해서 포기할 수 있어. 3년만 더 기다려 줄래?"

“응?”

“3년 남은 계약은 지켜야 해. 그 뒤는 자유로워지니까 한국으로 갈 수 있어. 그때 같이 가자. 그전에 보내주고 싶지만, 떨어져 있고 싶지 않아.”

“진심…… 이야? 메이저리그를 포기할 수 있다고?”

승연은 천천히 고개를 끄덕였다. 정희는 그와 시선을 마주했고, 맑은 눈동자를 본 뒤 깨달았다.

진심이다. 진심으로, 날 위해 삶의 목표였던 야구를 포기하고 있었다.

“고마워.”

정희는 바싹 마른 입술을 축였다. 세상 모든 것을 얻은 기분이었는데, 기쁘기도 했지만 너무도 심장이 떨렸고 다시 눈물이 나올 것 같았다.

“하지만 공부는 나중에 얼마든지 할 수 있어. 메이저리그에 있고 싶은 만큼 있어.”

“자기 공부가…….”

정희는 그의 입술 위에 검지를 댔다. 그녀는 미소를 지은 뒤 고개를 가로저었다.

“괜찮아. 나중에 하면 돼.”

그녀는 이어 말했다.

“아이 낳고 다시 공부하려면 좀 더 힘들겠지만, 시간은 많아.”

“어…… 설마?”

승연은 심장이 쿵쿵거리다 못해 입 밖으로 튀어나오는 줄 알았다. 정희는 빙긋 웃은 뒤 고개를 저었다.

"아니야, 아직은. 하지만 이제 준비됐어. 우리 둘째 갖자."

승연의 얼굴이 빛이 날 정도로 다시 환해졌다.

"정말이지?"

"그럼, 정말이지. 둘째 낳자."

승연은 힘껏 고개를 끄덕였고, 정희의 가운을 번개같이 벗겨냈다.

"좋아. 시작해 보자!"


1년 뒤, 정희는 둘째를 낳았다. 승연은 작년 월드시리즈 우승으로 받은 커다란 기념 반지를 4.1kg의 우람한 녀석의 손에 쥐어주며 속삭였다.

"내가 잘 가르쳐 줄 테니까, 야구선수가 되어야 해."

"직업은 본인이 선택하게 둬."

정희는 눈을 흘겼지만 미니가 검지를 흔들었다.

"에이, 엄마. 나도 무니가 야구선수가 됐으면 좋겠는걸요?"

둘째는 미니의 이름, 외자인 민과 맞춰서 '문'이라고 지었다. 그리고 미니는 동생을 자신의 애칭과 맞춰서 무니라고 부르고 있었다.

"다수결로 무니는 아빠만큼 멋진 야구선수가 되는 거예요. 무니야, 너도 좋지?"

미니는 동생의 이마에 쪽 하고 뽀뽀하며 물었고, 무니는 대답으로서 웃었다.

"엄마! 아빠! 봤어요? 웃었어요!"

"그건 배냇짓이라는 거야."

정희는 사실을 말해주었으나 미니는 폴짝 뛰면서 웃은 게 분명하다고 우겼다. 승연은 그런 딸에게 미소를 지어주었고, 아내의 손을 꼭 맞잡았다.

"고마워."

무니를 낳아줘서, 아니, 날 사랑해 줘서, 내게 돌아와 줘서 정말 고마워.

"사랑해."

세상 그 무엇보다도 사랑해. 내 첫사랑, 내 마지막 사랑. 내 아내.

"나도."

정희는 승연의 짧은 말에 담긴 모든 것을 읽었다. 그녀 또한 부드럽게 속삭였다.

"나도 고맙고 사랑해."

내게 사랑을 알려줘서, 사랑해 줘서 정말 고맙고 사랑해. 내 첫사랑, 내 마지막 사랑. 내 남편.

"나도 엄마랑 아빠, 무니를 사랑해요."

미니가 불쑥 끼어들었다. 승연은 다른 손으로 미니를 껴안은 뒤, 아기용 침대에 있는 무니의 이마에 가볍게 키스했다.

"우리 가족, 앞으로도 행복하게 지내자."

"그래."

"그래요."

정희와 미니의 대답에 이어 무니가 대답이라도 하는 것처럼 앙앙거렸다. 승연은 아들을 부드럽게 안아 들었다. 그의 둘째 아이는 바로 울음을 그쳤다.

내 품이 편안해서 그런 걸까?

승연 또한 마찬가지의 마음이었다. 아이를 안자 아주 편안해졌고, 그동안 영혼 어딘가에 나 있던 뭔가 모를 구멍이 딱 메워지는 기분이었다. 뻥 뚫려 있다가 정희에게 다시 사랑을 받은 이후 닫혀 있었던 그곳이 이젠 흔적도 없이 사라지기 시작했다.

결혼하길 잘했어. 사랑하길 잘했어.

승연은 천천히 가족들을 하나씩 둘러보았다. 그는 모든 것을 가진 남자였다. 아내와 딸, 아들을 둔 세상에서 가장 행복한 남자.

"우리 무니, 이만 자야지?"

승연은 아들에게 속삭였다.

"자기 싫으면 아빠가 이야기 들려줄까? 엄마랑 아빠가 처음 만났을 때 말이야……."


『그대에게 스트라이크!』 THE END

※참고 자료

『야구란 무엇인가』 / 황금가지 / 레너드 코페트 지음, 이종남 옮김
『야구용어사전』 / 지성사 / 남갑균 엮음
『민훈기의 메이저리그 메이저리거』 / 미래를 소유한 사람들(MSD미디어) / 민훈기
『마해영의 야구본색』 / 미래를 소유한 사람들(MSD미디어) / 마해영

뉴욕 양키스 홈페이지
스크랜턴 윌키스—배러 양키스 홈페이지
트랜턴 썬더 홈페이지
네이버 사전, 기사, 블로그
위키백과
mlbpark.com
mlb.com
milb.com
구글맵

# 후기

어렸을 때부터 야구를 보고 자랐기에 야구를 소재로 글을 쓰는 건 즐거운 일이에요. 작년부터는 롯데도 좋아하고 있지만 전 요 몇 년간 계속 2등(작년엔 3등)에 머무른 두산 베어스(예전에는 OB 베어스) 팀의 팬이거든요. 두산이 1등을 했으면 싶어서 소설상에는 '일'산 베어스라고 이름을 바꿔서 넣거나, 우리나라 야구선수인 남자 주인공을 대단한 투수로 정할 수도 있어서 흥미롭게 생각합니다. 승연을 너무 능력치가 높게 설정한 것 같아서 현실적으로 야구 이외의 부분은 성장하지 않은 걸로 했지만요.

승연의 이야기는 사실 쌍둥이이자 유도 선수인 승언과 같이 섞으려고 했는데 두 종류의 스포츠를 넣기에는 좀 복잡할 것 같아서 승연만 먼저 썼습니다. 남아 있는 칠 남매인 승언, 큰형인 승안, 여섯째인 승원이의 이야기는 차후에 천천히 진행할게요. 사실 큰형 이야기는 빨리쓸 줄 알았는데 안 되고 있네요. 흑흑.

　제목 팁을 주신 프냥님, 구글맵이라는 신세계를 알려주신 L님, 효진님, 감사드려요. 야구를 소재로 글을 쓴 건 세 번째('러브 인 메이저리그', '사랑은 9회 말 투 아웃')인데, 규칙을 전혀 모르는 분도 쉽게 읽을 수 있도록 축약해서 썼으니 어렵지 않으실 거예요. 모쪼록 재미있게 읽어주셨으면 하고 바랍니다.

—2010년 여름, 롯데가 우승하는 게 더 빠를지<br>
월드컵에서 우리나라가 우승하는 게 더 빠를지 <br>
궁금해하며 수룡 이수림이.